感动系列

春天的舞会
感动小学生散文全集

◎总主编：刘海涛
◎主　编：陈　雄

九州出版社
JIUZHOUPRESS | 全国百佳图书出版单位

图书在版编目（CIP）数据

感动小学生散文全集/刘海涛主编;陈雄编.–北京：

九州出版社, 2008.5(2021.8 重印)

("读·品·悟"感动系列/刘海涛主编)

ISBN 978-7-80195-875-4

Ⅰ.①感...　Ⅱ.①刘...②陈　Ⅲ.①散文—作品集

—世界　Ⅳ.①I16

中国版本图书馆 CIP 数据核字（2008）第 067655 号

春天的舞会：感动小学生散文全集

作　者	刘海涛　总主编　陈　雄　主编
出版发行	九州出版社
地　址	北京市西城区阜外大街甲 35 号（100037）
发行电话	（010）68992190/2/3/5/6
网　址	www.jiuzhoupress.com
电子信箱	jiuzhou@jiuzhoupress.com
印　刷	北京一鑫印务有限责任公司
开　本	710 毫米×1000 毫米　1/16
印　张	22.75
字　数	400 千字
版　次	2008 年 6 月第 1 版
印　次	2021 年 8 月第 2 次印刷
书　号	ISBN 978-7-80195-875-4
定　价	78.00 元

目 录

紫色木槿花

圣诞老人的助手

被上帝咬过的苹果

生命的邮件

做一个最好的你

童心小世界

校园交响诗

我 的 四 季

接受大自然的感化

一样美丽的晨昏之约

春天的舞会
紫色木槿花

　　亲情就是那种让你最容易忽视却最不会变质的东西，无论它在哪个角落，被你冷落多久，重新拾起来它仍然温暖如昔。它没有杂质，没有距离，是相通的血脉间彼此默默地相互关怀，就像一束永恒的阳光，照射在心间，温暖一生。

　　亲情，是一片夏日里的绿荫，总能在炎炎烈日中，撑起迷茫者的蓝天；亲情，是一缕秋日里的阳光，总能在萧瑟的风雨中，温暖失落者的心田。

又是秋天，妹妹推我去北海看了菊花。黄色的花淡雅，白色的花高洁，紫红色的花热烈而深沉，泼泼洒洒，秋风中正开得烂漫。

秋天的怀念

● 文/史铁生

　　双腿瘫痪后，我的脾气变得暴怒无常。望着望着天上北归的雁阵，我会突然把面前的玻璃砸碎；听着听着李谷一甜美的歌声，我会猛地把手边的东西摔向四周的墙壁。母亲就悄悄地躲出去，在我看不见的地方偷偷地听着我的动静。当一切恢复沉寂，她又悄悄地进来，眼圈红红的，看着我。"听说北海的花儿都开了，我推着你去走走。"她总是这么说。母亲喜欢花，可自从我的腿瘫痪后，她侍弄的那些花都死了。"不，我不去！"我狠命地捶打这两条可恨的腿，喊着："我活着有什么劲！"母亲扑过来抓住我的手，忍住哭声说："咱娘儿俩在一块儿，好好儿活，好好儿活……"可我却一直都不知道，她的病已经到了那步田地。后来妹妹告诉我，她常常肝疼得整宿整宿翻来覆去地睡不了觉。

　　那天我又独自坐在屋里，看着窗外的树叶"刷刷拉拉"地飘落。母亲进来了，挡在窗前："北海的菊花开了，我推着你去看看吧。"她憔悴的脸上现出央求般的神色。"什么时候？""你要是愿意，就明天？"她说。我的回答已经让她喜出望外了。"好吧，就明天。"我说。她高兴得一会儿坐下，一会儿站起："那就赶紧准备准备。""哎呀，烦不烦？几步路，有什么好准备的！"她也笑了，坐在我身边，絮絮叨叨地说着："看完菊花，咱们就去'仿膳'，你小时候最爱吃那儿的豌豆黄儿。还记得那回我带你去北海吗？你偏说那杨树花是毛毛虫，跑着，一脚踩扁一个……"她忽然不说了。对于"跑"和"踩"一类的字眼儿。她比我还敏感。她又悄悄地出去了。

　　她出去了，就再也没回来。

　　邻居们把她抬上车时，她还在大口大口地吐着鲜血。我没想到她已经病成那样。看着三轮车远去，也绝没有想到那竟是永远的诀别。

邻居的小伙子背着我去看她的时候,她正艰难地呼吸着,像她那一生艰难的生活。别人告诉我,她昏迷前的最后一句话是:"我那个有病的儿子和我那个还未成年的女儿……"

又是秋天,妹妹推我去北海看了菊花。黄色的花淡雅,白色的花高洁,紫红色的花热烈而深沉,泼泼洒洒,秋风中正开得烂漫。我懂得母亲没有说完的话。妹妹也懂。我俩在一块儿,要好好儿活……

母爱大如天

赏析／邱 敏

身患重病的母亲,为了安抚瘫痪后脾气暴躁的儿子,为了面对生活给她的所有苦难,默默地忍受着:忍受着儿子的脾气,忍受着病痛的折磨,始终用平静的态度去面对这一切。为了爱孩子,她甚至忘记了自己,临终前,她并不在意自己的生命,而是挂念着自己的两个孩子,希望他们好好地活下去。也许只有母亲,才能拥有这样的坚毅和勇气!

有人说,母亲是离我们最近的天使。文中沉静而坚毅的母亲,让我们真切地感受到了这句话的意义。其实,天下的母亲都是如此,虽然我们各自的经历或许与文中的母子并不相同,母亲爱的表达形式也不尽相同,但是,爱的本质却是一致的。

母亲像天使一般,把我们的健康快乐,当成自己的幸福和满足。永远将自己不计成本的爱热情地奉献出来,直至生命的最后一刻。

在晶莹的泪光中，又看见那肥胖的，青布棉袍，黑布马褂的背影。

背　影

● 文/朱自清

我与父亲不相见已两年余了，我最不能忘记的是他的背影。那年冬天，祖母死了，父亲的差使也交卸了，正是祸不单行的日子，我从北京到徐州，打算跟着父亲奔丧回家。到徐州见着父亲，看见满院狼藉的东西，又想起祖母，不禁簌簌地流下眼泪。父亲说："事已如此，不必难过，好在天无绝人之路！"

回家变卖典质，父亲还了亏空；又借钱办了丧事。这些日子，家中光景很是惨淡，一半为了丧事，一半为了父亲赋闲。丧事完毕，父亲要到南京谋事，我也要回北京念书，我们便同行。

到南京时，有朋友约去游逛，勾留了一日；第二日上午便须渡江到浦口，下午上车北去。父亲因为事忙，本已说定不送我，叫旅馆里一个熟识的茶房陪我同去。他再三嘱咐茶房，甚是仔细。但他终于不放心，怕茶房不妥帖；颇踌躇了一会儿。其实我那年已二十岁，北京已来往过两三次，是没有什么要紧的了。他踌躇了一会儿，终于决定还是自己送我去。我再三回劝他不必去；他只说："不要紧，他们去不好！"

我们过了江，进了车站。我买票，他忙着照看行李。行李太多了，得向脚夫行些小费，才可过去。他便又忙着和他们讲价钱。我那时真是聪明过分，总觉他说话不太漂亮，非自己插嘴不可。但他终于讲定了价钱，就送我上车。他给我拣定了靠车门的一张椅子，我将他给我做的紫毛大衣铺好座位。他嘱我路上小心，夜里警醒些，不要受凉。又嘱托茶房好好照应我。我心里暗笑他的迂；他们只认得钱，托他们只是白托！而且我这样大年纪的人，难道还不能料理自己吗？唉，我现在想想，那时真是太聪明了！

我说道："爸爸，你走吧。"他往车外看了看，说："我买几个橘子去。你就在此地，不要走动。"我看那边月台的栅栏外有几个卖东西的等着顾客。走到那边月台，须穿过铁道，须跳下去又爬上去，父亲是一个胖子，走过去自然要费事些。我本来要去的，他不肯，只好让他去。我看见他戴着黑布小帽，穿着黑布大马褂，深青布棉袍，蹒跚地走到铁道边，慢慢探身下去，尚不大难。可是他穿过铁道，要爬上那边月台，就不容易了。他用两手攀着上面，两脚再向上缩；他肥胖的身子向左微倾，显出努力的样子。这时我看见他的背影，我的泪很快地流下来了。我赶紧拭干了泪，怕他看见，也怕别人看见。我再向外看时，他已抱了朱红的橘子往回走了。过铁道时，他先将橘子散放在地上，自己慢慢爬下，再抱起橘子走。到这边时，我赶紧去搀他。他和我走到车上，将橘子一股脑儿放在我的皮大衣上。于是扑扑衣上的泥土，心里很轻松似的，过一会儿说："我走了，到那边来信！"我望着他走出去。他走了几步，回过头看见我，说："进去吧，里边没人。"等他的背影混入来来往往的人里，再找不着了，我便进来坐下，我的眼泪又来了。

近几年来，父亲和我都是东奔西走，家中光景是一日不如一日。他少年出外谋生，独力支持，做了许多大事。哪知老境却如此颓唐！他触目伤怀，自然情不能自已。情郁于中，自然要发之于外；家庭琐屑便往往触他之怒。他待我渐渐不同往日。但最近两年的不见，他终于忘却我的不好，只是惦记着我，惦记着我的儿子。我北来后，他写了一封信给我，信中说道："我身体平安，唯膀子疼痛厉害，举箸提笔，诸多不便，大约大去之期不远矣。"我读到此处，在晶莹的泪光中，又看见那肥胖的，青布棉袍，黑布马褂的背影。唉！我不知何时再能与他相见！

爱的点滴汇成一生的感动

赏析／邱　敏

这是一篇上个世纪就享誉文坛的著名散文，在当时感动了许许多多的游子。事隔许多年之后，它仍然让我们为之动容，这就是爱的力量。爱不会随时间流逝，而会在时间里变得永恒。

一位父亲，在儿子外出读书就要登上火车前，亲自帮他选定座位，拜托茶房多照应，又爬上爬下去买橘子。在人们的眼中留下了一个忙碌的背影。正是这背影，深深感动了我们。文章中的父亲所说的、所做的，都是极其平常的,极其琐细的。但是,他的每一句话、每一个动作,都包含着对儿子深深的爱意。

我们生活中,每个人都拥有这样属于自己的爱的背影,每个人的父亲都是在默默地为子女付出。父爱看似平凡而不经意,却又是无微不至的,渗透在我们成长的每一个阶段,无论我们在什么时候想起,都能让我们满心温暖。

父亲一生都在为儿子做着基石,把儿子使劲向最理想的高度托,托着托着,不知不觉间自己就累弯了腰,老了。

父爱的高度

● 文/吴宏博

好多年都没有看过露天电影了。

记得小时候,家在农村,那时电视机、影碟机这类玩意儿在乡下压根儿就没见过,更别说是享用了。所以要是逢有哪个村子放电影,周围十里八村的人就都赶着去。在那露天地里,黑压压的一片,煞是壮观。

那时父亲还年轻,也是个电影迷。每遇此等好事,就蹬着他那辆已不可能再永久下去的老"永久",带着我摸黑去赶热闹。

到了电影场,父亲把车子在身边一撑,就远远地站在人群后边。我那时还没有别人坐的板凳腿高,父亲就把我架在他的脖子上,直至电影结束才放下。记得有一次,看《白蛇传》,我骑在父亲的脖子上睡着了,竟尿了父亲一身,父亲拍拍我的屁股蛋子,笑着说:"嗨!嗨!醒醒,都'水漫金山'了!"

一晃好多年过去了,我已长得比父亲还高,在人多的地方,再也不用靠父亲的肩头撑高了。

春节回家,一天听说邻村有人结婚,晚上放电影,儿时的几个玩伴就邀我一同去凑热闹。我对父亲说："爸,我去看电影了!"

父亲说："去就去嘛,还说什么,又不是小孩子了!"

"你不去?"

"你自个儿去吧,我都六十几的人了,凑什么热闹!"

来到电影场,人不算多,找个位置站定。过了不大一会儿,身边来了一对父子,小孩直嚷嚷自己看不见。如多年前父亲的动作一样,那位父亲一边说着"这里谁也没你的位置好",一边托着孩子骑在了自己的脖子上,孩子在高处格格地笑着。

我不知怎么搞的,眼睛一下子就湿润了。这么多年了,我一直在寻找一个能准确代表父爱的动作,眼前这一幕不就是我找寻的结果吗?

想起了许多往事,再也无心看电影。独自回家。

敲门。父母已睡了,父亲披着上衣来开门："怎么这么早就回来了,电影不好?"

看着昏黄灯光里父亲花白的头发和那已明显驼下去的脊背,我的泪一下子涌了出来,什么也没回答,只是把自己身上那件刚才出门时父亲给我披上的大衣又披到了他单薄的身上。

是啊,父亲一生都在为儿子做着基石,把儿子使劲向最理想的高度托,托着托着,不知不觉间自己就累弯了腰,老了。

我知道,这一生,无论我人生的坐标有多高,都高不出那份父爱的高度,虽然它是无形的,可我心中有把尺啊!

爱,不知疲倦

赏析/邱 敏

其实所有的父母都像文章中的父亲一样,"一生都在为儿子做基石,把儿子使劲向最理想的高度托"。读书的时候,希望孩子上最好的学校,工作的时候希望孩子进最好的单位,成家之后希望孩子过最好的生活,而他们就一直向上托着孩子。只要孩子能过得幸福,他们不知道什么叫做累,什么叫做苦。

父母甘愿做我们成长的基石,一点一滴地把我们往更高的目标推动。我们在父母的推动下不断成长,而父母却因为长期的劳累一天天老去。

父母之爱像春雨一样，润物无声，他们总是默默地为我们付出，他们的爱，隐藏在生活中的细节之中，看起来是那么的普通，那么的平凡，以致我们浑然不觉，等到我们意识到的时候，才发现父母的爱已铺满了我们生命的过程。

所以，不管我们爬得多高，也不要忘记父爱在支撑着自己，不要忘记用感恩的心对待一路支持着自己的双亲。

我庆幸自己是妈妈的女儿，我终于喜欢上了妈妈的与众不同，而且为有这样的妈妈感到十分自豪。

与众不同的妈妈

●文/[美]珍玛丽·库根　译/汪新华

小时候，妈妈简直就是我的"心腹大患"，因为她太与众不同了。我很早就知道了这一点。

去其他孩子家玩的时候，他们的母亲开门后，说些"把你的脚擦干净"或"别把垃圾带到屋里"之类的话，不会让人觉得意外。但在我家，却是另外一种情形。当你按响门铃后，就会有故作苍老的孩子的声音从门里传出来："我是巨人老大，是你吗，山羊格拉弗？"或者是甜甜的嗓子在唱歌："是谁在敲门呀？"有时候，门会开一条缝，妈妈蹲伏着身子，装得跟我们一样高，然后一板一眼地说："我是家里最矮的小女孩，请等会儿，我去叫妈妈。"随后门关上大约一秒钟，再次打开，妈妈就出现在眼前——这回是正常的身形。"哦，姑娘们好！"她和我们打招呼。

每当这时候，那些第一次来的伙伴会一脸迷惑地看着我，仿佛在说："天哪，这是什么地方？"我也觉得自己的脸都让妈妈给丢尽了。"妈——"我照例向妈妈大声抱怨。但她从来不肯承认她就是先前那个小女孩。

说实话,大人们都很喜欢妈妈,但毕竟与妈妈朝夕相处的是我,而不是他们。他们一定无法忍受"观察家"的存在。这是个隐形人,妈妈经常跟他谈论我们的情况。

"你看看厨房的地面。"往往是妈妈先开口。

"哎呀,到处是泥巴,你才把它擦干净,""观察家"同情地答道,"他们就不知道你干活有多累?"

"我猜他们就是健忘。""那好办,把污水槽的抹布交给他们,罚他们把地面擦干净,这样才能让他们长记性。""观察家"建议。

很快,我们就人手一块抹布,照着"观察家"给妈妈的建议开始干活了。

"观察家"的语调和妈妈如此迥异,以致根本没人怀疑那就是妈妈的声音。"观察家"注视着家庭成员的一举一动,不时地挑毛病、出主意,所以我的朋友们经常问我:"谁在跟你妈妈说话?"

我真不知该如何来回答。

时间流逝,妈妈的言行没有丝毫变化,但她在我心目中的形象有了改善,一个偶然事件使我第一次意识到,拥有与众不同的妈妈是很不错的事。

我家住的那条街,有几棵参天大树,孩子们喜欢沿着树爬上爬下。如果有一个妈妈逮到哪个孩子爬树,马上就会引来整个街区的妈妈们,然后是异口同声地呵斥:"下来! 下来! 你会摔断脖子的! "

有一天,我们一群孩子正待在树上,快活无比地将树枝摇来摇去。刚好我妈妈路过,看到了我们在树上的身影。当时,大伙儿都吓坏了。"没想到你还能爬这么高,"她大声冲我喊,"太棒了! 小心别掉下来! "随后她就走开了。我们趴在树上一言不发,直到妈妈在视野中消失。"哇! "一名男孩情不自禁地轻呼。"哇! "那是惊讶,是赞叹,是羡慕我拥有这样一个与众不同的妈妈。

从那天起,我开始留意到,同学们下午放学回家的时候,总喜欢在我家逗留一段时间;同学聚会也经常在我家举行;我的伙伴们在自己家里沉默寡言,一到我家,就变得活泼开朗,跟我妈妈有说有笑。后来,每当我和这些伙伴遇到成长的烦恼时,总愿意向我妈妈求助。

我庆幸自己是妈妈的女儿,我终于喜欢上了妈妈的与众不同,而且为有这样的妈妈感到十分自豪。

与孩子一同成长的妈妈

赏析／邱　敏

　　文中的妈妈为了贴近自己的孩子,在日常生活中扮演伙伴、师长、朋友、偶像等多重角色,为孩子营造了民主和谐的快乐家庭气氛,使孩子得到了成功的锻炼。她始终站在孩子的角度,平等地与孩子交流,所以深得同学们的喜爱。

　　这位妈妈没有大人的严肃庄重与呆板木然,而是在尊重孩子的前提下,以童话般俏皮的语言自觉地融入孩子的世界,她的心态、举手投足间充满了儿童的好奇心、求知欲以及无拘无束的猜想,彼此的情趣得以有效的激发。她和孩子交流的语言没有讽刺、威胁、侮辱、恶意、压制、抱怨、责骂,充满了浓浓的亲情与期望,真诚与纯洁,铭刻于孩子的心间。

　　这种"伙伴"角色的背后,包含了妈妈下工夫研究孩子眼中世界的执著精神,包含有妈妈蹲下身子与孩子交流的真诚和尊重情怀,让我们既感动又佩服。

　　父亲所做的这一切,都是出于对我们深沉的爱意,为了我们,他们愿意跋山涉水,承担一切的苦痛。

一辆自行车

●文／[法]埃·凯斯特纳

　　我十岁那年,非常想拥有一辆自行车。爸爸说我们太穷,买不起。打那以后,我便没有提过这事。直到有一天,我从集市跑回家,激动地说:"抽彩小摊上的头奖是辆自行车呢!每张彩票只要二十芬尼!"爸爸笑了。我央求道："要是我们买上两张，顶多三张，也许就能……"他回答说："咱们穷人没那么好的运气。"我恳求他，他却像拨浪鼓似的直摇头。我哭了起来，他这才答应了。"好吧，"他说，"咱们明天下午到集市去。"我非常高兴。

第二天下午，谢天谢地，那辆自行车还原封不动地摆在那儿。我可以买彩票了。抽彩轮盘嘎嘎地转起来，我落空了。不过，也不算糟糕，别的人也没得到那辆车。第二次摇奖开始了，我的心都快跳到嗓子眼儿了。我手里拿着第二张彩票，轮盘又嘎嘎地转起来，然后叮当一声停住，奖号是"27"——我中了。

爸爸去世很久以后，妈妈才把实情告诉我。原来买彩票的头天晚上，爸爸找房东借了一百五十马克，以零售价从那个摆抽彩摊的摊主手里买下了那辆自行车，并对他说："明天我和小家伙来，第二次摇奖时你让他中，他应该比我更相信自己的运气。"摇动抽彩轮盘的摊主精通自己的行当，哪个数字该中他掌握得非常自如。那笔钱爸爸后来是一点儿一点儿还清的……

爱的小把戏

赏析／邱 敏

对于一个贫困的家庭来说，拥有一辆自行车，是一件非常奢侈的事情，而让我们感动的不是父亲让孩子如愿以偿地获得了自行车，而是父亲为了孩子的心愿，宁愿自己默默地承受购买自行车之后所带来的债务，而且，为了不给孩子带来任何心理负担，他直到离开人世都没有告诉孩子事情的真相。

其实在现实生活中，每一位父亲也都善于利用这些小方法，很多时候，我们也和文中的小男孩一样被父亲的"小把戏"蒙在鼓里，认为理所当然，而不知这理所当然背后隐藏了父亲多少苦衷和辛酸。父亲所做的这一切，都是出于对我们深沉的爱意，为了我们，他们愿意跋山涉水，承担一切的苦痛。

而对于父亲而言，通过自己的努力，让自己的孩子过得开心健康，就是他们最大的幸福和成就，而父爱的伟大也在于此。

这是平平淡淡的生活，但于我却是一种心的感动，是一曲纯洁的生命乐章，是一片珍贵的温馨。忘不了，怎么能忘呢？

理解的幸福

●文/叶广芩

一九五六年，我七岁。

七岁的我感到家里发生了什么大事。

我从外面玩回来，母亲见到我，哭了。母亲说："你父亲死了。"

我一下懵了。我已记不清当时自己是什么反应，没有哭是肯定的。从那时我才知道，悲痛至极的人是哭不出来的。

父亲突发心脏病，倒在了彭城陶瓷研究所的工作岗位上。

母亲那年四十七岁。

母亲是个没有主意的家庭妇女，她不识字，她最大的活动范围就是从娘家到婆家，从婆家到娘家。临此大事，她只知道哭。当时母亲身边有四个孩子，最大的十五岁，最小的三岁。弱息孤儿唯指父亲，今生机已绝，待哺何来！

我怕母亲一时想不开，走绝路，就时刻跟着她，为此甚至夜里不敢熟睡，半夜母亲只要稍有动静，我便哗地一下坐起来。这些，我从没对母亲说起过，母亲至死也不知道，她那些无数凄凉的不眠之夜，有多少是她的女儿暗中和她一起度过的。

人的长大是突然间的事。

经此变故，我稚嫩的肩开始分担家庭的忧愁。

就在这一年，我带着一身重孝走进了北京方家胡同小学。

这是一所老学校，在有名的国子监南边，著名文学家老舍先生曾经担任过校长。我进学校时，绝不知道什么老舍，我连当时的校长是谁也不知道，我只知道我的班主任马玉琴，是一个梳着短发的美丽女人。在课堂上，她常常给我们讲她的家，讲她的孩子大光、二光，这使她和我们一下拉得很近。

在学校，我整天也不讲一句话，也不跟同学们玩，课间休息的时候就一个人或在教室里默默地坐着，或站在操场旁边望着天边发呆。同学们也不理我，开学两个月了，大家还叫不上我的名字。我最怕同学们谈论有关父亲的话题，只要谁一提到他爸爸如何如何，我的眼圈马上就会红。我的忧郁、孤独、敏感很快引起了马老师的注意。有一天课间操以后，她向我走来，我的不合群在这个班里可能是太明显了。

马老师靠在我的旁边低声问我："你在给谁戴孝？"

我说："父亲。"

马老师什么也没说，她把我搂进她的怀里。

我的脸紧紧贴着我的老师，我感觉到了由她身上散发出来的温热和那好闻的气息。我想掉眼泪，但是我不想让别人看见我的泪，我就强忍着，喉咙像堵了一大块棉花，只是抽搐，发哽。

老师什么也没问，老师很体谅我。

一年级期末，我被评上了三好学生。

为了生活，母亲不得不进了一家街道小厂糊纸盒，每月可以挣十八块钱，这就为我增添了一个任务，即每天下午放学后将三岁的妹妹从幼儿园接回家。有一天临到我做值日，扫完教室天已经很晚了，我匆匆赶到幼儿园，小班教室里已经没人了，我以为是母亲将她接走了，就心安理得地回家了。到家一看，门锁着，母亲加班，我才感觉到了不妙，赶紧转身朝幼儿园跑。从我们家到幼儿园足有公共汽车四站的路程，直跑得我两眼发黑，进了幼儿园差点儿没一头栽倒在地上。进了小班的门，我才看见坐在门背后的妹妹，她一个人一声不吭地坐在那儿等我，阿姨把她交给了看门的老头儿，自己下班了，那个老头儿又把这事忘了。看到孤单的小妹一个人害怕地缩在墙角，我为自己的粗心感到内疚，我说："你为什么不使劲哭哇？"妹妹噙着眼泪说："你会来接我的。"

那天我蹲下来，让妹妹趴到我的背上，我要背着她回家，我发誓不让她走一步路，以补偿我的过失。我背着她走过一条又一条胡同，妹妹几次要下来我都不允，这使她感到了较我更甚的不安，她开始讨好我，在我的背上为我唱她那天新学的儿歌，我还记得那儿歌：

> 洋娃娃和小熊跳舞，
> 跳呀跳呀一二一。

小熊小熊点点头呀，
小洋娃娃笑嘻嘻。

路灯亮了，天上有寒星在闪烁，胡同里没有一个人，有葱花炝锅的香味飘出。我背着妹妹一步一步地走，我们的影子映在路上，一会儿变长，一会儿变短。两行清冷的泪顺着我的脸颊流下，淌进嘴里，那味道又苦又涩。

妹妹还在奶声奶气地唱：

洋娃娃和小熊跳舞，
跳呀跳呀一二一……

是第几遍的重复了，不知道。

那是为我而唱的，送给我的歌。

这首歌或许现在还有孩子们在传唱，但我已听不得它，那欢快的旋律让我有种强装欢笑的误解，一听见它，我的心就会缩紧，就会发颤。

以后，到我值日的日子，我都感到紧张和恐惧，生怕把妹妹一个人又留在那空旷的教室里。每每还没到下午下课，我就把笤帚抢在手里，拢在脚底下，以便一下课就能及时进入清理工作。有好几次，老师刚说完"下课"，班长的"起立"还没有出口，我的笤帚就已经挥动起来。

这天，做完值日马老师留下了我，问我为什么要这么匆忙。当时我急得直发抖，要哭了，只会说："晚了，晚了！"老师问什么晚了，我说："接我妹妹晚了。"马老师说："是这么回事呀，别着急，我用自行车把你带过去。"

那天，我是坐在马老师的车后座上去幼儿园的。

马老师免去了我放学后的值日，改为负责课间教室的地面清洁。

恩若救急，一芥千金。

我真想对老师从心底说一声"谢谢"！

是平平淡淡的生活，是太一般的小事，但于我却是一种心的感动，是一曲纯洁的生命乐章，是一片珍贵的温馨。忘不了，怎么能忘呢？

如今，我也到了老师当年的年龄，多少童年的往事都已淡化得如烟如缕，唯有零星碎片在记忆中闪光……

贴心的理解

赏析／邱　敏

过早地失去了父爱，让一个小女孩变得成熟而懂事，但也令她敏感而孤独，细心而体贴的马老师注意到了小女孩。马老师知道，她要的并不是可怜和同情，而是发自内心的理解。马老师选择默默地站到了她的身后，用她满心的爱意和真诚的理解宽慰着小女孩脆弱的心。马老师母亲般的关爱，让小女孩铭记一生，也让我们感动不已。拥有爱心，无私地奉献给需要它的人，是人类的一种基本美德。然而，像马老师那样体贴入微，像春雨润物一样的爱，虽然悄无声息，却更是让人满心暖意。

老师可能是除了父母之外，和我们相处时间最长的人了，在我们的成长过程中，我们不但从老师那里获得知识和做人的道理，更不断地享受着老师带给我们的关爱。让我们珍惜老师的一个微笑，一个眼神，一句叮咛，它们都将是温暖我们一生的回忆。

雷子从昏睡中醒来，看见我，又惊喜又愧疚："哥，对不起，都怪我打瞌睡了，才出了事。"

良心的泪花

●文／王恒绩

我一直对娘收养弟弟感到十分不满，因为弟弟有些傻气，十五岁的人了，还在读小学四年级，其中二年级就读了三年。我只比弟弟大一岁，却已上了高中，还是班长。我便讥笑他："雷子，你真聪明，连读书都是按平方、立方来算。"弟弟听不懂,傻傻地笑。末了,我的脸倏地一变:"真是浪费娘的血汗钱!"弟弟这才懂了,闷闷地低下头。当年,我读小学二年级时,在一个偶然的机会,听人说弟弟是娘捡来的。我去问娘,娘脸色大变,非常紧张地问是谁说的,我说村里人说的,不过,我没听得那么清楚,因为村里人见我来了,就闭了嘴。娘气愤地说道:"你别听那些人胡说八道,你和雷子都是我十月怀胎,一把屎一把尿拉扯大的,他怎么能是捡的呢?"

娘尽管百般解释,弟弟确实是她亲生的,可我已不相信了,因为那时我已有十岁,我有自己的判断力。

我读书太成器了,奖状每年都会捧三四张回来,而弟弟不但成了留级大王,而且憨憨的,常常成为别人取笑的对象。当他有次数学考试再度挂零时,老师恨铁不成钢地说:"雷子呀,你把长肉的工夫用一点点到学习上,就不是现在这个样子了。"

老师没办法,来家访,并拿着弟弟的"鸭蛋"成绩单,求娘:"雷子天生不是读书的料,与你家的大儿霆子完全是两个娘生的。你们让雷子辍学吧。我们老师也不容易,他影响我们的升学率啊!"老师又说:"他有个好身体,打工是一把好手,世上成功的路不只有读书这一条哩。"

娘黯然,问弟弟:"雷子,咱认了吧,你个头都比老师高了,还读小学就不行了。"

弟弟闷声闷气地"嗯"了一声,老师长长地松了一口气。送走老师,我背着娘,狠狠地白了弟弟一眼:"难怪你是个抱蛋(捡来的),死笨!"

娘的耳朵却很灵,一个急转身,一个巴掌凌空举起,在将要扇在我脸上时,突然停下手,声音气得变了调:"霆子,你别太过分,他是你亲弟弟,你知道……"娘来了一个急刹车,生生地将后半截话咽回去了。我躲过了一顿打,伸了伸舌头,赶紧溜回自己的房间。

说实话,娘很不容易,将我和弟弟拉扯大,不是一般女人所能挺过来的。我家靠摆渡为生,自打爹砍柴摔死后,娘就接过了爹的橹,成了河上的女艄公,一直到今天,娘也没想着再嫁人。

弟弟辍学后,陪娘在河上摆渡,以前娘一个人也能干的活儿,现在却是两人干,而生意并没增加,我在高中的学费反而大幅上涨了,如果进入了大学,那学费可更不得了。娘就托人给雷子找了一份活儿,让他去窑炉厂烧瓷砖。弟弟不想去,因为村里曾有一个乡亲在窑炉厂干活时,窑炉忽然爆炸,那乡亲被活埋在里面了,扒出来时,人成了焦炭。无论娘好说歹说,弟弟就是不去,娘无奈地看着我,看得出,娘对送弟弟出门打工也不是很愿意。我没作声,溜回房间做作业了。到了冬天枯水季节,狭长的河流瘦得像一根细细的琴弦,拉着细细的曲儿,行人抬腿便过了河,渡船只好停摆了。趁娘出去干活时,我突然从房间里窜出来,恨恨地对弟弟说:"雷子,你若是读书比我强,我宁愿辍学供你,可你又没长读书那根筋。告诉你,我们说是兄弟,其实你是娘捡的,娘瞒着没用,乡亲们都知道。不是俺娘捡你,你不知死了多少年了。再说那窑炉厂出事故,也是偶然中的偶然,哪能经常碰到?"我语锋咄咄逼人,弟弟害怕了,说:"哥,那我、我去!"

十七岁的弟弟去了几十里外的窑炉厂,每月能挣四五百元钱,我的学杂费一下变得宽裕许多,没了后顾之忧的我,读书更加专心了。二○○五年夏,我以六百多分的优异成绩考上了华中师范大学。家里请客,弟弟特地请假回来,在众人的鼓动下,他犹豫了半天,才憨憨地握着我的手,说:"恭喜哥哥考上大学!"我的手却感到一阵生疼,掰开弟弟的手掌一看,那是怎样的一双手掌啊,不但粗糙得像老树皮,而且伤痕累累。我的心一紧,弟弟缩回手,说:"没……没事……"

"哥,你放心读,学费有我哩!"弟弟又说。于是我揣着弟弟和娘共同凑的五千五百元钱,无限风光地到华师报到了。

二○○六年四月的一天,我突然接到娘打来的电话,弟弟因连续加班而疲劳至极,在窑炉厂出事了——他的左手卷进了传送带,被送进了县医院。

我不寒而栗,请了假,飞一样赶回家。娘坐在弟弟病床前,眼睛肿得像桃子。做了手术的弟弟因打了麻药,尚处于昏睡中,但他的左手截肢到肘关节以上了,鲜血渗出白白的纱布,呈现出刺目的大红。医生说:"病人流血太多,至少需要输四百毫升血液,对他的身体恢复有极大好处。"我二话不说,撸起袖子说:"大夫,抽我的!"娘却将我拉到一边,沉静地说:"霆子,事已至此,我不得不说出真相,你和雷子确实不是一个娘生的。"

"啊?"我终于还是暗吃一惊,虽然一直怀疑这份血缘情,但不能肯定,眼下,却被娘亲口证实了。"但是,"娘缓缓地说,"霆子啊,知道吗?雷子才是我亲生的,而你,却是我在船上捡的!真的,你才是我捡的!"这一声,像惊雷,像巨棒,重重打在我脑门上,我眼前金花四溅,一切都在颠倒旋转。娘说:"当年,雷子他爸酒后砍柴摔死后,雷子在娘肚子里已有四个月了,这是他爸唯一的骨血,娘一定要生下来。从那时起,娘就接过了摆渡的橹。那年夏天，河里正涨水，船上来了一个抱着婴儿的妇女，船到河心时，她请我抱一抱孩子，我刚接过来，就听她说，大姐，娃儿叫霆子，今天才半岁，托付给你了，因为我没法活下去……话还没说完，她就跳河了。娘放下娃儿，跟着也跳下去救人，却因为涨水，河水太浑浊，怎么也找不着她，娘只好爬上船。娘却因此着凉而发起了高烧，久久不退，只好打了一针，就是这一针害了娘腹中的雷子，使他先天大脑迟钝。"我惊得捂紧嘴巴，生怕心脏跳出来摔在地上而跌得粉碎，我无法相信自己的听觉，我一直以为自己是娘正宗的传人，我一直以尖酸刻薄的态度对待可怜的弟弟……

不知过了多久，我才想起问娘一句话："娘，你为啥不把我送到福利院呢？你过得也是这样艰难啊！"娘说："因为，你是弃婴，而娘曾经也是弃婴，是雷子的爷爷奶奶收留了娘，视娘如亲闺女，待娘长大后，让娘与雷子他爸成了亲。"

"娘啊！谢谢您，您就是我的再生亲娘！"我抱着娘，哽咽着。

雷子从昏睡中醒来，看见我，又惊喜又愧疚："哥，对不起，都怪我打瞌睡了，才出了事。"我俯下身，将脸贴在弟弟脸上，痛断肝肠："雷子，是哥将你逼成这样，哥不是东西啊！"

弟弟说："哥，你咋这样说呢？哥，老板那里还有我两千九百元的工钱没有结，等我伤好了，我再去拿回来，你来年的学费就有一大半了。"这话，听得我泪流满面。弟弟看看我，又看看娘，然后怯生生地问娘："娘，我真是捡的吗？我娘怎么不要我呢？"娘摇摇头，看了看弟弟的半截手臂，泪水失控地涌出来："雷子，你和哥哥都是娘生的，上天看着，娘不会撒谎的。"弟弟放心地笑了，又眼巴巴地问我："哥，我都这样了，你将来还会管我吗？"

"管，一管到底，不管你，我就会遭天打雷劈！"我发了一句毒誓，然后抱着弟弟，呜呜哭了，而娘，继续滚着泪，那是良心的泪花……

大爱无私

赏析／邱　敏

这是一个读来让人泪如雨下的故事。

为了救别人，她虽有身孕仍毫不犹豫地跳下水；为了让弃婴得到母爱，她毅然承担起了抚养的重担，并在心中掩埋了关于孩子身世的真相；为了"我"能顺利完成学业，她忍痛将亲生儿子送去最危险的地方工作；并且，她还一次次宽容"我"对弟弟的无理伤害，承受着常人难以想象的痛苦。文中母亲宽广的胸怀和超越亲情的爱，足以感动每一个人。

其实我们的成长不也布满了母亲的脚印吗？从我们呱呱落地以来，我们就一直是母亲生活的中心，每一个平凡的日子，都渗透着母亲深深的爱意。有人说，世界上最轻的爱是母爱，轻得让人不易察觉；最重的也是母爱，重得让人一生都承受不起，使人的心震撼不已。读完这篇文章，我们也许会对这句话有更深的理解。

我们姐妹俩情投意合，息息相通，相依相伴，度过了寂寞多愁的青春时光，感谢母亲，给我带来了这样一个妹妹，慰我孤独，替我解忧。

紫色木槿花

●文/吴梦川

在我两岁的时候，母亲生下了一个漂亮的妹妹来给我做伴，她白皮肤，大眼睛，黄头发，长得像个小洋妞，可她一点儿也不讨人喜欢。

据母亲说，这个孩子非常折磨人：她说她要喝水，你刚给她倒上水，她就说她不渴了，并要你把水倒掉；你在前面走，她在后面哭喊，你回转来拉她，她就倒在地上不起来；她撒起横来，可以滚遍屋里每个角落，是最有效的吸尘拖把；她在深夜拼命哭闹，谁也止不了，所有的人都睡不了觉，而她的眼里一滴眼泪也没有。

奇怪的是，妹妹和我在一起时，不但没有她们说的毛病，还表现得特别勇敢。如果有大孩子欺负我，她就会奋不顾身扑上去，抱住别人就咬。有一次，我们去摘人家的桃子，主人回来看见我们，大吼一声，吓得我们

春天的聚会

感动系列

撒开脚丫子就跑,慌乱中我把一只鞋子丢在树下了,可我不敢再回去,就叫妹妹去捡鞋。妹妹二话不说,转回身就往回跑,过了一阵,她呼哧呼哧跑了回来,手里拎着我的那只鞋。我问,他们打你没?妹妹摇头。我又问,他们有没有骂你呢?妹妹又摇头。于是,我穿上鞋就走,走着走着就听见了哭声,我一回头,看见了远远跟在后面的妹妹,一边哭一边用手揉眼睛,小小的身子一抽一抽的,我忽然觉得她好可怜,觉得对不起她,我比她大,我是姐姐呀。

总之,妹妹的表现是很好的,只是老爱和我争玩具争东西,争不过时,我就威胁她,不和她玩,这一招她最怕啦,于是她妥协了,把玩具让给我。后来不知怎么搞的,我就不停地生起病来,病得越来越厉害,整天躺在床上,气息奄奄。在那些时候,妹妹还会把她自己的那份好吃的东西喂进我的嘴里,把好玩的东西放在我床头,她守在床边,满眼怜悯地看着我,不停地问我疼不疼,什么时候能起来和她出去玩。她后来也很少跟我争过东西,大概就是在那个时候养成的习惯,我知道她没办法,我是她唯一的玩伴,她离不开我,就像影子离不开主人,牛尾巴离不开牛身一样,这是她的弱点,并一直被我利用。

病好后,我的身体依然虚弱,不能疯跑疯玩,这时候我忽然变得多愁善感起来,喜欢起花花草草来了。外婆的门前有唯一的一棵花,叫木槿,从春到夏开一种紫色的花朵,很好看。但那些花朵开上一天就会凋落,很可惜,于是每天早晨,我都跑到树下去数新开出的花朵,并把它们摘下来,以防凋谢。这真是件折磨人的事情,搞得我很累,到后来,我无法坚持再去数那些花朵并摘下它们,只好任其凋落。许多年后我读到李渔的一篇文章,说木槿花是"朝开暮落"的,命很短,真有其事。

穿过木槿花下的竹篱笆,爬上屋后的小山坡,再走过一条羊肠小径,就来到一座坟岗,那儿埋着村里所有的死人。妹妹胆小,从来不敢去那儿。有一次,我把她带到了那个神秘而恐怖的地方,她轻轻迈着步子,大气都不敢出。在一座新坟上,我们看见了半个破碗,里面装着水,我嗅了嗅,不,是酒,这是给地下的死人喝的,鬼们吃的水饭。妹妹忽然哭了起来,断断续续地说,姐,你会不会死?你要是死了,我给你送水饭。我说,要是我变成鬼了,你怕不怕?妹妹愣了一会儿,然后咬着嘴唇,坚定地摇着头说,不怕,你是我姐,你不会害我。

从小到大,我和妹妹都在一起,最长的一次分离是在我七岁她五岁的那年夏天,妹妹跟着母亲,去远方的父亲那儿探亲,这一走就是几十天。我还没放假,不能同去,这让我难过了好多天,我知道,去父亲那儿是要坐汽车火车的,我没坐过。

妹妹一走,我就蔫了,外婆说我们姐妹俩在一起就吵,离开了就想,还真是,我想死我妹妹了。日子在孤单和无聊中一天天过去,有一天我正在教室里上课,同桌撞了一下我的胳膊肘,指指教室后面的木格窗,我抬头一望,那不是妹妹吗?她坐在木楼梯上,正眼巴巴地透过木窗看我哩。我的心立即变成了一只快乐的小鸟,恨不得马上飞出教室,但我必须等到下课才能出去。

那时刚上课不久,我担心妹妹等不到我下课,就不时地朝窗外望,每次我都望见她还在那儿静静地坐着,连姿势都没变,嘿,我从没见过她这样安静过。我望她一次,她就朝我笑一次,大大的眼睛在秀气的小白脸上扑闪着,她一直都没走开,一直等到我下课。我记得那堂课我们念的是:金沙舞,长沙笑,成昆铁路通车了。我一边大声念着,一边想象妹妹是怎样坐着长龙似的火车回到我的身边来的。下课铃终于响了,我快步走出教室,一出门,就见妹妹正从楼梯上急急地冲下来,跑向我。她穿着一件淡绿的花衣裳,梳两个羊角辫,一边跑,一边笑,一边叫着"姐姐、姐姐",然后扑进了我的怀里。

然后我们就慢慢长大成人了,长大了的妹妹,眼睛大大的,皮肤白白的,鼻梁挺挺的,头发竟也黑黑的了,她真是个美人!不仅如此,她还温柔善良,善解人意,关心他人,是父母的小棉袄,小时候的磨人劲再也没有了,嘿,真是女大十八变,越变越可爱。我们姐妹俩情投意合,息息相通,相依相伴,度过了寂寞多愁的青春时光。有时候我想,还真得感谢母亲,给我带来了这样一个妹妹,慰我孤独,替我解忧,理解我,包容我,不求回报。我以为我们永远都不再分离,然而,命运还是残酷地捉弄了我们,给妹妹安排了一个最折磨人的结局。

西安有所全国闻名的医院,叫第四军医大附属医院,但它却没能治好我妹妹的白血病,妹妹在那里住了将近一年,受尽折磨,然后病逝。

她活着时,我这个当姐姐的有许多对不起她的地方,却再也没有机会进行弥补改正了。

我想我大概有点儿老了,看见那些盛开在天地间的美丽花朵,我不再有欣喜,不再有占有的欲望,也不会像小时候那样去攀摘,我总是远远地望着它们，心怀怜惜，目光恍惚。我的门前种着许多木槿花，童年时外婆门前的那种木槿花，在花开时节，每天早晨，门前都铺满了紫色的落花，我从它们面前走过，不再焦虑，不再忧郁，而是平静从容，只是我从不踩踏它们。无论道路有多逼仄，我想我活过半生，已经懂得什么是生命了。

有一天，我从外地出差回来，和六岁的小女儿久别重逢，她急急地向我跑来，一边跑一边笑着叫"妈妈妈妈"，然后猛地扑进了我怀里，撞得我心疼，那一刻，时光倒流，昔日重现，妹妹又回来了！真的，你信不信，我常常从女儿身上，看到我妹妹的影子，在她熟睡时，在她某个动作表情中，在她的某句话语里。

这样的情，谁能不动容

赏析／邱　敏

文章只是用朴素的语言叙述着"我"和妹妹一起生活的平凡事，但她那乖巧纯真的妹妹的形象却分明跃然于纸上，她们之间血浓于水的手足深情，也在这平凡的语言中，闪烁着动人的光芒，让人心中涌起阵阵感动。

年幼的妹妹，为了姐姐可以变得勇敢，在姐姐生病的时候愿意奉献自己最好的东西，只要是对姐姐好的事，她愿意付出自己的一切。正如作者所说的："慰我孤独，替我解忧，理解我，包容我，不求回报。"但是，这样一位温柔善良，善解人意的女孩，却终被病魔带走，让人不禁惋惜心痛。更让人感受到作者平静的文字下，隐藏着对妹妹多么深刻的怀念。

有人说，兄弟姐妹是天上的雪花，谁也不认识谁。后来，落到了地上，融成一体，结成冰，化成水，以后就谁也离不开谁了。现在独生子女越来越多，作者与妹妹感人肺腑的手足之情，也许可以让我们对"亲情"这个词，会有更深的理解。

他心一惊,连忙看信的内容,见信的末尾清楚地写着:"我知道你手头紧,爹也过得紧巴巴,所以别怪爹邮的钱少。"

父 亲 的 信

● 文/李阳波

起初,他是怀着焦急的心情等待父亲的来信的。第一封信,他在收发室里就迫不及待地拆开来看。父亲不识字,一看就知道信是让只上了三年小学就回家放羊的勾子写的:

"儿子:你身体好吗?工作好吗?别担心我,我的身体还好,日子也还过得去。记住,别和人打架,别和头儿顶嘴。还有,晚上起床要披上衣服,别着凉了。爹说过了,要是你在外面惹了祸,爹就打断你的腿。父字。"

这封信对他这个大学生来说,实在是短而无味,因此,刚拿到信时的兴奋转瞬间就化为失望。不过,他还是及时写了回信(信上故意用一些勾子哥肯定不认识的字词),向父亲说了一些小城和自己的工作情况,毕竟父亲省吃俭用供自己读完了大学,他还是十分感激的。

接到第二封信时,他开始感到父亲很无聊。因为除了把"晚上起床要披上衣服"换成了"睡觉时不要开着窗户"外,其余和第一封信一字不差。这次他回信就拖了几天。看完第三封信,他紧皱着眉头,脸上甚至有了不屑的神情。如他所料,这封信和上封信的不同之处,只是将"睡觉时不要开着窗户"改成了"把蚊帐挂上,有蚊子了。"他终于决定不再回信了。当然,他并不是为了节省八毛钱邮票,也不仅仅因为面对如此粗陋的来信,觉得无话可说,这其中有一个小小的秘密——信的末尾,有一句画掉的字。他经过仔细辨认,看出那是"我知道你手头紧,爹也过得紧巴巴……"这最清楚不过了:父亲想找他要钱,可是考虑到他才参加工作不久,又觉得不妥,所以让勾子把那句话删掉了。

他心中顿生怨言:乡下没有多少花钱的地方,即使日子过得紧巴,将就一下也就过去了。可这里不行,同事间的应酬自然免不了,自己也不能穿得太寒酸。到月底自己还对着干瘪的口袋发愁呢，哪还有多余的钱往家里寄呢？当然，这些话是不能对父亲说的，说了他也不一定理解。思前想后，觉得最好的办法就是既不回信，也不看信，这样眼不见心不烦，落个清静。

如今，他的抽屉里已经有二十几封没有拆看的父亲的来信。

他洗完手，擦完脸，对着镜子把头发梳理整齐，准备和女友去外面吃饭。有人敲门，是同乡小李。

"你爸给我来了封信，问你出了什么事？为什么给你写了那么多信，你一封信也没回？唉，老人家一个人在家里……"小李冷冷地说着，狠狠地瞪了他几眼，扭头就走了。

他愤愤地坐到床上，怪父亲竟然给别人写信打听自己的消息。稍一思索，嘴角不禁露出一丝冷笑：不就是为了钱吗？写信来要钱见没有结果，急了。哼！看他找什么理由要钱！这样想着，就拿起刚收到的那封信，狠狠地把信皮撕开。当他将信纸抽出并抖开时，一张十元的人民币轻轻飘落在地上！他心一惊，连忙看信的内容，见信的末尾清楚地写着："我知道你手头紧，爹也过得紧巴巴，所以别怪爹邮的钱少。"

他发疯一样把抽屉里所有的信一一拆开。每一封信里都夹着一张十元的人民币，而信的末尾都写着那句同样的话。

爱不是用来怀疑的

赏析／邱　敏

在人的感情之中，亲情是最温暖、最无私的。父母时时刻刻用爱守护着我们的心灵，对于他们来说，只要我们能健康地成长，幸福地生活，他们甘愿付出所有。

文中父亲的信，言语朴实且缺少变化，但是却字字渗透着细致的关怀，渗透着对儿子诚挚的爱意，渗透着对儿子无尽的挂念。然而文中儿子的表现，让每一个有良心的人都为之感到羞愧，对于父亲的良苦用心，他不但不懂得理解和珍惜，反而恶意地怀疑自己的父亲。等他理解这一切的时候，才发现，已经欠父亲的太多了。文章读来，让人既感动，又辛酸。

想想我们，很多时候，我们总是在不停地埋怨自己的父母唠叨，但是扪心自问，我们有没有真正站在父母的角度理解他们呢？父母从来不从我们身上索取什么,他们唯一怕的是对儿女付出不够,而我们太不懂事了。从今天开始,让我们用心去体会父母的爱,尽我们的力去报答他们的恩。

不知家乡过不过母亲节,远在北京的我是要过的,尽管母亲不在身边。

妈妈,我这就回家

●文/风　子

一

为了离开您,我离开了家。

小路把我送出村庄,背景越来越远……

妈妈,请转过身去,盈眶的热泪,禁不住女儿再回首。

莫怨,莫怨女儿大了留不住,二十年前,您也是妈妈留不住的闺女。

别了,小桥、流水。

走在异乡的土地上,脚步越来越沉重,沉重的还有心事。

没有云朵的天空好寂寞。

妈妈,真想再听您啰哩啰嗦,在耳边或在枕畔。

可是妈妈,我已不再、不再属于您的小屋。

乡愁是千里外一条回家的路,皇天后土被您站成了一道风景。

二

不知家乡过不过母亲节,远在北京的我是要过的,尽管母亲不在身边。

亲情,杨花般飘飞,溶进五月的晴空里。风过处,无影无踪。

母亲的思念似乎要沉重得多。六十年的风霜,从白发上抹不去,从皱纹里抹不去。那思念,湿漉漉地浸透了热泪,难怪我每次想起母亲时总有一种想哭的感觉。

春天的舞会　感动系列

老迈的母亲曾经年轻过。年轻时的母亲一点儿也不比摩登的女儿逊色。对镜理妆时，可以想见母亲当年的芳姿。双颊泛起羞红，母亲令女儿相形见绌。

长辫子越长越长。男友身前身后叫"小芳"，一声声防不胜防。关山重重，隔不断母训频传。

我固执地沉默着。固守沉默，就是固守对爱的承诺。

三

《一封家书》毕竟流行过去了，因为忙或累的缘故，信难得或懒得写了，但电话是要打的，闻"名"胜似见面。

"妈妈，您好吗？"永远的开场白。

"问你自己，儿行千里母担忧……"

"……明年春节，我一定回家。"今年呢？省略号，跳开不提，顾左右而言他——节目预告呢。

当真不想家？想！想家却不想回家，微妙而又复杂。想家其实就是想妈妈，但这份孝心是可以按捺得下的，只要有理由，哪怕不充足，譬如"忙"，譬如"累"，譬如……

"明年"复"明年"，"明年"何其多？情到深处情转薄，辜负了"三百六十五里路"，辜负了母亲一次又一次的等候。

"有钱没钱，回家过年。"一句老话，听得我怦然心动。可是，"今年来不及了……"明年春节我一定回家，真的。

话筒那边，真空般令人窒息的沉默，尔后是异样的响动。"妈妈，别放下！"妈妈已经不再相信我的话。

放下电话，眼泪哗哗。妈妈，我这就回家！

别让母亲等太久

赏析／邱　敏

这是一个远离家乡远离母亲的游子，对母亲的深情独白。

和许多人一样，"我"为了自己的理想和追求，尽管知道母亲万分不舍,尽管知道母亲眼泪涟涟,仍毅然离开温暖的家,到外面去闯荡,从此回家变成一句空空的承诺。在体验了生活的艰难之后,才发现原来在母亲身边的日子是多么的珍贵,才发现原来母亲的唠叨也如此温暖,才想起母亲已一天天老去,而自己却让母亲一次次失望。相比之下,母亲对儿女的爱,却从不落空,即便相隔千里,也如泉水一般,源源不断地传送到儿女所在的每一个角落。

在漫漫的人生道路上,母亲是我们强大的后盾,母亲为我们奉献一生。作为儿女,我们要懂得珍惜母爱,回报母爱,千万不要等到母亲老去那天才意识到这一点。

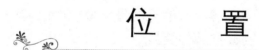

迈克知道他在母亲眼中是一个彻底的失败者,他很难过,决定远走他乡去寻找自己的事业。

位　　置

● 文/崔　浩

迈克在求学方面一直遭遇失败与打击,高中未毕业时,校长对他的母亲说:"迈克或许并不适合读书,他的理解能力差得让人无法接受。他甚至弄不懂两位数以上的计算。"

母亲很伤心,她把迈克领回家,准备靠自己的力量把他培养成才。可是迈克对读书不感兴趣,为了安慰母亲,他也试着努力学习,但是不行,他无论如何也记不住那些需要记忆的知识。

一天,当迈克路过一家正在装修的超市时,他发现有一个人正在超市门前雕刻一件艺术品,迈克产生了兴趣,他凑上前去,好奇而又用心地观赏起来。

不久,母亲发现迈克只要看到什么材料,包括木头、石头等,就一定会认真而仔细地按照自己的想法去打磨和塑造它,直到它的形状让他满

意了为止。母亲很着急,她不希望他因为玩弄这些东西而耽误学习。迈克不得不听从母亲的吩咐继续读书,但同时又从不放弃自己的爱好,他一直在想如何能做得更好。

迈克最终还是让母亲彻底失望了,没有一所大学肯录取他,哪怕是本地并不出名的学院。母亲对迈克说:"你走自己的路吧,没有人会再对你负责,因为你已长大!"

迈克知道他在母亲眼中是一个彻底的失败者,他很难过,决定远走他乡去寻找自己的事业。

许多年后,市政府为了纪念一位名人,决定在市政府门前的广场上置放名人的雕像。众多的雕塑师纷纷献上自己的作品,以期望自己的大名能与名人联系在一起,这将是难得的荣耀和成功。

最终,一位远道而来的雕塑师获得了市政府及专家的认可。在开幕式上,这位雕塑大师说:"我想把这座雕塑献给我的母亲,因为我读书时没有获得她期望中的成功,我的失败令她伤心失望。现在我要告诉她,大学里没有我的位置,但生活中总会有我的一个位置,而且是成功的位置。我想对母亲说的是,希望今天的我不至于让她再次失望。"

这位雕塑师就是迈克。在人群中,迈克的母亲喜极而泣。她知道迈克并不笨,当年只是她没把他放对位置而已。

每个人都有自己的用处

赏析/邱　敏

每一位母亲都希望自己的儿子和其他正常人那样,通过读书成长、成才,使儿子成为自己一生的骄傲。儿子迈克在求学的路上遭受接连挫败——高中校长劝他退学,没有一所大学愿意接收他,不管怎样努力,都不能在学习上有所进步。但母亲仍然希望通过自己的努力把儿子培养成才,她的执著精神值得敬佩,让人感动。

更值得尊敬的是,在她的努力一次又一次无功而返后,她选择了尊重儿子,把选择的权利交回给了迈克,让他自己去选择日后的道路。迈克最终也以雕刻方面取得的杰出成就,证明了自己,回报了母亲的殷切期望,母子之间的真情在文中流露无疑。

文章还告诉我们另一个道理:在选择人生的努力方向时,只要你确定了最能使你的品格和长处得到充分发挥的目标,锲而不舍地走下去,你终会获得属于自己的成功。

父亲伸手紧紧抱住自己的儿子,布满皱纹的脸上有了一丝笑容。

树上的那只鸟

●文/汪 析

夜晚,一位父亲和他的儿子在院子里散步。儿子已大学毕业,在外地工作,好不容易回一趟家。

父子俩坐在一棵大树下,父亲指着树枝上的一只鸟问:"儿子,那是什么?"

"一只乌鸦。"

"是什么?"父亲的耳朵近来有点儿背了。

"一只乌鸦。"儿子回答的声音比第一次大,他以为父亲刚才没听清楚。

"你说什么?"父亲又问道。

"是只乌鸦!"

"儿子,那是什么?"

"爸爸,那是只乌鸦,听到没有,是只乌——鸦!"儿子已经变得不耐烦了。

父亲听到儿子的回答后,没有说一句话。过了一会儿,他突然站起身,慢吞吞地走进屋里。几分钟后,父亲坐回到儿子身边,手里多了一个发黄的笔记本。

儿子好奇地看着父亲翻动着本子,他不知道那是他父亲的日记本,上面记载着父亲日常生活的点点滴滴。

父亲翻到二十五年前的一页，然后开始读出声来：

"今天，我带着乖儿子到院子里走了走。我俩坐下后，儿子看见树枝上停着一只鸟，问我：'爸爸，那是什么呀？'我告诉他，那是只乌鸦。过了一会儿，儿子又问我那是什么，我说那是只乌鸦……

"儿子反复地问我那只鸟的名字，一共问了二十五次，每次我都耐心地重复一遍。很高兴能有这样的机会，我知道儿子很好奇，希望他能记住那只鸟的名字。"

当父亲读完这页日记后，儿子已经泪流满面了。"爸爸，你让我一下子懂得了许多，原谅我吧！"父亲伸手紧紧抱住自己的儿子，布满皱纹的脸上有了一丝笑容。

别让爱失望

赏析／邱　敏

父子俩关于鸟的两次问答，时间相隔二十五年，问与答的人互换了角色。父亲把同一个问题重复了四次，儿子就变得非常不耐烦；而二十五年前，父亲为了儿子能记住鸟的名字，儿子问了二十五次他仍然耐心作答。这种对比，值得每一个人深思。

正是父亲的耐心重复，才有了我们对世界、对生活的最初认识，才使我们懂得了最基本的生活知识和做人做事的道理。父亲耐心的重复一直伴随着我们成长的每一个过程，从来都是耐心细致，一直都是把这些重复当成是自己养育孩子的一种幸福，不会因此而觉得不耐烦。他们一次次的重复中交织着对我们的深情厚爱。父亲有一天会变老，会变得眼花耳聋、记性减弱，当他们需要我们的重复时，我们没有任何理由不耐烦。

父亲这几句话，给了我一个毕生受用无穷的启示：犯了错误，必须自己承担后果。不可迁怒于他人，不可推卸责任。

启 示

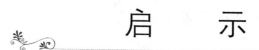

●文/［新加坡］尤 今

这是一件发生在童年的小事。

我的爸爸也许已经把它忘记了，然而，这件事却对我的一生或多或少地起了影响。

那年，我九岁。

一日，坐在靠近门边的桌前写大楷。门铃响了，爸爸开门，是邻居。两人就站在大门外交谈。

那天风很猛，把我的大楷本子吹得"啪啪"作响，我拿着墨汁淋漓的笔去关门。猛地把门一推，然而，立刻的，大门由于碰到障碍物反弹回来，与此同时，我听到父亲尽力压抑而仍然压不下去的喊声。

门外的父亲，眉眼鼻唇，全都痛得扭成了一团，连头发也都痛得一根一根地站了起来，而他的十根手指呢，则怪异地缠来扭去。一看到我伸出门外一探究竟的脸，父亲立刻暴怒地扬起了手，想刮我耳光；但是，不知怎的，手掌还没有盖到我的脸上来，便颓然放下，我的脸颊，仅仅感受到了一阵掌风而已。

邻居以责怪的口气对我说道："你太不小心了，你父亲的手刚才扶在门框上，你看也不看，就把门用力关上……"

啊，原来我几乎把父亲的手指夹断！

偷眼瞅父亲，他铁青着脸搓手指，没有看我。

十指连心，父亲此刻剧烈的痛楚，我当然知道；但是，当时的我，毕竟只是一名九岁的小童，我所关心、所害怕的，是父亲到底会不会再扬起手来打我。

父亲不会。

当天晚上，父亲的五根手指浮肿得很大，母亲在厨房里为他涂抹药油。我无意中听到父亲对母亲说道：

"我实在痛得极惨，原想狠狠打她一个耳光，但是转念一想，我是自己把手放在夹缝处的，错误在我，凭什么打她！"

父亲这几句话，给了我一个毕生受用无穷的启示：犯了错误，必须自己承担后果。不可迁怒于他人，不可推卸责任。

谢谢您，爸爸。

一句话，一辈子的感动

赏析／邱　敏

在被女儿夹到手指时父亲忍住了巨痛，忍住了怒火，冷静地分析了事情，原谅了不知情的女儿。而他的做法，却给了女儿受益一生的教育和影响，让女儿懂得了"犯了错误，必须自己承担后果，不可迁怒于他人，不可推卸责任"这个人生哲理。

父亲作为孩子人生的第一个导师，他总是用自己对生活的感悟教育孩子，父亲所讲述的每一个道理，都含有父亲对孩子最深的爱：他们走过的平坦的路，他们希望孩子走得更舒畅；他们走过的坎坷路、弯路，他们希望孩子不要再走；他们经历过的幸福，他们希望孩子有成倍的感受；他们经历的苦难，不希望在孩子身上重演。

父亲讲道理时，我们常常会觉得啰嗦而没有用心去听，等到吃亏了才明白其中的道理。用心倾听吧，那都是父亲的爱啊！

寒暑躬耕,生产贵如呼吸、重如生命的五谷,爷爷那双大手扶起岁月,将因诚实而纯净的血汗,流给四面八方的各界人士,也流给时光下游的子孙。

沉默的指影

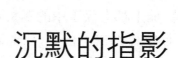

●文/李松涛

生性寡言少语的爷爷,在大平原上的垄沟垄台间坎坷了一辈子。想起爷爷,就自然想起一种质朴的把戏——指影。

磨盘似的巴掌,钉耙般的指头,竟然出奇的灵巧。在微弱的油灯与粗糙的墙壁之间,爷爷的手幻化出多种多样的影像:摇耳朵的兔子、眨眼睛的大鹅、巨口开合的狼狗……最为精彩的还是拟人:爷爷把撕成三角形的纸块用唾沫粘在腕背,再将半尺长的烟袋横在指间,于是,一个躬身铲地的老汉便跃然上墙,那三角形的纸块已是草帽,那烟袋杆已是锄杠,烟袋锅已是锄头。爷爷的手左右摆动,墙上那老汉就不停地铲地,一副埋头苦干的样子,生动极了! 逗得我在爷爷怀里打滚,咯咯直乐,乐出了眼泪,乐出了鼻涕。

"像吗?"爷爷问。

"像!"我说。

"像谁?"

"像……像爷爷!"

是的,爷爷也有那么一顶遮风挡雨的草帽,爷爷也有那么一把除草松土的锄头。

每天,从田野里倦归的爷爷吃罢晚饭,也就到掌灯时分了。临睡前,总要例行地揽我入怀,或抱我坐在腿上,移过灯盏,先动物后人物,精心而耐心地为我演出指影。久而久之,这指影成了供我欢乐哄我入眠唯一有效的方式。

铲了一会儿地,墙上那老汉直直腰。爷爷说:"得让他喘口气了! "我要是没看够,就连声嚷嚷:"不嘛不嘛! "爷爷禁不住我的缠磨,那老汉就还得接着干。过一会儿爷爷又说："这块地铲完了！行了吧？"我一拧身子说："不！我还要看。"爷爷这时的口吻循循善诱："庄稼最多铲三遍，年年这样……"不等爷爷说完，我就要放赖，使劲打挺，爷爷情知没商量，只好打发那老汉没完没了地铲四遍五遍，一边铲一边嘟囔："这儿也没草了，再铲就是苗了！"老汉一边干着，一边等着我开恩。最后，见我终于有了困意，烟袋从爷爷指间滑落，墙上那老汉手中的锄头随之消失了。爷爷小声说："你瞅瞅，他真累了，连家什都攥不住了，让他回家吃饭睡觉去吧，留点儿活明天干。你瞅瞅，这灯里眼看也要没油了。"其实，这时我也累了——跟爷爷玩累了，乐累了，亲累了，我乖乖地"嗯"一声，听话地闭眼睡去了。梦中，自己去爬墙了。

沉默的爷爷嘴上没话，可他摸遍阴晴冷暖，摸遍喜怒哀乐的大手，把什么都说了。早起开门，爷爷的大手撩起报晓的鸡鸣；入夜关门，爷爷的大手掐灭村里的最后一声犬吠。那双大手从一个个春天惯性地伸出去，拨开雨雪冰霜，抓紧一个个盛秋，劳顿中艰难中困苦中，牢牢地把握着生活，还以横生妙趣的指影，赐予我不息的欢愉，使茅屋里那面土质的墙壁，竟成了我最早的银幕、最初的荧屏。由于慈爱的爷爷，我寡淡的童年陡增了许多韵味，留下了绵长的忆念，我喜欢并崇拜爷爷那双结满老茧的大手。寒暑躬耕，生产贵如呼吸、重如生命的五谷，爷爷那双大手扶起岁月，将因诚实而纯净的血汗，流给四面八方的各界人士，也流给时光下游的子孙。

记得跟爸爸进城，离开故乡的头一天晚上，窗外是一片清朗的月色，操琴蟋蟀的弹拨乐与持鼓青蛙的打击乐，远远近近地合奏出乡间缠绵、恬适的小夜曲。我舍不得离开爷爷和原野上四季分明的生活，哭了，泪淌到爷爷的大手上。我说：

"爷爷，咱们一块儿走！"

爷爷乐了："都进城，那让谁种地？"

"不！一块儿走！"我的倔劲又上来了。

爷爷麻利地撕块纸片，抄起烟袋，于是一个铲地老汉忙碌的影子又出现在墙上："你瞅瞅，爷爷还得在乡下干这个呢！种地，打粮，好让你们出门在外的人别挨饿。你记着，人走到哪儿，都得吃饭！"说着，那影子铲得更起劲了。

临睡时，油灯的光晕里，我发现爷爷的眼里有泪花闪亮。老人家舍不得我，但更舍不得土地。就在那个晚上，爷爷手把手地教我掌握了指影的要领。

从此,爷爷的影儿便随我伴我走在人生的每一程。求学的墙壁,供职的墙壁,国内的墙壁,海外的墙壁,烛光里,灯光里,总有我愉悦环境的保留节目:摇耳朵的兔子、眨眼睛的大鹅、巨口开合的狼狗……最后必定是铲地老汉。在到处是电影、到处有电视的世界上,这古朴的浪漫予人予己的感受均属独特。离家越远,离家越久,也就越发觉出那影子乃是我们民族的形象,是我们世代劳动为本的形象,是我们立足土地稳求发展的形象,是我祖先的形象。

我是爷爷秋后经冬又逢春一把撒出去的种子,而爷爷是我保持血脉永不变异的精神食粮——我对那指影充满了日益深厚的敬意。

爷爷弥留之际,我从数千里外日夜兼程地赶回了故乡。失语多时的老人家头脑依然清醒,稍事打量,便认出了我,平躺在炕上,手指吃力地横向捻动,失神的眼睛突然有了光彩,嘴角漾起一丝笑意。哦!老人家又想起淘气的孙子了,又想起指影了……老汉又在挥锄了。这回,老汉真的累了,他的头已顶不起草帽了,他的手也握不住锄头了——爷爷他老了!摸遍了尘事,摸遍了沧桑,他那双手终于衰弱得连自己的生命也攥不住了。爷爷的手垂了下来!他的指影再也不能爬墙了……

当年,爷爷送我离乡,在村口叶片絮语的白杨树下,他用那双我至为熟悉的大手使劲捏捏我的脸蛋儿,唇间无语,他的千叮咛万嘱咐都在那让我微痛的手指上了。

现在,轮到了我送爷爷——沉重的脚步走出草房,走出柴门,绕过泪雨纷飞的村街,绕过枝叶叹挽的白杨,沿着蜿蜒如人生、逶迤如岁月的乡路,告别村邻,告别田野,爷爷他最后定居在一块能俯瞰村邻,鸟瞰田野的高坡上。

沉默的爷爷,最终与沉默的土地融为一体了。

爷爷不在了,可我还在——爷爷那勤劳的影子在我手上,在我身上,在我心上,永远不会消失。迎着大平原令人神往的地平线,我走向遥远……

沉默而形象的亲情

赏析/邱 敏

一个淳朴勤劳、生性寡言少语的老农,通过指影这种方式,表达自己对孙儿的爱意,陪伴孙儿度过了童年,给了孙儿人生最初的启发,成为祖孙之间的情感纽带。在他们分别之后,他的指影继续陪伴着孙儿人生的每一个过程,为孙儿留下了一生温暖绵长的忆念。

这指影其实就是祖孙二人之间温暖动人的亲情载体,指影虽是无声的,但指影里的动作,却充满着慈爱的韵味,亲情就在这沉默的动作中,静静流淌。

如果我们细细品味,就会发现,弥漫在我们周围的亲情,大都是无声的,我们的亲人,从来不会在嘴上说要怎样对自己好,但在他们的一言一行中,我们分明能感觉到他们暖暖的爱意。真正的爱不需言说,只是默默地付出;真正的珍惜,也不需言说,只是默默地谨记心头,然后用心去回报。

在这混沌的吼声中,童年那声遥远亲切的召唤如烟似梦从记忆里走来,萦绕着响荡在故乡灰蒙蒙的阳光飞洒的天幕。

太 阳 泪

●文/谢学军

我对阳光的记忆遥远而贴近。

"快跑,孩子。"

这一句,在我懵懂的童年岁月就锲入记忆深处。我隐约记得,父亲第一次向我发出这话是在儿时某个遥远的春日午后,阳光明丽。明丽的阳光白晃晃梦幻般在村庄上空流动,空气里散漫的浮尘,四处游荡。

父亲松开有力的手臂,刚刚学会站立的我模糊中壮胆晃悠悠向前跑去,竟跑出十来米。第一次,我惊奇地知道自己学会奔跑了,身后传来父亲的欢笑与掌声。我撒开小脚丫,扑通,摔在硬地上,我的兴奋幻化为哭声。浮尘在阳光里荡漾。不要快跑! 不要快跑!

村小学距村庄五里。没念过书的父亲总为我能否按时到校担忧。他终日在地里劳碌,经常忙到烈日炎炎的午后才返家。那时我刚饭罢出村上学。"孩子,快跑。"父亲疲惫的喊声从田埂飘来。阳光的抚摸使他曾白皙的脸黝黑,我总担心有一天它会与土地同色。我欲笑,中午不比早上,时间宽裕。但我还是加快脚步,落荒而逃。火辣辣的阳光在身后追逐我。我慑于父亲的严厉,害怕迟到挨揍,恐惧成绩不能达到父亲预定的标准。快跑,孩子!

多年后,我渐渐明白,是父亲阳光下这句敦促,迫我走完匆忙的童年,走向多思多梦的少年时代。

我升入中学那天,要到一个远方小镇求学。我如愿了,父亲送我,车来了,我匆匆抓起行囊。"慢点儿走,孩子。"我一怔,停下,想落泪。多年已习惯"快跑",此刻我不知父亲在心中是熟识还是陌生。我没回头,这样我看不到他深陷的眼睛,苍老的面容和不再硬朗的双肩。他过早地老了!当我"慢点儿走"时,父亲却得加快脚步,一次次乘着星月,挑着菜担去追赶小镇的黎明,以支付我日益增长的学费并支撑家用。那一瞬,我加重了自己的使命感——圆多年父亲太阳一样炫目的梦,然后,捧着这枚太阳,回见父亲。

我想为太阳流泪。

几年过去,我却没能追赶到我的太阳。

高中毕业那个夏日黄昏,面对沧桑的父亲,我无法悲伤。父亲决意要我继续考学,或回乡老实本分地厮守土地。可我厌倦土地了,我执意要背井离乡,到一座陌生的边城谋生。面对分歧,我们从清晨争执,僵持到黄昏。

"快滚——劣种!"父亲终于以火山爆发般的暴怒让步。

在这混沌的吼声中,童年那声遥远亲切的召唤如烟似梦从记忆里走来,萦绕着响荡在故乡灰蒙蒙的阳光飞洒的天幕。我看了父亲最后一眼——他谢顶的脑袋让我寒心,我夺门而去。

老远,再回首,西山那枚血红的夕阳正冉冉沉没。再见,太阳!再见,故乡!

三年后,我回归我的故园,不知它是否肯接纳我这"逃兵"。多年的漂泊,多年的闯荡,使我四处受伤,使我谙于世事,使我夜夜思念我永远的家园。在无穷无尽的人际周旋中,我没学会什么,除了生活。我决定用苦力挣来的积蓄,建个养猪场——这是较适合于家园的活计了。

当多年杳无音讯的我提着行李奇迹般出现在地头父亲面前时,他抓草的手似乎被蜇了一下，吮在嘴里。秋阳下，他手背的老茧清晰可见。是这双手，搀扶着我的童年，鼓励我向前跑。恍惚间，记忆里又走来那个遥远春日的午后。

"爸爸，"我顿了顿，"我回来了，没法像小时候……"我哽咽下去。面对老父，我该是悲伤，还是欣慰？阳光毒辣，我鼻尖冒汗，羔羊般等着父亲责骂。

然而，他半张着嘴，端详我，不认识似的。许久，嗫嚅着说："还……还以为回不来哩。"语气平淡得像他平淡无奇的一生。他扛起我的行李包，那凹陷的肩头，佝偻的脊背，告诉我他这三年的故事：一样的沧桑一样的悲壮！

不用告诉他我漂泊的故事了。

孩子，快跑！

我加快脚步。父亲裸背上滚动着的浑浊的汗珠便清晰地跃入眼帘。一股温涩的热流和着汗水流过脸颊。

快跑，孩子！

我抬眼看天。太阳，正猛。其实，那淋漓的大汗，是感动的太阳正伏在父亲背上，痛哭。

孩子，快跑！

为了悲喜交加的太阳！

最宽广的胸怀

赏析／邱　敏

孩子蹒跚学步的时候，父亲希望孩子能快跑，是迫切想看到孩子人生的第一串完整的步伐；孩子上学了，父亲希望孩子快跑，是希望孩子能珍惜学习时光；孩子要离家远行求学了，父亲希望孩子慢走，这样就能多看孩子一眼……这些简短的话语里，浓缩着一个父亲对儿子的浓浓的关爱和殷切的期望。每一位父亲一直都希望自己的孩子能在成长的路上跑得更快，为此他们情愿披星戴月，不辞辛劳。

父亲在大部分人眼中都是沉默而严厉的，但我们要知道，隐藏在父亲严厉的外表下，是始终理解接纳我们的宽广博大的胸怀，是始终牵挂关爱着我们的心。生活中，让我们用心去理解父亲，读懂父爱，感恩父爱。

我时时在梦中望见妈妈展开双臂,呼唤着我,向我走来,我跳床而起,向妈妈扑去……

献给母亲的歌

●文/王胜厚

蓝蓝的天空白云飘,我想飞身上天把这洁白的云轻轻摘下献给妈妈,做她的围巾;雪梅峰上雪梅开,我不畏路险风萧萧,也要把雪梅摘下献给我伟大的妈妈。

小鸟啾啾细柳枝,春花遍地开。妈妈每在新春之前,总是要为自己定下一个计划,今年要在那亩地开辟一片瓜地,让瓜结得大大的,甜甜的,让儿女们假期美美地吃上好瓜,或者在田埂上种些高粱、玉米,好让儿女们过节能吃上甜甜的高粱饴,香喷喷的玉米棒。妈妈总是想着让我们能吃上可口美味的东西,从不说她要吃什么。

全家团圆,妈妈忙前忙后,总像有使不完的劲,儿女们叫妈妈休息一下,妈妈却倔强而喜悦。妈妈虽银丝飘飘,却心明眼睛亮。每每饭后茶余,把我们集中在一起,询问学习、生活、人际关系。我们进步时,妈妈就满脸微笑,温柔地表扬我们;当我们沮丧失落时,妈妈就谆谆教导,循循善诱,犹如春天雨露,滋润着我们的心田。

孩子将要远行,昏暗的灯光下,妈妈手拿针线,密密缝补着孩子的衣服。妈妈眼睛不好,总是缝一针,落两针。她那轻轻的叹息声,飘至我的心中,我总是泪湿枕巾。

离家几千里,每每眺望远方,我似乎看见我的妈妈站在小山坡上,手搭凉棚,在寻找着,凝视着,盼望儿女们归来。我时时在梦中望见妈妈展开双臂,呼唤着我,向我走来,我跳床而起,向妈妈扑去……

妈妈给了我坚强的性格,上进的精神,我的妈妈是世上最好的妈妈。

为母亲唱首感恩的歌

赏析/邱　敏

　　这是一首母亲的赞歌,虽然列举的都是生活中的平凡事,但却让我们看到了天下母亲的伟大情怀:总关心我们喜欢吃什么,却常常忘记自己喜欢吃什么;总希望儿女多些休息,而自己却忙前忙后不停不歇;面对生活的艰辛,从不向儿女诉说,但儿女的芝麻小事总能牵动她的心……她可能对自己的事情感到迷茫,但她却总有办法鼓励我们不断进步,总有办法让我们拥有战胜困难的力量。

　　母亲一生都在静静地为儿女撑起一片宁静而温馨的天空,她们自己的一切都可以作为子女换取幸福的筹码。我们在安逸地享受着母亲创造的幸福的同时,应该尽自己的能力去关爱母亲,让爱在我们的心和母亲的心之间循环流动,让爱的温暖相伴我们一生。

圣诞老人的助手

春天的舞会

　　我们不能改变周遭的世界,但我们可以改变自己,用爱心和智慧来面对一切。爱心是一片照射在冬日的阳光,使贫病交迫的人感到人间的温暖;爱心是一泓出现在沙漠里的泉水,使濒临绝境的人重新看到生活的希望;爱心是一首飘荡在夜空的歌谣,使孤苦无依的人获得心灵的慰藉。无论岁月怎样流逝,让我们带着真情和爱心一路前行。

在夕阳那动人的光泽下，细细的沙子在两个孩子天籁般的笑声里宛若跳跃的、金色的水花。

金色的沙子

●文/［英］莉莉·莲安

我的女儿莫尼卡喜欢玩沙子，每天下午，她都要和小伙伴们去社区公园的沙池玩。近来我发现，她每次出去玩时都要带上家里的红水桶。莫尼卡才七岁，用这样的大桶提沙子肯定会很吃力，我曾好几次建议她换只小一点儿的桶，她却依然愿意提着大桶去玩。

有一天，我打理好庭院里的花草后，决定去公园看看莫尼卡。傍晚的公园显得安谧宁静，夕阳的柔光给一排排高大的树木笼上薄纱。远远地我就看到一群孩子正在沙池里嬉戏，他们银铃般的笑声和彩色秋千一起荡漾着。接着我便看到了那只鲜红的桶，旁边一个熟悉的身影正专心致志地往桶里装着沙子。我走过去说："莫尼卡，你怎么不和小伙伴们一起玩呢？装这么多沙子做什么呀？"莫尼卡仰起沾着沙粒的汗涔涔的小脸，有些吃惊地问："妈妈，您怎么来了？"我笑着说："快别这么弄了，去和萨拉她们一起玩吧！""不行呀，"莫尼卡摇摇头又继续装起沙子来，"雷德也很想玩沙子，我要和他一起玩。"

"雷德是谁呀？"我饶有兴致地问，"你让他过来啊。"

"喏，他在那儿！"

我顺着莫尼卡手指的方向望去，看到花坛那边有个坐在轮椅上的小男孩。"妈妈，雷德真的很想玩沙子，可是他只有一只脚……"莫尼卡的声音低了下去。

我帮莫尼卡把沙桶提到雷德面前，这个有着浅棕色头发、蔚蓝眼睛的孩子略显羞涩地对我说："阿姨，您的莫尼卡就像天使一样，她每天都帮我造一个沙池呢！"说着他弯下身子去捧桶里的沙子，他的脸上有花朵绽放般的欣喜与兴奋。

在夕阳那动人的光泽下,细细的沙子在两个孩子天籁般的笑声里宛若跳跃的、金色的水花。

最纯真的爱

赏析／李林荣

一个七岁的孩子,提着一大桶沙,为了制造沙池给只有一条腿的雷德玩,她放弃了与别人玩沙的机会。这真是令人敬佩。孩子在玩沙的同时,不忘给残疾的同伴带来欢乐,与他一起分享普通人的幸福。小小的孩子,她都能这么体贴别人、关心他人,我们怎能不感动、不为之感到欣慰呢?

对于身体残疾的人,我们要更加关心他们。我们玩耍的时候,不要忘记他们渴望的眼神,不要忽视他们的感受,他们与我们一样,也非常喜欢玩耍,只是有些不方便而已。本来,不是一位正常的人,他们已经很痛苦了,如果我们只顾自己玩,孤立他们,那么,他们会更加痛苦,他们的心灵会受到更大的伤害。奉献自己的爱心,创造机会与别人一起分享,我们会享受到更多的快乐。

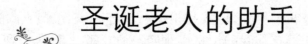

那天晚上我认识到,圣诞老人不仅活着,而且活得很好,每一个善良的人都是他的助手。

圣诞老人的助手

●文／杨　洋

我还记得和祖母一起度过的第一个圣诞节。那时我还是个孩子,我骑着自行车风驰电掣般地穿过城镇,去找我的祖母。因为我的姐姐对我说:"根本就没有圣诞老人。"这句话对我而言无异于晴天霹雳,我要去祖母那里求证一下。

祖母在家,我把事情一五一十地告诉她。

"没有圣诞老人?!"她嗤之以鼻,"胡说八道!别相信那个。这谣言已经流传好多年了。现在穿上你的大衣,我们走。"

"走?去哪儿,奶奶?"我问。

"跟我走。"奶奶说完,头也不回地走出房门。

原来是克比百货店。祖母递给我十美元。"拿着这钱,给需要的人买点儿东西,我在汽车里等你。"说完她转身走出了商店。

这是八岁的我第一次自己做主买东西。好一会儿,我只是呆呆地站在那儿,手里拿着十美元,绞尽脑汁地想买什么东西,给谁买。我把我认识的人一一想了个遍:我的家人、朋友、学校里的伙伴,还有一起去教堂的人。当我突然想到波比的时候,我有了主意,波比没有大衣,冬天他从不在课间外出运动,她母亲总是带口信给老师说他感冒了。但所有的孩子都知道他没有感冒,他只是没有大衣。我手里捏着十美元,渐渐地激动起来。我选中了一件红色灯芯绒带风帽的大衣,它看起来够暖和,波比会喜欢的。

那天晚上,祖母帮我把大衣用玻璃纸和彩带包好,然后在上面写上:"给波比。"落款是"圣诞老人"。祖母解释说这样做是想让我将来成为圣诞老人的正式助手。

然后祖母开车带我去波比家。祖母把车停在波比家旁边的街上,她说圣诞老人送礼物是要保密的,于是她和我悄无声息地潜行到波比家旁边的灌木丛中藏好。"好了,圣诞老人,"她低声说,"去吧。"

我深吸了一口气,冲到波比家的前门,把礼物放在台阶上,按响了门铃,然后飞快地跑回灌木丛,和祖母安全地待在一起。我在黑暗中屏息等待着,门打开了,波比惊喜地捧起了"圣诞老人"的礼物。

时间已经过去四十年了,但我和祖母一起守在波比家门前灌木丛中的激动和兴奋丝毫没有在我的记忆中褪色。那天晚上我认识到,那些关于没有圣诞老人的可恶谣言就像祖母说的一样,是"胡说八道",圣诞老人不仅活着,而且活得很好,每一个善良的人都是他的助手。

让爱在我们手中传递

赏析／李林荣

在西方，圣诞节是小孩子最开心的节日，因为他们可以收到"圣诞老人"送给他们的礼物，你相信吗？文章告诉我们，只要你相信，圣诞老人就是存在的，只要你愿意，他便会让你成为他的助手，代替他把快乐传递给每一个人。

祖母是睿智的老人，她在人人都不相信童话存在的现实社会中，带着孙子创造了童话，并让孙子相信，只要相信这世间的纯净，始终带着对社会的那份感动奉献自己的爱心，就能把童话的美好带到现实中，为身边的人带来快乐。

圣诞老人是存在的，不信的话就请擦亮你的心灵，拭去那层对社会的不信任，这样，你就会看到圣诞老人。当你帮助了需要帮助的人，圣诞老人会在街角边微笑地看着你；当你在这天做了一件好事，圣诞老人会出现在你的睡梦里，为你带来快乐！摸摸你的内心，圣诞老人就在你心里！

平等地帮助那些有需要的人，他们才会平和地接受我们的爱，才会对世间的博大的爱心存感动。

咬过的汉堡包

●文／剑　朋

一个雨天的早晨，我把孩子们送到学校后顺便去了一家快餐店，点了早餐。可能是服务员太忙，几张桌子上都是没有收拾的纸杯、盒子和法式炸土豆条。

一位年轻妇女与一个五六岁的男孩走进来，他们坐下来，开始点菜。这时，又进来一个人，背微驼，穿着一件破烂的上衣。他缓慢地走向一张狼藉的桌子，慢慢地检查每个盒子，寻找残羹剩饭。当他拿起一块法式炸土豆条放到嘴边时，男孩对母亲窃窃私语道："妈妈，那人吃别人剩下的东西！"

"他饿了，又没有钱。"母亲低声回答。

"我们能给他买一个汉堡包吗？"

"我想他只吃别人吃过的东西。"

当女服务员递给母子俩两袋外卖食品时，男孩突然从他的袋里拿出一个汉堡包咬了一小口，然后跑到那个人坐的地方，把它放在他面前的桌子上。

那个乞丐很惊讶，他感激地看着男孩转身、消失。

体　贴

赏析／李林荣

面对乞讨的人，很多人都露出反感的神情，但小男孩却想帮助他，想买东西给他吃。他纯真的心灵，令许多人感到羞愧，感到汗颜。为了乞讨人的自尊，使他安心接受，小男孩轻轻咬了一小口汉堡包才送给他，多么善解人意的孩子，多人令人感动的细节。

生活中，我们要懂得关心别人。吃饭的时候，不要忘记正在忍受饥饿折磨的人；穿着新衣服的时候，不要忘记正在挨冻颤抖的人……永远保留着一颗关爱之心，我们才会真正地体会别人的困难，才会认真地帮助他们。即使是一块面包，也会使饥饿的人看到希望，看到人间的真爱。平等地帮助那些有需要的人，他们才会平和地接受我们的爱，才会对世间的博大的爱心存感动。

> 在这一刻，我领悟到父亲所留下的远非一副角膜，他所遗留下的是辉映在我女儿眼睛里的一种骄傲！

永生的眼睛

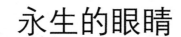

● 文/[美]琳达·里弗斯

　　一九六五年炎夏的一天，母亲被一场突如其来的疾病夺去了生命，年仅三十六岁。下午，一位警察来访，为医院要取用母亲的眼角膜来征求父亲的意见。我惊呆了，不明白那些医生为什么要将母亲的角膜给予他人，而父亲居然回答"可以"。我痛苦难忍，冲进了自己的房间。

　　"你怎么能让他们这样对待妈妈！"我冲着父亲哭喊道，"妈妈完整地来到世上，也应该完整地离去。""琳达，"父亲平静地搂着我，"你所能给予他人的最珍贵的东西莫过于你自身的一部分。很久以前，你妈妈和我就认为，如果我们的死亡之躯能有助于他人健康的恢复，我们的死就是有意义的。"他说，他们早已决定死后捐赠器官了。父亲的话给我上了一生中最重要的一课。

　　多少年过去了，我结了婚并有了自己的家。一九八○年，父亲患了严重的肺气肿，搬来和我们同住。他愉快地告诉我，他去世后要捐赠所有完好的器官，尤其是眼睛。"如果一个盲童能够借助我们的帮助重见光明，并像你女儿温迪一样画出栩栩如生的马儿，那有多么美妙！"温迪自幼酷爱画马，她的作品屡屡获奖。"想想看，另一对父母如果看到他们的女儿也像温迪一样，将会多么高兴。"父亲说，"当你们得知我的眼睛起了作用，你们将会多么自豪！"

　　我告诉温迪她外公的心愿。孩子热泪盈眶，过去紧紧地拥抱外公，她十四岁，恰恰是当年我首次听到母亲捐赠器官的年龄。

　　一九八六年的一天，父亲与世长辞了，我们遵从他的意愿捐赠了他的眼睛。温迪告诉我："妈妈，我真为你为外公所做的一切感到骄傲。""这令你骄傲吗？"我问。"当然，你想，什么都看不见会有多么痛苦啊！我死

老天的舞会

感动系列

后,要学外公将眼睛送给失明的人。"在这一刻,我领悟到父亲所留下的远非一副角膜,他所遗留下的是辉映在我女儿眼睛里的一种骄傲!

那天,我紧紧搂着温迪。没有想到,仅仅是两周之后,我再一次为器官捐献组织签署了同意书。我那可爱的女儿,才华横溢的小温迪,在一次交通事故中丧生了……当我签字时,她的话仍萦绕在我耳际:"你想,什么都看不见会有多么痛苦啊!"

失去温迪三周后,我收到一封来自奥列根勇敢者角膜中心的信。信上写道:"角膜移植非常成功。现在两位昔日盲人已重见天日。他们将成为您的女儿——一位极其热爱生命的女孩的活的纪念,并有幸分享她的美丽……"

我的金发的温迪手中的画笔依旧不辍地挥动着,她的碧眼仍然闪烁着骄傲的光芒。

伸出手,成为传递爱的链条

赏析／李林荣

善良的身影时常萦绕在我们周围,使我们的每一寸肌肤都充满了感动。无论是父亲同意把母亲的眼角膜献给他人,还是他要求自己去世后捐赠所有完好的器官,都深深地感染了"我",也深深地影响着"我"的女儿,使父亲的爱心世世相传,助人的精神代代不息。

在生命的最后时刻,他们想到的是那些看不见光明的人,那些生活不方便的人。他们高尚的风格,一心为人的品德,感动着我们,激励着我们去帮助他人。也许,我们的一点儿爱心就可以挽救一个人的生命。所以,我们不要吝惜自己的爱心,尽自己的力量帮助别人,让有需要的人都得到关怀,尽量让每一点儿光都能发热,让每一滴水都能解渴。

任何一个人都可以把他们弃之不要的东西捐赠给别人,但真正的慷慨却是把你最珍爱的东西给予别人。

真正的慷慨

●文/[英]伊丽莎白·考伯

一场龙卷风袭击了我们家附近的一座小城,那里的许多家庭都损失惨重,报纸上一张特别的照片尤其触动了我的心。照片上,一个年轻的女人站在一座完全被毁坏的房屋前面,一个大约七八岁的小男孩低垂着眼站在她的身边。旁边,还有一个很小很小的小女孩用手抓着年轻女人的裙裾,眼睛盯着镜头,目光里充满了慌乱和恐惧。在相关的文章中,作者给出了照片上的每个人的衣服尺寸。我注意到他们的衣服的尺寸与我和孩子的衣服的尺寸很接近。这将是教育我的孩子帮助那些比他们不幸的人的好机会。

我将照片贴在冰箱上,把他们的困境向我的一对七岁的双胞胎儿子以及三岁的小女儿——布兰德、布雷特和梅格安做了解释:"我们拥有这么多东西,而这些可怜的人现在却什么也没有。我们应该把我们拥有的东西和他们分享。"我从阁楼上拿下来五只大盒子放在地板上。当男孩子们和我一起把一些罐装食品和其他一些不易腐坏的食物、肥皂等装进其中一只大盒子的时候,梅格安怀里抱着鲁西——她爱极了的布娃娃——来到我们面前。她紧紧地将它搂在胸前,把她圆圆的小脸贴在鲁西扁平的、被涂了颜色的脸上,给了它最后一个亲吻,然后,将它轻轻地放在其他玩具的最上面。"噢,亲爱的,"我说,"你不必把鲁西捐出来,你是那么的喜欢它。"

梅格安严肃地点了点头,眼睛里闪烁着被她强忍着没有流出来的眼泪:"鲁西给我带来了快乐,妈妈。也许,它也会给那个小女孩带来快乐的。"

我突然意识到,任何一个人都可以把他们弃之不要的东西捐赠给别人,但真正的慷慨却是把你最珍爱的东西给予别人。诚挚的仁爱是一个三岁的孩子希望把一个虽然破旧、却是她最珍爱的布娃娃送给那个小女孩的行为。而我,本来是想教育孩子的,结果却从孩子那儿受到了教育。

看到妹妹的做法,男孩子们惊讶地张大了嘴巴。布兰德什么也没说,走进房间拿着他最喜欢的圣斗士出来了。他稍稍犹豫了一下,看了看梅格安,把圣斗士放在鲁西的旁边。布雷特的脸上露出了温和的微笑,眼睛里闪着光,跑回房间拿来了他的一些宝贝火柴盒汽车,也郑重地放到盒子里。

我把我的那件袖口已经磨损得很厉害的褐色夹克衫从那个放着衣服的盒子里拿出来,然后,把上个星期刚买的一件绿色的夹克衫放了进去,我希望照片上那个年轻女人会像我一样喜欢它。

真正的爱不是施舍

赏析／李林荣

自己不喜欢的东西,我们都乐意送给别人;自己喜欢的东西,又有多少人愿意送给别人呢?梅格安,一位三岁的小女孩,居然把自己最珍贵的布娃娃捐了出来。这让许多人感到无地自容,让许多人感动不已。

自己的最爱,宁愿让给别人,送给更加需要的人们,这是一种高尚的道德境界,一种无可比拟的生命高度。懂得为别人献上最宝贵的东西,这份诚挚的情感,这份博大的情怀,触动着我们麻木的神经,不停地敲击着我们的良心,使我们跟随爱心的足迹,让自己心中的爱洒满人间,让自己的温情溢满每一个残缺的家庭,让自己的小手抚平每一颗脆弱的心灵。生活的道路是漫长的,奉献是无止境的,有爱的生活才会更加温馨,更加幸福、快乐。

爱心是一首飘荡在夜空的歌谣，使孤苦无依的人获得心灵的慰藉。

孩子们，暂停唱歌

● 文/张小失

初秋，音乐老师带我们去校园旁边的一片小树林里练习唱歌。

唱歌前，老师要求我们集中注意力，按照她的手势，各个组掌握好节拍，找到"感觉"，将"效果"体现出来。老师还许诺：如果明天我们班在歌咏比赛上获得第一名，就给每个同学奖励两颗大白兔奶糖。这个诱惑实在太大了，同学们没有不激动的，个个摩拳擦掌。他们看着老师的笑脸，跟着她的拍子，卖力地唱。

连续练习了三遍，老师越来越满意，不住地夸奖我们。当她要大家休息片刻时，我们竟然纷纷要求继续练习。老师有些感动，说："好吧，这次我们正正规规地'演习'，就像舞台上那样。"

起头，开唱。老师手一抬，我们的嗓门整齐地汇到一起，声音嘹亮，响遏行云——正唱到动情处，我们忽然发觉老师的神色有异，她的手不动了，两眼望着我们身后的某个地方。大家的注意力分散了，歌声顿时弱了、乱了。有人窃窃私语："老师在看什么呀？"大家都回过头去……

原来，小树林那边出现了一位坐在牛背上的老奶奶。这位奶奶就住在校园附近的村子里，我们偶尔能遇见她辛劳的身影。但今天的情况不对劲，她似乎在哭，腰弓得像虾米，头昏沉沉地垂在胸前。有同学悄声问："她怎么啦？"没有人知道。

这时，老师轻轻叹了口气后把手垂下来，两眼不再关注我们。有个同学急了："老师，怎么不练习了？"老师这才回过神来，摆摆手说："孩子们，暂停唱歌。"又有同学问："老师，那个奶奶怎么啦？"老师压低声音说："这位奶奶的孙子前几天死了，怪可怜的。现在，我们不能唱歌，因为如果听到歌声，她的心会很寒冷的……"

当时，大家都很肃静。按老师的要求，我们必须等老奶奶走远了才能唱歌。但是,老奶奶一直坐在牛背上,而牛一直就在树林附近吃草。也不知过了多长时间,下课铃响了,我们再也没有机会练习合唱了。老师草草地收了场。

第二天的歌咏比赛上,我们连第三名都没有拿到。但是,等到再上音乐课时,老师却意外地带来了大白兔奶糖,给每个同学发了两颗。老师是这么解释的:虽然比赛失败了,但我仍然很高兴,你们的爱心得了第一名。

令人起敬的暂停

赏析／李林荣

为了不使老奶奶更加伤心,老师毅然暂停了练习唱歌,以至在比赛中失利。但老师觉得是值得的,因为爱心第一,关爱无价。如果一个人没有爱心,那就很容易走上大肆追逐名利的道路,甚至为了获取名利而不惜埋没良心。

名次失去了,下次还可以争取;爱心失去了,就会永远刺痛别人。暂停唱歌,其实是在唱着另一首更加动听的爱心之歌,更加感人的安慰之歌。没有声响的乐曲,在树林里长时间地回荡着,震撼着每一颗怜悯的心。爱心是一首飘荡在夜空的歌谣,使孤苦无依的人获得心灵的慰藉。名利在爱心面前显得那么渺小,在每一个真情的舞台上,随风飘走的是名利的泡影,沉淀下来的是无限的爱心。

只要有爱,生命就永远不会被困难打倒,永远与希望同在。因为,有爱的地方,就会有奇迹发生。

企　　盼

●文／闫　岩

他生下来就是一个瞎子。医生说要施以治疗起码要五万元,而且没有把握能治好。父母彻底失望了,于是在他六岁那年的冬天,父母把他丢在了一个陌生的地方。虽然母亲已经把最厚的棉衣给他穿上了,可他还是觉得冷。他开始哭,"哇哇哇"地大哭,这一哭惊动了许多人。他一个劲儿地喊:"我要妈妈。"可是妈妈没有来,爸爸也没有来。他知道爸爸妈妈嫌他是个瞎子,不要他了。

后来,一双粗糙的大手拉起他那双冰凉的小手,一直拉着他走进一个温暖的地方。那个人说:"这就是我的家,以后也就是你的家了。"

那个人让他喊"叔叔",他就喊了。之后,叔叔一点一点地让他熟悉这个家,告诉他床在哪里,火炉在哪里……

以后的日子,叔叔每天去上班,他便一个人在家里待着。叔叔怕他寂寞,还给他买来许多玩具,有能跑的汽车,能打响的冲锋枪,虽然他看不见,可他愿意听声音,他觉得那是世界上最美妙的声音。

在叔叔的关心和照顾下,他慢慢地长大了,除了眼睛依然看不见,其他部位都很健康。他曾经问过叔叔,他长得什么样子?叔叔说他长得很好看,就像电视里的小帅哥。他没看过电视,当然不知道电视是什么样子的,更不知道那里面的小帅哥到底有多帅,他不禁失口说:"我要是能看见该多好呀!"叔叔听后,用那双粗糙的大手抚摸着他的脸,怜爱地说:"你不是听医生说五万元就能治好你的眼睛吗?我正在努力地挣,不管治好治不好,我一定要试试。"躺在叔叔的怀里,他哭了,泪水从他那紧闭的眼里流出来,热辣辣的。

终于有一天,叔叔兴奋地告诉他,他攒够了五万元,并激动地拉着他的手到了医院,然后他被推进了手术室。

七天后,当医生准备拆掉他眼睛上的绷带时,叔叔突然制止了医生,对他说:"娃,如果你看到的世界不是想象中的样子,或者你还是什么也看不见,你会失望吗?"他说他不会。叔叔说,那我就放心了。

他紧紧攥着叔叔那双粗糙的大手,其实他心里极度紧张。医生小心地一层又一层地拆着,他的心一下比一下跳得猛。当医生把最后一层绷带拆掉时,他仍然害怕地闭着眼睛。后来,他慢慢地睁开眼睛,首先看到周围有许多人,那些人的脸上都挂着泪。他一侧头,不禁惊呆了,他的身边竟坐着一个眼睛深深凹下去的瞎子!他顺着自己的胳膊一直往下望,发现自己正紧紧地攥着瞎子那双粗糙的大手。

爱 与 光 明

赏析／李林荣

一个"天生是瞎子"的六岁孩童被狠心的父母抛弃后，被一个陌生的叔叔收养了。这位叔叔不仅给予他无微不至的关怀，还千辛万苦为他攒钱治病，让他终于得以重见光明。而最让人震撼的是，这位叔叔竟也是盲人。

故事中四次重复了叔叔那双"粗糙的大手"，正是这样一双手，将另一个盲童抚养成人，并给了他人世间最温暖的爱。用这样一双盲人的手"挣五万元"，其艰难程度可想而知。然而，最难能可贵的是，盲人叔叔千辛万苦挣回这五万元，为的不是自己，而是要让这个与自己没有半点儿血缘关系的孩子重见光明。这是何等无私、伟大的爱啊！

生活有时常会与我们开玩笑，很多人的一生会遇到许多坎坷和挫折，但只要有爱，生命就永远不会被困难打倒，永远与希望同在。因为，有爱的地方，就会有奇迹发生。因此，请你在获得、享受别人给予的爱的同时，别忘了也为他人、为社会献出自己的一份爱。只要每一个人都愿意用爱呼唤爱，用生命影响生命，爱便更有力量，生命也更为真实。

这个社会有时是冷漠的、斤斤计较的，但只要你敢爱、敢信任，它就会是热情的、柔软的。

种 春 风

●文／虹 莲

那天正好是立春。我拿着几张稿费单去邮局，心情很好。

邮局里人不多,前面是个小伙子,正在给家里寄钱,后面是一个七十岁左右的老人,戴副老花镜,穿着破烂又邋遢。他肯定是来取子女们的汇款的吧。他手中还拿着一张报纸,我扫了一眼,是《河北农民报》,我从来没读过的一份报纸。

老人的外套油迹斑斑,我不由得站远了一些,以免蹭脏自己新买的"宝姿"风衣。我正戴着MP3耳机听歌呢,老人忽然伸出手来,我忙摘下耳机,他说:"姑娘,麻烦你帮我取张汇款单。"

我拿了一张给他,他又说:"姑娘,你能帮我写一下吗?人老了,戴上花镜也怕写错。"我有点儿无可奈何,但看他恳请,也只好从命。

"寄到哪里?"我问。"就照这报纸上印的地址寄吧。"他指着巴掌大的一篇文章说。

我很快地看完了那则煽情的报道——原来是某村的一个小女孩,父母去县城卖菜的途中出了车祸,肇事司机至今没有消息,她只好跟着八十岁的奶奶生活,学费、生活费都没有着落。

"多可怜啊!"老人说。

"骗你呢,大伯。这肯定是骗局。连照片都没有,哪能信?"

老人很固执:"肯定是真的。以前我也寄过,人家都给回信了。你说,谁要有活着的办法会这么求你呢?一定是过不去这个坎了,对吧,姑娘?"

我抬起头来,打量着这个猛然打动了我的老人。他其貌不扬,甚至是寒酸的,摊开的双手老茧重重。老人叹口气说:"我小的时候家里穷啊,要不是别人帮我,我肯定活不到现在。人帮人是天经地义的,古人都说,投我以木桃,报之以琼瑶。"

为了保险起见,我拨通了那家报社的电话,他们不仅知道老人的大名,还说,他每月都要寄钱来,他们对他非常感激。

老人每月的退休金只有五百元,但那天他寄出的钱是三百元!我有些震惊,三百块对我而言无所谓,一篇小稿子而已,可对老人几乎是倾其所有。老人说:"下个月我还要寄,让她们祖孙俩最起码能吃上饭。"

不知为什么,我的眼角有些湿润,如果不是亲手填写这张汇款单,我很难相信一个刚刚吃饱的人,正在把钱寄往一个更穷的地方。那一刻,我的心隐隐不安。一个买瓶CD香水就要花上千儿八百的女人,是越来越爱自己了,却对他人越来越铁石心肠。

那天,我领取的稿费将近两千元,我也要了一张汇款单,写了同一个地址，寄去了一点儿钱。老人非常感动，一个劲地说："姑娘，我替她们祖孙俩谢谢你！"

我连忙摇头，哪里用他替陌生人感谢我，我才要感谢他，那种本真的善良，唤醒了我心中一度被遗忘的东西。这个社会有时是冷漠的、斤斤计较的，但只要你敢爱、敢信任，它就会是热情的、柔软的。

和老人告别后，我的心头别样的温暖。外面春风乍起，心里的春天也悄悄来了，我想起三毛的一首老歌《一亩田》："每个人心里一亩一亩田，每个人心里一个一个梦，用它来种什么，用它来种什么，种桃种李种春风……"

我很小的时候就听过，但一直不明白，春风怎么可以种？

但那天我在风中走着，终于知道，春风是可以种的，只要在心里播下爱的种子，它就会悄悄发芽，绿意摇曳，让你的心田吹拂起温暖的春风……

只要我们伸出援助之手

赏析／李林荣

每月只有五百元退休金的老人，居然用三百元资助失去父母的小女孩。这份率真的善良感动着我们。他这种无私为人的精神像一阵春风，融化了许许多多冷漠的心灵，吹开了千千万万朵爱之花。

在物欲横流的社会，有些人对别人的伤痛越来越冷漠，他们关心的只是自己的利益、自己的荣誉。也有些人不敢轻易相信别人，怕别人欺骗自己的感情，怕自己的真心被出卖。于是宁愿在心中筑起高高的围墙，不敢轻易施舍自己的爱心。其实，不是每个人的生活都是美满的，不是每个艰难场景都是虚构的，不是每分痛苦都是假装的。只要我们伸出援助之手，就能帮助别人渡过难关，帮助别人圆一个又一个美梦。

生命之花终于凋零，只有她的眼角膜被保留了下来。这位从未走出过县城的女士，将光明播撒到南疆北土，播撒到遥远的地方……

享受生命的春光

● 文/李海燕

四川省巴东县女护士王飞越身患绝症，生命即将走到尽头，她很想留一点儿什么给这个曾经让她温暖、让她懂得爱的世界。

可是她的全身已开始溃烂，捐赠遗体用于医学解剖和实验显然已经不太可能。一日，来探病的弟弟说，姐姐，你的眼睛好明亮哟。这句话提醒了王飞越女士，病床上的她顿时兴奋起来：我要捐献眼角膜。

她的遗愿，立刻遭到丈夫和女儿以及亲友们的反对。沉浸在即将丧失亲人的巨大悲痛中的他们，无法理解王飞越的做法。他们在病床前，苦苦哀劝。面对劝说，病床上的王飞越也含泪诉说："这样做，可以让两个人重见光明，难道你们不能满足我这个小小的要求吗？"她支撑着写了申请书，求丈夫为她签字。

字终于签了，王飞越松了一口气。可癌细胞已经开始肆虐扩散，加之用药，造成全身水肿。如果水肿造成眼角膜损伤，就会影响角膜移植手术的质量。她忍着痛，向医生提出，保护好我的眼睛，请不要用止痛药。

伤痛折磨着她，然而她更担心的是，一旦角膜受到损伤，她的捐献计划将成泡影。她提出请求：在她停止呼吸之前，现在就摘掉眼球。

丈夫和女儿，还有医生护士们流泪了。守护在一边的眼科专家们也制止了她。

疼痛不断加剧，死神临近，王飞越的一只眼睛甚至已不能闭合。她知道，生命已无法挽留。她最担心的是眼球的完好无损，为此不断地提出新的请求，而且态度十分坚决：拔掉氧气管，拔掉氧气管！

拔掉氧气管，意味着放弃呼吸，放弃生命，放弃这个美好的世界。丈夫和女儿泣不成声。这样的请求没有被采纳，她就以拒绝治疗来抵制。她如愿了，氧气管终于被拔掉。但接着，她又提出新的请求，拔掉输液管。这一次，周围的人沉默了，彻底尊重了她的意愿。

生命之花终于凋零，只有她的眼角膜被保留了下来。而且其中的一只眼角膜，竟让三位病人重见光明。共有四位患者，包括年轻人和老人，分别承接了她的光明。这位从未走出过县城的女士，将光明播撒到南疆北土，播撒到遥远的地方……

她有一段临终录音，那是对承接她光明的人说的："你好，我不知道你姓什么叫什么，我祝福你，希望你重见光明，尽情享受春光。"

共享生命的春光

赏析／李林荣

在生命的最后时刻，每个人都会对世界无限地留恋，而女护士王飞越却一次次忍住剧痛不用止痛药，一次次请求家人、医生放弃对她的治疗，因为这样她的眼角膜才能保住，能使别人重获光明。

作为护士，她总是在病人最需要呵护的时候及时地出现，给病人以悉心的照料、贴心的温暖，在她生命的最后时刻，她仍然想着回报社会，奉献自己。她那超越生命的爱，让我们每个人都为之感动，为之肃然起敬。

生命的伟大不在于能索取多少，而是在于能为世界奉献多少。因为奉献，爱的种子才得以撒遍人间大地；因为奉献，爱的阳光雨露才得以滋润成长的心田；也因为奉献，爱的天堂之音才得以响彻每个人的灵魂。学会奉献，学会爱，那么我们的生活会充满更多的幸福与快乐，我们的人生将变得更有价值。

中年人走过来，轻轻地把勋章别在他胸前，那金色更亮了。他的喉头在压抑耸动，是压抑着心头的激动，还是被人理解的欣慰？

融

●文/王 华

一位失去左臂的军人的出现，一切都改变了，一切"忘了"的东西都回来了，于是，车厢里充满了温暖和笑声。

终于，在远处茫茫的雪色里，出现了六路车臃肿的身躯。在大雪中等了半个钟头的人们都兴奋起来，刚才的饥饿疲乏一扫而光，一个个收起伞，抹抹头发，扶扶眼镜，甚至挽挽袖子……战斗的激情在每个人眼里燃烧着。我也不敢怠慢，拉一拉滑下肩头的书包，冻木了的神经一下紧张起来。

车还在几十米外，人们已迫不及待地拥到了路中央。每个人都在紧张地估计着对自己最有利的位置，不停地挤来挤去，两只手本能地将两边的人向后拨拉。

车擦着人群的边缘驶过来。没等它停稳，人们便一齐拥向前门、中门和后门。于是，青年的潇洒大度，教授的温文尔雅，姑娘的矜持恬静，便一齐被抛在了那空落落的车牌下。只是那一个个黑发的头、白发的头、长发的头、短发的头和戴帽子、包围巾的头，一样地在车门口攒动；那一双双白皙的手、粗糙的手、青筋暴露的手和戴手套的手，一齐向上挥舞着，努力向前伸——企图抓住车门。此时，人们之间便无了高低贵贱，紧紧"团结"在一起：笔挺的西装和肮脏的工作服挨在一起，白亮的高跟皮鞋胡乱地踏在黑亮的大头皮鞋上。人们之间也没有了礼貌谦让：身体高大的在尽情发挥高空优势，身体瘦小的也在巧妙地利用低层空间。上的人气急败坏，下的人败坏气急。满眼扭曲的面孔、暴怒的目光，满耳叫声、喊声、骂声和小孩儿的哭声。

也许人的弹性限度是很大的吧，经过一番艰苦的努力，刚才车下的那么一大堆人竟然都"压缩"进了汽车狭小的空间,车门勉强闭拢了。车像个吃得过饱的大肥猪,吭哧吭哧地前进了,只抛下了几个老弱残兵在望"车"兴叹。

我被人流涌到了车窗边,平时连俯卧撑都做不了几个的胳膊,这时不得不撑在窗边的扶手上,承受着身后不断涌来的压力,关节在咔咔作响。

车窗上结了层不很美丽的冰凌,奇形怪状的,冷冷地泛着光……

车又到了一站,我挺了挺酸痛的身子,准备接受第二次浪潮的冲击。

车门在一双双手的帮助下,吱吱嘎嘎打开了。同样的场面,同样的眼睛,却似乎又有不同的地方。车门口是顶绿色的军帽,在乱糟糟的人群中很醒目。帽下那张脸,带着成熟,也带着稚气。一道不长的伤疤破坏了它的完美,却给它带来了军人的刚毅与坚强。这张脸,我是那么的熟悉,它和电视上那报告团的英雄们有着多么相同的气质啊。是的,我没有猜错,他胸前那闪着光的,不正是一枚勋章吗?猛然,我愣住了。他的左袖管空荡荡的,被一旁的人挤成了一团。那只胳膊,也许不久前还紧紧握着冲锋枪,而现在,却完全失去了。在这群四肢健全的人中,他的另一只强壮的手臂,紧紧拽着一个小女孩,使劲把她从人群里解救出来,向车上推。胸前的勋章经不住挤压,掉下来,滑进了人缝里。军人顾不上去寻找,只是急急地、大声地说着:"大家别挤,小心孩子!"憨厚的脸上布满了焦虑,伤痕在痛苦地抽搐。是为这和平环境中的"战斗"痛苦吗?是为自己与战友浴血奋战保卫着的孩子在这里得不到关心而痛苦吗?我愣愣地看着这一切,心跳得很急很快,撞得胸口直疼……

一双双手还在努力地向上扒着,然而碰到了那软软的袖管,便迟疑了,犹豫着缩了回来;一双双瞪大的粗暴的眼睛,看到了那仅存的坚强的胳膊,仿佛被刺痛了,不安地移开了;一双双狂躁的脚也迟钝起来,慢慢向后移去。外边的吵闹声静下来,只有雪花和谐地簌簌地落着。我忽地觉出这竟是比舒伯特的《小夜曲》还要美妙的旋律,以前怎么没这个感受呢?

军人刚把小女孩推上汽车猛然觉察了这一切,不解地回过头,满脸疑惑地望着身后的人。那一张张脸上没有了刚才疯狂的神情,一双双眼睛里漾满了敬重与歉疚。一个中年人从雪地里拾起了那枚勋章,用手绢轻轻擦着。军人不安起来,脸红了,同时眼睛里有什么东西闪了一下。他又局促地招呼着:"让老人和孩子先上,快点儿……"中年人走过来,轻轻地把勋章别在他胸前,那金色更亮了。他的喉头在压抑地耸动,是压抑着心头的激动,还是被人理解的欣慰?

人们有次序地上车了。先是老人和孩子,接着几个人硬是拥着这位军人上来了。好几个人站起来让座,给老人,给妇女,给那军人。也许是中间的人自动靠紧了,车厢里显得宽松了些。每个人脸上紧绷着的肌肉松弛下来,都带着温和的笑意;一双双冷冰冰的眼神也开化了,流露着亲切的温情。一张张纸币或一枚枚硬币传过去,一张张蓝色的、黄色的车票传过来。人们互相谈着话,不管是认识的,还是不认识的。售票员一边忙碌着,一边微笑着报站名。

不知是车里人多了,还是别的什么原因,车窗上的冰屑化了,成股地往下流……

融化人心之间的坚冰

赏析 / 李林荣

在大雪中的人们,为了挤上等待已久的公共汽车,纷纷选择了放下平时的礼貌和谦让,变得自私而粗鲁,争先恐后地拥挤着上车。老人、小孩和那些体弱的人们都被挤得痛苦不堪,而当那些双手健全的人们争挤的时候,那个独臂的军人,却在坚守着公德,奋力保护着孩子。

军人的大爱之举,感动了所有的人,他让那些忘记友爱的人们看在眼里,愧在心上,唤醒了他们的良知,使关爱和温暖重新在人们的心间传递。

友爱和谦让是人身上宝贵的品质,它们是人与人之间和谐的纽带,是社会文明的基础,不管什么时候,都不能让它们从我们的身上流逝,好好地保护它们,用它们给别人以温暖,也让自己的人格更完善。

孩子叫出声来:"他就是救我的那个人!"她一下子蹦起来,双手死命地抱住了男人的脖子,就像她遭难的那天夜里一样。

爱 的 故 事

●文/[美]安妮·尼尔森　译/梁　云

一个失去了双亲的小女孩与奶奶相依为命,住在楼上的一间卧室里。一天夜里,房子起火了,奶奶在抢救孙女时被火烧死了。大火迅速蔓延,一楼已是一片火海。

邻居已呼叫过火警,无可奈何地站在外面观望,火焰已经封住了所有的进出口。小女孩出现在楼上的一扇窗口,哭叫着救命,人群中传播着消息说:消防队员正在扑救另一场火灾,要晚几分钟才能赶来。

突然,一个男人扛着梯子出现了,梯子架到墙上,人钻进火海之中。他再次出现时,手里抱着小女孩。孩子交给了下面迎接的人群,男人消失在夜色之中。

调查发现,这孩子在世上已经没有亲人了,几周后,镇政府召开群众集会,商议谁来收养这个孩子。

一位教师愿意收养这孩子,说她能保证孩子受到良好的教育;一个农民也想收养这孩子,他说孩子在农场会生活得更加健康惬意。

其他人也纷纷发言,述说把孩子交给他们抚养的种种好处。

最后,本镇最富有的居民站起来说话了:"你们提到的所有好处,我都能给她。并且能给她金钱和金钱能够买到的一切东西。"

从始至终,小女孩一直沉默不语,眼睛望着地板。"还有人要发言吗?"会议主持人问道。一个男人从大厅的后面走上前来。他步履缓慢,似乎在忍受着痛苦。他径直来到小女孩的面前,朝她张开了双臂。人群一片哗然。他的手上和胳膊上布满了可怕的伤疤。

孩子叫出声来:"他就是救我的那个人!"她一下子蹦起来,双手死命地抱住了男人的脖子,就像她遭难的那天夜里一样。她把脸埋进他的怀里,抽泣了一会儿。然后,她抬起头,朝他笑了。

将感动牢记脑海

赏析／李林荣

谁最关心自己，孩子心里最明白的。不顾生命危险来救自己的人，早已深深地印在她心里。即使手上和胳膊上布满了可怕的伤疤，她也无悔地选择他、跟着他。爱，在大火中得到永生；爱，让丑陋的相貌变得崇高。

茫茫人海中，只要一声呼唤，一声轻语，我们就能认出恩人。因为，每一点儿爱都在我们的生命里流动。那一份感动早已牢记脑海，那一份恩情早已铭刻于心。爱是相向的，没有谁会拒绝别人的爱，没有谁不珍惜胜过自己生命的爱。在成长的过程中，不必寻求生命的轰轰烈烈，不必贪恋物质的丰盛，也不必盯着惬意的生活久久不能移步，其实，没有爱的维系，一切都会成为负担，成为累赘。有爱的纽带，生活才会轻松愉快。

虽然只剩一户人家，铁路局还是为这两位老人建了这个小和田车站……

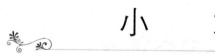

小　　站

●文／王雄刚

我去过日本的很多地方，给我记忆最深的是一个叫小和田的日本车站。小和田站在山林之间，车站没有检票口，也没有电车员，当然更没有车站室。我想，下雨或下雪的时候，在这个小站上等待电车的到来，应该是一种不一样的感觉。就算电车停下来，也看不到一个人从车里走出来，看不到一个人从站台上走进电车里。但是，在地图上的电车线上，很明显写着小和田站的站名。

我猜想小和田车站应该是很久以前的旧站了，只不过是政府来不及拆除而已。

小和田车站的周围是郁郁葱葱的山峦,还能看见河水和一座隐隐约约的木桥。从车站下来,绕过一条石头小道走十分钟左右,有好几排旧房子。不过,房子已破旧不堪,已经没有一个人居住了。顺着木桥方向寻找电车上看到的木桥,一直走到桥头,原来桥的一半与房子一样也倒塌了。一个人也没有的小和田,谁会在这里等候电车,这显得有些孤单的车站莫非即将消失?

我回到站台,惊奇地看到了一位邮递员从电车上下来,他捧着一包行李,笑着从我身边闪过。没走多远,他突然转身问我是不是来观光的客人,我没有点头就问:"这里住着人家?""大家都问同样的问题,以为小和田站只是一个多余的车站,但事实并非如此。"看起来很年轻的邮递员对我继续解释道,"这里还有人住着,你方便和我一起去吗?"或许他也用同样的口气问过别人。我和他一起穿过破旧的房子,看到了奇迹般的画面。一栋干净的木房子,一块绿油油的菜田,一对年近六十的夫妇在田里劳动。屋檐下,一对白色的家犬在晒太阳。那是怎样美丽的风景啊!我感叹的时候,邮递员告诉我,村子里只剩下这对老人,多年以前,其他人都陆续离开了。虽然只剩一户人家,铁路局还是为这两位老人建了这个小和田车站⋯⋯

我一下子不知道该说些什么,一瞬间,我就再也感觉不到车站的孤单了。我坐在站台上重新去看远处的风景,重新去记忆这两个人的车站。我想我可能再也忘不了这个名叫小和田的车站了。

真正的人性化

赏析／李林荣

小和田电车站,只为两个人而设。不计较成本,只为方便群众出行,这周到的考虑,细腻的关怀,使孤单的小站顿显温暖。它像森林里独自盛开的花朵,使每一位坐车经过的旅客都感受到贴心的缕缕清香。

爱心是没有国界的,关怀是没有地域之分的。无论是在什么地方,交通发达的城市抑或偏僻的山区,都有爱的足迹。有人的地方就有爱的脚步,就有爱的气息。每一份浓浓的爱,都会穿越时空的界限,都会蔓延到每一个角落,福及每一位有需要的人。茂密的树林,遮挡不住车站细小的身影;荒凉的村落,阻止不了爱心的远播。爱心,可以穿越千山万水,可以突破交通的局限。有爱心的汽车,每一个驿站都会为你停留,有爱心的车站,每一声汽笛都为你欢呼。

那七颗钻石越升越高,升到了天上,变成了七颗星星,这就是人们所说的大熊星座。

七 颗 钻 石

● 文/[俄]列夫·托尔斯泰

很久很久以前,在地球上发生过一次大旱灾:所有的河流和水井都干涸了,草木丛林也都干枯了,许多人及动物都焦渴而死。

一天夜里,一个小姑娘拿着水罐走出家门,为她生病的母亲去找水。小姑娘哪儿也找不到水,累得倒在草地上睡着了。当她醒来的时候,拿起罐子一看,罐子里竟装满了清亮新鲜的水。小姑娘喜出望外,真想喝个够,但又一想,这些水给妈妈还不够呢,就赶紧抱着水罐跑回家去。她匆匆忙忙,没有注意到脚底下有一条狗,一下子绊倒在狗身上,水罐也掉在了地上。小狗哀哀地尖叫起来。小姑娘赶紧去捡水罐。

她以为,水一定都洒了,但是没有,罐子端端正正地在地上放着,罐子里的水还是满满的。小姑娘把水倒在手掌里一点儿,小狗把她手掌里的水都舔净了,变得欢喜起来。当小姑娘再拿水罐时,木头做的水罐竟变成了银的。小姑娘把水罐带回家,交给了母亲。母亲说:"我反正就要死了,还是你自己喝吧。"又把水罐递给小姑娘。就在这一瞬间,水罐又从银的变成了金的。这时,小姑娘再也忍不住,正想凑上水罐去喝水的时候,突然从门外走进来一个过路人,要讨水喝。小姑娘咽一口唾沫,把水罐递给了这个过路人。这时,突然从水罐里跳出了七颗很大的钻石,接着从里面涌出了一股巨大的、清澈而新鲜的水流。

而那七颗钻石越升越高，升到了天上，变成了七颗星星，这就是人们所说的大熊星座。

吝惜的不叫爱

赏析／李林荣

只要付出就有回报，爱心会在我们一次又一次的奉献中越来越珍贵。在干涸的土壤上，小姑娘艰难地取来一罐清凉新鲜的水，自己不舍得喝，但对奄奄一息的小狗、将要病危的母亲、路过的行人，她都慷慨地分给他们喝。她那金子般的心灵，像大熊星座一样，永远闪耀在漆黑的夜空里。

即使在最困难的日子里，我们也不要只是顾着自己。拉别人一把，自己也会一步步地走出困境。你帮助的人越多，你得到的帮助也越多。其实，我们献给别人一点儿爱心，不但不会减少爱意，反而会增加我们的真情。只要我们时时处处有一颗为人着想的心，就算遇到峡谷深渊，我们也能克服困难，攀上成功的巅峰。

假如没有青福，我的记忆中会不会还有童年的快乐，我的人生是不是仍然完完整整？

打弹珠的朋友

文／谢无双

一九八七年，是我生命中的第十个秋天。那一年，父亲被派往郑州筹备单位的办事处，我们的家也从北京迁往郑州。那一年，也是我生命里至关重要的一年。

　　我们居住的大院里，都是和我们一样的家庭。即使是年龄相仿的孩子，我们也很少讲话。老老实实地上学、放学、回家、写作业、劳动、睡觉，我们接受的是同样的教育，我们都是孤独而承受着太多期望的一群。

　　直到一九八七年的那个秋天，我认识了青福。

　　青福是我的同桌，一个很喜欢说话的男生。用现代的医学观点来看，他可能属于"儿童多动症"的那一型。他很喜欢问我关于北京的事情，问我那里的路，那里的车和那里的人。其实我什么也不知道，但是他脸上的羡慕表情还是让我无比受用。加上他层出不穷的游戏花样，同样令我觉得新奇。很快地，我们成了非常要好的朋友。

　　我们最喜欢的游戏是打弹珠。在北京的时候，我也曾见过别的孩子在路边玩这个，可是总有人把我拉开，告诉我说这是坏孩子玩的游戏。我从未想到这是一个多么有趣的东西，更不曾料到我会被它完全迷住。我们面对面地蹲在地上，或者趴在地上，全神贯注地盯着某一个彩色的玻璃球，然后，将手中的弹珠轻轻一弹，"砰"的一声，击中了！我的内心充满了无比的自豪。

　　我们每个人都有一个最优秀的弹珠，它会有一个战无不胜的名字。我的叫"美洲豹"，他的叫"东北虎"。

　　当然，我们常常都会争吵，因为他总是能赢得更多的弹珠，而我认为他一定有什么不为人知的技巧没有告诉我，于是每一场战斗结束，我们几乎都会厮打一番，结果通常以两败俱伤而告终。但是，这并不妨碍我们下一次的游戏。

　　在青福的带领下，我还学会了扒拖拉机。在放学的路上，经常会有拖拉机"突突"地冒着黑烟从身边开过。青福总是很轻松地一跃，就能扒上拖拉机的后箱栏杆，然后回头冲我得意地笑，或者挥手示意我一块儿上。我起先有些犹豫，可是他意气风发的样子实在令人嫉妒，于是，我也模仿着一跃而上。青福发黄的汗衫和我雪白的衬衣，就这样在拖拉机的背后迎风飘扬。

　　记得一次考试，我只得九十二分，经过父亲严厉的斥责，我也觉得无比羞愧。在北京的日子，我从来没有低于九十五分。

　　讲到这里，我一定要说说青福的家。青福是老四，上面有一个哥哥、两个姐姐，下面还有一个弟弟。我一直很羡慕青福的父亲总是不催促他们洗澡，尽管他们兄弟几个的体臭远近闻名，但是青福家里的两个女孩却总是散发着淡淡的清香,尤其是青福的小妹妹,刚刚上一年级,那么清澈的一双眼睛,我甚至想过长大以后要娶她回家。

是的,就在我垂头丧气的时候,迎面走来了青福的爸爸。"小双,怎么了?被老师批评了?"

"是被爸爸批评了。我没有考好,才九十二分。"

"哈哈哈哈……九十二分?这么高的分数?我家里的五个孩子,最多也才得过八十八分。你已经做得很好了,过来和青福一块玩吧,青福这回考了八十六分,我刚刚奖励了他一个新的弹珠。怎样?要不要来试试?"

那一刻,我真的希望能住进青福的家。

然而,好景终究是不长久的。父母的工作在刚刚迁入郑州的时候是紧张的,所以,我才有了那么多的机会和青福在一起,尝试种种新鲜的游戏。但是,当他们的工作逐渐走上正轨,而我的学习成绩又直线下降,我的厄运也终于来临了。

"小双,从今以后不许再和青福来往,也不要再去青福的家!"

他们毫不怀疑地认为,这一切都是因为我交往了青福这样一个"坏孩子"类型的朋友。

我只能偷偷地继续着我和青福之间的友谊,但是蹲在地上被磨破的裤子和拖拉机弄黑的衬衣,泄露了我所有的秘密。但是一九八七年的那个秋天,我是那么快乐,那么快乐。

后来,父亲终于痛下决心,舍弃在郑州已经打点好的一切,将工作移交之后,又调回了北京。我和青福,也就此告别。

我又回到了一九八七年之前的生活,孤独的,沉默的。只有在和青福通信的时候,我才感到一些快乐和自由。直到高三毕业,我都和青福保持着信件的来往。真的感谢他写了那么多的信,很难想象,那样一个粗糙的男孩,文字会那么优美。从一九八七年以来的整个童年、少年时期,他一直都是我唯一的朋友。

后来,我被送往国外念书,突然就与青福失去了联系。

再回到北京,是一九九八年的事了。一天,我在晚报上意外发现了一篇追忆童年往事的文章,那里面的情节:弹珠、小双、拖拉机——温暖的情节使我想落泪——不用怀疑,一定是青福。随后与报社联系,终于得以与青福重聚,当年的顽皮少年,现在已经是北京一所大学里的研究生了。

而多年以后,我的父母也意识到当年的错误。因为当年同我一样住在那个大院子里的孩子,大多都养成了一种孤僻、清高的性格,而我幸而拥有青福这样的朋友。

假如没有青福,我的记忆中会不会还有童年的快乐,我的人生是不是仍然完完整整?

真挚情谊,相伴一生

赏析/邱　敏

童年,能拥有一个和自己一起寻找快乐的好朋友是非常幸福的事情。在与青福的相处中,"我"感受了童年浓浓的乐趣,体会了大院子里的孩子永远体会不到的快乐,促成了"我"积极乐观性格的形成,更重要的是让"我"拥有了一份珍贵而美好的回忆。

同时,他们结下的真挚情谊,也打动着我们每一位读者。不管父母怎么反对,他们仍然偷偷地见面,快乐地玩弹珠,分别之后仍然不间断地通信。即便联系中断多年以后,他们年少时共同的快乐回忆,还能成为他们重逢的线索。

他们执著地维护那份难得的友谊,坚守着对彼此的关怀,汇成了一曲感人的友情之歌,他们用行动向我们说明了"朋友"这个词的深刻意义:朋友之间,应该一起去寻找快乐,用爱相互关怀,用真诚互相支撑。

真正的上帝,是人们的爱心!

购买上帝的男孩

●文/徐　彦

一个小男孩捏着一美元硬币,沿街一家一家商店地询问:"请问您这

儿有上帝卖吗？"店主要么说没有，要么嫌他在捣乱，不由分说地就把他撵出了店门。

天快黑时，第二十九家商店的店主热情地接待了男孩。老板是个六十多岁的老头儿，满头银发，慈眉善目。他笑眯眯地问小男孩："告诉我，孩子，你买上帝干吗？"男孩流着泪告诉老头儿，他叫邦迪，父母很早就去世了，是被叔叔帕特鲁普抚养大的。他的叔叔是个建筑工人，前不久从脚手架上摔了下来，至今昏迷不醒。医生说，只有上帝才能救他。邦迪想：上帝一定是种非常奇妙的东西，我把上帝买回来，让叔叔吃了，他的伤就会好的。

听完故事，商店店主的眼圈湿润了，他问邦迪："你有多少钱？""一美元。""孩子，眼下上帝的价格正好是一美元。"老头儿接过硬币，从货架上拿了瓶"上帝之吻"牌饮料。"拿去吧，孩子，你叔叔喝了这瓶'上帝'，就没事了。"

邦迪喜出望外，将饮料抱在怀里，兴冲冲地回到了医院。一进病房，他就开心地叫嚷道："叔叔，我把上帝买回来了，你很快就会好起来！"

几天后，一个由世界顶尖医学专家组成的医疗小组来到医院，对帕特鲁普进行会诊。他们采用世界上最先进的医疗技术，终于治好了帕特鲁普的伤。

帕特鲁普出院时，看到医疗费账单上那个天文数字，差点儿吓昏过去。可院方告诉他，有个老头儿已经帮他把钱全付清了。

那老头儿是个亿万富翁，从一家跨国公司董事长的位置退下来后，隐居在本市，开了家杂货店打发时光。那个医疗小组就是他花重金聘来的。

帕特鲁普激动不已，他立即和邦迪去感谢老头儿，可老头儿已经把杂货店卖掉，出国旅游去了。

后来，帕特鲁普接到一封信，是那老头儿写来的，信中说："年轻人，您能有邦迪这个侄儿，实在是太幸运了，为了救你，他拿一美元到处购买上帝……是他挽救了你的生命，但你一定要永远记住，真正的上帝，是人们的爱心！"

朴实的爱，动人的歌

赏析／李林荣

曾有一首歌这么唱：只要人人都献出一点爱，世界将变成美好的人间。爱,一个任何时代都不陌生的字眼,体现着人与人之间最真挚的情感。

小孩购买上帝是出于一种天真、善良和充满爱的幻想——只有上帝才能救得了把他抚养大,至今昏迷不醒的叔叔。在这个社会里,不少人认为爱所占有的分量越来越轻了,人们在对待自己的"帕特鲁普"时,更多的是放弃。

每个人都希望得到关爱,但并不是每个人都有心去回报关爱,因此小男孩的举动才显得如此的珍贵,才如此感人。其实只要你拿着手中的"一元硬币"不断努力,最终能够找到属于你的上帝。让社会的每一个角落充满爱,让"上帝"来到每一个人的身边。

在连着天边的四野上,那个衣衫破烂的小女孩儿,擒着一条面袋,一颗一颗地拾着地里被遗弃的黄豆。

被遗忘的黄豆

●文/阿　成

记得有一次我接受一个跑长途的任务,是给工厂的大食堂拉土豆。我那次开卡车去的是一个很偏僻的乡村。

一切都弄妥了,土豆也装上了,似乎可以走了。但是,在村办公室,采购员、村长、会计三个人已经喝成了知己,一杯酒,一个故事;一杯酒,一段人生感慨。看样子,这一宿他们也喝不完。我只好悄悄地溜了出来。躲进卡车的驾驶室里。裹紧了身上的皮大衣,打算眯一觉。当我刚刚要睡着的时候,便听到轻轻的敲车门的声音。

我立刻坐正了身子,发现敲门的是一个七八岁的小女孩。

小女孩穿着一身补满了各种颜色补丁的棉袄棉裤,正胆怯地看着我。

我打开车门问,小孩儿,什么事?

小女孩给我行了个队礼,说,叔叔,你买不买黄豆?

黄豆?

我说,不买了,谢谢你啊。

小孩说,叔叔,你买吧。我妈妈说,卖了钱,给我做花衣服……

小女孩说着,泪蛋蛋就滚了下来。

看着流泪的孩子,我才猛地惭愧起来,忙说,好的好的。孩子,别哭了,领我去看看黄豆吧。

在月光下,我们一大一小地走着。我分明看到,小女孩的鞋露出了脚趾。

我问,小孩儿,黄豆是你家种的吗?

小女孩说,是我一粒一粒在地里捡的。你买吧,可好了,我是少先队员,不会骗你的。

小女孩的家是一幢泥房。进了屋,屋子里漆黑一片,只在月光投进的窗子那儿,有一个薄薄的淡灰色的女人的影子。

小女孩说,妈,买黄豆的客人来啦,快点灯。

一盏小油灯被点亮了。

我这才看清楚,小女孩的母亲很年轻,怀里还抱着一个叼着奶头的孩子。屋子里没有什么,只在昏暗的油灯下,依稀可见火炕上摊放着一条败絮丛生的被子。

一只黑猫躲在火炕的一角,弓着身子,正怯怯地看着我。

小女孩立刻把黄豆取了出来。只有小半面袋黄豆。

小女孩蹲下来,挽下面袋口,仰着头,让我看。

我拿过油灯看着,然后又看看小孩儿,看得出小女孩黑黑的眸子里很紧张。

我站了起来,问年轻的母亲,多少钱一斤?

年轻的母亲干着嗓子说,两毛钱一斤,行吗?

我说,这些有多少?

小女孩抢着说,十五斤。

我掏出了三块钱,递给了小女孩。

小女孩接过钱,立刻递给了她的母亲。小女孩很高兴,仰着脸,看着她的母亲,笑得很甜。

我想了一下说,三块钱,够做花衣服吗?

年轻的母亲听了，使劲儿地点点头。

回到卡车上，我发现那个小女孩也跟着跑了回来。

她说，叔叔，你睡吧。我在外面替你看车。

说着，她站在车旁，机警地看着周围。

我下了车，把小女孩抱到驾驶室里，并取出随车带的罐头给她吃。

小女孩死死地抱着罐头，就是不吃，使劲儿地摇头。

我问，你怎么不吃呢？

小女孩说，留着给妈妈和弟弟吃。妈妈有病，没有奶水。

于是我取出所有的食物，都给了这个女孩，说，走，我送你回家。

回去的路上，看到小女孩抱着罐头不好走的样子，我便蹲下来背着她走。小女孩在我的背上咯咯地笑着——这是天使的笑声啊。

送小女孩回来后，我歪在驾驶室里怎么也睡不着，一闭上眼睛就清楚地看见，在瑟瑟的寒风下，在连着天边的四野上，那个衣衫破烂的小女孩儿，擒着一条面袋，一颗一颗地拾着地里被遗弃的黄豆。

每个人都有爱的能力

赏析／李林荣

多么懂事的小女孩，为了家里的生活，自己捡地里散落的黄豆卖；为了照顾妈妈和弟弟，自己把罐头留给她们吃。她那淳朴的心灵，使我们为之动容；她那天使般的笑声，使我们听到了来自心灵深处的感人乐章。

如今，有一些小孩子过着奢华的生活，衣来伸手，饭来张口，不懂得关心别人，不懂得为亲朋好友排忧解难。如果对身边的人漠不关心，我们的爱就会一片荒芜，以致变得冷酷无情。

其实，爱心是从日常生活中的小事开始的，就算洗洗菜，煮煮饭，也是对家人的最大关心。帮助自己的家人，也就是帮助自己。有爱心的人，始终会过上甜蜜的日子。有爱的家庭，四季才会温暖如春，生活才会节节上升。

爱心是没有国界的，关怀是没有地域之分的。无论是在什么地方，交通发达的城市抑或偏僻的山区，都有爱的足迹。每一份浓浓的爱，都会穿越时空的界限，都会蔓延到每一个角落，福及每一位有需要的人。

被上帝咬过的苹果

春天的舞会

的苹果

传说在法国一个偏僻的小镇，有一个特别灵验的水泉，可以医治各种疾病。一天，一个少了一条腿的退伍军人，拄着拐杖一跛一跛地走向水泉。有人带着同情的口吻说："可怜的家伙，难道他要向上帝请求再要一条腿吗？"退伍军人听到了，他转过身对他们说："我不是要向上帝请求要一条新的腿，而是请求他教我，没有一条腿后，我该如何过日子。"

学会勇敢地接受事实，不管人生的得与失，总要让自己的生命充满亮丽与光彩。

不管别人怎么赞美，满山的百合花都谨记着第一株百合的教导："我们要全心全意默默地开花，以花来证明自己的存在。"

心田上的百合花

●文/（台湾）林清玄

在一个偏僻遥远的山谷里，有一个高达数千尺的断崖，不知道什么时候，断崖边上长出了一株小小的百合。百合刚刚诞生的时候，长得和杂草一模一样。但是，它心里知道自己并不是一株野草，它的内心深处，有一个内在的纯洁念头："我是一株百合，不是一株野草。唯一能证明我是百合的方法，就是开出美丽的花朵。"有了这个念头，百合努力地吸收水分和阳光，深深地扎根，直直地挺着胸膛。终于在一个春天的清晨，百合的顶部结出了第一个花苞。

百合心里很高兴，附近的杂草却很不屑，它们在私底下嘲笑着百合："这家伙明明是一株草，却偏偏说自己是一株花，我肯定它顶上结的不是花苞，而是头脑长瘤了。"公开场合，她们则讥讽百合："你不要做梦了，即使你真的会开花，在这荒郊野外，你的价值还不是跟我们一样？"

百合说："我要开花，是因为我知道自己有美丽的花；我要开花，是为了完成作为一株花的庄严使命；我要开花，是由于自己喜欢以花来证明自己的存在，不管有没有人欣赏，不管你们怎么看我，我都要开花！"

在野草鄙夷的目光下，野百合努力地释放内心的能量。有一天，它终于开花了。它那灵性的洁白和秀挺的风姿，成了断崖上最美丽的风景。这时候，野草再也不敢嘲笑它了。

百合花一朵一朵地盛开着，花朵上每天都有晶莹的水珠，野草们以为那是昨夜的露水，只有百合自己知道，那是极深沉的欢喜所凝结的泪滴。年年春天，野百合都努力地开花、结籽。它的种子随着风落在山谷、草原和悬崖边上。

几十年后，远在百里外的人，从城市，从乡村，千里迢迢赶来欣赏百合开花。许多孩童跪下来，闻嗅百合花的芬芳；许多情侣互相拥抱，许下了"百年好合"的誓言；无数的人看到这从未见过的美，触动了内心那纯净温柔的一角，感动得落泪。

不管别人怎么赞美，满山的百合花都谨记着第一株百合的教导："我们要全心全意默默地开花，以花来证明自己的存在。"

只有努力，你的美丽才会绽放

赏析／李林荣

悬崖边上的百合花，虽然长在杂草丛中，但它相信自己一定能开出美丽的花朵。于是，它努力吸取养分，终于开出了鲜花，使自己的芬芳远播万里，独特的美感动着一位又一位懂得欣赏的人。

一个人的才能是不会被埋没的，即使你出生在偏僻的小山村，即使你生活在贫瘠的土地里，也不要埋怨环境的恶劣，只要你坚信自己的实力，明确自己的目标，努力奋斗，一定会实现自己的理想的。如果我们是一粒金子，即使落在广袤的沙漠里，也会闪闪发光的。无论在什么环境里，我们都要坚定自己的信念，增强自己的信心。不要让暂时的放逐磨灭我们的斗志，不要让暂时的艰难把我们吓倒。只有努力拼搏，我们才会发挥自己的潜能，展示自己的风采。

一个成功者和失败者的区别，往往不仅在于视野的宽窄、能力的大小、经验的多少，还在于能不能在关键时刻有勇气向前迈出一步。

一步改变一生

●文／蒋光宇

那一天风和日丽，黄土高原一个偏僻的小山村里突然开进一辆漂亮的轿车。这对长年累月也听不见机器声的小山村来说，可是一件新鲜事儿。村里的人几乎都走出了家门，围在轿车的周围，想看看究竟会发生什么事情。

在从车上走下的几个人中，有一个留着短发、身穿灰夹克的中年男子，他问大家："你们想不想去拍电影？谁想拍电影就站出来报个名。"

虽然每个村民都看过电影，但对怎么拍电影却知之甚少，到哪儿去拍？怎么拍？好多村民都向周围的人询问或自言自语。

那个中年男子一连问了几遍，村民们就是没有人搭腔。这时，一个十几岁的小女孩向前迈出一步，站了出来："我想去拍。"小女孩长得并不很漂亮：单眼皮儿，小眼睛，脸蛋红扑扑的，透出一股山里孩子特有的倔强和淳朴。

"你会唱歌吗？"中年男子问。

"会！"女孩子大大方方地回答。

"那你现在就唱一个给我们听听。"

"唱就唱。"女孩子毫无惧色，一边唱还一边跳了起来，"我们的祖国是花园，花园里花朵真鲜艳……"

村民们大笑，因为她的歌唱得实在不怎么好听，不但跑了调，而且唱到一半时还忘了词儿。

没想到中年男子却用手一指，斩钉截铁地说："好，就是你了！"

这个中年男子，就是大名鼎鼎的电影导演张艺谋，而那个勇敢地向前迈出一步的女孩子，就是在电影《一个都不能少》中担任女主角的魏敏芝。

虽然魏敏芝只向前迈出了一步，却改变了自己的一生。她的名字很快就传遍大江南北。

时间过得真快，一晃就是几年。昨天我看电视，在中央台的一个文艺节目中又见到了魏敏芝，她已经是个亭亭玉立的大姑娘了，还上了大学。而当年那些没向前迈出一步的小伙伴，依旧生活在那个偏僻的小山村。主持人请她讲述了拍电影前后的巨大变化，讲述了成为"名人"前后的种种感受……

我一边看电视一边想，机遇总是偏爱有勇气的人，幸运总是关照有勇气的人。卢斯说："勇气是一架梯子，其他美德全靠它爬上去。"丘吉尔也说："勇气很有理由被当做人类德行之首，因为这种德行保证了所有其余的德行。"看来，一个成功者和失败者的区别，往往不仅在于视野的宽窄、能力的大小、经验的多少，还在于能不能在关键时刻有勇气向前迈出一步。

对自己说:我能行

赏析／李林荣

魏敏芝,一位乡村的女孩,她勇敢地站出来拍电影,使她的生活完全改变了。她不但走出了封闭的山村,还改变了一生的命运。很多时候,我们不是缺少机会,而是缺乏足够的勇气。

人的一生,可能会遇到许许多多的机遇,只有有足够勇气的人,才能抓住机遇的缰绳,登上成功的阶梯。如果没有勇气,做什么事都怕这怕那,不敢轻易迈开脚步,那我们永远捉不住成功的砝码,只能在成功的边缘徘徊。如果没有勇气跨上帆船,当远航的船只驶离港口,我们只能看着渐渐远去的机会叹息,或者只能看着别人一步一步走向辉煌。抓紧时机,走出关键的第一步,我们才会顺利地踏上通往成功的征程。

世上每个人都是被上帝咬过一口的苹果,都是有缺陷的人。有的人缺陷比较大,是因为上帝特别喜欢他的芬芳。

被上帝咬过的苹果

●文／佚 名

有一个盲人,小时候深为自己的缺陷而烦恼、沮丧,认定这是老天在处罚他,自己这一辈子算完了。后来一位教师开导他说:"世上每个人都是被上帝咬过一口的苹果,都是有缺陷的人。有的人缺陷比较大,是因为上帝特别喜欢他的芬芳。"他很受鼓舞,从此把失明看做是上帝的特殊钟爱,开始振作起来,向命运挑战。若干年后,他成了一个著名的盲人推拿师,为许多人解除了病痛。他的事迹还被写进了当地的小学课本。

把人生缺陷看成"被上帝咬过一口的苹果",这个思路太奇特了,尽管这有点自我安慰的阿Q精神。可是，人生不如意事十之八九，这个世界上谁不需要找点理由自我安慰呢？何况，这个理由又是这样的善解人意、幽默可爱。

世界文化史上有著名的三大怪杰：文学家弥尔顿是瞎子，大音乐家贝多芬是聋子，天才的小提琴演奏家帕格尼尼是哑巴。如果用"上帝咬苹果"的理论来推理，他们之所以身体有缺陷，也都是由于上帝特别喜爱他们，狠狠地咬了他们一大口的缘故。

就说帕格尼尼吧，四岁时出麻疹，险些丧命；七岁时患肺炎，又几近夭折；四十六岁时牙齿全部掉光；四十七岁时视力急剧下降，几乎失明；五十岁时又成了哑巴。上帝这一口咬得太重了，可是也造就了一个天才的小提琴家。帕格尼尼三岁学琴，即显天分；八岁时已小有名气；十二岁时首次举办音乐会，即大获成功。之后，他的琴声响遍全世界，拥有无数的崇拜者。他在与病痛的搏斗中，用独特的指法、弓法和充满魔力的旋律征服了整个世界。著名音乐评论家勃拉兹称他是"操琴弓的魔术师"。歌德评价他"在琴弦上展现了火一样的灵魂"。有人说，上帝像精明的生意人，给你一分天才，就搭配几倍于天才的苦难。这话真不假。

上帝很馋，见谁咬谁，所以，人都是有缺陷的，有与生俱来的，有后天形成的。既然无法抗拒，又难以弥补，就只有"既'咬'之，则安之"，从容应对。你咬你的，我活我的，不屈服于命运的摆布，像贝多芬那样，扼住命运的咽喉，或者干脆学学尼采，公开宣布：上帝死了！

上帝又吝啬得很，不肯把所有的好处都给一个人，给了你智慧，可能吝啬给你美貌；给了你金钱，可能吝啬给你健康；给了你天才，就一定要搭配点苦难……当你遇到这些不如意时，不必怨天尤人，更不能自暴自弃，顶好的办法，就是像那位盲人那样去自励自慰：我们都是被上帝咬过的苹果，只不过上帝特别喜欢我，所以咬的这一口更大罢了。

一个可爱的苹果

赏析／半 诚

人生不如意事十之八九，不可能时时如意，事事完美，人生其实就像一个有缺陷的苹果一样，只要你内心坚强，缺陷也可以促使你成功，成为一种美。正如小提琴演奏家帕格尼尼，疾病灾难没有击垮坚强的他，反倒激起他的进取精神，使得他在事业上取得更多的成功。只要奋斗，人生的遗憾就会被成功填补。

有缺陷，并不可怕，只要我们怀有一颗坚强的心，不屈服于命运的摆布，振作起来，敢于向命运挑战，就能成为生活的强者，人生才会过得更加有意义。

世界上没有真正的试金石，你对人生的态度就是试金石。当你老是抱怨没有机会的时候，或许机会真的到了手边你也把握不了。

人生的试金石

●文/[美]乔希·罕兹　译/杨先碧

著名的亚历山大图书馆在一次火灾中被毁之后，人们在废墟中发现了残存的一本书。可惜这本书没有什么学术价值，政府打算把这本书拍卖掉。由于大家都知道这本书学术价值不大，没有人愿意买这本书。最终，一个穷学生以三个铜币的低价购得这本书。

这本书不但没有学术价值，内容也枯燥无味。那名穷学生在少有其他书读的情况下，还是经常拿这本书出来翻阅。翻到后来，书被翻破了，书脊里掉出一张小纸条，上面写着试金石的秘密：试金石是能把任何金属变成纯金的一种鹅卵石，它看起来和其他鹅卵石没有什么两样，它静静地躺在沙滩上，然而，一般的鹅卵石较冷，只有试金石摸起来是温暖的。

穷学生获知这个秘密后欣喜若狂，立即赶到大海边寻找试金石。穷学生满怀信心地挑选那些鹅卵石，可是那些鹅卵石摸起来都是凉凉的。穷学生渐渐地有些失望了，他愤怒地把捡起来的鹅卵石往大海深处扔去。他就这样日复一日、年复一年地在海边扔鹅卵石，而且扔鹅卵石的力气越来越大，那些鹅卵石也被越扔越远。

多年后的一天，穷学生捡到一块温暖的鹅卵石。然而，他已经形成了到手就扔的习惯，当他意识到那是块温暖的鹅卵石时，那块传说中的鹅卵石已经被他扔到了深海中。他懊恼地潜到了海底，寻找了许多天，还是找不到他扔出的那块试金石。

穷学生终于失望了，他一无所获地回到了首都。当时，国内正在举行建国百年庆典，国王一时开心摆擂台寻找全国力气最大的人，冠军将被封为伯爵，并可获得大量黄金和良田的赏赐。穷学生随着众人去看热闹，看来看去，觉得那些人的力气都没有自己的力气大。于是他上台去比试，结果把参赛者一个个都打败了，获得了大力士冠军，得到了国王的赏赐。穷学生变成了富裕而体面的伯爵，他感谢那本给他带来好运的书，决定把那本书重新装订并保存起来。他拆开书脊以便重新装订，却在书脊里发现了夹藏的另外一张纸条，上面写着：世界上没有真正的试金石，你对人生的态度就是试金石。当你老是抱怨没有机会的时候，或许机会真的到了手边你也把握不了。

没有侥幸的成功

赏析／邱　敏

也许很多人看完文章，会去羡慕那个变成伯爵的幸运穷学生，其实这种好事，在生活中发生的可能性是极小的，我们更重要的要领悟最后一张纸条的含义：我们的态度才是我们成功或失败的原因。

成功没有捷径可言，机遇对于每个人而言，都是平等的，之所以有人成功有人失败，是因为他们所持的态度各不相同。成功的人总在追求，总在进取，而失败的人总在等待，总在抱怨。积极进取的人在一次次努力的过程中，最终一定能发现成功的规律；而那些等待埋怨的人一次又一次地错过机会，最终一无所成。

从我们走向成功那一刻开始，成功就在考验我们的态度，和我们比耐力，只有一直保持积极向上的心态，不轻言放弃，不断调整前进的方向,我们才会得到成功的奖赏。所以,当我们努力了很久都没有看到成功的时候,请不要气馁,坚持下去,或许成功很快就会来到你的面前呢。

瀑布之所以能在绝处创造奇观,是因为它有绝处求生的勇气和智慧。

绝处求生的勇气和智慧

●文/蒋光宇

有一位二十二岁的英国年轻人,尽管有一张伯明翰大学新闻专业的文凭,但大学毕业后在竞争激烈的人才市场中却四处碰壁,一直没找到理想的工作。为了求职,这位年轻人从英国北方一直到南方,几乎跑遍了全国。屡败屡战的求职经历,使这位年轻人不仅积累了宝贵的求职经验,而且磨炼了不屈不挠的意志。他深知,与其彻底绝望,不如满怀希望。

有一天,他听说世界著名大报——《泰晤士报》招聘员工,便赶紧前去应聘。

他充满自信地走进招聘办公室,恭敬地问:"请问,你们需要编辑吗?"

对方看了看这位貌不惊人的年轻人,说:"不需要了。我们的招聘工作在前天刚刚结束,你来晚了一步。"

他接着又问:"那需要记者吗?"

对方回答:"也不需要。"

年轻人没有气馁:"排字工、校对呢?"

对方已经不耐烦了,说:"都不要!都不要!我们的招聘工作在前天刚刚结束,我已经说过了,你来晚了一步!"

年轻人微微一笑,从包里掏出一块制作精美的告示牌交给对方,说:"那你们肯定需要这块告示牌。"

对方接过来一看,眼睛顿时一亮,只见上面写着:"额满,暂不招聘。"

年轻人的举动出乎人的意料,负责招聘的主管被他真诚而又聪慧的求职行动所打动,破例对他进行了全面考核。结果,他被报社录用了,并被安排到与他的才华相应的对外宣传部工作。

事实证明,报社没有看错人。二十年后,他在这家英国王牌大报的职位是:总编。

这个人就是生蒙,一位具有人格魅力的资深报业人士。他在求职中善于变换思路,善于从绝处创新思维,给自己赢得了让人们发现自己才华的机遇,成功地从山重水复之处创造了峰回路转、柳暗花明的奇迹。

生蒙就任总编时,有位记者采访他:"您那次求职能敲开关闭的招聘之门,化闭门羹为座上宾的体会是什么?"

他说了这样一句广为流传的话:"瀑布之所以能在绝处创造奇观,是因为它有绝处求生的勇气和智慧。"

转变思维,打开成功

赏析/邱 敏

在《泰晤士报》招聘完毕时,生蒙靠自己的聪明才智打动了对方的心,赢得了工作职位,最后取得了不菲的业绩。他在求职中善于改变策略,在绝望中创造了希望,出色地为自己铺就了成功的道路。当成功的大门锁上时,我们不要畏缩不前,其实,只要我们转一下思维、换一种方法,就能敲开禁闭的幸运之门。

在成功的路上,我们可能会遇到许多麻烦,或者陷入深谷,但只要我们不为暂时的绝路而苦恼,没有失去生活的信心,拥有绝地反击的勇气,坚持尝试,就会在绝地中开花,在困境中创造奇迹。只要我们努力开动脑筋,创新思路,就能在广袤的沙漠里找到清泉,就能在茫茫大海里看到灯塔。

不管命运如何捉弄，征途如何坎坷，只要我们坦然面对，不懈追求，就一定能找到自己的成功之路。

战胜命运的孩子

●文/方崇智

有两个孩子，一个喜欢弹琴，想当音乐家；一个爱好绘画，想当画家。

不幸得很：想当音乐家的孩子突然耳朵聋了，想当画家的孩子忽然眼睛瞎了。两个孩子非常伤心，痛哭流涕，埋怨命运的不公。

恰巧，有位老人打他们身边经过，知道了他们的怨恨。老人走上前去，先对耳聋的孩子比划着说："你的耳朵虽然坏了，但眼睛还是明亮的，为什么不改学绘画呢！"接着，他又对眼瞎的孩子说："尽管你的眼睛坏了，但耳朵还是灵敏的，为什么不改学弹琴呢？"

孩子们听了，心里一亮。他们擦干眼泪，开始了新的追求。

说也奇怪，渐渐地，改学绘画的孩子感到耳聋反而更好，因为可以避免一切喧嚣的干扰，使精力高度集中。慢慢地，改学弹琴的孩子也觉得失明反倒有利，因为能够免除许多无谓的烦恼，使心思无比集中。

果然，耳聋的孩子后来成了画家，名扬四海；眼瞎的孩子也终于成为音乐家，饮誉天下。一天，画家和音乐家又遇见了那位老人。他俩非常激动，拉住老人的手连连道谢。

老人笑着说："不用谢我，该感谢你们自己的努力。事实证明，当命运堵塞了一条道路的同时，常常会留下另一条道路！"

寻找自己的优势

赏析/邱　敏

想当音乐家的孩子突然耳朵聋了，想当画家的孩子忽然眼睛看不见了,这是多么的不幸。但当他们听从老人的意见,改变志向,同样取得了巨大的成功。"塞翁失马,焉知非福?"学会勇敢地接受失去的事实,放下心中的郁闷,开始新的追求,才会开创出一片属于自己的灿烂晴空。

失去翅膀并不可怕,可怕的是失去了继续前行的勇气。不能在天空中翱翔,就在陆地上奔跑,这同样能感受到另一种不同的乐趣,一样能登上生命的高峰。条条大路通罗马,当有一座大桥被洪水冲垮,旁边还有千千万万的道路等待我们去开创,等候我们去发掘。不管命运如何捉弄,征途如何坎坷,只要我们坦然面对,不懈追求,就一定能找到自己的成功之路。

不要让别人偷走你的梦想!无论做什么事情,请相信你自己!

不要让别人偷走你的梦想

● 文/[美]杰克·坎菲尔德 译/纳兰馨

我有一位朋友,名叫芒提·罗伯兹,他在圣思德罗经营一座牧马场。他常常把他的房子借给我来举办募捐活动,以帮助处在危险中的青少年计划募集资金。在上一次募捐活动中,他向参加活动的人介绍我的时候,讲了一个激动人心的故事。

很久以前,有一个小男孩,跟着父亲一起生活。因为父亲是一个流浪的驯马师,所以,小男孩从小就跟随着父亲在一个又一个马场之间、一家又一家农场之间来回奔波。正因为如此,小男孩整个中学阶段几乎都是在东奔西走中度过的,功课自然也学得断断续续。在他中学快毕业的那个学期,有一次,老师布置了一项作业,要求写一篇作文,谈一谈自己长大以后的理想和志向。

那天晚上,他花了很长时间来写这篇作文,写了整整七页纸。在文章中,他详细叙述了他的远大理想,精心描绘了他的宏伟蓝图。他说,将来他希望能拥有一座属于自己的牧马场。不仅如此,他还绘制了一张占地达两百英亩的牧马场的图纸,并在上面标出了所有建筑物的名称和位置,包括马厩和跑道。他还打算建造一栋占地四千平方英尺的大房子。

第二天,他把这篇凝结了他很大心血的作文交给了老师。两天之后,老师把作文退给了他。他怀着激动的心情打开一看,只见在作文的第一页上,老师用红笔打了一个大大的"F",旁边还写了一行字:"放学后到办公室来见我。"于是,放学之后,这个怀着美好梦想的小男孩来到了老师的办公室。老师说:"你的这个梦想,简直就是白日做梦,尤其是对像你这样的小男孩。你一没有钱,二又出生在一个整天流浪的家庭里,第三你没有足够的才略。你知不知道,要想拥有一座牧马场,那是需要很多钱的。你不仅要买一大片土地,还要买纯种马匹,然后,你还得花很多钱来照顾它们。我劝你就别做白日梦了。"老师停顿了一下,又接着说:"如果你愿意重新写一个比较切合实际的理想的话,我会重新给你打分的。"

小男孩垂头丧气地回到家里,苦苦思考了很长时间。最后,他决定去问父亲。父亲对他说:"听着,孩子,对于这个问题,你必须要自己拿主意。因为,无论如何,我都认为这对你来说都是一个非常重要的决定。"就这样,小男孩只好自己去思考。终于,在经过一个星期的苦思冥想、深思熟虑之后,小男孩决定对他的作文不做任何修改,仍旧按照原样交给老师。他对老师说:"尽管您可以继续给我'F',但是,我也绝不放弃我的梦想!"

说到这儿,芒提停了下来,环视了一下越聚越多的人群,然后,接着说道:"今天,我之所以要给大家讲起这个故事,是因为各位现在就坐在一座两百英亩的牧马场内,坐在一栋占地四千平方英尺的大房子里。直到今天,我还保留着那篇中学时写的作文,并且把它镶在镜框里,挂在壁炉的上方。"

这个故事到此本应该结束了,但是,恰恰相反。那是在两年前的那个暑假期间,故事中的那位老师带着三十个学生来到芒提的牧马场里举办为期一周的夏令营。夏令营结束的时候,在即将离开牧马场之前,那位老师惭愧地说:"芒提,现在,我要向你表达我的歉意。在我是你的老师的时候,我好像是一个偷窃梦想的人,曾经对你的梦想泼过冷水。在那些年里,我真是偷窃了不少孩子的梦想啊。幸运的是,你有足够的勇气和坚强的意志,一直没有放弃自己的梦想。"

不要让别人偷走你的梦想!无论做什么事情,请相信你自己!

坚持梦想，成就人生

赏析／邱 敏

在小时候，芒提·罗伯兹就认真地描绘了自己的宏伟蓝图，虽然一再遭到老师的否定，但他仍然不改变自己的梦想，凭借自己的努力，实现了自己的理想。所以，我们不要随便改变自己的理想，不要让别人的话语动摇我们的信念，只要认真坚持，不断地奋斗，理想就会实现。

人的一生之中，总会有各种各样的追求。我们对自己的梦想，不要因别人的指指点点而放弃，不要因外界的诱惑而动摇，只要相信自己，坚定自己的人生方向，就能到达理想的圣地。经常改变自己的奋斗目标，不断降低自己的要求，我们就会迷失方向，以致一事无成，懊悔不已。坚持最初的梦想，坚持自己正确的选择，不断追求，不懈努力，我们的理想之花就会如期绽放。

在最后时刻松懈，往往会使我们的努力前功尽弃，付诸东流。只有坚持到最后，才会笑到最后。

我没有捕到的鱼

●文／［美］约翰·格林利夫·惠蒂尔

我的叔叔和我们住在一起，他现在独身一人，他是个安静、和蔼的人，非常喜欢打猎和钓鱼。我们小时候最喜欢的就是和他一起去格利特山、布兰蒂·布劳树林、池塘，当然最好是去布鲁克山村。我们非常愿意在玉米地里或干草堆中努力工作，尽早完成白天必要的工作，这样就可以在下午沿着树林或溪边漫步。

我现在还记得第一次去钓鱼的经历，就好像那是昨天发生的一样。我一生中曾有很多快乐时光，但哪一次也比不上这次钓鱼。我从叔叔手中第一次接过钓鱼竿，和他一起穿过树林和草地。那是初夏的一天，四周安静而甜蜜，树木长长的影子投射在我们经过的小路上。叶子看上去更绿，花朵更明艳，鸟儿更欢快。

我的叔叔经验丰富，他知道哪里是梭鱼出没最多的地方，体贴地帮我选最合适的位置。我学着以前看到过的别人钓鱼的样子，扔出鱼线，焦急地等待着鱼儿咬钩，将鱼饵在水面上点来点去，模仿青蛙的跳姿。半天过去了，可是什么东西也没有。"再试试。"叔叔说。突然，鱼饵沉入水里，不见了。现在来了，我想，终于有鱼上钩了。

我用力地拉，拉上来一团水草。我一遍遍用酸痛的手臂抛出鱼线，每次总是什么也没钓到。我恳求地望着叔叔，他说："再试一次，渔夫一定要有耐心。"

突然，有什么东西拽住我的鱼线，将它拖入水中。我用力将线向一边斜拉，看到阳光下一条细小的梭鱼奋力扭动着。"叔叔！"我回转身，激动不已地嚷道，"我钓到一条鱼！""还没有哪！"叔叔说。他话音未落，就听水中"啪啦"一声，我看到笔直的银光一闪，鱼掉回水中，鱼线上的鱼钩空了。我失去了我的奖品。

我们总爱拿儿时的悲伤与成人的悲伤比较，以显示那时的忧伤是多么微不足道。但是年轻人可不这么想。我们的悲伤受到理智、经验和自尊的克制，保持着适当的礼节，而且如果可能的话，会避免难堪的场面。而童年时的忧伤没有理智，占据孩子的整个心灵，释放所有情绪。玩偶的鼻子破了，整个世界也随之破裂；弹球滚丢了，似乎整个地球也随之丢失。所以，我内心充满失望，坐在旁边的草丛上。叔叔告诉我河里还有很多鱼，但是我对叔叔的安慰置之不理。他重新放上一个鱼饵，把鱼竿递回我手里，告诉我再试试。

"但是记住，小伙子，"他微笑着说，"在你把鱼放在干燥的土地上之前，千万别吹嘘你钓到鱼了。我也看到过很多老家伙们这么干，搞得他们自己像傻子似的。事情没做成之前，吹嘘是没用的。而当你做成这件事之后，它本身就说明了一切。"

后来经历的很多事，会让我想起这条我没有钓到的鱼。当我听见人们吹嘘还没有完成的事情，并炫耀实际上还没有完成的成就时，我的脑海里就会浮现小河旁的情景,我的叔叔对这件事的机智警言反映了生活中一条普遍真理:"在钓到鱼之前,千万别夸耀。"

在成功之前不要松懈

赏析／邱　敏

当我们还未完成一件事时,千万不要吹嘘和炫耀,可能在我们即将成功的瞬间失去,高兴得太早,有时伤心会来得更快。在没有登上成功的山峰时,我们千万不要得意忘形,不然一不小心就会摔得粉身碎骨。

无论我们做什么事情,都不要半途而废。有时明明成功在望,但只要我们一松手,就会跌倒在成功的脚下,看着美丽的奖杯与我们擦身而过。这时填满心间的只有懊悔与失落。有时候并不是我们的能力不够,并不是我们的运气不好,而是我们没有坚持到底的耐心。如果太过心急,即使看见鱼儿上了钩,提起钓竿,也会空空如也。在最后时刻松懈,往往会使我们的努力前功尽弃,付诸东流。只有坚持到最后,才会笑到最后。

只有懂得赞美,我们才会得到别人的欣赏。善于吸取别人的优秀经验,善于借鉴,才会使自己取得更大的进步。

捡垃圾者的大拇指

●文／陈大超

从街上回来,我跟妻子说:"一个头发花白的捡垃圾的老汉,背着一个装垃圾的编织袋子,沿街边走过,对一个又一个迎面而来的人都视而不见,最后他却对一个人竖起大拇指,你猜这个人是谁?"妻子猜了好半天都没猜对，最后就试探着说："难道是你？"我说："不是，是另一个捡垃圾的人——他看见另一个捡垃圾的人捡的垃圾比他多，他就冲他笑笑，并向他伸出了大拇指。"

这件恰好撞入我眼帘的事，真是让我感触颇多。

人家捡垃圾的人，就只对同是捡垃圾的人感兴趣，就只会对垃圾比他捡得多的人竖大拇指。别的人，哪怕你在某个领域的名气再大，你的自我表现感觉再好，人家也不会对你竖大拇指的。认识到这一点，对我这个热爱写作的人真是很有好处，什么"名扬四海"，什么"尽人皆知"，这都是文人们互相恭维时说的大话，当不得真的，离开了你的那个文人圈子，你想叫捡垃圾的人对你感兴趣，对你竖竖大拇指都难。

人啊，干哪一个行当，就只想着能得到哪一个行当的人的兴趣就行了，如果这个行当里多少还有些人对你竖大拇指，那就可以欣慰了，而千万不要想着什么路人皆知、名扬千古。就是手里有了权，也千万不能强迫对你不感兴趣的人，对你竖大拇指。

真诚去赞美

赏析／邱　敏

在日常工作中，当看到你的同事比自己出色时，你会由衷赞扬吗？在学习考试中，当你的同学比自己的成绩好时，你会拍手称赞吗？我相信有许多人不会。但一个捡垃圾的人，看见另一个捡垃圾的人捡的垃圾比他多时，他却能伸出拇指。他那宽广的胸怀，令许许多多坐着私家车上班的人感到自惭形秽。

当别人取得很好的成绩时，我们不要吝惜自己的赞美之词。称赞别人，也是我们自己人格魅力的展示。不要因为在某个领域别人比自己更出色，就产生妒忌心里。其实，我们只有懂得赞美，才会得到别人的欣赏。善于吸取别人的优秀经验，善于借鉴，才会使自己取得更大的进步。如果自己不奉献赞美之情，别人也不会为我们喝彩，即使强迫得到阵阵掌声，也只会是虚假的情意。

当你说"我就喜欢做这件事，多困难我都不在乎"时，上帝就会抽出身来帮助你。

梦想皆有神助

●文/刘燕敏

　　他是一位匈牙利木材商的儿子，由于从小生得呆笨，人们都喊他"木头"。他也确实名副其实，九岁之前，除了因遵守秩序在学校里获得过一枚玩具螺丝钉外，再没有获得过什么奖励。十二岁时，他做了一个梦，梦到有位国王给他颁奖，因为他的作品被诺贝尔看上了。当时，他很想把这个梦告诉谁，但又怕被人嘲笑，最后，只告诉了妈妈。

　　妈妈说，假如这真是你的梦，你就有出息了！我曾听说，当上帝把一个不可能的梦，放在谁的心中时，就是真心想帮助谁完成。

　　男孩从来没听说过梦想和上帝还有这层关系，妈妈说完，他就信以为真了。他想，他真是天下最幸福的人！世界那么大，上帝却一下子就选中了他。为了不辜负上帝的期望，从此他真的喜欢上了写作。

　　"倘若我经得起考验，上帝会来帮助我的！"他怀着这样的信念开始了他的写作生涯。三年过去了，上帝没有来；又三年过去了，上帝还是没有来。就在他期盼上帝前来帮助的时候，希特勒的部队却先来了。他作为犹太人，被送进了集中营。在那里，数百万人失去了生命。而他却靠着顽强的生存信念活了下来。

　　"我又可以从事我梦想的职业了！"他怀着这种心情走出奥斯维辛集中营。一九六五年，他终于写出了他的第一部小说《无法选择的命运》；一九七五年，他又写出他的另一部小说《退稿》。

　　接着他又写出一系列作品。就在他不再关心上帝是否会帮助他时，瑞典皇家文学院宣布：把二〇〇二年的诺贝尔文学奖授予匈牙利作家伊姆雷·凯尔泰斯。他听到后，大吃一惊，因为这正是他的名字。

　　当人们让这位名不见经传的作家谈一谈他获奖后的感受时，他说：

"没有什么感受! 我只知道, 当你说'我就喜欢做这件事, 多困难我都不在乎'时, 上帝就会抽出身来帮助你。"

梦想皆有神助! 在新世纪里, 凯尔泰斯成为第一位证明人。预言家说, 还会有第二位, 就藏在有梦想的人中间。

不放弃就可能成功

赏析/邱 敏

一个天分并不高, 从小被人嘲笑呆笨的小孩子, 在妈妈的鼓励下, 喜欢上了写作, 并从此把写作当成一生的梦想和追求, 即便是一次次的失败, 即便被关在惨无人道的集中营, 他仍然没有放弃对梦想的追求, 终于从一个名不见经传的无名作者, 成为举世闻名的诺贝尔文学奖得主。凯尔泰斯的成功其实很简单: 确立自己的梦想, 然后不折不扣地去追求, 永不言弃。

生活中, 每个人都有自己的梦想, 但却不是每个人都可以像凯尔泰斯那样获得成功, 是因为大部分人只有梦想, 但不去追求; 或者是在追求的过程中, 对挫折望而生畏, 一遇到困难就退缩, 自己主动放弃了梦想。于是, 最终和成功相拥的就只剩下那些勇敢尝试、意志坚定的人了。

上帝不会让你一无所有。失败时, 请摸一摸口袋, 也许会有一枚硬币静静地躺在那里, 也许这恰恰是上帝故意留给你的开启命运之门的钥匙。

上帝不会让你一无所有

●文/永 星

一位来自农村的年轻人大学毕业后, 带着父母省吃俭用攒下的钱来

广州创业。然而,三个月后,与他合伙的同乡却卷款而逃了。后悔、愤懑、无奈、绝望一起在他心底交织着,他想到了死。

他躺在天桥上,脑海里一片苍茫。这时,一位卖报纸的老妇走过来说,先生,买张报纸吧! 他下意识地将手伸进衣袋。他摸到了一个冰凉的东西,拿出来,竟是一枚面值一元的硬币! 他想,把这一元硬币花掉,自己就是真正一无所有的人了。于是,他把硬币递过去。老妇送给他一张报纸,并找回一枚面值五角的硬币。

他忽然瞥到了那则招聘启事:本公司求贤若渴,诚邀有志之士加盟……他心动了,缓缓走到天桥下的电话亭,然后拿起听筒。对方要求跟他见面。他放下电话,将那枚五角硬币递进去,老板又找回来一枚一角硬币。他将这枚硬币攥在手心,决定去那家公司碰碰运气。

他来到那家公司,一股脑儿地跟老板说了自己的不幸遭遇。老板说,谢谢你的信任,希望你能加盟我公司。年轻人掏出那枚一角硬币,惨淡地说,除了这一角钱,我一无所有。老板爽朗地笑了,有一角钱并不是一无所有啊,真正的财富并不是用你拥有财产的多寡来衡量的,而是用你头脑里的智慧和骨子里的坚强来体现的。老板向他伸出了手。

年轻人留了下来。时隔三年,他被提升为副经理。如今,他拥有了自己的产业,资产数百万元。但他不会忘记,当年那枚硬币所带给他的人生奇迹。

上帝不会让你一无所有。失败时,请摸一摸口袋,也许会有一枚硬币静静地躺在那里,也许这恰恰是上帝故意留给你的开启命运之门的钥匙。

风雨之后是彩虹

赏析/邱　敏

同乡卷款而逃,身上只剩下一块硬币,遭受了这么严重的打击,那位年轻人感到心灰意冷。但在绝望的时刻,一份报纸,一次应聘挽救了他,使他在寂寥的路上找到了希望的曙光。当我们遭遇打击,甚至身无分文的时候,请不要放弃,只要保持信心,机会就会在我们黑暗的尽头出现。

人生并不是一帆风顺的,当风浪打翻我们航行的船只时,请不要过度悲伤,擦干眼泪,拨开波浪,我们就可以看到岸边美丽的风景,开始新的征程。暂时的失利，只是我们生命中的小插曲，只要我们没有被困难绊倒，就会看到美丽的彩虹。上帝是不会让我们一无所有的，即使散尽家财，至少我们还有继续崛起的勇气和决心。其实，每一次失败都孕育着下一次成功的开始。坦然地面对人生的得失，我们就会调整好自己的心态，勇敢地接受人生的各种挑战，越挫越勇。

> 你忍耐着、坚持着，当走过黑暗与苦难的长长隧道之后，你或许会惊讶地发现，平凡如沙粒的你，不知不觉中，已长成了一颗珍珠。

长成一颗珍珠

● 文/左克平

很久很久以前，有一个养蚌人，他想培养一颗世上最大最美的珍珠。

他去海边沙滩上挑选沙粒，并且一颗一颗地问那些沙粒，愿不愿意变成珍珠。那些沙粒一颗一颗都摇头说不愿意。养蚌人从清晨问到黄昏，他都快要绝望了。

就在这时，有一颗沙粒答应了他。

旁边的沙粒都嘲笑起那颗沙粒，说它太傻，去蚌壳里住，远离亲人朋友，见不到阳光、雨露、明月、清风，甚至还缺少空气，只能与黑暗、潮湿、寒冷、孤寂为伍，不值得。

可那颗沙粒还是无怨无悔地随着养蚌人去了。

斗转星移，几年过去了，那颗沙粒已长成了一颗晶莹剔透、价值连城的珍珠，而曾经嘲笑它傻的那些伙伴们，却依然只是一堆沙粒，有的已风化成土。

如果说世上有"点石成金术"的话，那就是"艰难困苦"了。这可是人生的至宝啊！你忍耐着、坚持着，当走过黑暗与苦难的长长隧道之后，你或许会惊讶地发现，平凡如沙粒的你，不知不觉中，已长成了一颗珍珠。

春天的聚会 感动系列

用积极打造精彩人生

赏析／李林荣

　　没有经过艰苦的拼搏,怎么会有成功的甜美? 普通的沙粒只有经过漫长的黑暗,忍受漫长的孤独,才能变成宝贵的珍珠。安于现状,不能吃苦,只能待在岸边任人践踏,永远成不了令人惊叹的珍珠。

　　拼搏可能是非常辛苦的,但当我们取得成功的时候,那种甜蜜与幸福是无法比拟的。如果整天想过着舒适的生活,害怕受苦挨饿,那么当别人收获成功的果实时,我们依然在荒凉的田地上哀叹。没有谁能随随便便成功,成功的起点就在我们脚下,只有攀越一段崎岖的山路,才能欣赏到美丽的无限风光。但有些人不敢迈开脚步,怕泥泞会沾满自己的衣裳,弄脏自己的双脚。这些人一辈子只会停留在原地,眼巴巴地看着别人在成功的巅峰上欢笑。

　　山里的孩子,一个背篼,盛满了自己的希望,装满了一家的期盼。

背　篼

●文／曹　雷

　　黄昏,蜿蜒的山道上,打柴的孩子归来。他背着满满一背篼柴火,他背着五彩的晚霞,他背着大山给他的慷慨馈赠,他背着自己用劳动换来的收获。

　　山风一路上梳理他蓬乱的头发;山溪一路上对他讲着悄悄话;鸟儿

们一路上依依送别,约他明天再来。

村子,炊烟袅袅升起,飘过了林梢。他知道,那是妈妈高高扬起的手臂,在呼唤自己。

他加快了脚步,拐过一道弯,绕过一道坎,走过一截窄窄的田埂,跨过小石桥,走进了村子,走进了自家的小院。

他放下沉甸甸的背篼,轻轻呼出一口气。掏出一捧鸟蛋,笑着,给了围上来的邻家小弟弟。

他拿着几个红红的山柿子,放在门槛上坐着的妹妹手上。

他把一小捆药材交给爷爷,托他明儿去镇子里换几个钱——他想自己积攒下学期的学费哩。

然后,他温顺地让妈妈撩起围腰一角,揩去汗涔涔小脸上的泥渍。

他抬起头,抿着小嘴微微笑了。

哦,在山里,打柴的孩子,背篼里盛着一个勤劳的童年。

未来在自己手中

赏析／邱 敏

山里的孩子,一个背篼,盛满了自己的希望,装满了一家的期盼。是他们,用自己勤劳的双手,支撑起了一家人的生活。他那阳光般的喜悦,让我们感动。

穷人的孩子早当家,这句话有一定的道理。他们很早就认识到:要想过上幸福快乐的生活,只有靠辛勤的劳动,靠自己去艰苦创造。凡事都不能等待观望,等待只会虚度光阴,观望只会白白浪费机会。只有辛勤地播种,勤恳地耕作,细心地护理,才会使自己田里的庄稼快速地生长,才会收获甜美的果实。没有经过劳动,是不可能有收成的。守株待兔,不但不会捉到兔子,反而连自己家的田地也给荒废掉。所以我们不要指望上天能给我们一个美好的将来,锦绣的未来是要靠自己的勤劳创造出来的。离开了辛勤劳动,一切都是海市蜃楼,永远不能触及。

失去翅膀并不可怕，可怕的是失去了继续前行的勇气。不能在天空中翱翔，就在陆地上奔跑，这同样能感受到另一种不同的乐趣，一样能登上生命的高峰。

生命的邮件

春天的舞会

少年时期的我们,总盼着能够快快拥有一个高大的身躯,一张成熟的脸庞。然而,我们很多人在长大后才发现,原来自己并没有准备好怎样长大。堂堂正正地做人,踏踏实实地做事,不虚伪,不做作,过平平淡淡的生活,做一个真实的"我"。

人活在世上,不能失了自己的真性。完善自己,充满自信,让自己豪迈、堂堂正正地做人,应该成为我们始终追求的一种精神境界,成为我们长大的准备方案!

我曾问过一个哲人，为什么今天的人们还需要一百年前的音乐来抚慰？哲人答，人性进化得很慢很慢。

生命的邮件

●文/白岩松

儿子饱餐一顿后，安静地睡着了，那种照看新生儿的奇妙感受充满我心。我知道，在我们彼此的生命里程中将相互温暖与扶持。

做了父亲，我不该两手空空迎接他的到来，但孩子那稚嫩的小手还举不起任何可称为礼物的东西，那就让我将祝愿当成礼物，投入生命的信箱，来一个慢件邮递。当他长大的时候，再好奇地拆封吧。

学 会 宽 容

如果所有的美德可以自选，孩子，你就先把宽容挑出来吧。

也许平和与安静会很昂贵，不过，拥有宽容，你就可以奢侈地消费它们。宽容能松弛别人，也能抚慰自己，它会让你把爱放在首位，万不得已才动用恨的武器；宽容会使你随和，让你把一些人很看重的事情看得很轻；宽容还会使你不至于失眠，再大的不快，再激烈的冲突，都不会在宽容的心灵里过夜。于是，每个清晨，你都会在希望中醒来。

一旦你拥有宽容的美德，你将一生收获笑容。

不 争 第 一

人生不是竞技，不必把撞线当成最大的光荣。

当了第一的人也许是脆弱的，众人之上的滋味尝尽，如再往下落，感受的可能是悲凉。于是，就只能永远向前。可在生命的每个阶段，第一的诱惑总是在眼前，于是生命会变成劳役。

站在第一位置的人不一定是胜利者，每一次第一总是一时的风光，却赌不来一世的顺畅。争第一的人，眼睛总是盯着对手，为了得到第一，也许很多不善良的手段都会派上用场。也许，每一个战役，你都赢了，但夜深人静，一个又一个伤口，会让自己触目惊心。何必把争来的第一当成生命的奖杯！我们每一个人，只不过是和自己赛跑的人，在那条长长的人生路上，追求更好强过追求最好。

爱 上 音 乐

在我们身边，什么都会背叛，可音乐不会。哪怕全世界的人都背叛你，音乐依然会和你窃窃私语。我曾问过一个哲人，为什么今天的人们还需要一百年前的音乐来抚慰？哲人答，人性进化得很慢很慢。

于是我知道，无论你向前走多远，那些久远的音符还是会和你的心灵很近。生命之路并不顺畅，坎坷和不快都会出现在你的眼前，但爱上音乐，我便放心。在你成长的时代，信息的高速发展将使人们的头脑中独自冥想的空间越来越小。

然而，走进音乐的世界里，你会在与音乐的对话中学会独立，学会用自己的感受去激活生命。

每当想到，今日在我脑海里回旋的那些乐章，也会在未来与你相伴，我就喜悦，为一种生命与心灵的接力。

还 有……

其实还有，比如说，来点幽默、健康，有很多真正的朋友……但我想，生命之路自己走过，再多的祝愿都是耳后的叮咛，该有的终将会有，该失去时也终会失去。然而孩子，在父母的目光里，你的每一步都将是我们生命里最好的回忆。

很久很久以后，也许你会为你未来的孩子写下祝愿的话语，只是不知，是否和我今日写下的相似？

生命中，最重要的是心灵的路程，它和朝代的更迭无关。孩子，当将来你拆开这封今日寄出的邮件时，我还是希望，你能喜悦并接受。

成长的指南针

赏析／邱　敏

　　文中提到的那些细节，小可影响人的情绪，大可影响人与人之间的感情，所以每一个父母都会利用这些细节教育孩子，讲解其中的奥妙，用爱编织孩子的保护网。著名电视主持人白岩松给儿子写下的这份成长、处世的指南，让我们看到了作为父亲的他，对儿子深深的爱意，这些生命的箴言，给我们启发，也让我们感动。

　　父母是孩子的第一位老师，父母的教育是孩子成长的关键因素，对孩子具有深远的影响。父母总善于利用自己对我们的天然影响力，引导和激励我们，在我们成长的过程中用最容易听懂的语言，解答我们的困惑。而且父母能为我们找到最合适的解决问题的方法，因为父母的心与我们的心最贴近，最了解我们的所思所想。

　　父母传授他们的经验是真心希望我们领会其中的深意，希望我们幸福快乐。那我们就谨记父母的叮嘱，让我们带着这些充满爱的邮件，一步一步走好吧。

　　爱和被爱都是幸福的，让关爱不断地传递，我们的生活才会变得更加得美好。

只是因为……

●文／［美］辛蒂·维斯

　　几年前，我在医院住了一个月。在我住院的那段时间，我的同事为我分担所有的工作,不时来探望我,且送我花及卡片鼓励我早点康复。而当我出院回到办公室上班时,更是受到他们热情欢迎,当我复查时他们也依然很热心地帮助我。他们对我这么好,我决定要好好地谢谢他们,以表达我的感激。

一天中餐的时候,我拜会我最喜欢的花店老板,并买了她摆在橱窗里的一束美丽的花。我要她帮我送给我住院时特别关照我的一位同事,且在卡片上写着"只是因为"却不署名,并请求花店老板为我保守秘密。

当我精心安排的花送达时,我同事的脸上看起来容光焕发。那天下午办公室里更是显得兴奋异常,每个人都很好奇她的爱慕者是谁,而只有我独自在一旁很开心。

隔天中餐时,我又安排送给另一位很和蔼可亲的同事一束花,并且一样只在卡片上留下"只是因为"几个字。而第三天,我继续如法炮制地送第三束花给另一位同事。

谁能想得到一束花所带来的魔力啊!我制造的迷雾让我的同事纷纷打电话向花店询问送花者是何许人也,他们都想知道那位不留名的爱慕者到底是何方神圣。但是,花店的老板是那么的贴心,竟没有透露半点口风。

一种奇妙的气氛笼罩着办公室,整个部门的人都想尽办法想要解开谜底。我的同事每天都在猜今天谁会收到花,而且都会对那天的幸运者投以注意及羡慕的眼光。也因为送花竟能带给办公室这么多的温情及快乐,让我欲罢不能。偶尔间,我听到一位男同事说:"男人不喜欢花——真庆幸我没有收到任何一束花。"

隔天,我的那位男同事便收到了一束同样写有"只是因为"的卡片及花,而当此事发生时,他的脸上因荣耀而涨得鼓鼓的,他衬衫的扣子几乎都快被他撑破了。

送花的行为继续让办公室充满快乐的气氛。每一天同事都在等待着我安排送来的花,且挑选下一位收到"只是因为"卡片的接受者是谁。每天中午过后,我的同事都等着接花店打来的电话,通知他们谁是今天幸运的收花人。

随着弥漫在我们部门的欢乐及好奇也散播到了其他的部门时,喜悦溢满了我的心,因为"只是因为"所带来的喜悦,让所有的人都感受到了快乐和被爱,而这件事整整持续了三个礼拜。

最后一次的"只是因为"的花束被送到一个全体员工的会议上,我写上了对部门里的每一位同事的致谢,也揭发了那位只写"只是因为"的爱慕者的

春天的舞会

感动系列

谜底。彼此关爱和关心的感觉一直在我们的部门发酵了好一阵子。我永远都不会忘记同事们收到"只是因为"花束和卡片的特殊礼物时脸上所泛起的笑容，没有一件事能比得上他们回馈给我的和善与喜悦使我更感欣慰。

爱在传递中价值倍增

赏析／邱　敏

　　"我"在生病住院期间，得到同事们的照顾和关心。康复出院以后，为了表达谢意，"我"别出心裁地以匿名的身份送花给同事。连说自己不喜欢花的男同事收到花后，都开心得几乎撑破了衬衫。可想而知，爱的传递带来的喜悦是多么的大啊！

　　爱和被爱都是幸福的，让关爱不断地传递，我们的生活才会变得更加得美好。当别人陷入困境需要帮助时，让我们伸出援手，主动给予关爱。对于我们而言，也许只是举手之劳，但我们小小的帮助，有时就可以使别人得到走出困境的勇气和动力。

　　所以，千万不要让爱的传递链在我们的手中断掉，给爱我们的人关怀多一点，再多一点爱意，和善与喜悦就会充满我们的生活。

　　孩子，你要学会宽容别人，这样才能使自己的路越走越宽广。要不然，你在社会上就会到处树敌，很难取得成功。

继母对林肯的一次教育

●文／［美］威廉·贝内特　译／小　伍

　　由于家境困难，林肯十二岁时不得不中止学业，去做了一个伐木工人。每次,他都在自己伐倒的木材上写上一个自己名字开头的"A"字。有一天,他发现自己砍伐的木头被人写上了"H",这显然是有人窃取了自己的劳动成果。

林肯生气极了,回家对继母说:"一定是那个叫亨得尔的家伙干的,我到他们家找他理论去。"继母看着林肯说:"孩子,你先别急,听我给你讲个故事。

"从前有一片大森林,那里有一个人叫斑卜,他以打猎为生,经常在密林中安装捕兽套子。由于他安装的地方是野兽们经常出没的路线,便每天都有收获。有一天他又去收套子,却发现套子上只有动物脱落的毛,动物已经被别人取走了。斑卜很生气,于是就在一张纸上画了一张很生气的脸,放在套子上。第二天他又去收套子,发现套子上有一片大树叶,树叶上画着一个圈儿,圈儿里画着一座房子,房子旁边还画了一只正在狂吠的狗。斑卜不知道是什么意思,他想:为什么这人拿走了我的动物还要画图呢?他觉得应该和这个人见面说理,于是他就画了一个正午的太阳, 太阳下两个人站在捕兽套边。第三天中午他又来到了这里,看到有一个浑身插满了野鸡毛的印第安人在那里等他。他们彼此语言不通,只能通过打手势来对话。印第安人用手势告诉斑卜:这里是我们的地盘,你不可以在这里下套子。斑卜也打手势说:这是我下的套子,你不能拿走我的果实。两个人的模样都很古怪,互相看得直乐。斑卜想,与其多个敌人,还不如多一个朋友,于是他就大方地将捕兽套送给那个印第安人了。

"后来有一天,斑卜打猎时遇到了狼群追赶,被迫跳下了悬崖。等到他醒来的时候,发现自己正躺在印第安人的帐篷里,伤口上还有印第安人给他上的药。此后他就成了印第安人的好朋友,和他们生活在一起,共同打猎。"

继母讲完了故事,微笑着对林肯说:"你说斑卜做得对吗?""他做得很好,这样就少了敌人,多了朋友。"林肯回答。

"对呀,孩子,你要学会宽容别人,这样才能使自己的路越走越宽广。要不然,你在社会上就会到处树敌,很难取得成功的。"

"我知道了,母亲。"林肯很懂事地点点头。

林肯牢记母亲的教导, 宽容的美德为他以后的人生铺平了道路,他最终赢得大选,成为美国第十六任总统。

懂 得 宽 容

赏析／李林荣

当自己的劳动成果被别人窃占时，谁都会生气，林肯也不例外。但在继母的教育下，他不与亨得尔计较，原谅了他的行为，这宽容的美德影响着他的一生。有时候，宽容别人，你也会得到对方的支持；斤斤计较，只会使别人对你充满敌意。

在人生的道路上，我们要学会宽容别人，不要为一些小利与别人争吵，不要为一点小事与别人计较。谦让一下，大方一些，别人也会心存感激，默默地记住我们的好意。宽容别人，在某种场合，我们也会得到别人的尊敬与帮助。俗话说，朋友多了路好走。不错，宽容可以化敌为友，宽容会得到更多人的拥护，宽容会使自己的人生之路越走越宽，会使自己的事业发展越来越顺畅。

为别人着想，也是在为自己储蓄幸福。多一份关怀，就会多一份喜悦，多一份温情。

轻 点 关 门

● 文／石　文

费了九牛二虎之力，我们终于搬进了新居。送走最后一批前来祝贺的朋友后，我与妻子便重重地躺在沙发上休息。忽然，门铃响了。咦，这么晚了还有客人？忙起身开门，门外站着两位不认识的儒雅的中年男女，看上去是一对夫妻。在疑惑中，那男子介绍他们是一楼的住户，特地上来向我们祝贺乔迁之喜。哦,原来是邻居啊!赶紧往屋里让。

李先生连忙摆手:"不麻烦了,还有一件事情要请你们帮忙。"我说:"千万别客气,有什么事情需要我们效劳?"李先生道:"以后出入单元防盗门的时候,能不能轻点关门,我老父亲心脏不太好,受不了重响。"说完,静静地看着我们,眼里流露出一股浓浓的歉意。

我沉吟了片刻:"当然没问题,只是怕有时候急了便会顾不上。既然你父亲受不了惊吓,为什么还要住在一楼?"李太太解释道:"其实我们也不喜欢住一楼,既潮湿又脏,但是老爷子腿脚不方便,而且心脏病人还要有适度的活动。"听完后,我心里顿时一阵感动,便答应以后尽量小心。两口子千恩万谢,弄得我们挺不好意思的。

在接下来的日子里,我发现我们的单元门与别的单元门的确不太一样,大伙儿开关铁防盗门时,都是轻手轻脚的,绝没有其他单元时不时"吭当"一声巨响,一问,果然都是拜李先生所托。时间过得很快,转眼一年过去了。有天晚上,李先生夫妻又摁响了我们家的门铃,一见到我们,二话没说,先给我与妻子深深地鞠了个躬,半晌,头也没抬起来。

我急忙扶起询问。李先生的眼睛红肿,原来昨天晚上,李老爷子在医院病故了。前些时候,他对儿子交代过:非常感谢大家这些年对自己的照顾,麻烦各位了,要儿子见到年纪大的邻居叩个头,年纪轻的,鞠一躬,以表示自己对大家的感激。我用眼睛偷偷一扫,果然在李先生笔挺裤子的膝盖处有两块灰迹,想必是叩头叩的。

送走了李先生夫妻,我不禁感慨:"轻点关门只是举手之劳,居然换来了别人如此大的感激,真是想不到也担不起啊。"生活就是这样,当你在为别人行善时也是在为自己储蓄幸福。

勿以善小而不为

赏析 / 李林荣

邻居的轻轻关门,换来李先生夫妻的感恩戴德。其实,我们随手的一个小小善举,就能温暖别人。为别人着想,也是在为自己储蓄幸福。多一份关怀,就会多一份喜悦,多一份温情。

可能我们轻轻的一个微笑,就能温暖别人一路的征程;可能我们短

春天的舞会

感动系列

短的一句问候，就能洗去别人旅途的疲惫。自己的举手之劳，就能帮助别人解决困难，我们何乐而不为呢？生活中，我们不要吝惜自己的双手。只需用心去关爱别人，用心去抚慰别人，别人是不会忘记我们的恩情的。也许，在帮助别人的同时，我们也会得到不少的回报。赠人玫瑰，手有余香。这种醉人的香味不会随着时间的流逝而变淡，只会随着日子的推移而沉淀成幸福的蜜糖，甜美我们的一生。

宽容，是我们自己一幅健康的心电图，是这个世界一张美好的通行证！

宽容是一种爱

●文/肖复兴

有一首小诗这样写道："学会宽容／也学会爱／不要听信青蛙们嘲笑／蝌蚪／那又黑又长的尾巴……允许蝌蚪的存在／才会有夏夜的蛙声。"

宽容是一种爱。

在竞争激烈的当今社会，在唯利是图的商业时代，宽容同忠厚一样都成了无用的别名，让位于针尖对麦芒的斤斤计较，最起码也成了你来我往的AA制的结账方式。但是，我还要说：宽容是一种爱。

十八世纪的法国科学家普鲁斯特和贝索勒是一对论敌，他们就定比这一定律争论了九年之久，各执一端，谁也不让谁。最后的结果以普鲁斯特的胜利而告终，普鲁斯特成为定比这一科学定律的发现者。普鲁斯特并未因此而得意忘形，据天功为己有。他真诚地对曾激烈反对过他的论敌贝索勒说："要不是你一次次的质疑、发难，我是很难深入地把这个定比定律研究下去的。"同时，他特别向公众宣告，发现定比定律，贝索勒有一半的功劳。

这就是宽容:允许别人反对,不计较别人的态度,充分看待别人的长处,吸收其营养。这种宽容是一泓温情而透明的湖,让所有一切映在湖面上,天光云影、落花流水。这种宽容让人感动。

我们的生活日益纷繁复杂,头顶的天空并不尽是凡·高涂抹的一片灿烂的金黄色,脚下的大地也不尽如水泥方砖铺就的天安门广场一样平平坦坦。不尽如人意、烦恼、忧愁,甚至能让我们恼怒、无法容忍的事情,可能天天会摩肩接踵而来,才下眉头,又上心头,抽刀断水水更流。我所说的宽容,并不是让你毫无原则地一味退让。宽容的前提是对那些可宽容的人或事;宽容的内核是爱。宽容,不是去对付,去虚与委蛇,而是以心对心去包容,去化解,去让这个越发世故、物化和势利的粗糙世界变得湿润一些。而不是什么都要剑拔弩张,什么都要斤斤计较,什么都要你死我活,什么都要钩心斗角。即使我们一时难以做到如普鲁斯特那样成为一泓深邃的湖,我们起码可以做到如一只青蛙去宽容蝌蚪一样,让温暖的夏夜充满嘹亮的蛙鸣。我们面前的世界不也会多一份美好,自己的心里不也多一些宽慰吗?

宽容是一种爱,要相信,斤斤计较的人、工于心计的人、心胸狭窄的人、心狠手辣的人……可能一时会占得许多便宜,或阴谋得逞,或飞黄腾达,或春光占尽,或独占鳌头……但不要对宽容的力量丧失信心。用宽容所付出的爱,在以后的日子里总有一天一定会得到回报,也许来自你的朋友,也许来自你的对手,也许来自你的上司,也许更来自时间的检验。

宽容,是我们自己一幅健康的心电图,是这个世界一张美好的通行证!

宽容让世界更美好

赏析／李林荣

十八世纪的法国科学家普鲁斯特,虽然与贝索勒有不少的争执,但他依然认为自己的成就有对方的一份功劳。他广阔的胸怀像清晨的甘露,浇醒着那些正在为名为利而互相攻击的人。

当同学无意中触犯了你,潇洒一笑是宽容的美态;当师长错怪了你,不计较、不怨恨是宽容的体谅。生活中难免会有些误会,有些碰撞,只要相互包容,相互体谅,我们就可以和谐相处,友谊就会长久。只有把宽容与真诚无私地奉献给别人,才能得到别人的宽容与真诚。只有宽容待人,我们才会取得更大的进步。学会宽容,世界才会变得更为广阔;远离争吵,人生才能永远快乐。

在去胡庆余堂的路上,他的小脚老祖母颤巍巍地送了他一程又一程,但一路上却只对他说了一句话:"老老实实做人,规规矩矩做事。"

一句话一辈子

● 文/胡品福

多年前,一个十五岁的男孩来到杭州胡庆余堂药店当学徒。在去胡庆余堂的路上,他的小脚老祖母颤巍巍地送了他一程又一程,但一路上却只对他说了一句话:"老老实实做人,规规矩矩做事。"男孩记住了这句话。

当学徒很辛苦,每天要干十几个小时的活儿。清晨四五点钟就得起床,打扫屋里屋外的卫生,擦拭摆放在柜台、货架上的器具,然后还要服侍师傅起床,帮师傅倒洗脸水、拧毛巾。药店开门后,就更要忙着跑前跑后。工作虽辛苦,得到的报酬却很少,除了混饱自己的肚子外,就所剩无几了。

有天早晨,男孩在打扫卫生时发现地上躺着几枚钱币,面值大约相当于现在的五元钱。他很需要钱,在身边没有人的情况下,他完全有条件把这钱据为己有,但他没有这样做,他把钱捡起来,等到天明时交给了师傅。这样的事后来发生过多次,每次师傅见他来交钱总是不置可否。

在外人看来,他是一个笨小孩,做事一板一眼,不懂得变通。当时有些与他一起的学徒变着法子偷懒,可他却不会。

有一味治咳嗽的药叫鲜竹沥,需要用火烤毛竹,以便蒸出其中的水分。这是一件细致活,为了得到几两鲜竹沥,往往要在火旁蹲上个把时辰。男孩就老老实实地烤,一点一滴地收集,从来没有想过往鲜竹沥中掺点儿水。

如果按现在有些人的观点来看,这样的学徒成不了大器,因为他缺乏商人应有的灵活和世故。但他现在的身份是杭州某著名药厂的老总,他创出的品牌已热销了二十多年。他靠的不是灵活,而是诚信和戒欺。

在谈到成功时,他多次提到他的小脚祖母。他说当学徒那一阵捡到的钱,都是师傅故意放在地上的,他知道原委已是多年之后。如果当时他把钱放到自己的口袋中,他的人生肯定会是另外的样子。

人们常说,人生的关键只有几步,其实,人生最关键的话也只有几句。

让诚信为人生增色

赏析／李林荣

老老实实,可能在一些人眼中,是非常蠢笨的行为。其实,没有诚实的品格,是得不到别人的信任和赏识的,即使你骗得瞬间的蝇头小利,也看不到自己的光明前途。

人生是一个漫长的过程,只有走好每一步,才能为自己的将来划上圆满的句号。依靠投机取巧,抑或耍小聪明偷工减料,可能你会获得短暂的利益,但时间一长,别人就会发现你的欺骗行为,就会对你失去信任。一个人没有了诚信,就丧失了在社会上立足的资本;没有了诚信,别人就会远离你,使你越来越孤立。诚实做人,别人才会相信你,乐意与你合作。老实不是蠢笨的行为,而是聪明的处事方式。从小事做起,从我做起,诚实守信,我们就会创出自己的一片天地。

春天的舞会

感动系列

常怀感恩之心，我们的生活才会更加充实；常怀感恩之心，我们才能倾听到大自然中花开花落的声音，观赏到月光清泉的浪漫交融。

做人的故事（两则）

●文/[苏联]苏霍姆林斯基　译/诸惠芳　萧高文

为什么要说"谢谢"

在林中小道上走着两个人——爷爷和小男孩。天很热，他们多么想喝口水啊。

旅行者走到一条小河旁。清凉的河水发出轻轻的潺潺声。他们弯下身子，喝了起来。

"谢谢你，小河。"爷爷说。

男孩笑了起来。

"您为什么要对小河说'谢谢'？"他问爷爷，"要知道，小河不是活人，它听不到您的话，也不会接受您的感谢。"

"是这样。如果狼喝了小河的水，它是不会说'谢谢'的。而我们不是狼，我们是人。你知道吗，为什么人要说'谢谢'？好好想一想，谁需要这个词？"

小男孩沉思起来了。他还有的是时间。他的路还很长很长……

面对小夜莺感到羞愧

两个小姑娘，奥莉娅和莉达，到树林里去。走过一段令人疲倦的路程，她们坐在草地上休息和吃饭。

她们从包里拿出面包、奶油、鸡蛋。当小姑娘吃完饭时，离她们不远处的一只夜莺唱了起来。沉醉在这美妙的歌声中，奥莉娅与莉达坐在那里，一动也不动。

夜莺停止了歌唱。

奥莉娅收起自己吃剩的东西和撕碎的纸片，把它们扔到灌木丛的下面。

而莉达则把蛋壳和面包屑裹在报纸里，并把纸包放进包里。

"为什么你要把垃圾带回去？"奥莉娅说，"把它们扔进灌木丛。要知道我们这是在树林里，谁也看不见。"

"可当着夜莺的面……我觉得羞愧。"莉达轻轻地说。

心 存 感 恩

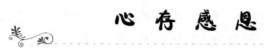

赏析／李林荣

无论接受什么恩惠，我们都要心存感激。感激河水，它给我们解决了口渴的问题；感谢清风，它带给我们凉爽的气息；感谢小鸟，它给我们带来了欢快的音乐。同时，我们注意自己的行为，不污染环境是对大自然的最大感激。

一切生物都是有灵性的，我们要善待他们。感激是从身边的小事、小物开始的，如果没有良好的习惯，我们就没有一颗积极为人着想的心。在别人面前也好，在动物面前也好，我们都要言行一致，不要让自己丑陋的行为在大自然面前表露无遗。常怀感恩之心，我们的生活才会更加充实；常怀感恩之心，我们才能倾听到大自然中花开花落的声音，观赏到月光清泉的浪漫交融。

诚实就像其他美德一样，需要谨慎。不明不白地处理事情，最终会把一切都弄得一塌糊涂。

一 块 手 表

● 文／[美]沃尔特·克朗基特

我小时候住在豪斯顿。一天，我在一家杂货店看到一块手表，这块表的价格是一美元。由于我没有钱，而且也不可能很快就筹集到一笔钱，于是我问店主能不能先把这块表给我，以后我分期付给他钱。他同意了。

第二天，店主偶然地向我母亲提起了这件事。母亲表示坚决反对我的这种做法。在她看来，我是利用了别人的信任为自己谋得了利益。她把钱付给店主后，回家来找我。

"难道你不明白吗？"她说，"你想买一块手表是无可厚非的，但是你完全不知道该怎样挣这笔钱。尽管这里面不存在撒谎和欺骗，可是在这件事情上你显得太轻率了。这是一件不明不白的事。沃尔特，你应该注意：不明不白地处理事情，结果会把事情弄得一塌糊涂。"

母亲把手表拿走了，直到我能够挣到这笔钱，我才从她那儿把手表买了来。

多年来，我一直记着母亲的教诲。作为新闻评论员，我始终警惕着不明不白的事情。

一次，一些商人愿意给我一大块土地。他们没有建议我在广播中谈论他们的资产，只是让我发表声明说我在他们投资的地区拥有土地。但是我认为这是一件不明不白的事情，所以我拒绝接受他们赠给我的土地。

诚实就像其他美德一样，需要谨慎。当母亲教育我要远离模棱两可的事情时，她就是这样想的。的确，不明不白地处理事情，最终会把一切都弄得一塌糊涂。

诚实也需要谨慎

赏析／半 诚

这是一个男孩在成长过程中的小事,然而这样的小事却能影响人的一生。

一个孩子打算用分期付款的方式从一间杂货店里买下一块一美元的手表,看起来这件事情很符合情理,连店主都相信他能够做到。但是,一个孩子根本没有能力赚取美元,又怎能分期付款呢?孩子只是想到了付款的方式,却没有考虑到怎样赚到钱。母亲此时并没有迁就他,而是用自己的坚决让孩子懂得了诚实的美德。这位对孩子爱而不溺的母亲,让我们肃然起敬。

父母是我们人生最重要的导师,他们总是善于利用生活的点点滴滴,教会我们做人做事的道理,打下我们成长的坚实基础,使我们在人生路上走得更好。

在人前抑或人后,我们都要保持一致的态度,真诚地对待他人,关心他人,这样,我们的真心才会得到别人的信赖。

没人看见时的鞠躬

●文／何 炅

在东京坐过一次小巴。司机是个娇小的女孩,穿着整齐的制服,戴着那种很神气的筒帽,还有非常漂亮的耳麦。我们上车的时候,她回头温柔地说了句"欢迎乘车"。

途中我发现这个司机最忙的其实是嘴，因为她戴着耳麦时刻都在很轻柔地说着什么。比如"我们马上要转弯了，大家请坐好扶好哦"，"我们前面有车横过，所以我们要稍等一下"，"变绿灯了，我们要开动了"，等等。

到了途中一站，车门打开，上来一个同样打扮的女司机。她朝车里的乘客们深鞠一躬，说："接下来由我为大家服务，请多关照。"

哦，原来她们要交接班了！她们简单交谈了几句，然后互相深深地鞠躬，交换位置。然后新司机握好方向盘，同样温柔地说："我们马上要开动了，请大家注意安全。"这时，已交班的司机在路边对乘客说："谢谢大家，祝一路平安！"

小巴开动了。无意中回头，我发现先前的司机正静静地在路边朝我们行驶的方向鞠着九十度的躬，许久许久。

我说了这么多乘车的细节，重点就在这个无人看见的鞠躬。那天下着小雨，在一条社区边安静的小路旁，一个娇小的女孩诚心诚意地对着她的乘客离去的方向深深地弯下腰去。这个场面定格在我的记忆中。

尊重不是表演

赏析／李林荣

一位东京的小巴司机，在开车的时候不断地提示旅客，甜美的声音使车厢变得温馨无限。最令人感动的是在她交班下车后，依然对着汽车远去的方向深深地鞠着九十度的躬。她那诚恳的身影定格成一道独特的风景，永远留在人们的心里。

感谢别人，不仅在对着别人脸面的片刻，而且无论在什么时候，都要一直保持诚心的态度。即使别人没有看到我们，我们依然诚恳地为他们鞠躬，这才是真挚的谢意。也许，在别人面前，我们都能摆出非常谦卑的态度，但在别人背后，往往很快就抬起了低下的头，这给人一种不够真诚的感觉。在人前抑或人后，我们都要保持一致的态度，真诚地对待他人，关心他人，这样，我们的真心才会得到别人的信赖。

用感恩的心,为你身边的陌生人点亮一盏灯吧! 因为,我们每个人都在不知不觉中享受着他人给予的温馨灯火。

点一盏感恩的灯

●文/感 动

一

一个行路人因为太疲惫,躺在路边睡着了。不久,一条毒蛇从草丛里钻了出来,爬向了那个沉睡的路人。毒蛇显然发现了前面的目标,昂头吐着信子。行路人就要死在蛇吻之下。就在这时,一个过路人经过这里,他打死那条毒蛇后,没有惊醒沉睡路人的好梦,就悄悄走开了。

行路人此后的一生都生活在别人的恩泽中,但他永远也不会知道熟睡时发生的一切。

二

这是我上中学时发生的一件事。一天,我的父亲突然焦急地来学校找到我,说是给我送学费来了。我挺纳闷,因为我在前两天刚刚收到父亲寄来的五百元钱。父亲说这不可能。父亲告诉我,他给我寄钱时,将装钱的信封丢在去邮局的路上了。怕我等钱急用,他就亲自把钱给送来了。

我告诉父亲,我确确实实收到了那封夹着钱的信,直到我把那个信封拿出来父亲才相信。我们猜想,一定是一个陌生人在路上拾到了那封信,然后把信投到了邮筒里。

拾到信封的人也许不会想到,他善良的举手之劳将会温暖与他素不相识的人的一生。

三

我的同事住在一楼,有一年夏天的某个晚上,同事回家后偶然发现

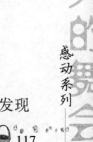

117

阳台里的灯亮着,他以为是妻子忘记关了,就进去要把灯关掉,但却被妻子拦住了。他很奇怪,妻子也不解释,只是把手指向窗外的路边,那里有一辆装满垃圾的三轮车,车上坐着一对拣垃圾的夫妇,他们正待在同事家阳台投射出的温暖的灯光中,边说笑边开心地吃着东西。看着灯光中的那对夫妇,房间里的同事和妻子相视一笑,悄悄退出了阳台。

……

用感恩的心,为你身边的陌生人点亮一盏灯吧!因为,我们每个人都在不知不觉中享受着他人给予的温馨灯火。

常怀感恩之心

赏析／李林荣

在人生的道路上,我们或多或少受到过别人的恩惠,有些我们知道,有些我们或许永远觉察不到。其实,尽力帮助我们身边的每一个人,就是对自己恩人的最大感激,对恩人的最大回报。

常怀一颗感恩的心,虔诚地对待所有认识和不认识自己的人,只为他们曾为我们驱赶毒蛇、寄遗失的信、悄悄地开启灯光等等,这一件又一件的事情,足以让我们在忙碌的生活中深深地回味而动情。也许我们开一盏灯,就能照亮别人的心灵,就能温暖别人的心窝。为别人点燃一束灯光,也是为自己储蓄了明火,使我们在人生的黑暗隧道里找到光明的出口,在漆黑的夜晚里找到启明的方向。

你已经十七岁了,不再是个孩子,说出的话,就如同泼出去的水,怎么能随便就反悔呢?

让我长大的一句话

●文/李雪峰

高考落榜后,我整天待在家里。

一天,我和一群小青年在村口遇见了一个鸡贩子,我们拦住他纠缠,鸡贩子不屑地说:"我还要收鸡呢,没时间和你们磨牙!瞧你们这群毛孩子,能做主卖你们家里的鸡?"

几句话搅得我们这帮子年轻人火起,纷纷拍着胸脯说:"今天我们非把鸡卖给你不可!"我们经过讨价还价,讲定每只鸡卖十元。

我将家里的十二只鸡提到村口古槐树下,这时父亲和母亲刚好从地里归来。母亲立刻惊叫起来:"你怎么能卖鸡?"这时我才如梦初醒:它们是我家的银行呢,一家人的油盐酱醋全靠这几只鸡了。

可我不能让鸡贩子瞧不起我。我不理睬母亲,对鸡贩子说:"给钱吧!"

鸡贩子迟疑地对我母亲说:"这鸡……还卖吗?"

母亲说:"这都是正下蛋的鸡呢,我们不卖!"

"卖!"这时父亲从人群后挤过来果断地拍板。母亲不解地看着父亲说:"一只鸡才十块钱,平常一只鸡最少也要卖三十块钱的呀!"

"十块?"父亲愣了一下,又转身问我说:"这价钱你们刚才说定了?"我有些不好意思地说:"是的。"

父亲沉默了一会儿,轻轻拍了拍我的肩膀,说:"卖了吧。你已经十七岁了,不再是个孩子,说出的话,就如同泼出去的水,怎么能随便就反悔呢?"

品味着父亲的话,陡然间我觉得自己长大了,变成了一个对自己所言所行负责的汉子。

我永远都不会忘记自己这特殊的成年仪式，还有父亲朴实而铿锵的话……

不失信于人

赏析／李林荣

一家人的主要经济收入来源，比平时低三分之二的价钱，但父亲依然支持孩子把十二只鸡卖掉。父亲用实际行动维护了孩子的诚信，同时也让孩子懂得了什么是诚信。有些事并不是只靠嘴上说的，行动才是最实际、最有用、最让人信服的。

人要为自己的所作所为负责任，诚信就是要认真履行自己的承诺。一旦你答应了别人的事情，无论有多么大的困难，即使遇到再大的阻力，我们都要想办法排除万难，兑现自己的诺言。如果自己说的话不能兑现，经常反悔，就会失信于人，别人就会认为我们没有信誉，就会对我们的为人有所怀疑。

诚信是人立世之本，我们只有紧握诚信的方向盘，才能穿越人生的坑坑洼洼。也只有诚实守信，才有足够的责任心扛起事业的大旗。

做一个最好的你

春 天 的 舞 会

的你

　　每个人，都是一本书，有时平淡无奇，让人索然无味；有时却精彩连连，让人叹为观止。如果总是希望自己永远处在精彩的片段，那么，你必须充实自己，完善自己，学会表现出最完美的自我。

　　有位哲人说得好，如果你不能成为大道，那你就当一条小路，如果你不能成为太阳，那你就当一颗星星。人生充实与否，在于历练与追求的过程，在于怎样做一个最好的你。

我不是偶然来到尘世的。我来到这里是为了一个目的，那个目的就是想长成一座高山，而非缩成一颗沙粒。

我就是最大的奇迹

● 文/［美］奥格·曼狄诺

我是造物主最大的奇迹。

自从开天辟地以来，世界上就没有第二个人有我这种精神，有我这种心胸，有我这种眼睛，有我这种耳朵，有我这双手，有我这种头发，有我这种嘴巴。完全像我一样能走、能说、能动、能想的人，以前没有，现在没有，将来也不会有。四海之内皆兄弟也。但是，我却与众不同。我是独一无二的造化。

我内心里燃烧着经过无数代传下来的火焰。它的热度，不断地刺激我的精神，要我成为比我现在，以及比我将来更好的我。我要扇起这不满足之火，我要向世界宣布我的独特性。

没有人能够复制我的字体，没有人能够做我凿刻出来的标志，没有人能创造出我的成果，实际上，也没有人能拥有完全像我的推销能力。从今以后，我要将这不同点大书特书，因为这是使我达到完美之境的一种资产。

我不再徒劳无用地模仿别人。相反的，我要把我的独特性拿到市场上去展览。我不但要宣扬它，而且还要推销它。我要从现在开始，强调我的不同点，隐藏我的相似点。所以，对于我推销的货品，我也要应用此原则。推销员和货物都与众不同，我以这种不同为荣。

我是珍奇的人。凡是珍奇的东西都是无价之宝，所以，我的价值也无法估量。我是千万年进化而来的成品，所以，我在精神和身体两方面，都比以前的所有帝王和圣贤强得多。

但是，我的技巧、我的精神、我的心胸，以及我的身体都会污浊、腐烂和死亡，我必须将它们善加利用。我有无尽的潜力。我只使用了小部分头脑；我只弯曲了少许筋骨。但是，我能够使我昨天的成就增加一百倍或一百倍以上。我愿意这么做，从今天就开始。

我以后将永远不再对昨天的成就感到满意，也不再对我微小的事业任意自我宣扬。我能完成的工作，远比我现有的和将来的多。为什么创造我的那个奇迹，随着我的出生而结束呢？为什么我不能使那个奇迹延伸到我今天的事业上去呢？

我是造物主的最大奇迹。

我不是偶然来到尘世的。我来到这里是为了一个目的，那个目的就是想长成一座高山，而非缩成一颗沙粒。从今以后，我要竭尽一切力量去成为一座最高的山，将我的潜力发挥到最大限度。

做最好的自己

赏析／张艳霞

文章读来，让人备受鼓舞。也让我们多了一种看待自己的新角度。生活中，我们可能会去羡慕别人的优秀或成功。其实，只要我们能肯定自己，不断去挖掘我们身上潜在的各种能力，我们也可以同样优秀，同样成功。我们不需要去模仿别人，因为这样很容易失去自我，成为别人的一个影子。每个人的特点，都是别人无法具有的，只要我们细心地去发现它们，利用它们，把它们汇成自己独特的人生资本，然后奋力去拼搏，我们一样可以打造属于我们自己的成功人生。

对自己多一份肯定，对生活多一份珍惜，对自身的潜力多用心挖掘，就能创造自己独特的价值。

　　只要我们的心灵选择了阳光，那么在通往成功与幸福的道路上，我们就已经远离了黑暗和沉沦！

选 择 阳 光

 文/矫友田

　　那一天，我去城里拜访一个朋友。在下午往回返时，我乘上一辆驶往乡下的大巴。汽车只行出几站，便上来一位盲人，看上去他有六十多岁。因为我距离车门较近，便帮助他将背包放好。他嘴里一边说着谢谢，一边在我身边的座位上坐下。

　　然后，他微笑着问我家住哪里。当我告诉他住在海西时，他竟兴奋地说："你们那里，我可去过很多次。在你们村子东南不远就是大海，村前有一条小路，路旁有一座龙王庙……"

　　尽管这已是很多年前的情景，但老人说得很准确。我瞅了瞅他失明的双目，感到些诧异，在犹豫了一会儿之后，仍忍不住问："老伯，您这眼——怎么会知道我们村子以前的情景呢？"

　　老人毫不在意地微笑着说："你怀疑我说瞎话？年轻的时候，我这两只眼并没有瞎。我还当过兵哩，在青海开过车。复员后，我被分配到一家化工厂里工作。后来，因为工伤，我这两只眼睛才交代了。"

　　在说这些话的时候，老人脸上的神情非常轻松。

　　我继续问："城里的道路这么复杂，您出来不担心会迷路吗？"

　　听了，老人笑了起来，说："如果没有胆量迈出一步，那人只能一直待在家里了。现在，我每个星期都要从乡下到城里往返两趟，一点都不担心会迷路。"

　　说到这儿时，老人的话题一转，说："刚开始，也很绝望，感觉自己就像一下子从这个世界上消失了似的。但后来，我就想已经这样了，再怎么后悔也无济于事了。于是，我就对自己说，走出去吧，只要抓准目标，走一步就近一步，这有什么好担心和害怕的呢？"

此时,我被老人的话语给深深地打动了。

我又问他:"老伯,那您到城里来做什么呢?"

他颇有些自豪地说:"是一家大医院,聘我给病人做推拿——"

我惊讶地问:"您还会做推拿?"

老人平静地说:"是呀,既然活着,就应该学习一门手艺,我研究推拿已经几十年了。"

到站后,在我起身下车的时候,聊兴正浓的老人看上去有些不舍,竟然关切地对我说:"走好啊——"

很长时间以来,那位双目失明的老人乐观和坦然的神情,一直萦绕在我的脑海之中。一个人,陡然间从光明的生活跌入一个黑暗的世界,这是一种多么巨大的打击和痛苦啊!但是,那一位失明的老者却用坚强的信念和勇气,坦然地面对所有痛苦,并将这一份痛苦融化成一种更大的信念,使自己活得更有尊严。

人生之路,风云变幻,沉浮不定;有坎坷的山路,也有晦暗的沼泽。但是只要我们的心灵选择了阳光,那么在通往成功与幸福的道路上,我们就已经远离了黑暗和沉沦!

一颗阳光的心

赏析/半 诚

虽然无法用眼睛看到这个美丽的世界,但老伯仍然积极乐观地去感受生活的美好,他把年轻时所经历的事物细细地记在心中,成为心中永恒的风景。

对于自身的不幸,他并没有太多的埋怨和哀叹,他仍然能开心地向人描述海西的风景,能一个人从乡里到城里往返两趟,还能在一家大医院里给人做推拿养活自己,他用自己的乐观和自强,去创造自己的幸福。

老人面对黑暗的世界时没有丝毫退缩,因为他有一颗向往光明的心,他不仅用坚强的信念和勇气坦然面对了双目失明的痛苦,而且也用自己的信念和努力让自己活得有尊严。

春天的舞会

感动系列

母亲是个知识女性，她对我说："人的命运掌握在自己手里，真要想改变自己，什么时候都不晚。"

改变自己，什么时候都不晚

●文／敬一丹

从北京广播学院毕业后，我回到了家乡黑龙江，在省人民广播电台工作。因为经历过上山下乡的知青生活，我的文化底子薄，于是我报考了母校的研究生，可连续两次都名落孙山。当时我已经二十九岁了，不想再这样折腾了，但就这样放弃，我又有些不甘心。那段时间，我一直闷闷不乐。母亲是个知识女性，她对我说："人的命运掌握在自己手里，真要想改变自己，什么时候都不晚。"

就是这一句话，让我第三次走进了考场，终于在三十岁的那一年成为北广的研究生。毕业后，我留校任教了。一个女人在大学里当老师，工作既体面又轻松，很多人都羡慕我，但我觉得自己是学新闻的，应该到一线去做更有挑战性的工作。

三十三岁那年，中央电视台经济部来北广要人，我幸运地被录用了。当时来自亲友们的阻力很大，他们说我是头脑发热，都三十多岁的人了，还瞎折腾什么。那段时间，我不断地想起母亲的话："人要想改变自己，什么时候都不晚。"我最后的决定是，不管怎么样，不能让自己的人生留下遗憾，哪怕失败了，我也无怨无悔。就这样，我在三十三岁的时候走进了中央电视台，成为一名主持人。

一转眼，我就到了四十岁，我突然有了一种深深的危机感和失落感，每天患得患失，内心充满着苦涩和忧郁。我把自己的困惑和烦恼向母亲倾诉了。母亲说："每一个人都不可避免地会变老，有的人只是变得老而无用，可是有的人却会变得有智慧、有魅力，这种改变，不是最好的吗？"那一刻，我迷茫混沌的心豁然开朗。

如果到了五十岁、六十岁，又有新的梦想在诱惑我，我想我依然会义无反顾地朝着它走去。好的改变，什么时候都不嫌晚。

选择属于自己的命运

赏析／半　诚

"人的命运掌握在自己的手里,要想改变命运,什么时候都不晚。"是的,人生价值的实现从来都不会因为时间而受到限制,正如文章所讲述的道理:一个人只要肯努力,年龄的增长是阻止不了一个人改变命运的决心和进程的。

人为什么要改变命运?因为有梦想,有追求,不愿意留下人生遗憾。作者作为一位著名的节目主持人,她曾经是上山下乡的知识青年,正是牢牢记住了一句话"人要改变自己,什么时候都不晚",无论年龄怎么变化,她都积极地改变自己,为梦想奋斗,于是也让自己走向了成功。

如果想让自己过得不平凡,那么从现在开始,就试着改变自己,挑战自己,只有向前走,才能离梦想更近。

做一个最好的你,这就要你在做任何一桩平凡的事情时都要尽心尽力。只要你尽心尽力了,为之付出了,为之奉献了,生活就不会亏待你。

做一个最好的你

● 文／袁丽娟

世界无限大,谁也搂抱不到它的边缘,人生在世,犹若沙粒在混沌中一闪。正因为是那么一闪,有多少英雄好汉想惊天动地,有多少志士仁人想轰轰烈烈。轰轰烈烈也好,惊天动地也罢,为的只是想给这浩瀚的世界留下一些痕迹,别让自己白来人间一遭。然而生活给人以轰轰烈烈惊天动地的机会并不太多——假如谁都想轰轰烈烈惊天动地,那么这世界定会变得杂乱无章,面目皆非。

有位哲人说得好:"如果你不能成为一丛小灌木,那就当一片小草地;如果你不能是一只麝香鹿,那就当尾小鲈鱼;如果你不能成为大道,那就当一条小路;如果你不能成为太阳,那就当一颗星星。决定成败的不是你尺寸的大小,而在于做一个最好的你。"

在日本,有一个叫中川的语文老师曾给毕业班学生布置过一篇作文,题目叫《今后的打算》。

"当一名大公司的职员"、"做一个科学家"、"希望成为一名外科医生"……同学们的今后打算可谓五花八门。

老师忘却了时间的流逝,兴致勃勃地批阅着学生们的作文。他发现其中有两篇作文与众不同。一篇作文是学习成绩差而性格开朗的少年冈田三吉所作;另一篇作文是患过小儿麻痹症,体质衰弱的大川五郎所写。

冈田三吉在作文中写道:"我的爸爸原来是个鞋匠,在我幼小的时候就去世了。因此,我对爸爸没有什么印象。但听说爸爸是个手艺高超的鞋匠,'做日本第一流的鞋匠'是爸爸的口头禅。我出生后,据说爸爸讲过,'要让儿子成为日本第一流的鞋匠'。"

大川五郎的作文则是这样描述的:"我的身体不好,不能做一般人都能做的工作。幸运的是我的一个亲戚在东京做裁缝,我想:自己虽然不那么灵巧,但如果拼命地学习,一定能做出漂亮的衣服。将来,我一定要做一名日本第一流的裁缝。"

中川老师面对桌上摆着的两篇作文,笑了。三吉和五郎好像预先商量好了似的,都要做一名"日本第一流的"。这里充满了信心和希望,这两名班里最不起眼的少年有着自己美好的理想。

毕业典礼结束的晚上,三吉和五郎来到了老师家里。

"老师,我决定明天就去金泽市,到冈田鞋店当见习工。"三吉信心百倍地说。

"老师,明天我要坐三点钟的快车去东京。不久,我就要成为裁缝师了。"五郎苍白的小脸上泛着红晕。

"你们都要朝着做日本第一流的方向出发了。做日本第一流,这条道路很艰险,但是不管发生什么事,都不要泄气。"

听着老师语重心长的嘱咐,两位少年不住地用力点着头。

他们没有食言,八年以后,他们果然成了日本名副其实的第一流的鞋匠和裁缝师。在东京,只要一说起鞋匠三吉和裁缝师五郎,人们都会竖起大拇指。

做一个最好的你,这就要你在做任何一桩平凡的事情时都要尽心尽力。只要你尽心尽力了,为之付出了,为之奉献了,生活就不会亏待你。生活不仅会给你相应的报酬,还会给你带来无限新的转机。生活中,这样的例子着实不少。

在美国,曾经名噪一时的电影演员帕特·奥普瑞恩在回忆他的电影生涯开端时,总是感慨万分。

那时,帕特·奥普瑞恩是个名不见经传的话剧演员。由于他才华平平,一些无足轻重的角色常常由他担任。有一次,他在纽约参加一个名叫《向上,向上》的话剧演出,其中一场有他与两个怒气冲冲的人争执不休的场面。

很多个夜晚他都在为自己所扮演的角色发愁。后来,他决定稀里糊涂应付了事,何苦为这些没有前途的表演而大花力气呢?

可是,不知怎么的,上学时《圣经》里读到的一句话常常出现在他的脑海里:"无论干什么事情,都要尽力而为。"

于是,在每一次演出时,他总是竭尽全力地表演。每次演完这场戏,他都是满头大汗,有时,他自己也觉得这样干太蠢。

几个月后,有一天他突然接到了一个自称代表休斯的人打来的电话,说是休斯先生打算拍一部巨片,想邀请他参加。

后来,这部电影的导演把这件事的原委告诉了他。原来,几天前,导演和他的朋友们在访问纽约时,搞到了几张轰动一时的戏剧的门票,可惜人多票少,于是导演就穿过马路,去看对面剧院里演出的《向上,向上》。

"有一场戏实在打动了我。"导演说,"就是你在桌子边和别人争吵的那一幕。结果我就向公司推荐你来公司扮演角色。"

以后,帕特·奥普瑞恩每每想到生活中的这个转机,脑海里就会出现这么一个念头,那就是,即使是干着似乎是徒劳无益的事,也要尽力而为。

年轻的朋友,让我们都努力做一个最好的你吧!为了能拥有一个有意义的人生,为了能拥有一个有价值的人生,你不要去追逐那可望而不可即的太阳,你应该好好耕耘你足下的那一亩土地。

尽力做好每件事

赏析／张艳霞

你如果想拥有一个耀眼的人生，那么首先应该在一些小事上付出努力，如果不这样你就可能平庸一生。而当你尽力去做好每一件事时，或许就在不经意间，命运因此被扭转。一个人对事情的态度，决定了他的人生。

唯有在平凡中做得最出色的人才能成为不平凡的一个。做的时候，或者你并不在意而且你也不能预测这一次就是决定你人生的转折点，但有一点能确信的是，只要这一次做好了，你就会离目标近一点。获得成功的唯一捷径是要用心去做，只有不断做好自己，你才有理由相信别人会给你机会。好高骛远，不仅做不成大事，反而连小事也完成不了。像帕特·奥普瑞恩那样严谨地做好每一件事，像三吉和五郎那样积极对待你的人生，在小事中积累经验和实力，最初你可能只是一只不显眼的丑小鸭，但最后你一定能拥有属于自己的舞台。

当我们真正热衷于自己喜欢的事情的时候，我们就不会被外界的阻力所动摇。对自己认定的事情，必须要有决心和恒心去做。

比尔·盖茨小时候

 文／佚 名

一九六五年，我在华盛顿的一所学校图书馆当管理员。有一天，一位负责教九岁儿童班的老师来找我，说她班上有个学生的功课完成得比其他所有孩子都快，想再找个活儿干，问我他能否在图书馆里干点什么。我说:"让他来吧。"一会儿,一个身材瘦小、沙色头发的男孩走了进来。他问道:"你们有活儿让我干吗?"

我给他讲解有关杜威十进位制的图书分类上架法,他听后立刻心领神会。后来我又给他看一大摞过期借阅书卡,书卡上的书我起先认为已经还了,但是实际上由于书卡有误,这些书找不着了。他问我:"这是件侦探式的工作吗?"我回答说:"是。"话音刚落,他就像一名所向披靡的侦探那样干起来了。老师进来告诉他该休息的时候,他已经找出三本书卡有误的书。他不肯休息,坚持要把活儿先干完。老师说馆内空气不好,应该呼吸一下新鲜空气,他这才停下手头的工作。次日早晨,他来得很早。他说要干完找书的工作。下班时,他又说要当一名正式的图书馆管理员,我很痛快地答应了,因为他干起活来孜孜不倦。

几周以后,我发现办公桌上有张留言条,邀请我到这个男孩家里吃晚饭。我应邀去了,并且过得很愉快。临走时,他母亲说,他们全家要搬到毗邻的社区去住,孩子也得转学。但是孩子首先挂念的就是他不能再在原学校的图书馆里工作了,谁来找那些丢失的图书呢?

孩子要走了,我与他依依惜别。起先我认为他只是一个普普通通的孩子,可是他对那份工作的热情使我觉得他非同寻常。

我很想念他。可是这种思念之情持续的时间并不长,因为几天之后,没想到他又回来了。他告诉我,新去的那所学校的图书馆管理员不让学生在图书馆帮忙干活儿。他高兴地说:"妈妈又让我回原校念书了,爸爸上班路上叫我搭段车,要是他有事,我就走着来上学。"

我当时脑子里闪过一个念头:这孩子的决心和毅力如此之大,将来一定能干一番事业。然而我没料到,他长大以后,竟成为一名信息时代的奇才、一位微型软件的巨头、美国的首富。他的名字就是:比尔·盖茨。

小执着,大成就

赏析／张艳霞

每个人的成功都是有原因的,或者它在一个人小的时候就已经有所体现。你小时候形成的做事风格就决定着你以后的人生。只是一份普通的工作,对于一个孩子来说,却是如此神圣。小时候对工作的热诚和执著就已经注定了比尔·盖茨未来的成就。

小比尔·盖茨享受图书馆管理员这份工作,所以无论如何他都尽自己的所能把它做好。当我们真正热衷于自己喜欢的事情的时候,我们就不会被外界的阻力所动摇。对自己认定的事情,必须要有决心和恒心去做。有时,不在乎我们是否一定能做到,但是起码我们把过程做好了。

从小就去坚持,我们的目标就会越来越明确,意志就会越来越坚定。在人生路上,千万别放弃自己的追求,最终你会发现成功并不是多么困难的事情,只要坚持不懈地去努力,它就会向你走来。

再难的生活也是可以用快乐打造的,关键是你是不是有一颗用快乐感受生活的心。

用快乐打造生活

●文/马　德

一个年轻人坐着一辆三轮车到北站去赶车。一路上,车夫一边蹬着车,一边唱着歌,手舞足蹈,虽然气喘吁吁的,但丝毫没有显出劳累的神情。年轻人看了一眼这位约摸三十岁的车夫,不禁问了一句:"你家里今天一定有什么喜事吧?"车夫回过头说:"没有。""那你今天一定拉了不少客人,赚了不少钱吧?""没有。你是我拉到的第二位客人,在这之前,我只挣到了两元钱。"车夫跟着答了一句。

车继续往前走着,车夫依然一路欢歌笑语。年轻人纳闷,不禁又问了一句:"那你一定有一个幸福的家庭?"车夫微微一笑说:"怎么说呢,有一个老母亲卧病在床,有两个儿子,一个读初中,一个刚刚考上高中,我原来在西宁的一家机床厂上班,几年以前下岗后回到这里,一直没有找到合适的工作,妻子在残障学校当老师,我和她所挣的钱刚够供两个孩子上学，就是这样。""那你为何还活得这么开心呢？"年轻人不失时机地问。车夫笑了笑，说："可能受妻子的感染吧，她教着一批残障孩子，每天的课程主要是如何让孩子们在快乐中学习成长。妻子一天到晚乐呵呵的，是一个乐观豁达的人，生活再困难再吃紧的时候，她也没有沮丧过。她常说，怎么过也是过，为什么不快快乐乐地过呢？"车夫弓下身，将三轮车蹬上了一段缓坡后，接着说道："每天晚上，我还要和妻子到一家小作坊去打短工，缝制皮手套。我准备把两个孩子都供到大学毕业，再多挣一些钱，好把母亲的病看好。很晚的时候，我们从小作坊回家，我就蹬着这辆三轮车，拉着妻子往城西的家里走。更多的时候，妻子在后边唱，我在前边和着，就这样一路欢歌回到家，每天都这样。"他顿了顿，回头见年轻人在兴致勃勃地听着，又说："也有人说我们是穷开心，穷得叮当乱响的，就剩下开心了。随便别人怎么说，反正生活得自己一天一天地过，活得简单些，活得快乐些，总比把自己埋在忧愁中要强吧。"然后，车夫又谈了些关于未来的打算，听得出来，他对生活是充满信心的。到目的地后，车夫突然从车的侧帮拿出一只拐来，轻轻一点，"站"在了车前，依旧笑语盈盈的。

直到此刻，年轻人才知道他一条腿有残疾。他掏出五元钱递给了车夫，车夫准备给他找钱的时候，年轻人一把按住了车夫的手，说，不用找了，我用剩下的钱买了你的东西。车夫一愣，只听年轻人说：我用最少的钱买到了这个世界最昂贵的东西，你教我学会了快乐！

故事中的那个乘车的年轻人就是我。那一年大学毕业后，我在一家民营企业当了半年的文秘，后来自己炒了自己的鱿鱼。我坐车的那一天，正是四处求职无果而郁闷地准备回老家的。就是在那一天，我懂得了，再难的生活也是可以用快乐打造的，关键是你是不是有一颗用快乐感受生活的心。

拥有一颗快乐的心

赏析／半　诚

一个城市中四处求职无果的年轻人，在返家的途中遇见了一位快乐的三轮车夫。快乐的三轮车夫是一位残疾人士，刚刚下岗，家里有老母卧病在床和两儿读书，然而就是他这样的生活却仍然能够保持着满脸的快乐。他的乐观和坦然,使他在面对困难时坚强不屈,让我们深为感动。

一个身残、家穷的三轮车夫,仍然能积极地在心里策划自己美好的未来生活:赚钱供孩子念大学、把母亲的病治好……依然对自己对家庭充满信心。而作为健全的我们,还有什么理由不努力呢?只要对未来充满信心和希望,就能够渡过目前的困境迎接新的生活;只要拥有一颗快乐的心,就一定能使得我们的生活更加多彩。

只要我们时刻在努力着,为光明在奋斗着,我们就是无比重要地生活着。

我 很 重 要

● 文 / 毕淑敏

当我说出"我很重要"这句话的时候,颈项后面掠过一阵战栗。我知道这是把自己的额头裸露在弓箭之下了,心灵极容易被别人的批判洞伤。

许多年来,没有人敢在光天化日之下表示自己"很重要"。我们从小受到的教育都是——"我不重要"。

作为一名普通士兵,与辉煌的胜利相比,我不重要。

作为一个单薄的个体,与浑厚的集体相比,我不重要。

作为一位奉献型的女性,与整个家庭相比,我不重要。

作为随处可见的人的一分子,与宝贵的物质相比,我们不重要。

我们——简明扼要地说,就是每一个单独的"我"——到底重要还是不重要?

我是由无数星辰日月、草木山川的精华汇聚而成的。只要计算一下我们一生吃进去多少谷物,饮下了多少清水,才凝聚成一具美轮美奂的躯体,我们一定会为那数字的庞大而惊讶。平日里,我们尚要珍惜一粒米、一叶菜,难道可以对亿万粒菽粟、亿万滴甘露濡养出的万物之灵,掉以丝毫的轻心吗?

当我在博物馆里看到北京猿人窄小的额和前凸的嘴时,我为人类原始时期的粗糙而黯然。他们精心打制出的石器,用今天的目光看来不过是极简单的玩具。如今很幼小的孩童,就能熟练地操纵语言,我们才意识到人类已经在进化之路上前进了多远。我们的头颅就是一部历史,无数祖先进步的痕迹储存于脑海深处。我们是一株亿万年苍老树干上最新萌发的绿叶,不单属于自身,更属于土地。人类的精神之火,是连绵不断的链条,作为精致的一环,我们否认了自身的重要,就是推卸了一种神圣的承诺。

回溯我们诞生的过程,两组生命基因的嵌合,更是充满了人所不能把握的偶然性。我们每一个个体,都是机遇的产物。

常常遥想,如果是另一个男人和另一个女人,就绝不会有今天的我……

即使是这一个男人和这一个女人,如果换了一个时辰相爱,也不会有此刻的我……

即使是这一个男人和这一个女人在这一个时辰,由于一片小小落叶或是清脆鸟啼的打搅,依然可能不会有如此的我……

一种令人怅然以致走入恐惧的想象,像雾霭一般不可避免地缓缓升起,模糊了我们的来路和去处,令人不得不断然打住思绪。

我们的生命,端坐于概率垒就的金字塔的顶端。面对大自然的鬼斧神工,我们还有权利和资格说"我不重要"吗?

对于我们的父母,我们永远是不可重复的孤本。无论他们有多少儿女,我们都是独特的一个。

假如我不存在了,他们就空留一份慈爱,在风中蛛丝般飘荡。

假如我生了病,他们的心就会皱缩成石块,无数次向上苍祈祷我的康复,甚至愿灾痛以十倍的烈度降临于他们自身,以换取我的平安。

我的每一滴成功,都如同经过放大镜,进入他们的瞳孔,摄入他们心底。

假如我们先他们而去,他们的白发会从日出垂到日暮,他们的泪水会使太平洋为之涨潮。

面对这无法承载的亲情,我们还敢说"我不重要"吗?

我们的记忆,同自己的伴侣紧密地缠绕在一处,像两种混淆于一碟的颜色,已无法分开。你原先是黄,我原先是蓝,我们共同的颜色是绿,绿得生机勃勃,绿得苍翠欲滴。失去了妻子的男人,胸口就缺少了生死攸关的肋骨,心房裸露着,随着每一阵轻风滴血。失去了丈夫的女人,就是齐斩折断的琴弦,每一根都在雨夜长久地自鸣……

面对相濡以沫的同道,我们忍心说"我不重要"吗?

俯对我们的孩童,我们是至高至尊的唯一。我们是他们最初的宇宙,我们是深不可测的海洋。假如我们隐去,孩子就永失淳厚无双的血缘之爱,天倾东南,地陷西北,万劫不复。盘子破裂可以粘起,童年碎了,永不复原。伤口流血了,没有母亲的手为他包扎。面临抉择,没有父亲的智慧为他谋略……面对后代,我们有胆量说"我不重要"吗?

与朋友相处,多年的相知,使我们仅凭一个微蹙的眉尖、一次睫毛的抖动,就可以明了对方的心情。假如我不在了,就像计算机丢失了一份不曾复制的文件,他的记忆库里留下不可填补的黑洞。夜深人静时,手指在按了几个电话键码后,骤然停住,那一串数字再也用不着默诵了。逢年过节时,她写下一沓沓的贺卡。轮到我的地址时,她闭上眼睛……许久之后,她将一张没有地址只有姓名的贺卡填好,在无人的风口将它焚化。

相交多年的密友,就如同沙漠中的古陶,摔碎一件就少一件,再也找不到一模一样的成品。面对这般友情,我们还好意思说"我不重要"吗?

我很重要。

我对于我的工作我的事业,是不可或缺的主宰。我的独出心裁的创意,像鸽群一般在天空翱翔,只有我才捉得住它们的羽毛。我的设想像珍珠一般散落在海滩上,等待着我把它用金线串起。我的意志向前延伸,直到地平线消失的远方……

没有人能替代我,就像我不能替代别人。

我很重要。

我对自己小声说。我还不习惯嘹亮地宣布这一主张,我们在不重要中生活得太久了。

我很重要。

我重复了一遍。声音放大了一点。我听到自己的心脏在这种呼唤中猛烈地跳动。

我很重要。

我终于大声地对世界这样宣布。片刻之后,我听到山岳和江海传来回声。

是的，我很重要。我们每一个人都应该有勇气这样说。我们的地位可能很卑微，我们的身份可能很渺小，但这丝毫不意味着我们不重要。

重要并不是伟大的同义词，它是心灵对生命的允诺。

人们常常从成就事业的角度，断定我们是否重要。但我要说，只要我们时刻在努力着，为光明在奋斗着，我们就是无比重要地生活着。

让我们昂起头，对着我们这颗美丽的星球上无数的生灵，响亮地宣布——我很重要。

你有特别的意义

赏析／张艳霞

在这个世界上，每一个人都是独一无二的，每个人都很重要，都是任何其他人无法代替的，因为每个人对亲人、朋友，对社会都有着独特的重要之处。

早在唐代，诗人李白就富于激情地写下了"天生我材必有用"的豪迈诗句，的确，每一个人都是有用的，或者说，生活中总有一个适合我们的位置。很多人会因为自己的成绩不好、个子不高或者身体有缺陷就觉得自己没有用，其实一个人的用处并不是用这些作为标准来衡量的，而是我们的内心是否充满着生活的热情，是否总能保持乐观、自信的生活态度。

所以我们每一个人都应该好好爱护自己，爱护自己就是对身边的人的爱护。让我们远离自卑和自弃，用心去学习和生活，活出一个美丽的人生。

给自己找个对手,说白了就是自己强壮自己、自己锤炼自己。让那颗历经风霜的心在跌宕起伏的岁月里,能够不断地迎接机遇与挑战,并且把其中的经验与教训作为自己不断成长的营养。

给自己找个对手

●文/大 卫

据说作为一个英雄最大的悲哀并不是被别人打败,而是在征战的疆场上没有对手。

在这个世界上我们不可能每一个人都做英雄,我们只是一些普普通通的人。但和那些威名显赫的英雄一样,我们这些凡夫俗子也有一个强烈的渴望,那就是给自己找个对手,让平淡的生活激荡出一些清亮亮、蓝盈盈的浪波。

瀑布寻找深潭作为对手,它在纵身飞跃的刹那,才创造出银瓶乍破、金迸玉溅式的美丽和壮观。

钻机寻找岩石作为对手,它才在寂寞、枯燥的工作中谱出流热溢火的壮歌,才能在单调乏味的日子里释放出自己的能量、闪耀出自己的辉煌。

给自己找个对手,就如同刀寻找剑;歌词在寻找旋律;骆驼在寻找沙漠;金刚钻在寻找瓷器……

给自己找个对手,并不是盲目地寻找"挑战者"。在这儿必须弄清楚的一点就是:我们在给自己寻找"对手",而不是寻找"敌手"。我们并不想逞一时之能而四面树敌八方威风。我们也绝不想把对手打倒在地,然后气喘吁吁地决出胜负、分出高低。

给自己找个对手,说白了就是自己强壮自己、自己锤炼自己。让那颗历经风霜的心在跌宕起伏的岁月里,能够不断地迎接机遇与挑战,并且把其中的经验与教训作为自己不断成长的营养。

给自己找个对手,从某一意义上说,又何尝不是在检验自己的那根名叫命运的弹簧,到底能够承受多少来自生活的重量!

命运的弹簧

赏析／半　诚

　　想让自己的人生过得精彩,就必须不断地挑战自己,给自己找个对手,让自己始终处于竞争的状态,从而不断地进取。强者和英雄往往都是这样产生的。因为有了对手,有了要战胜的目标,才能使得他们不断处于训练和拼搏之中,在战胜目标的同时,能力也得到提升。瀑布与深潭、钻机与岩石,它们都是对手,也正因为有了对手它们才能在对立中显出自身的价值。

　　平静的生活容易使得人变得平庸,容易使人甘于现状。寻找对手,是为了自己强壮自己,锤炼自己,使自己得到更好的成长。生活中有了对手,就能打破平静的生活,激荡起人生灿烂的浪花,激起人们奋斗拼搏的热情和冲劲。

我很重要。

　　我对自己小声说。我还不习惯嘹亮地宣布这一主张,我们在不重要中生活得太久了。

　　我很重要。

　　我重复了一遍。声音放大了一点。我听到自己的心脏在这种呼唤中猛烈地跳动。

　　我很重要。

　　我终于大声地对世界这样宣布。片刻之后,我听到山岳和江海传来回声。

童心小世界

春天的舞会

今天，不会再有孩子像我当年一样玩虫，玩鸟，玩树枝树叶了；也不能设想今天的孩子像我当年一样，躺在黑色的夜空下，听虫声唧唧，闻艾草薰香，在似睡非睡中，悠然感受生命的散淡和微茫。

一代人有一代人的快乐，一代人有一代人的忧伤。长大了，哪儿还能找到那样一座小城，那样一条小巷，那样一个村庄，那样一条河流，那样一棵巨大而多情的树，以及那样快乐而清纯的一个我呢……

　　我希望我的"好奇症"继续发作下去，永远保持童心，永远在好奇中生活，永远过那追求、探索、惊奇、天真、快乐的儿童生活。

童 心 悠 悠

●文/岳 芩

　　当我和童年告别时，没有和它握过手，没有和它谈过心，更没向它说一声"再见"！它不知不觉地离开了我。五年？八年？记不清，算不准。

　　但，每当我看见儿童——捉迷藏、跳房子、办家家酒……我的血就加快了流速，全身微微发热，心里格外兴奋。每当我和儿童一起玩的时候——唱歌、踢毽子、跳绳……我就忘记了我已是一个二十多岁的人。

　　我盼望成天和他们在一起。终于和他们在一起了！

　　难忘啊，——我们一起在湛蓝的天空下阅读优美的散文、诗句，讲孙悟空遨游太空的故事；

　　我们一同在乡间田野上畅谈，又登上俏丽的小山，拾片红叶、采朵秋菊，跟着放牛娃唱牧歌；

　　我们在充满神秘、哲理的松坡林里捉迷藏，你找，我躲；这儿一角衣襟，那儿又冒半截脑袋，林里充满了朗朗的笑声；

　　……

　　这些声音常常掀开我童年的窗帘——

　　那时，我是一个充满饥饿的孩子。

　　饥饿，可畏！法国的雨果说过："好奇是饥饿的粮食，每遇到它就想吃。"那么我的饥饿可算是"好奇症"吧。

　　因为这"病"的缘故，我很小就会拆卸玩具、收音机，安装小汽船；

　　知道了洋娃娃为什么会"哇哇"地叫，怎样使一块铁皮不沉水；

　　懂得了野鸭为啥叫候鸟，而喜鹊又叫留鸟；

　　想象着今后要到天宫去取桂花酒、下海里龙宫找龙王；

　　因为这"病"的缘故，妈妈说我是淘气的野孩子。

叔叔因为我拆收音机打了我两巴掌；

隔壁李奶奶说这孩子长大了要翻天的；

啊，我希望我的"好奇症"继续发作下去，永远保持童心，永远在好奇中生活，永远过那追求、探索、惊奇、天真、快乐的儿童生活。

童心，童心把我带回到五十个小朋友的欢快笑声之中。

童心在跳动！在歌唱！在舞蹈！它在我的心中……

在好奇中生活

赏析／半　诚

　　每个人的童年都有很多美丽的故事，例如捉迷藏、跳房子、办家家酒、唱歌、踢毽子、跳绳，这些都是孩子们的趣事，然而对一个成年人来说，那些趣事应该很遥远了，可是文章却告诉我们作者二十多岁的人仍然喜欢那样的活动。她为什么喜欢呢？因为她有一颗好奇的心，希望每天都像孩子一样充满好奇地生活。

　　好奇心使人对知识充满了饥渴，好奇心使人不停地追求和探索，好奇心使人在多姿多彩的生活里充满欢乐。这就是一个成年人之所以如此喜欢童年生活的原因。

　　时间催人长大，人总需挥别童年，但是只要保持着一颗童心，我们同样可以继续在好奇中生活，探索、追求，积累越来越多的人生知识。

> 一棵树,那可是别一天地,别一世界。有了树,世界才显奇妙;有了树,生活才会多彩。

树 天 下

●文/徐成淼

在大树下疯玩,可是人生一大乐事。人乐,树也乐。

正巧我家租住的大院,就在一棵大树底下,院墙的西南角,就紧挨着大树魁伟的树身。那是一棵樟树,极高,极大。大樟树像一朵凝固了的蘑菇云,把小半个院子严严地荫蔽了起来。那个巨大而潮湿的阴影,曾是我的自由王国,是我梦开始的地方。没有比这更开心的事了。

生活中有一棵树和没有一棵树,是绝不一样的。一棵树不仅是一棵树;一棵树,那可是别一天地,别一世界。有了树,世界才显奇妙;有了树,生活才会多彩。有了树,你才可以放开胆子做你想做的任何事情:可以掏鸟窝,逮鸟仔儿;可以抓松鼠,黏知了儿;可以捉蛐蛐,逗蚂蚁儿;可以这样那样地咂摸生命的种种神奇,体验大千世界永无止境的奥秘。树是一个童话,是无奇不有的一座宫殿,是我的天然的动物园。树每天都是新的,是怎么玩也玩不厌的地方。这是造化的恩宠,万物皆备于我,让一棵大树和小小的一个我这样相伴。

更何况是这么大的一棵樟树。有一百年,还是两百年了呢?它怎么会长得那么大那么高呢?是谁种下它的?不在深山,不在旷野,不在乡间,而是在小城的一角,在北山脚下的小胡同里。那么粗的树干,要好几个人手拉着手,才能围得过来。那么大的树冠,巨伞一般,把一长截街路都遮住了。街两边的多数人家,就都被樟树巨大的冠盖搂在了怀里。

太阳天,大樟树明晃晃地立在那里,浓荫匝地,圈出了一大块黑色的版图。树荫里,有徐徐的小风,有淡淡的树香。太阳晒出了大树的好心情,它耸了耸身子,撒下一地的金币。叶动影摇,万千金币满地闪烁。风来了,风儿吹开了大树的襟怀,叶片低吟浅唱,萧萧树声灌满了整条小巷,那是天籁，是绿叶唱给风听的情歌。月光夜，大樟树亮出一幅宽阔的剪影。月色镀亮了树的轮廓，那是夜神晚裙金色的镶边。月影下，不用点灯，就能做许多许多事情，就能玩许多许多游戏。婶娘们在月光下搓麻线，编草篓儿，这些粗活她们摸黑都能做。孩子们在树下大呼小叫地疯跑，月色迷蒙，半明不暗，正是打仗和捉迷藏的好时光。雨来了的时候，满树绿叶承接雨点的轻抚，沙沙的叶韵，直传到了小街的尽头。雨水沿枝干淌下，那是树的沐浴，那些苍老的裂纹和皱缩的青苔，便都得到了宽慰与滋润。每当台风登陆，那情景就更为壮观。风从东海岸呼啸而来，大樟树迎风而立。满树繁枝喜极动摇，那是树的舞蹈，是它扬旗挥舞的手臂。大风中，大树摇落了身上的赘物，风过后，满地枯枝残叶，把西墙根的小水沟都堵住了。捡起一根细枝，折断了来闻，香气扑鼻。

谁能数得清大樟树究竟收留了多少生灵？有毛毛虫，有知了，有金龟子，有天牛，有螳螂，有黄蚂蚁和黑蚂蚁，有蜘蛛，有树蛙，有带壳和不带壳的蜗牛，有扑动着绿色大粉翅的夜蛾；有麻雀，有八哥，有黄头鸟，有喜鹊，有白头翁，有尖嘴鹬子，有叫不出名字的长尾巴鸟；有蝙蝠，有大黄蜂，有蜈蚣，有蛇，有蚂蟥，有蝎子和会射出毒尿的大蟾蜍，有螫(shì)上一口就叫你痛得倒吸凉气的"青篾箕"。孩子们想得到的，大树那儿全有。大树知道他们想要些什么，它就把飞的爬的全给了他们。男孩子就这点儿好啊，他肆无忌惮，他无法无天，他忘乎所以。他什么树都敢爬，什么鸟都敢逮，什么虫都敢抓，什么活物都想大卸八块来看个究竟，他就早早地什么都知道。大树想到这儿，悄悄地笑了笑。密密的枝叶，一阵摇摆。

傍晚，树梢将夕晖一点点掸落，树影慢慢地加浓了颜色。喜鹊归巢了，黄雀儿开始晚唱，蜉蝣在霞光里一群群飞舞，蛇倒挂着垂下树枝，松鼠从树洞里爬了出来。树的世界热闹了起来，七高八矮的孩子也出笼了，那可是人生最无忧无虑的快乐时光。一伙乌合之众，在土院里跑呀，跳呀，闹呀，叫呀；玩泥，玩石子儿，玩碎瓦片，玩树叶，玩枯枝；玩蚂蚱，玩蜻蜓，玩飞蛾，玩毛毛虫，玩从树上跌下来的小雏鸟儿。遇见胆大的松鼠到地面来觅食，拔腿就追，眼看就要捉住，却又让它跑了。它蹲在树桠上尾巴一翘一翘，亮亮的眼睛和我们对瞧，我们就又乐了。大樟树看着我们在树下尽欢，看着我们在树下喧闹，折腾，放肆，同时成长，它吐出了长长的一口气。那一声气息从它密密的胡子缝里冒出来，显得特别舒朗。

那时候，我们以为世界向来就是这个样子的，以后也将永远是这样。

满眼的绿，满身的草叶，满世界的清鲜空气。那么大的树，那么浓的绿荫，那么高而明净的天空。那么多石头和泥土，那么多鸟和虫子，那么长的整整一个夏天，那么多玩也玩不尽的游戏。那时候我们一点儿也不知道，这该是多大的一份奢侈！

树影和天影慢慢融合起来，天终于全黑了。人也玩累了，慢慢地静下来，带一身汗，围到大人身边歇凉去。

躺在竹椅上，看天，天也是看不尽的。有星，有娥眉月，有时会飘过的几丝丝云。排成三角形的是牛郎星，三点一线的是织女星，灰灰一长条的是天河。偶尔划过一两颗流星，就连忙许愿，可总是来不及。蝙蝠无声地掠过耳际，翅影如黑色的闪电，稍纵即逝。萤火虫也来凑热闹，飞过来，伸手就能抓到。蜘蛛将游丝飘到人的脸上，痒酥酥的，抹去了就是。有虫屎落在人的额角上，凉冰冰的，擦去了就是。倦意袭来，好想睡。想向上把身子躺舒服些，可人太小，够不着，总要滑溜下来。背上的汗毛被躺椅上的竹条夹住，扯得有点儿疼。蚊子来咬了，拿大蒲扇也赶不走，就点了蒿把儿来薰。浓浓的蒿叶味弥漫了院子，那药味儿好闻得很。睡意浓了，大人们的谈话声远了，世界很静。哪儿有蝼蛄儿叫，还有蟋蟀和纺织娘，一阵儿含糊，一阵儿明了。你听它的时候就有，你不听它的时候就没有了。大樟树上的八哥不知为什么惊叫了一声，人动了一下，又复归沉静。

终于迷糊过去，生命进入了浑茫状态，透明的寂静。没有了世界，没有了自我，只有这小小的一个院落，和院落上方巨大的树影，还有更高处渺不可及的神秘的天空。隐隐听见夜风将树叶轻轻摇响，隐隐闻到蒿叶的烟味儿阵阵飘来。谁在说话呢？声音越来越含糊，越来越缥缈。笼中的鸡偶尔咕哝几下，而狗却哑默无声。万物都疲倦了，和我一道沉入了外婆的记忆和婶娘们的往事之中。

许多许多年之后，我忽地就到了与当年我外婆差不多的年纪。我告别大樟树已经几十年，我远离大樟树已有几千里。关于大樟树的记忆已遥远得像是一个不可企及的梦。那树干，树身，树枝，树叶，树冠，树荫；树上的那些鸟，那些虫，那些蜈蚣和松鼠，蝎子和蛇，都已经像褪了色的老照片，模糊得只剩下一个影子了；却不料一个偶然的机会，让我于离开小城数十年之后，又回到了那里。

我寻找记忆中的那棵树，却连影子也找不到了。大院早就没有了，连老树的遗址都难以认定。那一带有了另外的路，另外的房子，老屋已荡然无存。大樟树没有看到它当年的孩子裹了一身的沧桑回来,只留一个巨大的身影在我的心里,在我的记忆中。

　　不一定非要伤感不可。旧物总要消失,新的东西总要取代原先的存在,世界总得一天天向前走去。就像一棵树,极盛之后,也会有式微的一天。会凋残,会枯萎,会老朽,会倾倒,会让位给另一番枝叶,另一番绿荫。那棵大樟树已永远离我而去了,它带走的,还有我的梦想,我的岁月。今天,不会再有孩子像我当年一样玩虫,玩鸟,玩树枝树叶了;也不能设想今天的孩子像我当年一样,躺在黑色的夜空下,听虫声唧唧,闻艾草薰香,似睡非睡中,悠然感受生命的散淡和微茫。一代人有一代人的快乐,一代人有一代人的忧伤。如今,哪儿还能找到那样一座小城,那样一条小巷,那样一棵巨大而多情的树,以及那样快乐而清纯的一个我呢……

寻找记忆中的那棵树

赏析／半　诚

　　记忆中的大樟树是怎样的呢?有鸟和虫,蜈蚣和松鼠,蝎子和蛇,然而这些都成了记忆中零碎的影像,在许多年后的今天全部荡然无存了。老屋没有了,老树的遗址也找不到了,还有的就是藏在作者心上的关于树的影子,一个巨大的身影。

　　大樟树有着许许多多孩子的欢乐记忆,有着作者童年的梦想,可是当大樟树不在了,我们不应该心怀感伤,因为大樟树以及童年的消失,就等同于自然的生老病死,新旧事物的更替。"一代人有一代人的快乐,一代人有一代人的忧伤。"树没了会有新的事物产生,人也如树一样,人也将老去,一代人一代人延续,每一代人都有特定的人生经历。树的天下,也如人的天下,不断新旧更换。重要的是,童年的欢声笑语将永远留存于我们的记忆里。

　　我帮着抱住桂花树使劲地摇，桂花纷纷落下来，落得我们满头满身，我就喊："啊！真像下雨，好香的雨啊。"

桂　花　雨

● 文/琦　君

　　中秋节前后，就是故乡的桂花季节。一提到桂花，那股子香味就仿佛闻到了。桂花有两种，月月开的称木樨，花朵较细小，呈淡黄色，台湾好像也有，我在走过人家围墙外时曾闻到过这种香味，一闻到就会引起乡愁。另一种称金桂，只有秋天才开，花朵较大，呈金黄色。我家的大宅院中，前后两大片空旷的场地，沿着围墙，种的全是金桂。唯有正屋大厅前的庭院中，种着两株木樨、两株绣球。还有父亲书房的廊檐下，是几盆茶花与木樨相间。

　　小时候，我无论对什么花，都不懂得欣赏。尽管父亲指指点点地告诉我，这是凌霄花，这是叮咚花，这是木碧花……我除了记些名称外，最喜欢的还是桂花。桂花树不像梅花那么有姿态，笨笨拙拙的，不开花时，只是满树茂密的叶子，开花季节也得仔细地从绿叶丛里找细花，它不与繁花斗艳。可是桂花的香气，真是迷人。迷人的原因，是它不但可以闻，还可以吃。"吃花"在诗人看来是多么俗气，但我宁可俗，就是爱桂花。

　　桂花，真叫我魂牵梦萦。

　　故乡是近海县份，八月正是台风季节。母亲称之为"风水忌"。桂花一开放，母亲就开始担心了："可别做风水（就是台风来的意思）啊！"她担心的第一是将收成的稻谷，第二就是将收成的桂花。桂花也像桃梅李一样，也有收成呢。母亲每天都要在前后院子走一遭，嘴里念着："只要不做风水，我可以收几大箩，送一斗给胡宅老爷爷，一斗给毛宅二婶婆，他们两家糕饼做得多。"原来桂花是做糕饼的香料。桂花开得最茂盛时，不说香闻十里，至少前后左右十几家邻居，没有不浸在桂花香里的。桂花成熟时，就应当"摇"，摇下来的桂花，朵朵完整、新鲜。如任它开过谢落在泥土里，尤其是被风雨吹落，那就湿漉漉的，香味差太多了。"摇桂花"对于我是件大事，所以老是盯着母亲问："妈，怎么还不摇桂花？"母亲说："还早呢，没开足，摇不下来的。"可是母亲一看天空阴云密布，云脚长毛，就知道要"做风水"了，赶紧吩咐长工提前"摇桂花"，这下，我可乐了。帮着在桂花树下铺簸簞(miè diàn)，帮着抱住桂花树使劲地摇，桂花纷纷落下来，落得我们满头满身，我就喊："啊！真像下雨，好香的雨啊。"母亲洗净双手，撮一撮桂花放在水晶盘中，送到佛堂供佛。父亲点上檀香，炉烟袅袅，两种香混合在一起，佛堂就像神仙世界。于是父亲诗兴大发，即时口占一绝："细细香风淡淡烟，竞收桂子庆丰年。儿童解得摇花乐，花雨缤纷入梦甜。"诗虽不见得高明，但在我心目中，父亲确实是才高八斗，出口成诗呢。

桂花摇落以后，全家动员，拣去小枝小叶，铺开在簞子里，晒上好几天太阳，晒干了，收在铁罐子里，和在茶叶中泡茶、做桂花卤，过年时做糕饼。全年，整个村庄，都沉浸在桂花香中。

念中学时我到了杭州，杭州有一处名胜满觉垅，一座小小山坞，全是桂花，花开时那才是香闻十里。我们秋季远足，一定去满觉垅赏桂花。"赏花"是借口，主要的是饱餐"桂花栗子羹"。因满觉垅除桂花以外，还有栗子。花季栗子正成熟，软软的新剥栗子，和着西湖白莲藕粉一起煮，面上撒几朵桂花，那股子雅淡清香是无论如何没有字眼来形容的。即使不撒桂花也一样清香，因为栗子长在桂花丛中，本身就带有桂花香。

我们边走边摇，桂花飘落如雨，地上不见泥土，铺满桂花，踩在花上软绵绵的，心中有点不忍。这大概就是母亲说的"金沙铺地，西方极乐世界"吧。母亲一生辛劳，无怨无艾，就是因为她心中有一个金沙铺地的西方极乐世界。

我回家时，总捧一大袋桂花回来给母亲，可是母亲常常说："杭州的桂花再香，还是比不得家乡旧宅院子里的金桂。"

于是我也想起了在故乡童年时代的"摇花乐"和那阵阵的桂花雨。

每个人内心都有一份美好

赏析／张艳霞

平凡也是一种美，桂花并不出众，但是它的香气和它的用途博得

"我"的钟爱。它在树上,可以带给人们清香;被摇下来了,可作糕饼的香料。童年时的"我",唯独喜欢桂花。

有一种情,在以前就已经产生,一直到现在。"我"现在也唯独喜欢家乡旧宅院里的金桂,因为"我"和它之间已经不是单单的花和人,"我"自小就对它有了依恋。虽然离开了那里,没有了那花香的熏陶,但那熟悉的味道早已被"我"吸在心里,久未淡去。最快乐的还是"摇桂花",最漂亮的还是那片桂花雨。这些都曾经属于儿时的"我",现在也还是"我"的,个中的乐趣也只有"我"才知道。所有现在的都不能代替旧时的美好,所有别人的都不及属于自己的好。所以,即使身边有再多再美的东西,我们依然会选择能带给我们美好回忆的那些。

我强烈地感到它如此破旧全是为了我,我把它折磨成这样,又把它丢弃在这异地……可是我永远不会忘记在我的孤旅中,曾有过你,我默默无语的黑马。

黑　马

●文/班　马

孤旅中,常常是我的黑马陪伴着我。

它是一辆黑色的自行车。

它真是我的黑马,我的许多经历都与它有联系。确实奇怪,我对这半机械式的冷冰冰的铁质产品竟抱有一种深深的亲情。

到后来,我确有点爱它。

我的黑马默默无语。它没有铃,我们总是凭着沉静和灵巧穿行。默默无语,我和它曾访遍江南,江南二十四桥,就这样日夜兼程,默默无语。我们也曾渡江北上,北方的原野,也就这样一路轻骑。我所永远记忆的那些中国乡村的路途,那些沙石的四级公路,那些走不完的杨树,那些荫的茶亭和明的茶亭,那些一家一个样的木的砖的楼的棚的旅舍和驿站啊,我们经历多少?

默默无语我的黑马,你同我在一起。

那是无法忘记的,我与你的自得——在绿色列车从我们行程的公路边呼啸而过时,我蹬着车冲着那车窗口的旅客大叫:"我比你们更有劲!"那也是无法忘记的,我与你的自怜——在风雨泥泞的半路,那些骄横的摩托车从背后擦着驶过时轻蔑地溅我们一身泥浆,我低头咬牙唤道:"伙计,我们走我们的!"

我的手无法忘记你一路的跳动,所传递给我的顺从;我的脚无法忘记你的一下一下的节奏,所传递给我的听命;我的身体无法忘记你的轻轻一声呻吟或是你的微微一个颤抖,所传递给我的你的全部的付出……我的黑马,你我紧紧连在一起,我的青春的勃发、我的热血的奔涌、我的力量和速度、我的身体和意志,都在旅途上同你连在了一起,我们互相接触、我们互相缠绕,我们的运动成为一体。

那一次在苏北姚村的地方,我的黑马,你太让我吃惊了。由于春泛,原来的小道淹没了,必须涉过几里宽的大河滩,那浑水下的坑洼、树桩和尖石什么都有,令我却步;我便残酷地驱使了你,安坐在你的身上在水中徐徐骑动,让你去摸索那些未知的水滩,你半淹在水下颠簸着,坎坷着,时时在乱石中挣扎着,又时时在荆棘中闯荡着,随时都有可能栽入洼穴,或者刺破车胎;我紧张地操弄着手和脚,其实是你的动作在操弄着我的手和脚,我浑身的力已同你车身的力高度敏感地混合在一起,在这危险摇摆的徐徐踏动中,在每一个瞬间的停顿和每一个瞬间的扭曲中,人和车已全凭着默契,全凭着灵性。我一直在担心着车也许会突然破胎,也许会突然断链,可是我的这匹黑马,这顽强的破车,竟然在每一个可怕的时刻都挺过来了,竟然一次次消除了我手上我脚上所预感的紧张,最后,当它湿淋淋地驮着我上了河岸——我支起了它,看着它在地上淌下了一大摊泥水,我真的有点惊喜交集,并感到它的车架和钢丝之中似乎也有某种生命的意味,顿时,我是那样亲热地拍它的坐垫,就像是拍一个患难之交好友的肩一样。

我的黑马,它却仍然是默默无语。

人与一辆自行车有了一种称得上"感情"的联系,这在我与我的黑马之间是确实的。它发生在一次秋季的旅行中,我对我的黑马在那时涌起的难忘的感情,我将深深记得——那天,本来是正常的旅行的一天,只是晚上投宿的客栈小而拥挤，只是一间供匆匆过客倒头齐睡的通铺；睡到半夜，我被一片风雨之声惊醒，粗大而冷寂的雨点横扫着窗户，敲得瓦片乱响，我突然间想起了我的车，它孤单单地正停放在屋外的院落里，此刻就淋在雨中，任随秋雨吹打——我躺着想着，不由心头掠过一阵难受的感觉，我真的感到了一种内心的不安，对不起我的黑马，若真是一匹马总还会有一个马棚和一堆干草，可我的自行车却毫无任何享受，此刻，还可怜地孤立在风吹雨打的夜中……

黑马它默默无语，越来越破旧了。

我已骑着它跑了不少地方，直到那一天，我简直无法想象我竟会是那样与我的黑马告别——在华北大平原的一个小县城，我终于落到身无分文的境地，头又昏昏沉沉的，像快要染上什么发冷的病；为了能够买一张火车票以便脱身这个地方，我只得卖掉这辆自行车。当我困顿地推着它走在县城拥挤的窄街上寻找着寄卖行的那时，我不由想到了秦琼卖马，心中有点悲切。最后我手里拿到可怜的几十元钱，再看到我的黑马被人胡乱拎起丢到废铜烂铁的一个黑暗角落之时，我感到良心受到了强烈的谴责。我的黑马，轮子朝天地横躺在那里，它默默无语，我第一次才觉察到它原来已经是那样的破旧，我强烈地感到它如此破旧全是为了我，我把它折磨成这样，又把它丢弃在这异地……可是我永远不会忘记在我的孤旅中，曾有过你，我默默无语的黑马。

青涩而甘甜的回忆

赏析／张艳霞

黑马，总是默默无语地奉献着它的一切。它和主人相伴相随，一路同行。黑马陪"我"走了很长的路，沿途为"我"立下了不少功劳，它比一匹有生命力的马更顽强和善跑。哪里有险阻，哪里有风雨，它都不怕，它都愿意为主人去冒险、去守候。

无论有生命，还是没有生命，只要陪伴你的时间长了，你就会对它产生感情。何况，这样一辆有用的黑马。不单是一辆交通工具，而且它还是"我"身边的一个朋友。"我"也会怜惜它，爱护它，但迫于无奈，"我"还是要卖掉它。爱它,又舍不得它。那段一起走过的青涩而甘甜的日子历历在目,卖掉它等于卖掉了一个知交。未曾拥有就会孤独,但曾经彼此相互扶持,即使以后分开,也不会孤单,因为朋友彼此都会怀念那段情。

　　我突然觉得,我们有了月亮,那无边无际的天空也是我们的了:那月亮不是我们按在天空上的印章吗?

月　　迹

　　●文/贾平凹

　　我们这些孩子,什么都觉得新鲜,常常又什么都不觉满足;中秋的夜里,我们在院子里盼着月亮,好久却不见出来,便坐回中堂里,放了竹窗帘儿闷着,缠奶奶说故事。奶奶是会说故事的,说了一个,还要再说一个……奶奶突然说:

　　"月亮进来了!"

　　我们看时,那竹窗帘儿里,果然有了月亮,款款地,悄没声儿地溜进来,出现在窗前的穿衣镜上了:原来月亮是长了腿的,爬着那竹帘格儿,先是一个白道儿,再是半圆,渐渐地爬得高了,穿衣镜上的圆便满盈了。我们都高兴起来,又都屏气儿不出,生怕那是个尘影儿变的,会一口气吹跑了呢。月亮还在竹帘儿上爬,那满圆却慢慢又亏了,末了,便全没了踪迹,只留下一个空镜,一个失望。奶奶说:

　　"它走了,它是匆匆的,你们快出去寻月吧!"

　　我们就都跑出门去,它果然就在院子里,但再也不是那么一个满满的圆了,满院子的白光,是玉玉的,银银的,灯光也没有这般亮的。院子的中央处,是那棵粗粗的桂树,疏疏的枝,疏疏的叶,桂花还没有开,却有了累累的骨朵儿了。我们都走近去,不知道那个满圆儿去哪儿了,却疑心这骨朵儿是繁星儿变的;抬头看着天空,星儿似乎就比平日少了许多。月亮

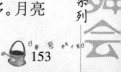

正在头顶,明显大多了,也圆多了,清清晰晰看见里边有了什么东西。

"奶奶,那月上是什么呢?"我问。

"是树,孩子。"奶奶说。

"什么树呢?"

"桂树。"

我们都面面相觑了,倏忽间,那儿好像有了一种气息,就在我们身后袅袅,到了头发梢儿,添了一种淡淡的痒痒的感觉;似乎我们已在了月里,那月桂分明就是我们身后的这一棵了。

奶奶瞧着我们,就笑了:

"傻孩子,那里边已经有人了呢。"

"谁?"我们都吃惊了。

"嫦娥。"奶奶说。

"嫦娥是谁?"

"一个女子。"

哦,一个女子。我想:月亮里,地该是银铺的,墙该是玉砌的,那么好个地方,配住的一定是十分漂亮的女子了。

"有三妹漂亮吗?"

"和三妹一样漂亮的。"

三妹就乐了:

"啊啊,月亮是属于我的了!"

三妹是我们中最漂亮的,我们都羡慕起来:看着她的狂样儿,心里却有了一股嫉妒。我们便争执了起来,每个人都说月亮是属于自己的。奶奶从屋里端了一壶甜酒出来,给我们每人倒了一小杯儿,说:

"孩子们,瞧瞧你们的酒杯,你们都有一个月亮哩!"

我们都看着那杯酒,果真里边就浮起一个小小的月亮的满圆。捧着,一动不动的,手刚一动,它便酥酥地颤,使人可怜儿的样子。大家都喝下肚去,月亮就在每一个人的心里了。

奶奶说:

"月亮是每个人的,它并没走,你们再去找吧。"

我们越发觉得奇了,便在院里找起来。妙极了,它真没有走去,我们很快就在葡萄叶儿上,瓷花盆儿上,爷爷的锨刃儿上发现了。我们来了兴趣,竟寻出了院门。

院门外,便是一条小河。河水细细的,却漫着一大片的净沙;全没白日那么的粗糙,灿灿地闪着银光。我们从沙滩上跑过去,弟弟刚站到河的上湾,就大呼小叫了:"月亮在这儿!"

妹妹几乎同时在下湾喊道:"月亮在这儿!"

我到两处去看了,两处的水里都有月亮;沿着河沿跑,而且哪一处的水里都有月亮了。我们都看着天上,我突然又在弟弟妹妹的眼睛里看见了小小的月亮。我想,我的眼睛里也一定是会有的。噢,月亮竟是这么多的:只要你愿意,它就有了哩。

我们坐在沙滩上,掬着沙儿,瞧那光辉,我说:

"你们说,月亮是个什么呢?"

"月亮是我所要的。"弟弟说。

"月亮是个好。"妹妹说。

我同意他们的话。正像奶奶说的那样:它是属于我们的,每个人的。我们就又仰起头来看那天上的月亮,月亮白光光的,在天空上。我突然觉得,我们有了月亮,那无边无际的天空也是我们的了:那月亮不是我们按在天空上的印章吗?

大家都觉得满足了,身子也来了困意,就坐在沙滩上,相依相偎地甜甜地睡了一会儿。

童年眼中尽快乐

赏析／张艳霞

我们都曾乐此不疲地去寻找过月迹,在我们的眼里,每找到一处,都是新鲜的。我们未曾真正留意过,月亮原来无处不在。哪里都会有月光,它撒在每一个人的身上;哪里都会有月亮的影子,它伏在每一样东西上。

而小时候的我们都会那么傻,那么天真,总是会自私地想把共有的美好的东西据为己有。但当我们得到的时候,我们并不快乐,因为没人和我们分享。快乐要一起拥有,才是真正的快乐。它会随着分享变得越来越多,而不会失去。月亮不属于任何一个人,但是它又属于所有人,只有大家才能拥有它。一起看月亮,一起听那月亮的故事,一起寻找月迹,那才是童年时的快乐。没有与你分享快乐的玩伴,童年就会缺少欢笑和乐趣。

春天的舞会 感动系列

明天，曙光初临的时分，当你揖别我们眼下这个沸腾的"昨天"，愿你不要因为曾经荒弃过它而感到悔恨。

昨天和今天

●文/岑 桑

昨　　天

昨天，来也匆匆，去也匆匆。

昨天已经与我们分手，犹如大江东去，再也不复回了。

昨天走得仓促，面影朦胧。你可真的认清了它的真面目吗？

昨天，是一个白昼和一个夜晚的简单的和，是已彻底失落了的二十四个小时，是人生的一页永远也抹不掉的确凿记录，是我们的生命在不知不觉间流逝了的一小部分。——是的，只不过是很小很小的一部分，然而，却是应该珍惜的一部分。

昨天，头也不回地悄然而去了，然而却带走了人们在那二十四个小时里的一切行为的印记。那些印记自然还十分新鲜——有的人留下了光彩；而有的人却留下了污斑。有的人留下了辛勤的成果，留下了前进的脚印，留下了攀登的指痕；而有的人却只留下了几声无聊的笑语，几声懒散的哈欠和刺耳的饱嗝……

你呢？你给昨天留下了什么印记？

在向昨天揖别的时候，愿你不要因为自己辜负了它而有愧于心。

今　　天

今天翩然而至了。你可曾思索过，今天又是什么？

今天，是昨天所未尝得到，而明天又行将失去的东西。今天是从昨天而来的，然而不属于过去；今天将要向明天进发，然而又不属于未来。

今天,只属于今天它自己。

今天是活生生的,实实在在的。今天充满色彩、声音、生气和活力——有风,也有水;有花,也有草;有阳光和云朵,有三岳和海洋;还有原野和森林,还有月亮和星星……

创造的汗水,进军的鼓点,奋战的吼声,胜利的欢呼……使今天显得格外迷人。

今天,书声琅琅,歌声飞扬。

今天,列车奔驰,钢花飞溅。

今天,庄稼在贪婪地吮吸大地母亲的乳汁;石油钻探平台的钻头在起劲地向大陆架的岩层伸延……

啊,这就是今天!朝气蓬勃的今天,龙腾虎跃的今天!今天是为了诞生希望和奇迹而存在的。谁也不要辜负这洒满阳光的日子!

抓住今天吧!紧紧地把它抓住吧!今天,我们要有所作为,有所进步,有所登攀!

明天,曙光初临的时分,当你揖别我们眼下这个沸腾的"昨天",愿你不要因为曾经荒弃过它而感到悔恨。

把 握 现 在

赏析／王 嘉

人生的秘密,尽在时间。时间将一切赋予了人们,它令人们拥有回忆、幻想和希望……时间又终将会带走一切,改变一切,是它让人们学会了遗忘。在你的一生中,在时间的不断流转中,可以有所作为的时候只有一次,那就是现在。然而,许多人却偏偏不懂这个道理,在悔恨过去和担忧未来中浪费了今天的大好时光。

其实,昨天既然已经过去,即使我们需要总结过去,获得教训,最终这些教训也必须为今天和明天所用。憧憬明天是一种乐观积极的表现,然而我们为明天做准备的最佳方式便是将自己所有的智慧、能力与热忱,积极地投入到今天该做的事情中。这是我们能为明天做的最好的准备工作。

时间不可阻挡,永不停息,周而复始,匆匆忙忙,我们永远无法掌握永恒的时间,我们能够掌握的只有今天,只有现在。

我知道了:月亮是个好孩子,它喝的是水,吐出的月辉凝成露珠,挂在早晨的草叶上了。

童心小世界

●文/王士学

一

妈妈,月亮真馋呀,天天夜里跑到屋后的大坑里偷喝水。怎么?妈妈,你不信? 真的。你看,原先坑里满满的水,都快叫它喝干了呢。

妈妈,我真的不骗你。你看,过去月亮扁扁的肚子,喝得像小西瓜一样圆绷绷了。你笑了,妈妈。你说,它还会慢慢吐出来的,当吐尽最后一滴月辉,它便瘦死了。

噢,妈妈,我知道了:月亮是个好孩子,它喝的是水,吐出的月辉凝成露珠,挂在早晨的草叶上了。

什么? 什么? 那露珠是奶水,小孩子的梦就是它喂大哩!

嘻嘻,那月亮就成了奶瓶子啦……

二

小桐树,小桐树,站了这么多年,你不嫌累吗?

我扶着你走路时,你才手指头那样粗,如今长成爸爸的一只胳膊了,这不是累肿了吗?

春天,你举着一片又一片绿色的小凉席,等谁来坐呢?

你总是不说话,默默地等呀等呀,把绿色的小凉席都等黄了,等凉了。

下雪了,你把一片片发黄的小凉席收起……

第二年春,你又铺开了一片片绿色的小凉席……

天热了,妈妈给我铰了个月牙头。

"妈妈! 你看门前的小土山,长一头那么稠那么密的绿发,为啥不叫它妈妈给铰了呢? 它不怕热吗?"

"不怕热,孩子。"妈妈回答。

天冷了,妈妈给我捂上个大棉帽。

"妈妈,山上光秃秃的了,为啥不叫它妈妈给戴上棉帽子呢? 难道它不嫌冷吗?"

妈妈笑了:"只有到很冷很冷的时候,才给它戴上雪白雪白的雪帽子呢。"

我想了想:"妈妈,到时候俺俩换换吧!"……

孩 子 的 梦

赏析/半 诚

每个人都有童年, 也许你的童年是在有趣的童话故事里度过的,也许你的童年是伴随着跳皮筋、丢手帕的游戏而流逝的,也许你的童年是在广播里"嗒嘀嗒"的小喇叭声陪伴中走过的……但不论怎样,童年,总是值得我们去怀念的岁月。

童年的我们和文中的孩子一样,对世界充满着好奇和想象,月亮、小桐树和小土山在孩子眼里都是有生命的,它们也能吃能穿,知冷暖知人情。好奇月亮的阴晴圆缺,好奇小桐树的长大和等待,好奇小土山的耐冷;赞扬月亮吐出露珠,痛惜小桐树为他累肿,同情小土山独自迎寒。

纯洁美好的童心小世界,充满着幻想,充满着乐趣。在悠悠的童心中保持对美好事物、美好情感永不停歇的追求,是对弱小的无私援助,对真情的无私奉献。

石榴咧着嘴的笑容里有奶奶的喜悦与幸福，石榴酸而甜的味道里有奶奶的一个个故事和童话。

奶奶的石榴树

● 文/王定军

奶奶的石榴树是从石头缝隙里长起来的。奶奶常说："石榴石榴，就是要在有石头的地方，它才会结出多多的果实呢！"

石榴树其实是站立在菜地的边缘的——它的身后即是一丈多高的陡坎，仿佛土地下陷形成了一个剖面；在这个剖面上，石榴树的根粗粗细细地纠结在黄色的石头缝隙里，时出时没，串动着，扭曲着，像一条条勇敢的小蛇。而在这厚而坚硬的石头层之上，才有薄薄的土层。这平凡的石榴树，蕴藏着、呈现着多么巨大的、不屈不挠的勇气呀！

这是一株高大的石榴树。童年的我，像只小猴子，在石榴树上跳来跳去，但我爬不到石榴树的顶梢去——那里，只有小鸟才能安详悠闲地落脚。

奶奶的石榴树上，大的枝柯扭曲着，生出无数交叉重叠的小枝，小枝在春天就长出褐红色的嫩叶来，像许多小小的、尖尖的、聪明的耳朵。当嫩叶悄悄地转绿、展开，石榴树就在夏天的天空下撑起一把巨伞了。

石榴花儿就是在这时候开放的。

石榴花儿火一样红，石榴花儿使夏天热烈奔放。一朵一朵的石榴花儿，点缀在绿荫丛中，像夜空中闪烁的繁星，又像碧水中游动着的一尾尾小红金鱼。等初开的花儿要谢了，天空中的微风一吹，花瓣便东一片西一片落到大地上。我站在石榴树下，望着花儿落下来，落到我的头发上，落到我瘦瘦的肩上，幼小的心灵便喜不自禁，想这是石榴的红裙子呢！如果有兴趣，我便去捡那落下来的花托，再摘几个青青的、豆子大小的花蕾来做鸡妈妈孵小鸡的游戏——那盛开得大大的、红红的花托无疑是鸡妈妈了！石榴树的花期很长，像我概念不清的童年一样，像奶奶淡泊平静的岁月一样，有的花蕾还青青涩涩的未曾开放，有的花儿却已害羞地坐果，挺起骄傲的、圆嘟嘟的小肚子了。

我曾经问过奶奶：石榴树有多大年纪了？奶奶说她也记不清了，年轻的时候，奶奶也能爬树，爬到石榴树上去摘石榴，用篮子装了拿去集市上卖，还能得点零用钱呢。如今，奶奶老了，再也不能爬树了，石榴树虽然也老了，但还结石榴，只是不再拿去卖，因为日子不像从前那样拮据了。童年的我，那时听着奶奶在感叹时光的流逝，心中却升起自豪与幸福。

后来，我长大了，在一个秋天，走出了奶奶的目光，走出了石榴树的浓荫，我离开了我的童年，离开了哺育过我童年的那片土地。

但直到现在，我仍然清晰如昨地记得奶奶的石榴树。特别是秋天里，石榴咧着嘴的笑容里有奶奶的喜悦与幸福，石榴酸而甜的味道里有奶奶的一个个故事和童话。

爱的见证者

赏析／张艳霞

告别了童年，也不在奶奶的身边了，自然会想起与奶奶有关的石榴树。石榴树见证了奶奶度过的岁月，从年轻到年老。石榴树随奶奶一起老去，奶奶也陪伴石榴树一起经历了无数个开花结果的季节。石榴树就像奶奶，一样有着沧桑的岁月，一样饱尝了酸甜苦辣。

那棵特别的石榴树虽然已离开"我"现在的生活，但它离"我"不远。它仍埋藏着过去的人和事，每当看到它抑或想起它，都无可避免让"我"怀想奶奶和它，还有"我"三者之间的故事。一件有回忆价值的东西最能引起我们的回想，无论里面的是辛酸还是喜悦。而对于童年的"我"来说，石榴树带给我更多的是快乐。石榴树带着奶奶过往的岁月，一起走进"我"的内心，然后"我"把它细细地品味成幸福。

柳笛的声音在他们心上留下了记号,一触到记号,往事就回来了。正可谓柳笛声音里,春风细如愁。

吹 柳 笛

●文/刘庆邦

　　五九六九,抬头望柳。七九六十三,行路的君子把衣宽。九九八十一,老狗寻荫地。踩住七九,柳条就发软了,就发青了,就冒黄米了。村里的大人们不一定顾得上往柳树上细看,柳树发芽的消息是我们这些孩子们用柳笛报告出来的。

　　柳笛不难做,我们都会做。折一根青柳枝,用剪刀剪成一截一截的,用手一拧,把柳枝的青皮拧离骨,取下完整的皮管儿,将管口一端用牙咬扁,并轻轻咬去一层青皮,留下一层黄皮,柳笛就吹得响了。

　　我们村的男孩子女孩子都爱吹柳笛,人人都是春天消息的传播者。在柳树刚冒芽的那些天,塘边树下,院子里,一天到晚都有柳笛的音响。有的孩子是边走边吹,边跑边吹,好像柳笛本身长了腿,它们无处不到。柳笛长短不等,粗细不等,发出的声响也各不相同。细的,声音就尖,像女声;粗的,声音就憨,像男声;不粗不细的,像女中音或男中音。短的,声音嘹亮;长的,声音绵长;不短不长的,声音嘹亮而绵长。各种柳笛一齐吹,就成了柳笛的合奏和交响。

　　大人们都不反对孩子吹柳笛,在他们听来,柳笛有一种特殊的韵味,能唤起他们许多记忆和感慨。有人说:"又一年!"有人说:"日子过得真快,柳笛一响,才知道我们已经老了!"不用说,人们对声音是有记忆的,柳笛的声音在他们心上留下了记号,一触到记号,往事就回来了。正可谓柳笛声音里,春风细如愁。

　　每年春天,我至少都要做高音、中音、低音三支柳笛,轮换着吹,我鼓着嘴巴,吹了这支吹那支,吹的腮帮子都鼓胀疼。最粗最长的那支,我还用剪子在上面剪好几个菱形的方孔,像吹竹笛那样,手指捂在方孔上吹。

这样吹出来的声音就不再是直来直去,而是嘀嘀哇哇有了变化。虽然不是百鸟朝凤,十鸟朝凤大概还是有的。

春天的传播者

赏析/半 诚

童年总是充满朝气和活力,每一个孩子都有属于自己的春天,而且在童年的世界里只有春天一个季节,每天都是风和日丽,春意绵绵。

吹柳笛是童年最有趣味的往事,记录着许许多多成长的记忆。我们用柳笛声来为人们报春、报喜,同时也提醒人们要珍惜时间。柳笛,传播的讯息不仅是春的讯息,而且还有人生季节的讯息,有对往事的追忆,也有未来希望的撒播。

时间的流逝,让我们更懂得珍惜生活。只要我们能永远保持童年那份难能宝贵的纯真,快乐将常在。

弟弟深吸了一口气,直视着祖父的眼睛,发表了一个声明:"这个婴儿现在值五十只小羊羔!"

用婴儿交换小羊羔

●文/佚 名

当我们最小的妹妹出生时,我的弟弟六岁,我八岁。在那之前,我总是以"大姐姐"自居,而我的弟弟总被当做"小宝宝"。

妹妹的到来令我俩惊奇万分。在那些日子里,不再有人担心我们的姐弟之战,也没有专家告诉我们应该如何对待这所房子里的新孩子。

春天的聚会

感动系列

小婴儿的出现使我激动又兴奋，我喜欢抱着她，帮助妈妈照料她。但是，弟弟的感觉却与我完全不同。他只是飞快地看了她一眼，然后就离开了。他宁愿回到自己的房间里独自消磨一个晚上。当我走进他的房间，试图让他与我一起做游戏时，他也是把脸转到一边，看着别处。

"他们为什么要弄来那个小孩子呢？"我想。

那天晚上迟一些时候，祖父过来看那个新生婴儿。他抱着她对我弟弟说："你知道吗，她很像我喂养的那只温顺的小羊羔。我得经常喂它食物，好好照顾它，就像你妈妈照料这个小婴儿一样。"弟弟小声嘀咕了一句："我宁愿要那只小羊羔。"

弟弟的声音虽然很低，但足以让祖父听到。在我看来，虽然我的祖父当时已经很老——至少已经七十岁，我想，他的听力很好。他听到了弟弟的低声咕哝。

"好吧，"祖父说，"如果你愿要一只小羊羔做一笔交易，我给你一天的时间考虑，如果你明天仍然愿意与我交换，我们就成交了。"

我看见祖父冲着妈妈眨眼，不过也许是我弄错了——祖父从来不对任何人眨眼睛的。

祖父离开之后，妈妈问弟弟是否想要她为他读书上的故事。弟弟在妈妈身边蜷缩着躺下，妈妈为他读了很长时间。

弟弟一直在看着那个婴儿。当妈妈去拿一片尿布的时候，她让他抱着他的小妹妹。妈妈回来时，弟弟正轻轻地抚摸着小婴儿那一头乌黑光滑的头发。他握着她的小手时，她则抓着他的手指。

"妈妈，瞧！她正抓着我的手呢！"

"当然，她知道你是她的大哥哥。"妈妈微笑着说。他把小婴儿又在怀里多抱了几分钟。到了该就寝的时间，他似乎高兴一些了。

祖父果然遵守诺言，在第二天晚上如约来到我们家，把我的弟弟喊到面前，对他说："你决定用婴儿与我交换一只小羊羔了吗？"

弟弟似乎很吃惊，他没想到祖父仍然记得那个约定。

"她现在值两只小羊羔了。"

祖父对这个违约的行为似乎感到吃惊。他说他必须仔细考虑一下，明天晚上会再来商讨这件事。第二天是星期六，我和弟弟多半时间都待在家里，看婴儿洗澡、睡觉、抱她、逗她。那天，弟弟抱了她有三次之多。晚上，当祖父来看我们并且把弟弟叫过去谈话的时候，弟弟看起来忧心忡忡。

"你知道,我今天一整天都在考虑我们订下的那份用婴儿交换小羊羔的契约,你的要求实在太令人为难了。不过,我想那个婴儿也许值两只小羊羔。我想我们可以达成交易。"祖父说。

弟弟稍稍犹豫了一下:"她现在又长了整整一天了,我想她值五只小羊羔了。"

祖父看起来很震惊,他慢慢地摇了摇头:"我得回家去,把你的提议再认真地考虑考虑。也许,我还得与经纪人商量一下。"

过了一会儿,祖父离开了。弟弟似乎有些闷闷不乐。我想让他和我一起玩游戏,可他走进妈妈的房间,把那个婴儿在怀里抱了很长时间。

星期天,祖父在下午很早的时候就来了。他告诉我和弟弟,他来得是有些早了,因为如果他要围捕五只小羊羔,而且还要为婴儿准备一个房间,那么他就必须早一点开始。

弟弟深吸了一口气,直视着祖父的眼睛,发表了一个声明:"这个婴儿现在值五十只小羊羔!"祖父不相信似的看着他,摇着头:"恐怕我们得撕毁协议了。我不能用五十只小羊羔去交换一个小婴儿。我想你只好自己保留她,并且帮父母照料她了。"

弟弟转过脸,我看见他脸上露出了轻松的笑容。而同时,我确信自己真的看见了祖父在向妈妈眨眼睛。

唤 醒 亲 情

赏析/ 张艳霞

有时候我们都是自私的,我们想得到父母全部的爱。所以,当家里有弟弟妹妹出生的时候,我们会妒忌,会害怕,妒忌父母把注意力都放在他们身上,害怕父母会把爱都给了他们。

其实,只是我们都还懵懂,不知道父母对待自己哪一个孩子都是一样的。当我们发现那些新生命和我们一样可爱的时候,我们就会不由得去爱护他,喜欢他了。"我"的小弟弟起初并不喜欢妹妹,甚至愿意用她来跟祖父换一只小羔羊。但在妹妹用手抓紧他的手指的那一刻,他第一次被打动了。接下来的改变,看出了他已经不再愿意用小妹妹来换小羔羊了。他向祖父多次更改条件,就是想祖父放弃他们之间的交易。他要竭力把妹妹留在身边,而不再担心她会跟他争抢什么。

而对于弟弟这种改变,祖父和妈妈自然心领神会。因为他们了解弟弟的心思,他也愿意把爱献给妹妹。

小时候我自以为很聪明,这根据是那只高飞远遁的竹蜻蜓;小时候我也极笨拙,这理由也是那只不辞而别的竹蜻蜓。

竹　蜻　蜓

●文/高洪波

据说玩具不仅仅属于孩子。这个"据说"出自于两年前《参考消息》上的一篇文章,作者介绍美国纽约玩具业的情况,专门撰文称赞一家名叫许瓦滋的百年玩具店。就是这家百年老店的迎顾客处,赫然写有一条大字标语:"欢迎九十岁以下的孩子们。"我今年三十七岁,离九十岁差不多还有三分之二的旅途,因此我觉得自己还有资格来谈谈玩具。

现在的玩具真贵! 这是我想说的第二感觉。当然贵有贵的理由:变形金刚汽车人是进口货,外汇换来的,几十几百元一个你爱买不买;电动狗救火车发光电子冲锋枪沾了电子的光,几十元十几元一个你不买也得买。此外还有小火车过山车磁力车这车那车,美观、时髦、昂贵,可就是不结实。

我知道玩具能启迪智慧,玩具代表一个国家的轻工业水平,玩具是孩子的良师益友,玩具能交给它的小主人一个幻想奇丽的童话王国。玩具的魅力可能不仅仅是这些,对我来说,还意味着记忆,象征着自信,不过我指的不是上面那些缠着爸爸或妈妈强行购买的玩具,而是自己制造的玩具。这些玩具当然粗糙简陋,比如竹蜻蜓,但给予你的快乐一点也不逊于变形金刚。

竹蜻蜓很简单,一根小小的木棍儿,一条薄薄的木片。工具是一把小刀,锋利与不锋利都无所谓,关键是有刀尖。

刀尖用来在小木片上钻洞;小木片要削成匀整的螺旋桨型。也就是说事先要用尺子画线,在中间留下钻洞的点。随后你要小心翼翼地切削木片,先斜着向左削,削出斜且平滑的一面;再斜着往右削,几刀过后木片就呈现出一种扭曲的螺旋状,安上木棍,竹蜻蜓就活了。

记得制成竹蜻蜓的时间是一个星期天的早晨,我捧着它走出家门,像捧着一件伟大的工艺品。我在屋后的空地上,迎着红灿灿笑眯眯的北方原野上的大太阳,使劲儿一搓小木棍,竹蜻蜓便奇迹般地飞了起来。它一下子飞得很高,高过了屋脊,超过了树梢,仿佛被神奇的手向天空上拽去。仰头望着我的竹蜻蜓的英姿,我感到一阵涌自心底的狂喜。

竹蜻蜓的生命出自于我,一个三年级小学生之手,还有什么事情比它更让人激动呢!我想欢叫,想让所有的小朋友们知道我的成功,我更想不动声色,保持一个发明家的风度。我东想西想,可惜星期天的清晨,人们都在高卧,没有一个人来分享我的快乐。

小鸟和燕子们倒真为我捧场,竹蜻蜓使它们惊奇不已,这旋转的家伙似乎带几分野气和固执。于是鸟儿们叽叽喳喳聚在电线杆上,讨论起一个小男孩和他的不明飞行物。

我的兴奋保持的时间很短,因为竹蜻蜓飞行了三次之后,小木棍便松了。到第四次时,我使劲一搓,竹蜻蜓悠悠地飞上高天,很快甩下了一条尾巴,斜斜地落下来;翅膀却仍然向上旋去,同时由于甩掉了唯一的负担,木片儿借一阵清风直上九重霄,很快隐入树梢的绿荫里,竟就此失踪,再不肯落到大地上。

我拾起小木棍,痴立半晌,不知该怎样应付这场意外飞行事故。我试图四处追寻那竹蜻蜓的不安分的木翅,它像服了隐身药一样不肯露面。于是恼恼的,我回到家里,企图再一次制作竹蜻蜓。

不知怎么回事,竹蜻蜓的灵气一去不返了,小刀子鬼使神差,往我的指头上戳了一下,血便不客气地冒出来。见到殷红的血,爸爸妈妈像看到警报一样过来救援,手指自然是包扎得很出色,血也停止了流淌,然而竹蜻蜓,梦中的竹蜻蜓,也就此辞我而去。

小时候我自以为很聪明,这根据是那只高飞远遁的竹蜻蜓;小时候我也极笨拙,这理由也是那只不辞而别的竹蜻蜓。

竹蜻蜓很容易制作,假如你不怕刀子戳破手指的话。但要记住我的教训:插小木棍的孔不能太松,用胶粘一下最棒。拥有一只自己制作的玩具,哪怕是顶原始,顶不起眼的竹蜻蜓,你也会感受到莫名的喜悦。试一试,你准能成功。

快乐可以自己制造

赏析/张艳霞

一个简单的竹蜻蜓,可以体现出"我"的智慧。制作的过程不难,但也讲究技巧。做出来了,但会各有优劣。所以,为了锻炼能力,童年的时候,我们每个人都应该学会为自己制作一个玩具。只要你去试一试你就会有自己的发现,这些发现该是多么的有趣。

不但是竹蜻蜓,还有其他更多的小玩意儿,这些都可以尝试着自己设计,自己做。当完成这些制作的时候,你便会有一种成就感。小朋友们,更多地去动脑筋,更多地去动手,你可以不花费一分钱,也能拥有更多新奇好玩的玩具!而且,你会更珍惜它们。

它们对于我来说是最珍贵的,与它们一起相处的那段时间,是我在草原生活中最闪亮的日子。

我的狗,乳白色的狼犬

●文/黑　鹤

我曾经拥有两只乳白色的狼犬,它们母子两代陪我度过在草原上的童年时代。

姥姥家有一只黑色长毛牧羊犬。它是藏地獒犬的后裔,拥有大得吓人的骨架,据说曾经在出牧时咬死过企图偷袭羊群的狼,并且毫不费力地把死狼叼回家里——你可以想象它拥有怎样强悍的颈部肌肉。它在我家这个草原家庭里拥有比我更老的资格,面对它时,我幼小的自尊心受到了从未有过的挑战,因为自始至终它都只是把我当做一个可怜巴巴需要它保护的小毛头。它并不需要我,如果接到姥姥的命令看护我,那么它会尽忠职守与我寸步不离。不过,我想在它的眼里我也就是那么一件家什,从它看我和姥姥的目光的区别就可以发现,它只当姥姥是真正的主人,我在它的眼里,连一只羊都不如。

我需要一只属于自己的狗。也不知道是发生了什么给我提供了这样一个机会,我现在想不起来那只长毛牧羊犬到底发生了什么事,是寿终正寝还是在与狼的厮杀中壮烈牺牲了,总之它是消失了,需要有一只新的狗来填补它的位置。

是我独自去向邻居家要回那只小狗的。我还记得当时的细节——当然这种细节也完全可能是我为了完美自己的童年回忆而进行的假设性杜撰。我郑重地向人家提出了人生中第一次请求,被接受了。当时好像那户人家在吃晚饭,小狗在厨房一个足有一米高的倾倒在地的大筐里,其他的小狗已经被人要走了,只剩下最后两只小狗。我独自一人走进厨房,钻进那只大筐里——母狗蹲在门口,冷冷地看着我,没有任何举动,显然被已经长出牙的小狗每天扰得烦躁不安。两只小狗在大筐的底部嬉戏,有一只小狗回过头来,静静地看着我,目光略显惊讶,那双眼睛黑极了。我选择了它。

那是个干爽温暖的草原黄昏,我抱着这只正试着将我的手指想象成奶头认真嘬弄的小小的生命独自回家。我以为自己已经拥有了整个世界——我想每一个梦想拥有一只小狗的男孩都会理解这种感觉。

它迅速地成长起来,当它长大之后,我才惊奇地发现,它的毛色呈现出一种隔夜牛奶上浮出的奶脂般纯净的乳白,耳朵也立了起来,体形俊秀,大概相当现在的德国牧羊犬。即使那时我还很小,也清楚自己拥有一只品种非常不错的狗,最重要的是它非常特殊。那时草原上除了拥有藏獒血统的牧羊犬和体内含有灵缇基因的细犬外,其他均为血统混乱的杂种狗,而这种乳白色的狼犬是绝无仅有的。

我给它取名叫仓,我想是因为每当我要它做什么总会大喊一声"上",由此演化而来的吧。

仓的领悟能力非常强,很快地就可以根据我的手势做出坐、卧和原地弹跳等动作，而且可以在我的大声号令下轻松越过一米五高的土墙。黄昏，我经常在院门前让它表演这些其实没有任何实际价值的动作，总能吸引很多的孩子，有时也有大人。也有一些不服气的孩子会带着自己的狗试做一些动作，但它们无法与仓相比。毕竟，它们长久以来只是作为牧羊犬存在，在它们尚可以接受条件反射的年龄时并没有受过这方面的训练。那是我和仓最风光的日子。

仓几乎与我形影不离，陪我一起去草原游逛，或是拉着一辆小铁车跟在我的后面招摇过市。我喜欢看它跃上土墙之后挺拔地立在上面，久久地向远方凝视。那时我总会情不自禁地大喊一声"仓"。醒过神儿来的仓就从土墙上飞身而下，向我扑过来，高高跃起，试图叼住我手中的一根木棍。

仓在一个很寒冷的冬天不小心落入冰河，在第二年的春天死去了。蒙古族认为牧羊犬一生尽职尽责看护羊群和营地，所以不吃狗肉，它被埋在草地深处。仓在死前产下一窝小狗，只有一只存活，我给它取名：牙。

牙是雄性，与它的母亲一样，是一只乳白色的立耳狼犬，不过比仓更加强壮。

牙是一只有着强烈领地意识的狼犬，它成年之后，每天黄昏时，在院门口迎候那些不小心侵入的其他狗成为我们的必备节目。

任何一头狗在院门前出现时，牙就会箭一样冲上去，于是一场可怕的厮杀就此开始，我在一旁张牙舞爪的助威显然具有唆使的成分。牙几乎与附近所有的狗都打斗过，其中甚至包括体形比它大很多的牧羊犬。尽管无数次地受伤，但它从来也没有退缩过，那些草狗在它强烈的攻势下会迅速地落荒而逃，而那些体重上占优势的牧羊犬在与凶猛的牙进行了长时间势均力敌的厮杀之后，会被牙一次比一次更凶猛的冲击所震撼，最后不知所措地离开。但攻击性极强的牙从未伤害过人。

我也带牙去草地，当我在草地玩得忘乎所以不由自主地产生一种微微的茫然时，抬起头，视线里已经不见了牙的影子。于是我放声大叫，马上随着一声短促的低鸣，牙分开远处高高的草丛，呼啸着向我扑来。我们在草地里长久地扑打，我们互相以把对方压在身下作为胜利标志——这相当于摔跤比赛中的双肩着地，很多情况下都是它占上风。当我起身时，身上已经涂满绿色的草浆。

到了上学的年龄，我要离开草原。离开的那天，我执意要将牙带走，并且已经把它装进一只笼子放到了马车上。但姥姥告诉我，火车上根本不允许运送这样成年的大狗，牙很有可能被没收。我妥协了。现在想一想，那时我做出了一个绝对正确的选择，牙就应该生活在草原上，也许到了城市里，很快就会葬身车轮之下，或是在我们搬迁新楼时遗失。

半年以后，通过信件得到消息。姥姥只是说牙丢了，并没有告诉我具体的细节。那时我刚上小学，每天憧憬着经过长途跋涉骨瘦如柴的牙会突然出现在我的面前。

后来我还饲养过德国狼犬，但它们显然没有能留给我童年时的仓和牙那样深刻的印象。

仓和牙的毛色和体形十分相像，唯一的不同只是仓的左耳上有一处一直无法痊愈的溃疡，但并不有碍观瞻，只是耳背的毛色略显暗淡而已。在仓和牙生活里没有出现过狼，所以我无法把它们与那头黑色牧羊犬相比。但它们对于我来说是最珍贵的，与它们一起相处的那段时间，是我在草原生活中最闪亮的日子。

我的很多朋友发现我有一个习惯，与朋友并肩行走时，我总是喜欢走在右侧。他们不会知道，那是我童年时养成的习惯，因为仓和牙与我出行时，总是走在我的左侧，我试着纠正它们的习惯，却一直没有成功。这是童年时留给我的烙印般的条件反射式的习惯吧。

台湾民生报出版社将我的两篇草原题材的动物小说选入《中国杰出动物小说》，需要一篇二百字的个人简介。在那篇简介里，我写下了这段文字："黑鹤，蒙古族，在草原与乡村的结合部度过童年时代，曾经拥有两头十分罕见的乳白色狼犬。"

后来，我也多次重返草原，也在各地看到各种各样的狗，但再也没有见过那种乳白色的狼犬。我也曾经请教过一些对犬很有研究的朋友，他们对我拥有的犬种也是一无所知。

我想，仓和牙应该属于一个已经消逝的罕见品种吧。

童年的宝贝

赏析／张艳霞

童年时代，我们都不希望自己被看成是一个弱小者，所以，"我"宁愿

选择去保护一只能够听从"我"命令的小狼犬，而不想被比"我"强的牧羊犬看护。小小年纪的"我"就好胜而渴望独立。

对于牧羊犬的死，"我"没有深刻的印象，反而因失去两只乳白色的狼犬令"我"感到悲伤。因为它们陪伴"我"的日子太长，记忆太多。仓和牙曾带给"我"自信和风光，使"我"得意。它们是"我"生命中唯一的两只狗，所有其他的动物或者其中的一种狗都不能给"我"这种独立感的满足。由一种炫耀到恋恋不舍，"我"已经与这两只狗建立了深厚的感情，甚至连与它们走路时形成的习惯，到现在也无法改变。

每个人都有心中的最爱，尤其是在小时候就已经喜欢上的，就更没有别的能够取代。

可怜天下父母心啊，一个好孩子要学会体谅妈妈的良苦用心，学会理解妈妈的辛苦和博大无私的爱，这样才是妈妈的好孩子。

女儿给妈妈当妈妈

●文/周　锐

希儿听妈妈说，小孩是从妈妈肚子里生出来的。

希儿就觉得有点儿奇怪，她问妈妈："那，你叫外婆'妈妈'，你是外婆肚子里生出来的吗？"

"是的呀。"妈妈直点头。

希儿很难相信："你这么大，外婆的肚子这么小……"

那天，希儿骑着小自行车跟妈妈散步，她问妈妈："妈妈，你能坐我的车吗？"

妈妈说："不行，妈妈太大了。"

希儿想了想，说："那等妈妈什么时候长小了再坐吧。"

有一次，希儿的手刚抓了蜜饯，黏糊糊的，就一把擦在爸爸的裤子上。妈妈吓唬她说："你再淘气，妈妈就不要你了，让别人做你的妈妈吧。"

希儿有些发愁，她一点儿也不想离开妈妈，一点儿也不想像白雪公主那样让别人做妈妈，她对妈妈说："我是从你肚子里生出来的呀，你怎么能不要我呢？"

妈妈说："谁叫你这样淘气呢？"

希儿最后想了个不用离开妈妈的主意："妈妈，你要是实在不愿意给我当妈妈，那我来当妈妈，你当女儿吧。"

妈妈忍不住笑了，问希儿："你会当妈妈吗？"

希儿说："我当妈妈，你做错事了，我也不骂你，我还是爱你。"

妈妈说："妈妈是因为爱小孩才骂小孩的呀，妈妈希望小孩知道什么是对的，什么是错的。"

"我不这样！"做了妈妈的希儿一定不骂自己的孩子，"我只是爱你，爱我的女儿。"

"如果，"做了女儿的妈妈说，"我不知道什么是对的，什么是错的，去干坏事了，怎么办？"

"那我就难受死了。"希儿无可奈何地说，"那我就不当妈妈了吧。"

妈妈是怎样当的

赏析／半　诚

妈妈是怎样当的呢？妈妈应该爱自己的孩子，不打骂孩子，这就是妈妈。但是妈妈是不是就是这样当的呢？文章中的希儿希望妈妈爱自己不打骂自己，她认为妈妈就是管教孩子的，有着很大的权力，可是当她做错事了，准备试当妈妈的时候才知道妈妈也会为她做错事而感到难受。

妈妈是怎样当的呢？文章告诉我们，妈妈不仅爱孩子，管教着孩子，而且孩子做了错事，也会牵动妈妈的心，令妈妈忧心。可怜天下父母心啊，一个好孩子要学会体谅妈妈的良苦用心，学会理解妈妈的辛苦和博大无私的爱，这样才是妈妈的好孩子。

长大参加工作后，我经常路过邻县的砖窑，每每看到这高高的烟囱树，就想起那个夏天。

看 烟 囱 树

●文／邢思洁

幼时一片灿烂的记忆，总能与烟囱联系起来。在乡村成鱼鳞状排列的屋脊间，高耸的总是烟囱。早晨或黄昏时候，炊烟袅袅，伴着呱嗒嗒响的风箱，是村民感觉中最温馨的时刻。村上的烟囱多是用土坯垒的，有的方方正正，有的歪歪斜斜。只有村长和兽医两家是用青砖垒的。那年代，多数人家生活较艰辛，不少家庭晚上从不冒烟，也就是不做饭。观烟囱，就可以看出主人的贫富，村长和兽医家的烟囱高出普通人家的两倍。我们发现大烟囱是在村南的柿树上。那天，晴日无风，远处一高大烟柱直直上升，形成两棵高大的烟树。正是秋后，草木凋零，平原空旷，便有了"大漠孤烟直"的景观。登上这百年的大柿树，在悠悠的云和碧蓝的天空下，烟树高出了远近的建筑和树木，使西南半边天变得迷蒙如画。问大人，才知道那是邻县新建的砖窑。据说，烟囱很高很粗，粗得十几个人才能够围一周，高得仰头看时会掉帽子。这话在我们贫乏的生活中激起了波澜，于是我们开始对看烟囱神往了。小村离大烟囱有三十里土路，中间有河，还夹着一大片长满野草与枯树的老坟地。去看烟囱对我们这群八九岁的孩子来说简直是梦幻，但为了实现这一愿望，我们还是制订了看烟囱的计划——先是水路。来到河滩，看那来往的渔船。三年前的一天一场大暴雨，闪电如刀，雷声滚滚，在河面上闹了一夜。天明时，村人发现有一条渔船着了火，人们从船上救出了一个叫豹的中年人和一个叫莲的孩子，是兽医老章把他俩救了过来。后来，他们在沙地上摆了七桌席谢过村民。我们都说如能等到他们的船就有希望了，但豹与那条船一直没来。

再就是陆路。这得步行，问题是得过那片传说非常恐怖的坟地，我们还小，没有那个胆量。

　　最后想到了坐汽车。这得等小鸣的姨从南京回乡，她有一辆军用吉普，三年前来过。那天全村人都围着车转，老人也都用手摸摸车玻璃。小鸣姨回南京时答应下次来带我们转一圈的，可惜她至今没有再来。我们写过一封信，但不知她收到没有。春节一过眨眼就到初夏，我们爬上柿树，坐在树上，谈论这事，决定今年夏天一定要去看烟囱，理由是我们又大了一岁。正当我们拟订新计划时，小鸣从柿树上摔了下来。小鸣落地时，摔折了大腿。我们哭了，因为小鸣是站在柿树上看大烟囱时失神掉下去的，所以从那天起家长根本不许我们再提看烟囱的事了。小鸣住院半年里，村上发生了许多事情。我们被大人送进了村小学；村里开始了改造厕所、改造饮用水建设新农村运动。兽医被马踢死了，就是埋兽医的那天，豹一家人开大船回到了村上，办完丧事他答应用船送我们去看烟囱。但小鸣不在村里，我们没心思去！小鸣从医院回到村上已是农历六月份，伙伴们聚在大柿树下欢迎他。相见后第一件事就是讨论什么时候去看烟囱。

　　机会终于来了。村里响应县委改造饮用水的号召，要建起全县第一座农民水塔。大伙会上决定到邻县大砖窑买优质的砖块。出发那一天，群众是那么的激动，每两人推一辆车，列队站在村口，村长站在一块大石头上讲话，妇女用竹筐盛着杂面烙饼，中学生提着水壶。要建水塔了，要吃上自来水了，人人都特别高兴。村长还说，县长让咱带个头，水塔要建成了就开全县万人现场会。当时只有我们沮丧，因为大人们把我们给忘了。如果失去这次看烟囱的机会，不知要等到什么时候再去了。扁福说："必须弄到一辆架子车才有去的借口，还能得到五角钱的出差补助。"于是，我找外婆借了车。随着拉砖的队伍出发了，轰隆隆一阵巨响，车像龙一样向西南滚动。我们五人拉一辆小板车，走过一片一片高粱地，过了一条沟又一条沟，扁福做"辕马"，我们其余四人做跑尖的"马"。一直走到看见了安徽与河南交界的界碑。大人们累了，可我们还不觉得累。当大家在河边树荫下休息吃干粮时，村长来查看掉队的群众，才发现草丛中躺着的我们五人。他的脸拉长了，小眼瞪成圆葡萄，吼道："谁叫你们来的，想累死？"说完，砸人般地把几块馍扔来。吃了馍，我们又溜进山芋地，在长满紫蔓的地方找到一个香瓜和几颗紫浆果。

　　车队又出发了，这时我们才感觉到累。正当大家要经过可怕的老坟地时，天上飞过一群乌鸦，随之乌云布满天空。一连几个闪雷，大雨倾盆而下。可是拉砖的人照样前进,还唱起了歌子。可气的是,我们的板车陷进了洼地的泥中,寸步难行。雨如瀑布一样,树林里的雨声中夹杂着哭声,吓得我们缩成一团。

忽然一个吼声从树林里传了出来:"孩子们,别淋坏了!"村长像个水怪站到我们面前。他抓起我们,一个一个扔上车,然后搭一块破塑料布,拉起车子,极慢地,弓腰向前,趟水过了树林,拐上另一条路。就在这一拐的时候,我们看到了远处两座烟囱。小鸣喊起来:"我们要看烟囱树!"村长停下来,在烂泥中停了很长时间。

长大参加工作后,我经常路过邻县的砖窑,每每看到这高高的烟囱树,就想起那个夏天。

那个夏天里的风景

赏析／半　诚

看烟囱树,看到的是自己的童年。

看烟囱树是作者和他的小伙伴们童年最向往的事情,然而,波折重重,多次没有如愿,最后在一个夏天才达成愿望看到了真正的烟囱树。看烟囱树的曲折故事深深地埋在作者的记忆之中,成为那个夏天最美丽的风景。

他们谋划已久,水路、陆路都作了考虑,他们把看烟囱作为少年时代最真实的愿望。那个夏天,小鸣跌断了腿,孩子们被送进了村小学,村里开始了改造厕所、建农民水塔、建设新农村……孩子们在等待看烟囱树的过程中慢慢长大,一系列的事件见证了孩子们成长的历程。这样的童年经历,代表着童年的记忆,是童年时代最难忘的风景。

正在长大的我们,不要遗失了那份珍贵的童真、童趣。童年不仅仅是一个成长阶段,更是值得我们珍藏一生的珍宝。

校园交响诗

春天的舞会

　　校园,这个看上去普普通通的词,却蕴含着特殊的寓意,这里有默默伏案的少年、勤勉的园丁,有学习生活的紧张,更有青春放歌的朝气。动人的师生故事,纯真的同窗情谊都从这里开始。我们充满好奇地走入校园,然后从陌生到熟悉,从熟悉到难分难舍。

　　校园时光注定是青春的美好回忆,注定是成长不可分割的一部分,注定是我们心灵深处永远的牵挂。

要知道,这世界上有最后一排的座位,但不会有永远坐在最后一排的人。

坐在最后一排

●文/乔 叶

上小学时,我一直是个非常自卑的女孩子。因为丑,因为笨,因为脾气倔强,性格孤僻和同学们合不来,因为不会乖言巧语察言观色讨老师欢心。每次调座位,老师都把我安排到最后两排,但其实我个子很矮。(班里有条不成文的规定,只有好学生才有资格坐前排,而前排中间的位置则是优等生的专座。)后来,我索性赌气似的主动要求老师把我和最后一排的一位男同学调换一下位置,固定地坐到最后一排去。

"为什么?"老师平淡地问。

"因为我眼睛好,他近视。"

我没告诉老师,其实我是全班同学中视力最差的一个。

坐在最后一排的几乎都是调皮的男同学。我和他们无话可说,想要听课却又看不清黑板上的板书,所以每次上课,我只是用眼睛呆滞地盯着黑板,做一些毫无意义的遐想——我从小就是个脑袋里充满怪念头的人。比如说,梅花为什么叫梅花?梅花为什么开在冬天?我能不能变成一朵梅花?我若是梅花会是白梅还是红梅……

这样滥竽充数地混了半个学期,班主任调走了,接任的是个年轻的女教师。她红衬衣白裙子,齐耳短发,模样甜甜的;不像个老师,倒很像我的表姐,当然远没有表姐那么亲切。

"我叫白明,倒着读就是'明白',也就是说对每个同学的情况我都能知道得明明白白。"她微笑着自我介绍。

我不屑地瞧着她。她真有那么大神通?她会知道我是近视眼吗?她会知道我不想坐最后一排却又倔着性子坐最后一排吗?她会知道……

没想到过了几天,她竟真的注意到了我。

那天语文自习课上,同学们都在做练习册,我也摊开练习册假装做起来。其实我除了做些造句、看图作文之类适合我胡乱发挥的题目外,其他的根本懒得做。正噙着笔胡思乱想,一只手伸过来抽走了我的练习册,我一惊,这才发现白老师已经站在了我身后。

"小脑瓜想什么呢?"她亲切地弹了弹我的脑壳。从未享受过如此"礼遇"的我禁不住心头一暖,但还是老老实实地趴在桌上,胆怯地听着她翻阅练习册的声音。

过了世界上最漫长也最短暂的几分钟,我畏惧地等待着习惯性的雷霆暴怒,却惊奇地听见她轻柔的笑声。

"这些句子都是你自己做的吗?"

"嗯。"

"非常好, 很有想象力,'花骨朵儿们在树枝上聚精会神地倾听春天',多有灵性啊。可你为什么不说'倾听春天的脚步'呢?"

"有时候春天来是没有脚步的,是披着绿纱乘着风来的。"第一次受到如此嘉奖,我顿时大胆起来。

她没有说话,轻轻地拍了拍我的头,走上了讲台,以我的练习册为范本讲起了造句。那半个小时的时光是我上学以来第一次感觉快乐和幸福的时刻。我想我当时肯定有些晕眩和迷醉了。直到下课后同学们纷纷向我借练习册时,我才如梦初醒,惊惶失措地把练习册塞进书包里——要是让同学们看见那上面大片大片的空白区,我该多丢人哪。

这天夜里,我把没做的题全部认认真真地补上了,通宵未眠。

以后的日子里,白老师特别注意查阅我的练习册和作业本,关切地询问我其他科的成绩,还抽空给我讲一些浅显的文学知识。每当她带着清香的气息在我身后停下又带着那清香的气息悠悠离去时, 每当她弯下腰挨近我低低地和我说这说那时,我都感到从未有过的紧张、激动、惭愧和快乐。我这才发现,我以往的愤愤不平和自暴自弃是多么无知而愚蠢。我的虚荣和脆弱让我受到的伤害是罪有应得, 因为我从来就没有积累起受人尊重和宠爱的财富与可以引以为荣的资本! 我这样的学生,其实只配坐最后一排。

在我勤恳的努力下,我的各科成绩竟然很快进步起来。可由于眼睛近视看不清板书,也给学习造成了一些不大不小的障碍。但我没有告诉白老师,我问自己:你有什么资格向白老师提要求?

一天,她来到班里旁听数学课,因为没有课本,便和我坐在一起合看。等到做课堂练习时,她便看着我做题。

"这是7,不是1,这是8,不是3……"她轻声纠正着,"怎么抄错这么多? 你近视?"

我没有说话,眼泪竟大滴大滴落下来。

日子慢慢地过去,终于有一天,白老师宣布进行语文测试,并郑重声明"前五名有奖"。有奖当然令人兴奋,同学们暗地里都紧张地忙碌起来。一向对考试毫不在意的我也禁不住跃跃欲试,积极地忙碌起来——就是不能得奖,最起码也要考得比以前好点儿啊。

公布成绩那一天终于来了。白老师评完试卷,最后才公布分数:"第一名:乔小叶……"

天哪,我是第一名!

我被震住了。

"这次考试,同学们的成绩普遍不错,有个别同学进步很大,比如乔小叶。她坐在最后一排,眼睛还近视,可她不怕困难努力进取,终于取得了优异的成绩。我不但要奖给她前五名应得的奖品,还要再给她一份特别的奖励。张玉娟、姜春霞、陈庆龙,李明玉……你们几个站起来换一下座位,乔小叶!"

我站起来。

"这是你的位置。"她指着第一排中间的座位,"你今后就坐在这里。"

我懵懵懂懂地在那里坐下来。

"希望同学们向乔小叶学习。要知道,这世界上有最后一排的座位,但不会有永远坐在最后一排的人。"

我的热泪汹涌而出。

这件事已经过去许多年了,这许多年里我淡忘了很多人和事,但那最后一排的位置和白老师的笑容至今历历在目刻骨铭心。我知道我永远也不会忘记她,不会忘记这样一个把我的生命和灵魂引向另一种暖意、亮度与高度的人。

明察秋毫的体贴

赏析/邱 敏

成长的日子里总是会有那么多的比较,也就有了忧愁和自卑。文章

180

里自卑的"我"得不到老师的重视，自暴自弃，也不努力学习，原本近视眼却赌气般地坐到了最后一排。但她没有想到的是老师观察了解了这一切。

白老师明白"我"缺乏的不是聪明，而是自信。她没有直接把"我"调回第一排，而是赞美和挖掘"我"的优点，给我鼓励，让"我"凭着自己的努力取得进步，名正言顺地坐到了第一排。白老师以她的笑容，她的眼神，她的鼓励的话语，把一位普通学生的"生命和灵魂引向另一种暖意、亮度与高度的享受"，让人一生也不能忘记她的爱和关怀。

其实，我们的每一位老师，都在默默关心我们成长，他们在用心了解我们每一个同学的内心世界。他们知道，我们都还只是充满稚气的孩子，需要别人的关注，大人的重视能让我们获得努力的动力，有时候一个信赖的眼神，就能让我们鼓起足够的勇气；一个微笑，就能给我们带来无限的温暖。

沐浴那永恒的微笑，我怀着一颗感恩的心工作着。只想尽自己最大的努力，当好一名教师。因为我的言行，能深深影响每一位学生，甚至，是他们的一生！

感 恩 的 心

● 文/冒卫东

我到师范学校报到的时候，是个标准的"土包子"。妈妈刚做的布鞋配半新的运动裤，洗白了的大牛仔包上的那个破洞，还醒目地招摇着。我走在那么大的校园里，第一次知道什么叫"见世面"。"土包子"都是很单纯的，对于别人的目光，我报以微笑，当时并没有想到那些目光意味着什么。

等到进了自己的班，发现没多少人愿意搭理我。坐在最后面的角落,身边的空座位总不见人来填补。这时再看身边的同学,才知道彼此的差距,想起独自在家操持农活的妈妈,伤感阵阵而来……这一天,我几乎对身边的人和事记住得很少,只依稀记住了班主任青春的脸庞和好听的声音。

正式开学后,我愈发孤独。静静地看书学习,吃饭时坐在角落,只要一碗饭一份汤,空余时间就跑去图书馆读书,渐渐喜欢上了随手写几句什么,却从不投稿,因为对自己缺少信心。

一个月过去,我习惯了这种生活。一天,班主任周春英老师在晚自习后把我叫到了办公室,递给我五十块钱。我没有接,疑惑地看着她。老师脸上浮现出好看的笑容:"这是我帮你向学校申请的扶困助学金,尽管上次你没有申请,但了解你的家境后,我代你申请了!"

"我……我不需要!"我不知道为什么拒绝,尽管我很需要这钱,可能是觉得自己少年脆弱的自尊受到了伤害。我能理解老师的关心,甚至心存感激,但我还是回绝了,然后飞奔出了办公室。

周老师没再找我,然而两天后,我发现自己的饭卡里多出了五十块钱,我不想再找老师,因为我很木讷,想不出该怎样说。于是,我默认了。就这样,每月五十块钱总是准时出现,直到我毕业。

也许是心里憋着太多的话,情感的积蓄太多,我开始写诗,情之所至,文思泉涌,写的速度奇快,质量怎么样自己却无从判断。后来一次交周记时,因为忙其他事情忘了,就迅速写首诗交了上去,内容好像是赞美母亲的。

两天后本子发下来,一打开就发现一张纸条:卫东,你的诗写得真好! 我可以摘录吗?

娟秀的字体,真挚的话语,我真不敢相信这是自己的老师写的,我的心跳在加速,手也在颤抖。再次交周记时,我在本子里夹了一张小纸条:可以,谢谢老师的欣赏! 接下来的四年里,纸条的内容不断变换:鼓励我投稿,动员我参加文学社,指导我参加学校演讲比赛……

纸条频繁地来往着,四年的时间在不经意间就过去了。走过之后回望,才发现自己已经脱胎换骨:担任学校文学社社长,学生会宣传部部长,发表了六十多篇文学作品,有征文大赛、演讲比赛、各类竞赛获得的一大堆荣誉证书,身边还有一大帮好同学好朋友。

毕业前一天晚上,我们和老师们聚餐。大家大声谈笑,大口吃喝,所有离愁别绪被小心地掩饰着。宴席结束,我把周老师拉到一个角落:"周老师,我心底有个疑问,一直想问你。"周老师微笑点头。

"我在学生会见过领取扶困金的学生名单,那里面并没有我的名字,我想问:是您照顾我的自尊请求学校不要列出来,还是……"

周老师拍拍我的肩膀,那好看的笑容映入眼帘:"呵呵,其实你很优秀,比我想得还要优秀。记住老师的话,生活里充满阳光。至于扶困金嘛,老师就留个谜底在你心里吧。这样,也好让你永远记住一个叫周春英的老师啊!"

我以微笑回应老师,感动在胸中澎湃。直到现在,我仍牢记着自己的这位老师。沐浴那永恒的微笑,我怀着一颗感恩的心工作着。别无他求,只想尽自己最大的努力,当好一名教师。因为我的言行,能深深影响每一位学生,甚至,是他们的一生!

用心良苦的爱意

赏析/邱 敏

对于每月五十块钱的扶贫助学金,相信谁都会做出这样的推测:这是老师从自己口袋中掏出来的。可老师一掏就是四年啊,何其难得!而"我"却一直蒙在鼓里。正因为有老师默默的关爱,"我"才走出了自卑的阴影,不断取得进步,顺利完成学业。

老师的言行深深地影响了"我",成为"我"工作的动力源泉。已为人师的"我"也接过老师的接力棒,实践着老师的人生理想,身体力行继续播种爱的种子。

师长就是这么伟大,称他们为父母一点儿也不为过。他们总是如父母那样,把自己的爱毫无保留地赐予学生,用自己的言行去宣扬真善美,让爱的种子在世间生根发芽。这正是老师的人格美,也是老师受人尊敬的根本原因。韩愈说:"师者,所以传道授业解惑也。"关于老师的职责,应该还有一层更珍贵的意思——爱的奉献!

手术根除近视的技术遍地皆是了，但我早已淡然了视力的好坏。我明白，人生能看多远，那双眼睛在心里。

永远的天使老师

● 文/辛晓明

那时我九岁，是一个用冷漠保护自己的男孩。我没有朋友，那些年龄相仿的男男女女，都是拿我取乐或当看客的人，都是让我感到卑微弱势的人。

这一切缘于我的先天近视——在天蓝水绿可以极目百里的乡村，近视是一种很让人看不起的缺陷：一不能做农活，二读不好书。一辈子没出息，比瞎子强不了多少。因此，我被人硬送了一个"瞎子明"的侮辱性外号。

在学校里，虽然老师们都很照顾我，始终让我坐在第一排，黑板上的字也勉强能看清，但我依然很不快乐。那个世界里，小孩子们快乐的游戏、嬉笑都与我无关。我最大的梦想是，有一天，这个世界不再需要读书，不再需要学校。

九岁那年秋天，田野一片金黄，大人们都说这是个百年不遇的丰收年，我想也是，因为一位像天使一样美丽的女老师做了我的语文老师。这也是我和那些同学第一次不谋而合的观点。

第一堂课她与我们互相做自我介绍，这是惯常的属于他们的走形式的游戏，我一向不感兴趣。轮到我时，我陌生而冷淡地凝望着她，一言不发。她却笑得很甜，说："你的介绍很特别，让我过目难忘！"

我表面上依然无动于衷，但心里分明有一根细细的暖暖的芽拱动了一下。

第二天，我莫名其妙地早到了，到学校才发现往常喧闹的校园静悄悄的，我还纳闷儿是不是到周末了。现在想来，这大概是潜意识使然：天使老师已经悄然唤醒了我对学校积极的情感。

天使老师怎么就像长在我心里的眼睛呢？那天，我不仅如愿以偿，还在下午放学时，得到了她郑重其事的表扬。她在班上说我不仅到校早，而且读书特认真，她说凭多年教书识人的经验，我将可能成为最出色的学生。

我把脸埋在胸前一动也不敢动。这姿势很难受，但幸福的暖流已打着花儿淌满了我的全身。在目光聚集的旧课桌上，我第一次感受到自己的存在很真实很美好，心里不知名的芽又抽动了几下，茸茸的绿意开始在我灰冷的世界里蔓延……

走出校园，吹着冷风，忧虑的黑云却又铺天而来。

我是谁啊？我是"瞎子明"哪！一次表扬算得了什么，能改变什么？

天使老师真是童话里有着雪白翅膀能播撒快乐种子的天使吗？

那天中午，她照例给我们讲那些我们从来没听到过的新故事、新科技、新信息等。那次主题是与眼睛有关的，内容很多很新奇，教室里只有她的声音在回响，那些同学早就听得不知今夕何夕了。只有我心不在焉，也许她不知道触犯了我的忌讳。说实话，要不是出自她天使老师的口，我早就伏案休息了。可是，这个我不愿听的故事中，却有我终身难忘的细节。

"比如我们班上阿明的眼睛就一点儿也不用担心，现在戴戴玻璃眼镜，不影响学习，更何况我们国家的科学家们正在日夜研究用手术解决近视的办法，现在已有可靠方案，很快就可以通过手术一下子治愈呢！"

一刹那，四周的羡慕、友好蜂拥过来。在清冷的世界里待久了的我，敏锐而清晰地听到了偏见的堡垒轰然坍塌的巨响。

梦魇退去，阳光进窗。

后来，我真成了班上很优秀的学生。

二十多年后，我彻底走出生活的泥淖，成了一名远近略有名气的优秀老师。手术根除近视的技术遍地皆是了，但我早已淡然了视力的好坏。我明白，人生能看多远，那双眼睛在心里。我要像天使老师那样，永远用渊博的知识去给处在成长迷雾里的孩子一双心灵的眸子。

一年春节，我们几个做老师的同学回乡看望天使老师。岁月无情，天使老师的美丽已经被岁月的尘埃掩埋了，但风趣博识依然。谈笑中，我们又说起了那个遥远的小学时代。

我们很诧异地问："老师，您的学识怎么就那样渊博呢？好多知识，就是现在看来也很超前哦！"我也补充说："是啊，尤其是您说的那个近视可

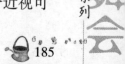

以用手术解决的信息，简直是把我从地狱拉到了天堂啊，您不知道，我从此就走出了被歧视的厄运！"

老师回忆了半晌，大笑："我哪里知道呀，那时还没有哪个国家正式进行研究呢。"老师长舒了一口气，幽幽地说："其实当时我是想，那时的你确实需要世界上有这样的方法……"

众人愕然。

我呆望着笑颜依旧的老师，透过她银丝初现的鬓角，才知道，即使时间再流转，我们再成功，她都永远是我们的天使老师。

永远的天使老师

赏析／邱　敏

一个近视的男孩，因为在农村近视被看做是生理缺陷而被人取笑，于是变得自我封闭，自尊而又自卑，看待周围的人都用怀疑的眼光，对人的态度非常冷淡。然而，当天使一样的老师到来之后，这一切都发生转折。

在天使老师的开解之下，大家对近视的误解得到了澄清，同时也解开了男孩子自卑的心结，终于走出阴影，找回了乐观和积极，渐渐被同学们重新接受，最后成为一名出色的学生。

老师的一番话，有时就能给我们一生的启示，就能让我们从迷茫走向清醒，摆脱自卑找回自信。而老师的伟大之处也在于，他们总是善于利用各种机会，给我们以正确积极的引导，让我们能健康成长。

教师这个职业是神圣的！老师们精心地培育一批又一批学生，他们只是辛勤的付出，却不求一丝一毫的回报！我们应该感谢老师，感谢他们的谆谆教导，感谢他们无私的关爱，感谢他们善意的嘱咐，感谢他们给予我们的美好未来与人生指示。

那条裤子后来穿破了，却一直整整齐齐地叠放在我的衣橱里，看到它我就想起一位老师是如何用自己的方式帮助了一个贫寒的孩子，并使他保留住了仅存的一点儿自尊。

温 暖 一 生

●文/冬 亥

在那个钞票紧张，布票、肉票更紧张的年代，我们一直过着贫困的生活。一件衣服老大穿小了老二穿，老二穿破了缝补一下再给老三套上。我有两个哥哥一个姐姐，姐姐排行第三，就经常穿一身不太合身的男式服装，而所有的旧衣服，不论是哥哥们的旧外套，还是姐姐穿小了的花毛衣，最终都套在了我身上。

我最好的一条裤子是姐姐穿小了送给我的，料子还不错，涤卡的，是干裁缝工作的姨妈送的，不过样式让我很难为情。那时候还只有男的穿前开门的裤子，女式的裤子则都是侧开门的，"男女有别"让我不再把上衣扎进裤子里，而是遮掩在裤腰上。为了减少上厕所的次数，我下了课都要有意忙活出一身大汗，还努力憋着，回到家里才"肥水不流外人田"。实在憋不住了，就瞅个机会跑到教师专用小厕所里迅速解决问题。

但常在河边走，哪有不湿鞋的道理？很快就被一位高年级的数学老师逮了个正着，并带回办公室接受批评。当我嗫嚅（niè rú）着把我的裤子展示给老师看的时候，他竟然什么也没说，只拍了拍我低垂着的脑袋就让我回教室上课了。回到家我在母亲面前哭了半晌，母亲叹了半天气也没松口，其实我也知道箱子里的那几张布票是给大哥结婚买被面用的。

哭过了仿佛轻松了许多。穷人的孩子总是懂事早，即使母亲答应拿出布票来给我做裤子，我也不会安然接受而耽误哥哥的婚姻大事。没有办法，我只好整个白天都光吃饭不喝水，嘴唇干裂了就趴到水龙头下润一润。但纸包不住火，上体育课的时候我穿女式裤子的事还是被眼尖的同学发现了，并一时传为笑柄。

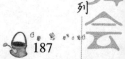

第二天我坚决拒绝穿姐姐的那条裤子，换上一条破旧的裤子去了学校。没想到平时从不理我的文艺委员却在校门外拦住了我，很不好意思地说她有一条前开门的裤子不好意思穿，想跟我商量商量能否跟我换换。

我当然大喜过望，从此那条裤子就松松地穿在了文艺委员的腿上，但被同学们嘲笑为我俩"合穿一条裤子"。我记得有一天她是哭着跑回家的。

后来我知道了文艺委员就是那位数学老师的孩子，而换给我穿的那条裤子花去了老师积攒了半年的布票。那条裤子后来穿破了，却一直整整齐齐地叠放在我的衣橱里，看到它我就想起一位老师是如何用自己的方式帮助了一个贫寒的孩子，并使他保留住了仅存的一点儿自尊。这点儿小小的呵护，温暖了我的一生。

善意的谎言

赏析／邱　敏

为了学生健康快乐地成长，老师总是想尽办法。只要能帮助学生，老师们都无私地去付出，甚至不惜说一些善意的谎言。正是他们的良苦用心让许许多多的学生走出困境，走向成功。

贫穷的家境让一个男孩子穿着姐姐的裤子上学，终于，男孩在一次偷上老师专用厕所时被一位高年级的数学老师逮住了。然而，更让男孩难堪的是在体育课时不小心被多事的同学发现了，从而开始被其他同学嘲笑，自尊心受到了伤害。为了挽回学生的自尊心，解除学生的心理负担，老师让自己的女儿说了一个谎言，然而这个谎言，却让男孩走过了成长过程中最艰难的那一段路。

老师用说谎这种独特而隐秘的方式，帮助了一个贫寒的孩子，并使他保留住了仅存的一点儿自尊，温暖了他的一生。面对谎言背后深藏着的老师真切的关爱，我们不由得深深感动，感动于老师的细心入微，感动于老师的用心良苦。

没有鲜花,也没有颂词。袅袅而起的轻烟,撩起了我无边的思绪,泪光闪闪中,我又看到了你静静伏案的身影……

清 明 的 雨

● 文/吴震寰

清明的雨,轻轻地洒……

是寻逝去的岁月?是觅一个园丁的足迹?披着绵绵的细雨,踩着泥泞的小路,我又来到了敬爱的老师的墓地。

没有鲜花,也没有颂词。只怀着满腔的虔诚,我默默地蹲在墓前,点燃了几炷香。袅袅而起的轻烟,撩起了我无边的思绪,泪光闪闪中,我又看到了你静静伏案的身影……

那是五年前的事了。当您从河里救起您无辜的学生(哦,老师,那就是我呀,那时我得了一种怪病,巫婆说是鬼附体,要想灭鬼,就必须把我投进河里)时,巫婆声嘶力竭地叫嚷,鼓动村民用石块打您。来不及解释,一块碗口大的石块重重地落在您头上,您摔倒了。血,殷红殷红,点点渗入大地……

您出院了,是"私逃"出来的。您心中记挂着我们啊!可是,出院后的第四天,您却永远地离我们而去了。突发性脑溢血凝固了您二十八岁的青春。

人们发现时,已是第二天早上。您静静地趴在改了一半的作业本上,手里还执着笔。您是那般的宁静,那般的安详,仿佛睡着了一般。柔和的灯光,给您周身罩上了一层圣洁的光……

清明的雨,轻轻地洒……

野花、小草、树木在细雨中湿漉漉的,微仰着头吮吸甘甜的雨露,就像教室里我们一张张渴求知识的小脸。这淅沥沥的雨声,该不是您在朗诵课文,吟咏诗歌吧?

一只小蜜蜂飞落在墓地那朵小黄花上,嗡嗡地叫着,心无旁骛地采起蜜来。呦,小蜜蜂,连雨天您都不休息一下吗,多像我们的老师……我把手伸向勤劳的小蜜蜂:请把我的爱,我的心愿,我的祝福带给我的老师。小蜜蜂轻盈地飞起,唱着远去了。我听得出那歌儿沉沉,带着我的祝福,我的心愿。

清明的雨,轻轻地洒……

鲜花依旧娇艳,山泉依旧清澈,生活仍如美酒一般甘甜。而您——我敬爱的老师也从没有离开过我们。您只是太累,睡着了。像大多数园丁一样,让自己的青春凝固在办公桌前,停留在秋天这个收获的季节。哦,老师,您梦中可曾有白云、绿草、鲜花? 纷纷细雨哟,可别打湿了我老师的梦,他已十多年没好好地休息过了。

我惊喜地发现,刚才小蜜蜂停留过的那朵小黄花上,驮着一滴透明的水珠。多么晶莹闪亮的水珠啊,这不正是您高贵品质、高尚灵魂的写照吗? 我忘情地用手轻轻一触,水珠无声地滚落了。渗入了大地母亲的怀抱。您走了,与祖国神圣的大地融为一体。

老师的爱

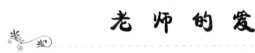

赏析／王 嘉

爱,是每一位教师的本能。在我们成长的历程中,总少不了老师的身影,少不了老师的关怀与爱护。但,在我们身边匆匆而过的老师那么多,你是否也一一记住了呢?

细想一下,老师为什么会令人难忘,那是因为我们的成长中倾注了老师深沉的爱,老师为什么会令人感动,那是因为我们的灵魂深处凝结了老师的真情。不管我们走多远,也不管我们有多大,老师的心总在丈量着思念和牵挂的里程。

文中那位年轻的教师,又是一个"春蚕到死丝方尽,蜡炬成灰泪始干"的典型。她为了学生呕心沥血,甚至不惜付出生命的代价。亲爱的朋友,也请你仔细观察一下你的老师吧。在你的健康成长的同时,他们也渐渐瘦了眉角,白了头发。老师的爱虽然并不惊天动地,但却感人肺腑,足以让我们铭记一生。

我把攥着一块钱人民币的手举起来，嘴里发出了很响的声音："我要这本书！"

词典的故事

●文/阿　来

很多我这个年纪的人回忆起自己的青少年时代，往往会慨叹今天的青少年是多么的身在福中不知福。而且，这种感叹总是很具体地指向吃，指向穿，指向钱，都在很物质的层面，所谓的忆苦思甜。我也经历过那样困窘的生活，却不太在意那些物质层面上的比较，而是常常想起那个年代精神生活的匮乏。

比如，我上师范学校时是一九七八年，全班同学都没有教材。是老师拿出"文革"前的教科书，我跟班上几个字写得比较像样的同学用了好多个晚上，熬夜刻写蜡纸，油印了装订出来，全班人手一册，作为教科书用。

我出生在一个偏僻的小山村里，上的是两个班合用一个教室一个教师的复式教学的小学。快读完小学了，不要说现在孩子们多得看不过来的课外书与教辅书，我甚至还没有过一本小小的字典或词典，那时，我是多么渴望自己有学问啊，我觉得世界上的所有学问就深藏在张老师那本翻卷了角的厚厚的词典中间。小学快毕业了，学校要组织大家到十五公里外的刷经寺镇上去照毕业照片。这个消息早在一两个月前，就由老师告诉我们了。然后，我们便每天盼望着去到那个当时对我们来讲意味着远方的小镇。虽然此前我已经跟着父亲去过一两次，也曾路过那镇上唯一的一家照相馆，但我还是与大家一样热切地希望着。星期天，我照例要上山去，要么帮助舅舅放羊，要么约了小伙伴们上山采药或打柴。做所有这些事情都只需要上到半山腰就够了。但是这一天，有人提议说，我们上到山顶去看看刷经寺吧。于是，大家把柴刀与绳子塞进树洞，气喘吁吁地上了山顶。那天阳光朗照，向西望去，在十五公里之外，在逐渐融入草原的群山余脉中间，一大群建筑出现了。这些建筑都簇拥在河流左岸的一个巨大的十字街道周围。十字街道交会的地方有小如甲虫的人影蠕动，这些人影上面，有一面红旗在迎风飘扬。大家都没有说话，大家都好像听到了那旗帜招展的噼啪声响。我们中有人去过那个镇子，也有人没有去过，但都像熟悉我们自己的村庄一样熟悉这个镇子的格局。

不久以后，十多个穿上新衣服的孩子，一大早便由老师带着上路了。将近中午时分，我们这十多个手脚拘谨东张西望的乡下孩子便顶着高原的强烈阳光走到镇上人漠然的目光中和镇子平整的街道上了。第一个节目是照相。前些天，中央电视台新开的《人物》栏目来做节目，我又找出了那张照片。照片上那些少年伙伴，都跟我一样，瞪大了双眼，显出局促不安，又对一切都感到十分好奇的样子。照完相走到街上，走到那个作为镇子中心的十字路口，一切正像来过这个镇子与没有来过这个镇子的人都知道的一样：街道一边是邮局，一边是百货公司，一边是新华书店。街的中心，一个水泥基座上高高的旗杆上有一面国旗，在晴朗的天空下缓缓招展。再远处是一家叫做人民食堂的饭馆。我们一群孩子坐在旗子下面的基座上，向东望去，可以看到我们曾经向西远望这个镇子时的那座积雪的山峰。太阳照在头顶，我们开始出汗。我伸在衣袋里的手也开始出汗。手上的汗又打湿了父亲给我的一元钱。父亲把吃饭与照相的钱都给了老师，又另外给了我一元钱。这是我迄今为止可以自由支配的最大的一笔钱。我知道小伙伴们每人出汗的手心里都有一张小面额的钞票，比如我的表姐手心里就攥着五毛钱。表姐走向了百货公司，出来时，手里拿着许多五颜六色的彩色丝线。而我走向了另一个方向的新华书店。书店干净的木地板在脚下发出好听的声音，干净的玻璃柜台里摆放着精装的毛主席的书，还有马克思、列宁的书，墙壁上则挂满了他们不同尺寸的画像，以及样板戏的剧照。当然，柜子里还有一薄本一薄本的鲁迅作品，再加上当时流行的几部小说，这就是那时候新华书店里的全部了。不像今天走进上千平方米的大型书城里那种像进了超市一样的感觉。我有些胆怯地在那些玻璃柜台前轻轻行走，然后，在一个装满了小红书的柜台前停了下来。因为我一下就把那本书从一大堆毛主席的语录书中认了出来。

那本书跟语录书差不多同样大小，同样的红色，同样的塑料封皮。但上面几个凹印的字却一下撞进了我眼里：《汉语成语小词典》。我把攥着一块钱人民币的手举起来，嘴里发出了很响的声音："我要这本书！"

书店里只有我和一个伙伴,还有一个营业员。

营业员走过来,和气地笑了:"你要买书吗?"

我一只手举着钱,一只手指着那本成语词典。

但是,营业员摇了摇头,她说,我不能把这书卖给你。买这本书需要证明,证明你来自什么学校,是干什么的。我说自己来自一个汉语叫马塘,藏语叫卡尔古的小学,是那个学校的五年级学生。可她说那也不行,"这书不卖给学生,再说你们马塘是马尔康县的,刷经寺属于红原县。你要到你们县的书店去买。"我的声音便小了下去,我用这种自己都不能听清的小声音说了一些央求她的话,但她依然站在柜台后面坚决地摇着头。然后,我的泪水便很没有出息地下来了。因为我心里的绝望,也因为恨我自己不敢大声表达自己的想法。父亲性格倔强,他也一直要我做一个坚强的孩子,所以我差不多没有在人前这样流过眼泪。但我越想止住眼泪,这该死的液体越是欢畅地奔涌而出。营业员吃惊地看着我,脸上露出了怜悯的表情。

她说:"你真的这么喜欢这本书?"

"我从老师那里看见过,我还梦见过。"

现在,这本书就在我面前,但是与我之间,却隔着透明但又坚硬又冰凉的玻璃,比梦里所见的还要遥不可及。

营业员脸上显出了更多的怜悯,这位阿姨甚至因此变得漂亮起来。她说:"那我要考考你。"

我看到了希望,便擦干了眼泪。她说了一个简单的成语,要我解释。我解释了。她又说了一个,我又解释了。然后,她的手越出柜台,落在我的头顶,深深地叹了口气,说:"不容易,一个乡下的孩子。"然后便破例把这本小书卖给了我。

从此,很长一段时间,我像阅读一本小说一样阅读这本词典;从此,我有了第一本自己的藏书;从此,我对于任何一本好书都怀着好奇与珍重之感。而今天,看到新一代的青少年面对日益丰富的精神食粮,好奇心却完全表现在与知识无关的地方,心里真有一种痛惜之感。如果在这样优越的条件下,面对丰富的精神食粮,我们却失去了好奇与珍重之心,社会的物质生活丰裕,我也觉得仍然像生活在精神一片荒芜的二十多年前。

精神的词典

赏析／半　诚

　　读一个关于词典的故事，就像在读一部关于一代人厚重的历史。因为那个时代，文化匮乏，青少年读的书非常缺乏，而《汉语成语小词典》就是一本难得的好书。作者像阅读一部小说去阅读那本词典，因为这部词典就是作者读书时代的历史，记录着那一代人为知识艰难读书的情形，代表着一代人的精神食粮。

　　词典的故事是一部关于读书的故事，今昔相比，却又是两种不同的情形。旧时一代人渴望得到知识读书而不得，到了现今一代人则是把好奇心放置别处有书而不读了。到底是什么改变了人读书的心境呢？这需要我们认真的思考。

　　文章让我们懂得知识的重要和难得，所以，趁我们还未踏出校园，趁我们还处在豆蔻年华，好好地与书本做朋友，用知识去充实我们的大脑和人生。

　　当繁花满枝，当硕果累累，我们谁也不会忘记哺育我们的树根，是它默默地汲取大地的营养传递给我们。

校园交响诗

文／望　安

蜂　巢

教室，像一只蜂巢。

排列的桌椅，是一格一格的蜂房，并然有序。上课铃一响，你一格，我一格,大家坐好。在老师的传授中汲取,在各科的书籍里寻觅。时而循着历史的长河飞回遥远的古代,时而飞翔当今的科学天地,时而书声琅琅,时而书写沙沙。在知识的大海里采集、探索、积累,像金色的小蜜蜂在花海里采集花粉,嗡嗡地飞来飞去,在各自的蜂房里忙碌地储积着蜜。

啊! 一只甜蜜的蜂巢。

鸟　岛

下课了,校园,像一个鸟岛。

美的交响回旋在这一片乐土。花丛树下,草坪操场,运动衫,彩裙……飞翔的、流动的身影,旋转的舞步,亭亭玉立的风姿,像鸟儿款款的低飞;欢快的跃动,像鸟儿展翅的舞蹈,恬静栖息。歌声,笑语,像海潮的喧哗中,鸟儿倾心地鸣啭。

同浴着阳光,共享着欢乐,又增添着温馨,充实着幸福。

啊,一个生机勃勃的鸟岛。

花　瓣

一年一度教师节,老师的办公桌上,飞来了彩色的花瓣。你看,那一封封学生来信——淡蓝的、粉红的、嫩绿的、浅黄的……一封一封,寄来了一颗颗赤诚的心。忽而,窗外飞来了一只白鸽,送来了一片云——一页洁白的信,老师欣喜地取下,看到了当年一名淘气生真切的思念、热情的祝贺。当一串鸽哨响起,老师目送着白鸽远飞天际,深情的祝愿似欲随它飞去。

啊! 飞来的花瓣,变成一朵朵馥郁的鲜花,开在老师的心间。

喷　泉

校园里,一泓不绝的喷泉。

晶莹的水喷洒变幻,袅袅婷婷,像轻盈多姿的水上芭蕾。美的闪耀中,我思念那位已故的花匠。这位老爷爷,为学校种了许多绚丽多彩的花。为校园早一天有这喷泉,他顶着烈日,砌着水池。古铜色的脸上,汗珠汇成了小溪。那天,我中午来上学,见他已汗流浃背,仍头也不抬地砌着砖。我站在一旁,吮着冰棍,好奇地看着他灵巧的手。现在,我每想起,总在后悔,为什么没把冰棍递给他呢?

望着喷泉,听着哗哗的水声,似乎,欢乐的歌伴着婀娜的舞。这里,可有老爷爷的汗水?可有他劳动后的欣慰?

啊!老爷爷永远睡去了,而喷泉却依然醒着。

树　　根

我们是桃花李花,多么美的比喻;我们会成为丰硕的果实,多么好的未来。当繁花满枝,当硕果累累,我们谁也不会忘记哺育我们的树根,是它默默地汲取大地的营养传递给我们。

啊!老师,您多么像树根。当我们用根来赞颂您时,您说:

"落花会变成大地的营养,果核也会变成大树的根!"

啊!让我们去做根的事业,长出亭亭华盖的大树。

美丽的校园风景线

赏析／张艳霞

校园不但是我们学习的地方,还是我们课后的游戏场所。在课堂上,大家有着不尽一样的学习目标,一起学习新的知识。校园的每一处都响遍我们琅琅的读书声;课下,我们的生活多姿多彩,校园就是我们可以飞翔的天空。校园的每一个角落都有我们的欢声笑语。

校园里不但有尊敬的老师,还有懂事的我们。老师辛勤劳动,教书育人;我们则勤奋学习,报答师恩。老师和我们相亲相爱,一起挽手向着理想迈进。校园里,每天都有新的开始。

校园,那里有花香、有鸟语,有朝气、有活力,有辛勤、有奉献,有欢乐、有幸福;她有着我们所需要的一切。那里的一草一木,一人一事,都将永远刻在我们的心上,成为以后日子里一道美味的甜品,让我们回味无穷。

如果说，人生也如远行，那么，在我蒙昧的和困惑的时日里，
让我最难忘的就是我的一位师长的窗内的灯光。

老师窗内的灯光

●文／韩少华

我曾在深山间和陌巷里夜行。夜色中，有时候连星光也不见。无论是
山林深处，还是小巷子的尽头，只要能瞥见一豆灯光，哪怕它是昏黄的、
微弱的，也都会立时给我以光明、温暖、振奋。

如果说，人生也如远行，那么，在我蒙昧的和困惑的时日里，让我最
难忘的就是我的一位师长的窗内的灯光。

记得那是抗战胜利，美国"救济物资"满天飞的时候，有人得了件美
制花衬衫，就套在身上，招摇过市。这种物资也被弄到了我当时就读的北
京市虎坊桥小学里来。我曾在我的国语老师崔书府先生宿舍里，看见旧
茶几底板上，放着一听加利福尼亚产的牛奶粉。当时我望望形容消瘦的
崔老师，不觉想到，他还真的需要一点儿滋补呢……

有一次，我写了一篇作文，里面抄袭了冰心先生《寄小读者》里面的几
个句子。作文本发下来，得了个漂亮的好成绩。我虽很得意，却又有点儿不
安。偷眼看看那几处抄袭的地方，竟无一处不加了一串串长长的红圈！得
意从我心里跑光了，剩下的只有不安。直到回家吃罢晚饭，一直觉得坐卧
难稳。我穿过后园，从角门溜到街上，衣袋里自然揣着那有点儿像赃物的
作文本。一路小跑，来到校门前——一推，"咿呀"了一声，还好，门没有上
闩。我侧身进了校门，悄悄踏过满院由古槐树冠上洒落的浓重的阴影，曲
曲折折地终于来到了一座小小的院落里。那就是住校老师们的宿舍了。

透过浓黑的树影，我看到了那样一点儿亮光——昏黄，微弱，从一扇
小小的窗棂内浸了出来。我知道，崔老师就在那窗内的一盏油灯前做着
他的事情——当时，停电是常事，油灯自然不能少。我迎着那点儿灯光，
半自疑又半自勉地，登上那门前的青石台阶，终于举手敲了敲那扇雨淋

日晒以致裂了缝的房门——

"笃、笃、笃……"

"进来。"老师的声音低而弱。

等我肃立在老师那张旧三屉桌旁，又忙不迭深深鞠了一躬之后，我觉得出老师是在边打量我，边放下手里的笔，随之缓缓地问道：

"这么晚了，不在家里复习功课，跑到学校里做什么来了？"

我低着头，没敢吭声，只从衣袋里掏出那本作文本，双手送到了老师的案头。

两束温和而又严肃的目光落到了我的脸上。我的头低得更深了。只好嗫嗫嚅嚅地说：

"这……这篇作文，里头有我抄袭人家的话，您还给画了红圈儿，我骗……骗……"

老师没等我说完，一笑，轻轻撑着木椅的扶手，慢慢起身，到靠后墙那架线装的和铅印的书丛中，随手一抽，取出一本封面微微泛黄的小书。等老师把书拿到灯下，我不禁侧目看了一眼——那竟是一本冰心的《寄小读者》！

还能说什么呢？老师都知道了，可为什么……

"怎么，你是不是想：抄名家的句子，是谓之'剽窃'，为什么还给打红圈？"

我仿佛觉出老师憔悴的面容上流露出几分微妙的笑意，心里略微松快了些，只得点了点头。

老师真的轻轻笑出了声，好像并不急于了却那桩作文本上的公案，却抽出一支"哈德门"牌香烟，默默地点燃了，吸着；直到第一口淡淡的烟消融在淡淡的灯影里的时候，他才忽而意识到了什么，看看我，又看看他那铺垫单薄的独卧板铺，粲然一笑，训教里不无怜爱地说：

"总站着干什么？那边坐！"

我只得从命。两眼却不敢望到脚下那块方砖之外的地方去。

又一缕烟痕，大约已在灯影里消散了，老师才用他那低而弱的语声说：

"我问你，你自幼开口学话是跟谁学的？"

"跟……跟我的奶妈妈。"我怯生生地答道。

"奶妈妈？哦，奶母也是母亲。"老师手中的香烟只举着，烟袅袅上升，"孩子从母亲那里学说话，能算剽窃吗？"

"可……可我这是写作文呀！"

"可你也是孩子呀！"老师望着我，缓缓归了座，见我已略抬起头，就眯细了一双不免含着倦意的眼睛，看看我，又看看案头那本作文本，接着说，"口头上学说话，要模仿；笔头上学作文，就不要模仿了吗？一边吃奶，一边学话，只要你日后不忘记母亲的恩情，也就算是个好孩子了……"这时候，不知我从哪里来了一股子勇气，竟抬眼直望着自己的老师，更斗胆抢过话头，问道：

"那，那作文呢？"

"学童习文，得人一字之教，必当终生奉为'一字师'。你仿了谁的文章，自己心里老老实实地认人家做老师，不就很好了吗？模仿无罪。学生效仿老师，谈何'剽窃'！"

我的心，着着实实地定了下来，却又着着实实地激动了起来。也许是一股孩子气的执拗吧，我竟反诘起自己的老师：

"那您也别给我打红圈呀！"

老师却默然微笑，掐灭手中的香烟，向椅背微靠了靠，眼光由严肃转为温和，只望着那本作文本，缓声轻语着：

"从你这通篇文章看，你那几处抄引，也还上下可以贯串下来，不生硬，就足见你并不是图省力硬扳的了。要知道，模仿既然无过错可言，那么聪明些的模仿，难道不该略加奖励吗——我给你加的也只不过是单圈罢了……你看这里！"

老师说着，顺手翻开我的作文本，指着结尾一段。那确实是我绞得脑筋生疼之后才落笔的，果然得到了老师给重重加上的双圈——当时，老师也有些激动了，苍白的脸颊，微漾起红晕，竟然轻声朗读起我那几行稚拙的文章来……读罢，老师微侧过脸来，嘴角含着一丝狡黠的笑意说：

"这几句嘛，我看，就是你从自己心里掏出来的了。这样的文章，哪怕它还嫩气得很，也值得给它加上双圈！"

我双手接过作文本，正要告辞，忽见一个人，不打招呼，推门而入。他好像是那位新调来的"驯育员"：平时总是金丝眼镜，毛哔叽中山服，面色更是红润光鲜；现在，他披着件外衣，拖着双旧鞋，手里拿个搪瓷盖杯，对崔老师笑笑说："开水，你这里……"

"有。"崔老师起身，从茶几上拿起暖水瓶给他斟了大半杯，又指了指茶几底板上的"加利福尼亚"，笑眯眯地看了来人一眼，"这个，还要吗？"

"呃……那就麻烦你了。"

等老师把那位不速之客打发得含笑而去后，我望着老师憔悴的面

199

容,禁不住脱口问道:

"您为什么不留着自己喝?您看您……"

老师默默地,没有就座,高高的身影印在身后那灰白的墙壁上,轮廓分明,凝然不动。只听他用低而弱的语声,缓缓地说道:"还是母亲的奶最养人……"

我好像没有听懂,又好像不是完全不懂。仰望着灯影里的老师,仰望着他那苍白的脸色,憔悴的面容,又瞥了瞥那听被弃置在底板上的奶粉盒,我好像懂了许多,又好像还有许多、许多没有懂……

半年以后,我告别了母校,升入了当时的北平二中。当我拿着入中学第一本作文本,匆匆跑回母校的时候,我心中是揣着几分沾沾自喜的得意劲儿的,因为,那本子里画着许多单的乃至双的红圈。可我刚登上那小屋前的青石台阶的时候,门上一把微锈的铁锁,让我一下子愣在了那小小的窗前……听一位住校老师说,崔老师因患肺结核,住进了红十字会办的一所慈善医院。

临离去之前,我从残破的窗纸漏孔中向老师的小屋里望了望——迎着我的视线,昂然站在案头的,是那盏油灯:灯罩上蒙着灰尘,灯盏里的油,已几乎熬干了……

时光过去了近四十年。在这人生的长途中,我曾经历过荒山的凶险和陋巷的幽曲,而无论是黄昏,还是深夜,只要我发现了远处的一豆灯光,就会猛地想起我的老师窗内的那盏灯,那熬干自己的生命也更给人以启迪,给人以振奋,给人以光明和希望的,永不会在我心头熄灭的灯!

永不熄灭的指路灯

赏析／邱　敏

每个人的成长都会有那么一两个像崔老师那样的好老师,他们不仅仅是教给我们知识,解答我们的疑问,更重要的是能在我们成长的关键时刻给我们重要的指引,就像文中的崔老师,他不仅仅是在教"我"写作文,其实也是在教"我"做人做事的道理。

唐朝诗人李商隐有一句诗用来形容老师再恰当不过了:蜡炬成灰泪始干。我们的老师朴素节俭,把全部的身心放在教育事业上,以自己的生命为代价,为学生点燃了一盏温暖而且充满希望的灯,直到被熬干最后一滴油,还不肯熄灭,一直陪伴着他的学生在人生的道路上走下去。那如豆的灯光虽然小,却鼓励了学生,给学生以力量。每当我回想起在灯下批改作业的老师的身影,心里满满的都是感动。

崔老师窗内的那一盏灯,永远不会熄灭,而是一直摇曳在我的心里。无论在多么黑暗的深夜,多么令人绝望的跌倒和跋涉,多么漫长的时光,还是在人生的低谷,只要想起崔老师窗内的灯光,我也会重获面对生活的勇气和信心。

敬礼过后,马克的父亲说:"我们想给您看一样东西。"他父亲说着,从兜里掏出一个小包:"这是他们在马克身上找到的,我想您应该认识它。"

美 好 清 单

●文/[美]海伦·穆罗斯拉　译/郭委鑫

当我在圣玛丽教会学校教小学三年级时,马克·爱克兰德是三十四个学生中的一个。他乐观向上,整洁可爱,只是偶尔淘气。马克上课总是爱说话。我上课时总得一次一次地提醒他,不应该在没有得到允许之前说话。而让我印象非常深刻的是他每次给我的回应——"谢谢您的指正,修女。"对于这样的回应,我确实是束手无策。

一天早晨,马克说的太多了,我的耐心也到了极限。于是我犯了一个只有新老师才会犯的错误。我瞪着马克说:"如果你再多说话,我就把你的嘴封住。"不到十分钟的时间,杰克就叫了起来:"马克又说话了!"我已经说过我可能要做出的惩罚,我必须付诸行动。当时的情景,我记得清清楚楚,就像是今天早晨才发生的一样。我走到讲台前面,撕下两片胶条,在马克的嘴巴上打了个大大的"×"。我回到讲台前,静静地看着马克的反应,他只是向我眨眨眼睛。我成功了!我笑了起来。全班都很兴奋地看着我又走到马克的桌子前,把胶条取下,然后耸耸肩。马克张开嘴巴,说的第一句话是:"谢谢您的指正,修女。"

那一年年末,我被分配去教初中。时间过得很快,后来马克又到了我的班上。九年级的他显然比三年级的时候话少了。

一个星期五,课堂气氛不是很好。我们对一个新概念已经探讨了一个星期了,我感觉到同学们都在皱眉头,对他们自己很失望,对别人也很急躁。我觉得我们不能这样下去,不然局面将不好控制。于是我让他们拿出一张纸,把全班同学的名字都写下,并在每个同学的名字下面留出一定的空白。我让同学们把他们所知道的别的同学的优点都写在空白处。下课了,他们把"优点清单"都交上来了。走之前马克对我说:"谢谢您的指正,修女。祝您周末愉快!"

星期六,我把每个学生的名字都用一张纸写下来,然后把其他人描述的他的优点记下。星期一,我把属于学生们的清单发给他们。看着这些清单,他们都不觉微笑起来。

"真的吗?"我听到底下有学生在轻声地说。

"我真不知道原来这样也会对别人有意义。"

"原来其他人这么喜欢我。"

之后我再也没有听到他们提起清单的事情了。几年后,我回到家乡的时候,我问父母:"我很多年没有听到我的学生的消息了,马克现在还好吗?"父母缓缓地说:"马克在越南的战场上牺牲了,葬礼将在明天举行,他的父母希望你能去。"

躺在棺材里一身戎装的马克看起来很英俊,也很成熟。在那一瞬间我所能想到的就是:"马克,多么希望你还能和我说话,哪怕一句。"

马克的朋友们一个接着一个地走到棺木旁为马克洒圣水。我是最后一个为他祝福的人。我站在那里,一个抬灵柩的人轻轻把手放在我的肩膀上:"你就是马克的数学老师吗?"我一边点头一边凝视着棺木。"马克经常提起你。"他说。

敬礼过后,马克的父亲说:"我们想给您看一样东西。"他父亲说着,从兜里掏出一个小包:"这是他们在马克身上找到的,我想您应该认识它。"

打开小包,我从里边小心翼翼地取出一张纸。这纸看上去显然是被折叠和打开过很多次。我一看就知道那是九年级的时候,我把其他人对他的美好感觉记录在一起的那张纸。"谢谢你为他做了这些,"马克的母亲说,"我想我们会好好地保存着那张清单。"听着听着,我不禁哭了起来。我心里一直保存着给马克的"美好清单",他却永远收不到了。

赞美的力量

赏析／邱　敏

文中的老师想消除孩子们的自卑,便让孩子们相互把各自的优点列到纸上,做成"美好清单"。小小的举措,便让孩子们享受到了肯定和认同的快乐,同时也恢复了信心。老师巧妙的赞美和温暖的鼓励,为孩子们的人生指明了方向,让他们踏上了金色的成长轨迹。这一份份用爱写出来的美好清单,不仅维系着孩子们之间深深的友谊,也维系着老师与学生之间浓厚的感情。

想想我们的周围,给我们印象不好的很多人,是不是也有他们独特的优点呢?其实,用心观察,我们会发现,他们并不缺少闪光点,而是我们少了认同的眼睛,少了宽容和关爱,身边的每一个人都有很多值得自己学习的地方。

文章给我们最深的感触应该是:每个人都有自己的优点,每个人都需要别人的肯定和认同,每个人都需要爱的关怀。我们应该把心中的感激化作更多的小小的善,带到别人的心田里,带到社会的每一个角落。

这三十多年前的风琴声,童年时代唱出的歌声,它们隐隐约约,断断续续,总是撞响在我的心中。风,吹不散它;岁月的巨剪,也剪不断它。

遥远的风琴声

●文／徐　鲁

三十多年前,我正在家乡的村小学里念书。我的记忆里保存着这样一个画面:由一栋古旧的祠堂改成的校舍前,是一块绿茵茵的小操场。春

日的小操场上，阳光灿烂。一群淳朴的乡村孩子——我是其中的一个——正紧紧地围坐在一位年轻而美丽的女教师的身边，她在聚精会神地弹着一架老风琴。那嗡嗡颤动的大和弦的旋律，好像从远处的山口涌来的一阵阵和煦的风声。孩子们正跟着女教师学唱一支古老的歌，那整齐的童声传得很远……

这时候，农人们正赶着一群牛羊缓缓地走向村外的山冈，他们听见了从操场上传出的风琴声和合唱声，便不由自主地停下来聆听一会儿。羊群也停在那里，咩咩地叫着……白云缓缓地飘过我们的头顶……

就是这样一幅画面，现在想起来，我忍不住要笑出声来了——这可真有点儿巴比松的情调啊！我还记得，我们当时学唱的那首歌好像就叫《春天之歌》："啊，春天来了，春天来了，它带着温暖，也含着微笑……"

这当然要感谢我们的乔姗老师。她是来我们村"插队"的一位知识青年。她留在我的记忆里的形象，的确是和蔼而美丽的。皮肤很白，眼睛大而明亮，体质似乎有点儿瘦弱，但却没有丝毫的病态。冬天里她喜欢围一条大红围巾，春天里则总是系一条白纱巾。她来我们小学教我们唱歌时，我正好读五年级。我们都喜欢跟她上课，尤其是她喜欢在天气晴朗的时候，把我们带到户外那金色的草地上去上课。

她告诉过我们，她的父亲是济南很有名的音乐教师。她从小就跟着父亲学会弹奏各种乐器。可惜的是，我们的村小学里只有这么一架老掉牙的老风琴，要是在阴雨天，那嗡嗡的或吱吱的声音，听起来可真像受了潮的风箱的响声。我到如今也没弄明白，这架老风琴是怎么到了我们村小学的，是什么时候就有的。是买来的吗？是谁捐赠的吗？我后来甚至还猜想过，这说不定是当年日本人从我们家乡撤走时留下来的呢！但就是这么一架老风琴，却是二十年前我们整个学区里的一件了不起的宝贝。邻村的好几所小学里都没有风琴。他们充其量只有一把胡琴。没有风琴，不知道他们的音乐课是怎么上的，大概只有跟着老师"清唱"了。

而我们的音乐课却是有风琴伴奏的。乔姗老师会唱许多歌，能弹出许多首曲子。而且有不少歌曲现在看来显然是不合当时的"时宜"的，属于"四旧"之列的东西，但它们却在我们这所偏远的乡村小学里自由地传唱着。这一方面是出于乔老师的自信、大胆——她好像认定了这些歌是人间最美丽的歌，应该让自己的学生们学一学、唱一唱的；另一方面，可能就是方圆几里范围内，真正有音乐耳朵的人的确不多，他们也许压根儿就分不清哪是该唱的"新歌"，什么又是不该唱的"旧歌"。记得当时学会的歌中，既有《快乐的节日》、《让我们荡起双桨》、《听妈妈讲那过去的事情》等五六十年代创作的歌曲，又有像《毕业歌》、《长城谣》、《小号手之歌》、《红星照我去战斗》这样的不同年代的电影插曲。还有一些更老的歌和一些外国歌，则是事隔多少年之后才知道的。

这些歌，有的当时能够理解，有的则是似懂非懂的。好在它们的旋律都很美，它们成了我们这些乡村孩子最早的音乐启蒙。现在想来，它们的感染力委实是了不起的。多少年了，无论在哪里，只要一听到这些熟悉的旋律，我的脑海里立即就会浮现出我们当年的小学校和小操场的模样，浮现出乔姗老师闭着眼睛按着风琴、长久地沉浸在她的和弦之中的形象，还有我的同学伙伴们，一个个认真地张合着嘴巴，一句一句地学唱的样子。是的，当我想起这些的时候，唱歌时的天气、环境和温暖的感受，都聚拢到了我的身边，童年重临于我的心头。

罗曼·罗兰曾经写到过约翰·克里斯朵夫在风琴声里对于大自然的感受："倾听着看不到的管弦乐队的演奏，倾听着昆虫在阳光下激怒地绕着多脂的松树轮舞时的歌唱，他能辨别蚋虫的吹奏铜号声，丸花蜂的大风琴的钟声一样的嗡嗡声，森林的神秘和私语，被微风吹动的树叶的轻微的颤动，青草的温存的簌簌声和摇摆，仿佛是湖面上明亮的波纹一呼一吸的荡漾，仿佛听到轻微的衣服和亲人的脚步的沙沙声……"约翰·克里斯朵夫是具有音乐的耳朵和十分美妙的艺术想象力的艺术家。而我当时虽然不善于歌唱，也缺少那种敏感和丰富的想象力，但也不能否认，那动听的风琴声和整齐的合唱声，也确实为我沉睡和懵懂的心灵打开了一扇扇透亮的窗户。歌声和斜阳，琴声和草地，还有白云、羊群、远山……这一切都增添了我的愁思，渲染着我对世界最初的理解和感受。套用康·帕乌斯托夫斯基的一句话说：对生活，对我们周围一切的诗意的理解，这便是童年时代——尤其是这二十年前的风琴声，所给予我的"最伟大的馈赠"。而且所幸的是，经过了这么长的岁月的颠簸和淘洗，我不但没有失去这个馈赠，相反，倒越来越觉得它们的伟大与珍贵了。或许，正是它们，教会了我如何去认识人生和热爱生活。

但也不是没有遗憾的。当年乔姗老师不仅教我们唱会了许多美丽的歌，而且还手把手地开始教我们按风琴了。我还记得，每当要上音乐课了，我们都会争先恐后地跑到学校那唯一一间教师办公室里，把那架可爱的老风琴轻轻地抬到我们的教室里或草地上。六七个人抬着它，小心翼翼地就像抬着一位娇贵的新媳妇一样。乔老师从最基本的脚踏、手按的动作教起，我们每个人学得都极其认真。虽然我那时总是把"哆、来、咪"念成阿拉伯数字"1、2、3……"，但毕竟是已经开始了第一种乐器的学习。如果就此认真地学习和发展下去，到我青年或成年之后，说不定已经具备相当的音乐修养和演奏技能了呢！可惜的是，我们仅仅跟着乔老师学了一个学期的风琴，便到了小学毕业的时刻。乔老师也没能听见我们这些做学生的亲手按出略成曲调的风琴声，倒是先听到了我们齐声合唱的忧伤的"骊歌"。

从此以后，我在音乐上便如过早地断了奶一般，再也没有得到更好的学习机会，以至于到今天，在音乐素养上，真正成了先天不足，原原本本地还停留在乡村小学五年级的水平上。这是令人欷歔不已而又无可奈何的事。倘若今天乔姗老师在远方有知，我想这也许是最让她失望和感到痛心的吧。

记得小学毕业前夕，整个学区还曾组织过一次规模较大的歌咏比赛。我作为学校的合唱队员之一参加了这次比赛，而且站在最前面的一排。我们个个都穿着清一色的学生蓝裤子，上衣是雪白的衬衫，系着鲜艳的红领巾。乔老师在一侧按着风琴，我们跟着琴声张着小嘴巴使劲地唱着，那认真的样子，可想而知了。记得当时还照了相的，作为纪念，我们参加了合唱队的同学每人都得到了一张纪念照。这张黑白的大照片我曾一直保存在身边，一直到一九八二年。但令人痛心的是，那年秋天我大学毕业回家的途中，丢失了一纸箱书籍，里面就夹着这张照片。另外还有一套人民文学出版社一九七八年版的十一卷本的《莎士比亚全集》。这套书当时很便宜，十一卷，也就十几元钱，淡绿色的封面，至今还存留在我的脑海里。这套书和这张照片的失去，至今想起来仍然让我惋惜和心疼。

"遥遥天涯边，芳草知几株。不见春风至，秋雨又满湖。"是的，岁月悠悠，逝川滔滔，该丢失的，终归是要失去，任你怎么收集和保存，也是白搭；而值得留存下来的，即使你自己不经意，无言的时间多少总会为你留存下来一点点。就像这三十多年前的风琴声，童年时代唱出的歌声，它们隐隐约约，断断续续，总是撞响在我的心中。风，吹不散它；岁月的巨剪，也剪不断它。

回 味 感 动

赏析／张艳霞

　　小学的时候，那架老风琴就是我们心里的一道彩虹，给了我们七彩的快乐，给了我们音乐的愉悦，给我们枯燥的校园生活增添了许多乐趣。那风琴声伴着我们的歌声，就是校园里一首美妙的插曲。那时的歌声是那样动听，那时的我们是那么自豪和陶醉。

　　小学毕业，我们便远离了乔老师的风琴声。在小时还懵懂的时候，老师给我们的影响和启蒙是最深刻的。那时候接触音乐，是我们人生的第一次。相隔多年，那时的风琴声已经再也没法听到，但它依然在"我"耳边回响。记忆不需要用照片来储存，它只有放在心里才长久、稳固。美好的时光虽然短暂，但与其惋惜，不如细细去回味。虽然那些岁月已经留不住了，但我们总会为第一次和唯一的一次而感动一生。

　　俺们明白大海的心愿，俺们幼小的心灵早就装进了它：今天活跃在学校的操场，明日活跃在大海"演兵场"。

俺们的学校

 文／张　岐

大　船

　　前边是一望无际的大海，后边是峰峦蓊郁的高山，俺们学校就在高山大海之间。登高山俯视，学校是一艘停泊港湾的大船，立大海眺望，学校是一艘颠簸起伏的大船。

学校是大船,俺们是水手,红领巾是扬起的一页页三角帆。

学校是大船,老师是船长,那指点黑板的教鞭,是拨浪镇波的舵杆,俺们手捧的书本,就是求索知识的罗盘。

当俺们读书的时候,浪花翘首簇拥在课堂门口,仿佛谛听,又仿佛默吟;当上课铃声响起的时候,海鸥都停止鸣叫,连天空舒卷的白云都收住脚步。

知识是万能的钥匙,知识是力量的源泉。大船乘风破浪航行在知识的海洋,俺们收获知识珠玑。

升　　旗

太阳探出海平线的时候,俺们学校升旗了。鲜艳的五星红旗,携清爽海风,携微波声韵,携着俺们肃穆的目光,同朝阳一起冉冉升上蓝天。

手,高高地举在头顶,唱着庄严的国歌;心,随着五星红旗飘扬,飘扬。红旗上,俺们看见祖国五彩缤纷的版图,看见版图上腾跃的金色巨龙。看见巨龙身上缠绕的滚滚长江、滔滔黄河、逶迤长城;看见六十年前奔泻的铁流,和隐现于铁索桥、腊子口、雪山、草地深深浅浅的脚印;看见革命圣地延安,光芒四射的天安门,看见由天安门开始的又一条新长征的红飘带……

升旗的歌声结束了,俺们的目光仍驻留在庄严美丽的国旗上。当升上旗杆的国旗和太阳叠映在一起,校园、海湾处处充满太阳的笑容。

每次参加升旗仪式,俺们都情不自禁地抚摸胸前的红领巾。每当抚摸红领巾,就有一股无比的自豪感:只因为,俺们胸前飘着红旗的一角。

操　　场

俺们学校的操场连着弯长的海滩,大海欢笑的时候,潮花簇拥在操场旁边,做操的时候,浪喧声有时掩住老师的口令,仿佛它们也想跟俺们一起做操,又仿佛它们也要做俺们的体育老师。俺们明白大海的心愿,想培育俺们驭风踩浪的本领,长大了跟它交朋友,做一名驰骋疆海的勇士。其实呀,俺们现在就是它的朋友了,俺们幼小的心灵早就装进了它:今天活跃在学校的操场,明日活跃在大海"演兵场"。

贝　　雕

俺们学校门前海滩有无数的贝壳儿。一枚贝壳就是一个精美的工艺品，一枚贝壳就是一朵开不败的花。俺们都是贝雕工艺手，也是辛勤的养花人，俺们教室墙壁上的"好好学习，天天向上"八个大字，就是用贝壳的珍珠层镶嵌的，多好看的贝雕啊，熠熠生辉，灿烂夺目，仿佛是毛主席望着俺们的慈祥目光。

海边孩子谁都喜欢贝壳。贝壳是大海思念岸的泪珠结晶体。贝壳是大海结出的联系友谊的"红豆"。贝壳是大海铸造的"长命锁"。贝壳是大海聪明的眼睛和耳朵。俺们用彩贝把毛主席的话镶嵌在墙上，俺们用信念把主席的话镶嵌在心里。

路

俺们学校门前的路是卵石铺砌的。卵石就出在学校前边的海滩，是俺们一枚枚精心挑选出来的。卵石路光滑又美丽，浇上水泥，俺们称它是"石毯路"。踏着它上学，踏着它放学，那路上留有俺们多少脚印？路，愈磨愈光滑，愈磨愈洁净，走在它上边，仿佛听见海的声音，它告诉俺们，五彩卵石是花了亿万年工夫才制作出来的，是它把心里的话告诉了泰戈尔（印度大诗人），使这位长胡子的大诗人写出不朽的诗篇：

> 不是槌的打击，乃是水的载歌载舞，使卵石臻于完美。

俺们知道，辛勤的大海用歌舞般的形态，塑造了光滑美丽的卵石，塑造了千姿百态的岩礁，塑造了壮美宏伟的自身。一切美的东西都是艰辛劳动创造的，历经磨砺成就的。

海　　塑

俺们学校门前两侧，矗立着一座座岩礁：将军礁、姊妹礁、卧狮礁、金龟礁、艄公礁……岩礁千奇百怪，似人非人，似兽非兽，大海汹涌的时候，都在动呢！将军扬臂指挥，姊妹拉弓射箭，卧狮扬鬃舞爪，金龟逆浪爬行……俺们十分喜欢这些海塑，十分赞赏大海的鬼斧神工，十分感激大海给人间留下如此多的美和不尽的想象。上美术课的时候，俺们常常来到海塑跟前写生和与海塑对话。俺们发现，每一座海塑都有生命，都有灵性，都是力和美的高度结合体，它们如此坚毅刚强，任浪花啃咬，任时空侵蚀，永不变色。

俺们天天读海塑。

俺们天天学海塑。

爱 学 校

赏析／王 嘉

如果说我们的童年就像一串贝壳的话，那么学校的生活一定是其中最美的一枚。

学校就好像知识的海洋里的明灯，在那里，我们懂得了 1+1=2，学会了最基本的做人准则，从一个学 a、o、e 的小孩，变成了一个明辨事理的学生，知道了知识的重要。学校更是一个温暖的大家庭，那里有像父母般关心、爱护我们的师长，有情同手足的同窗好友。

人生中最珍贵的年华都是在学校中度过的，多少回师生间洋溢温情的真情对话，多少回伙伴间无私的相互搀扶，多少成长的挫折与失败，多少求学路上的成功与欢欣，这些都是学校赠给我们的珍宝，是值得我们一生回味的特殊时光。

整整数十年的求学韶光啊，即便是万语千言，又怎能一一记录那些一起成长的人，还有那些难忘的青春往事？学校是一支彩色的笔，是一个神奇的调色盘……调出了我们七彩的人生。

是的,前面还会有迷雾、浪谷,还会有急流、暗礁。我们只记住掌舵人的话:奋力划哟,不要倒下希望的风帆。

我手中的笔(外一篇)

●文/曹 雷

笔太沉重了,沉重得像爸爸耕地的犁。

课桌前我也像爸爸一样辛勤,在练习本中耕耘——一块属于我的责任田。

"沙沙沙沙"这声音啊,像犁尖翻开新土,那么好听。

"沙沙沙沙"这声音啊,像秧苗抽穗拔节那么悦耳。

眼前,又浮现出爸爸那双开满茧花的大手,颤抖着(他拿犁也没这样颤抖啊),嘴唇也颤抖着:"孩子,拿去吧,用它去耕耘贫瘠!祖祖辈辈相传的木犁,太沉重了,我不愿再传给你……"

笔,太沉重了,沉重得像爸爸耕地的犁,沉重得像爸爸颤抖的话语。

接过来耕耘吧,用我手中的笔,耕耘冬雾,耕耘夏雨,耕耘春风,耕耘出满山遍野的秋实。

瞧,老师起来了,他将用红色的"√"号,赠我一把镰刀,去收割我耕耘成熟的、丰硕的庄稼。

希望的风帆

教室啊,像一只巨船,载着我们去远航……

每天,我们翻开素白的书页——像升起一页页希望的风帆;我们握紧手中的笔——像握紧一把神奇的桨。

讲台上的老师,是我们船上的掌舵人,有了他,船儿,就会破浪前进。

茫茫学海,迢迢航程,我们举桨扬帆,向着理想的彼岸远航。有时,我们会遇上一座座难题的波峰;有时,我们会遇上一群群疑问的漩涡;有

时,我们会遇上一团团争论不休的浓雾;但我们有理想,有希望也就有力量。乘风破浪,通过一次次考试的险滩,船舱里就腾起浪花般的欢笑。

是的,前面还会有迷雾、浪谷,还会有急流、暗礁。我们只记住掌舵人的话:奋力划哟,不要倒下希望的风帆。

教室啊,像一只巨船,载着我们去远航……

用笔耕耘幸福

赏析／张艳霞

手中的笔之所以沉重,是因为它寄托着亲人对"我"的期望,它肩负着"我"对家人的责任。"我"是家里人的希望,他们希望"我"能努力学习文化知识,将来摆脱贫穷。知道了自己身上背负的使命,"我"勤奋学习,奋发图强,在校园里执笔耕耘。

虽然涉猎知识的过程是一个充满艰难险阻的过程,但是学习上的每一个困难都是可以克服的。选择快乐地学习,我们就不会觉得学习是件苦差事。我们可以把疑问、难题看成一个个有趣的游戏,这样轻松地去面对,就可以从中体验快乐。教室里,不但有同学们在埋头苦想,而更应有大家共同欢笑。

不要轻易放弃手中的笔,即使沉重,我们也要拿起它,继续耕耘。努力之后,相信每一个在学校有所收获的人都不再愚昧和无知,当走出校园的时候,也就能够走出贫穷。

爱书吧,朋友。爱书里的世界,才能爱世界这本书,这本不断创作着的书——并且亲身去参加这本书的创作!

书里的世界

● 文/朱述新

我的家乡,是一片大平原。放眼望去,平平展展,坦坦荡荡,除了一个又一个的村庄,几乎没有什么能挡住视线。在远处的地平线上,蓝天和绿地相接了。

小时候,我就生长在家乡这块大平原里,生活在这个世界里。我想:这个世界可真够大的啦!我还暗暗地立下一个很大的志愿:等我再长大点儿的时候,等我能跑得更快、更远的时候,我一定跑到这个世界的边上去,看看天和地是怎么接起来的,接得那样严丝合缝。

后来我渐渐长大点儿了,跑得飞快,也能跑得很远了,可不知为什么,我始终没能跑到那天地相接的地方去。

倒是有一次,我好像闯到另一个世界里来了。那是奶奶带我到姑姑家去。我们骑着一匹小毛驴,走呀走呀走进了山里,走进了山里的世界!一切都使我感到新鲜,甚至惊讶,这里的很多东西都是平原上看不到的。可是当表哥和我争论平原和山里到底哪个世界大的时候,我偏说:"平原大!"他说:"山里大!"我说:"就是平原大!"他说:"就是山里大!"争了半天没有结果,我们和解了:平原有平原的"大",山里有山里的"大",把平原和山里连在一起,这世界不是更大了吗?

于是,不仅在眼前,而且在我的心里,世界拓展了,更大了。

再后来,家乡解放了,大军南下了,我也长到五岁了。部队上一位叔叔留在我家养伤。他是一个好脾气的人。他最爱干的事儿,就是捧着书本子看。他有那么多书本子呀!书本子里有什么?当我有一天向他这样提问的时候,他像孩子似的笑起来了。"好,我来教你认字、读书吧!"他说。

我开始学习识字、读书了。学认字就开始读书。我开始学的是二叔牺牲前读过的那本《千家诗》。一边认字一边念诗，一边念诗一边识字。"千里莺啼绿映红，水村山郭酒旗风。南朝四百八十寺，多少楼台烟雨中。"什么是"莺"呀？我们这儿怎么没有？"水村"、"山郭"是什么样儿？"南朝"是什么时候？"寺"和俺们家乡的小庙一样吗？"楼台"比俺这里的茅屋高吗……叔叔耐心地给我细细地解释着，诗里的世界在我眼前展开了，展开了……

背完《千家诗》，我自己渐渐能看书了，一本一本地看。叔叔的书很多，我恨不得一口气看完！可是不行，我认的字还不够多，时时碰到"拦路虎"（生字），还得叔叔教。教会一个生字或一个难字，叔叔就高兴地一挥拳头："又消灭了一个！"就像在打仗似的。他常常掩卷沉思，不知是想书里的事情呢，还是在想远征的战友？我就在他身边默默地读着书，不时打断他的阅读或沉思，向他问生字、提问题。

我就这样爱上了书。书里头，有那么多有意思的人，有那么多有趣的事，有那么多美妙的地方，有那么广阔博大的世界呀！这个世界吸引着我，召唤着我。我一钻进书本，就仿佛走进了这个世界。这个世界，比起被地平线包围着的我们这块大平原，比起姑姑、表哥他们的山里，比起平原和山里连在一起的世界，都不知要大多少多少倍呢！

有时候，村里的大人们到我们家里来，见我捧着本书一本正经地看着，就问"那书本子里头写的什么呀？"这样的问题，怎么能用一两句话回答呢？我就跟他们讲起来了，讲书里的那些人，那些事，那个大得无比的世界。他们有的索性蹲下来，点一袋旱烟听起来了；有的却惊讶地或者怀疑地摇摇头，走了。这使我很难过。不知是他们不相信我这个小人儿真的能看懂这样的大书呢，还是不相信书里的世界？我真想追上去，恳切地对他们说："看看这书里，就是这样写的呀，这是真的！"但是他们不认字，也从不看书。我想，要是将来有一天，大家都能认字、都愿意看书，那有多好哇！

奶奶常常在草房里、柴垛前找到我们，一边催我们去吃饭一边说："看这一大一小，看书也能看饱？"我们都笑了。奶奶说对啦：看书真能看饱啊！

在我童年时代，书籍向我展示的世界，是多么宏大，多么瑰丽，多么丰富、生动，多么令人心向而神往啊！

叔叔养好伤，回部队去了。他给我留下了他的书，留下了那些书里所描绘的世界。

我上学了。开始接触和阅读更多的书。文学、历史、地理、数学、物理、化学、生物……在这些书里，我看到了五彩缤纷的世界，穷人和富人的世界，过去和未来的世界，眼前和远方的世界，无限大的世界和无限小的世界，分解、化合变幻无穷的世界，进化、变革、生生不息、不断前进的世界，反抗、镇压、流血牺牲、充满斗争的世界，和平、友谊、充满欢笑和幸福的世界，一个令人倾心的世界，一个要你探索的世界，一个需要人们去改造和献身的世界。这个世界属于我们，我们属于这个世界。

　　从少年时代到青年时代，我背着书包，提着书箱，上小学，读中学，念大学，从北方走到南方，从南方走到北方。书里的世界在我心里更博大、更明晰了。而我，已经走进了这个博大的世界。

　　我在书的世界里游历、索取；我在现实的世界里生活、贡献。这不是两个世界，这是一个世界。当我走到一个新的地方，看到一些新的人物的时候，我感到似曾相识：这是书里的世界在跟我眼前的世界相印证；我感到新鲜，这是眼前的世界又丰富和拓展了书里的世界！当我在生活中遇到挫折，在工作中遇到困难的时候，我听到高亢的呼喊，我看到坚毅的形象，我感到知识的强力，我领会到奋斗的乐趣和幸福。我知道，书里的世界在召唤我，推动我，激发我，启迪我；而当我战胜挫折和困难，在生活中又迈进一步，在工作中又有了成绩，在理想中又增添了新的色彩的时候，感到自己又写了一页新的书，为书里的世界又增添了新的内容和含义，我感到现实的世界比书里的世界更充实、更富有挑战性、更富有生命力……

　　当我在高山峻岭上放歌，在古树密林中寻觅，在茫茫云海上俯瞰，在漫漫长途上奔跑，在浩浩太平洋上航行，在异国土地上造访的时候；当我和人们接触，同人们交谈，与人们一同欢笑、争辩或携手跋涉的时候；当我在新的事物面前从心底欢呼，在一个新的难题面前苦苦探求，为一篇新的文章而伏案疾书的时候……我的眼前和心里，都在展现着这个世界，这是书里的世界和眼前的世界融会在一起的世界！在这个世界里生活，为这个世界作出自己的贡献——弥补它的缺陷和增添它的色彩……我感到，我是幸福的——作为这个世界的继承者和创造者之一。

　　我爱这个世界，我爱生活，我爱书——是书首先把世界的面貌和底蕴呈现在我的面前，并且给了我知识、力量和勇气，去进一步探求并且丰富我们这个世界的面貌和底蕴的！这是执著的爱，生动的爱，是至今还在不断加深、不断拓广的爱！

　　不久前的一个星期天，我到北京最繁华热闹的王府井大街，首先挤进了新华书店——真是"挤"进去的！书店里那么多的人呀，有戴着老花镜的老人，有中年人和青年人，有学生和孩子，还有一望而知是从郊区或外地来的农民，都在找书、问书、买书！书店的经理告诉我，在这家店堂面积三千六百平方米的书店里，每天来买书的有四五万人次，每天要运进和卖出四五卡车的书。高潮的时候，书店里每平方米要有四五个读者；开架售书的书架前，人们前后排了七八层。这个书店，一九八三年售书比一九八二年增加了百分之二十七……"读书热呀！"经理这样感叹。

"读书热"！对了，我记起了两年前就听一位博览群书的老教授也这样兴奋地感叹过："读书热！这是中华大地的新气象，是十亿神州的新精神，是建设四化新时期的新面貌！是盛世盛景啊！"

大家都要读书，大家都爱读书，大家都能读书的时代到来了。这不正是我在儿童时代里，在幼稚的心里所憧憬的吗？

大家都在读书：有的在学校里读，有的在业余学校里读，有的在电车里、饭桌旁、病榻上读，有的在黎明前、午休时、夜半后读……

大家都在写书：有的用笔写，有的用犁写，有的用带火的钻来写，有的用神奇的计算机来写……

这是一个读书的时代，要掌握书的世界！

这是一个写书的时代，要创作一部新的世界的书！

爱书吧，朋友。爱书里的世界，才能爱世界这本书，这本不断创作着的书——并且亲身去参加这本书的创作！

遨 游 书 海

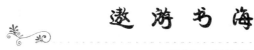

赏析／张艳霞

书本可以带领我们进入一个神奇的世界，那里有现实世界的一切，也有现实中没有的。只要发挥无限的想象力，书里的世界就会变得无穷无尽。书读得越多就会发现这个世界越大。现实世界中有学不完的知识，所以有读不完的书。书，能够给予人一种精神、一种力量，它能够改变一个人的性格、品质，教人应该以何种姿态生存于现实的世界中。书是学生时代甚至是人一生中不可缺少的朋友。

爱上书,会让我们更爱现实世界,想去把它创造得更完美。建造一个现实世界像写一本书,书是一字一句地写出来的;现实世界是人们用双手日复一日地共同创造出来的。各有各的一份责任,创造世界是所有人的事情。我们需要用现实的世界来丰富书里的世界,真实世界发展了,书里根据现实写出来的故事也会更精彩。

有童话的童年充满乐趣和新奇,所以,我们都应该拥有属于自己的童话书,或者至少读过这些童话。

阳光里的浮尘

●文/洪晓晖

在我的书架上,或者在我的心里,童话总是占据了很重要的位置。与每一本书的相遇都是一种缘分吧。安静的时候,想起拥有和翻阅的满足心情,就像阳光里飘舞的浮尘,在空气中温柔快乐地若隐若现。

我是一个很吝啬的人,在向外借书方面。那是以前留下的一个后遗症。读小学的时候,我曾经怀着献宝的心情把全新的《木偶奇遇记》和《豆蔻镇的居民与强盗》分别借了出去,过了很久,当我厚着脸皮向对方要回它们时,却发现前一本书好像在饭汤和菜汁中打过滚儿,整本书变得黄黄绿绿,而且每一页都像波纹一样起皱。后一本则明显被撕破后粘贴过,那也就罢了,书里的插图小人,每个都被用钢笔画上了眼镜和胡子,不论男女。那两次往外借书的惨痛经历,给了我巨大的打击,从此我变成了一个吝啬的书迷。

如果你不能爱书,也千万不要去伤害它。

读初中的时候我习惯在放学后到书店里逛一圈儿,看看是否新到了什么好书。我有许多书都是在那段时间买的。一个傍晚,我发现了《普希金童话诗》,封面画的是黑夜中一棵很大的树,树上绕着金链,金链上还

春天的舞会

感动系列

站着一只绿眼睛的黑猫。那张封面立刻吸引了我,可惜缺了两角钱,我身边站着一位不认识的高年级女孩,豪爽地帮我补齐了钱,并且和蔼地微笑着,我顿时觉得她美丽无比。虽然钱很少,却印象深刻,至今难忘。

啊,看来我是一个非常感恩的人,可惜人海茫茫,无法回报了。

我向很多人解释:我是因为看了《夏洛的网》,所以把网名取为蜘蛛。蜘蛛不是一种美丽的昆虫,但夏洛真是一个创造奇迹的天才。一只蜘蛛协助一只小猪摆脱被屠宰的命运,被深深打动之后,我决定用书中主角作为网名。可是我不想叫夏洛或者威伯,如果不叫蜘蛛,难道叫猪?

有段时间我发誓要好好学习英文,于是我买了中英文对照版本的《爱丽思漫游奇境记》,可惜我一向虎头蛇尾,胸无大志,除了盯着中文部分反复阅读,就是欣赏里面精美的插图,英文学习毫无长进。

当爱丽思遇见柴郡猫,爱丽思说:"劳驾,你能不能告诉我,我要从这儿出去,应该走哪条路?"

"那多半要看你想到哪儿去。"猫说。

"到哪儿去我都无所谓。"爱丽思说。

"那么你走哪一条路都没有关系。"猫说。

其实,人生的路也是一样的。

我第一次见到《安徒生童话》是在邻居家里,他们家的书架上,有一排薄薄的绿色封面的童话书,印着繁体字,里面还有非常古典的插图。我一下子就喜欢上了那些童话,其实那时的我根本无法真正读懂安徒生的作品。

经常有人会提到《安徒生童话》中经典的文章:《海的女儿》和《卖火柴的小女孩》,而我却总是绕开这两篇伤感的童话,或者只看小人鱼初次浮上海面的描写。年幼时候的我,天真而肤浅,无法接受童话中的现实和冷酷。

书店里买不到这套书,我总是赖在邻居家的书架前,要求借阅。当时感到不解的是,好像这套绿封面的童话,始终只有我一个人在看,主人很不经意地把它们随便插放在书堆里,每一次搜寻,对我来说都是一种神秘的期待和激动。

《鬼火进城了》,我当初恐怕根本没理解作者想表达的含义吧,只是非常难忘男主人公站在两层楼的房间里,而沼泽地的女巫——酿酒女人在敲窗的情景。那一幕还有画风细腻的插图清清楚楚地描绘出来。

《小鬼和太太》、《小鬼和小商人》,那应该是在两个不同人家里讨生活的小鬼,前者在太太的家里照看粥锅,后者居住在小商人的家里。可惜我年幼无知，除了想探索一下我的家中是否也居住着这种小精灵的念头，其他什么都没弄明白。

《她是一个废物》，据说是安徒生母亲的写照，贫困勤劳的洗衣妇的遭遇。那不是一篇童话，而更像伤感悲哀的写实故事，我只看了一遍，印象却深刻至今，心里隐隐约约说不出是难过还是愤怒。

我所留意的篇章，几乎都不是众所周知的灿烂的名篇。翻来覆去地把这套书阅读了无数遍后，有一天我们搬家了。我的借书生涯从此结束。

很长的一段时间我都在寻找这套绿封面的《安徒生童话》，四处搜寻，可惜从来就没有在书店里见到。后来我买了两本很厚的《安徒生童话全集》，白色的封面，上面画着小人鱼的雕像。去年，一位网友给我寄来包裹，打开后惊讶地看到了那些久违的薄薄的绿封面童话书，朋友说都是从旧书摊里淘来的。虽然不是新书，而且只有很少的几本，我仍然全心充满了感激和喜悦，握着书，微笑了一个晚上。

享受童话世界

赏析／张艳霞

童话是儿童时代不可缺少的伙伴。它不仅带给我们知识，而且更多的是给了我们幻想。童话里的世界是小孩子眼里的世界，只有我们才会如痴如醉地读着一个又一个故事。那些神奇的故事情节，把我们深深地吸引住。我们会把书里的情感带到生活中，把书里面的东西安放在现实中——而这往往又是现实中不可能出现的。

有童话的童年充满乐趣和新奇，所以，我们都应该拥有属于自己的童话书，或者至少读过这些童话。当我们长大以后，再看以前精心收藏的那些书，或者回想起以前读过的童话故事，就会感到小时候的世界是那么多姿多彩。那些日子，我们的心灵可以游离于现实，而置身于另一个多幻的世界。

读书时候是多么的好啊！把童话带进校园，带进我们的心灵，让它陪伴我们成长。

> 当我看到令人激赏的文字,诵读再三还不过瘾的时候,我还是会把它们抄在厚厚的笔记本上,守财奴把珍宝收进保险箱里一样,等待日后只字不差地回味。

抄 写 之 乐

●文/刘　晖

我上小学的时候文学书籍稀少难觅,酷爱文学的父亲常常把看到的好文章仔细地抄下来,而且鼓励我也做摘抄。于是我用瘦长拘谨的字体抄了很多报纸副刊上的散文。上中学后,我在自己的笔记本上抄写的内容远远溢出了父亲安排的范围。

抄写让我乐在其中而且受益匪浅。我看书的毛病是贪多求快,抄写却让我自然而然地放慢节奏、舒展心神,在手、眼、心的共同作用下把握作者思想感情的脉络,体会作者遣词造句的功力和妙处,弥补了匆匆阅读所得肤浅的欠缺。我以书写的方式和节拍最有效地接近作者,最大限度地感受他的呼吸和心跳。我知道自己编织不出那样高超的文字,但抄写的过程却给我一种满足和信心:富有生命的文字并非像星辰一样遥不可及,而是如同精美的珠串一下子可以被所有的人掌握把玩。

在早已过了浪漫季节的今天,我的生活和心境都难免芜杂,闲情逸致被柴米油盐所取代,但抄写的习惯并没有因此而中止。当我看到令人激赏的文字,诵读再三还不过瘾的时候,我还是会把它们抄在厚厚的笔记本上,守财奴把珍宝收进保险箱里一样,等待日后只字不差地回味。

积累生活的精彩

赏析/张艳霞

摘抄是读书的一种好习惯。摘抄当中,我们能够发现阅读时没有注意的细微之处。摘抄时,我们才更留心文章中的文字,哪怕只是一个简单的词,都不会被忽略。摘抄时,也让我们有更多的时间去细细品味文章的意蕴。越是细心,领悟的就越多。自己一字一句抄下的文章,自然要比匆匆过目印象深刻。

摘抄也能令人心境平和,当你在学习中心情烦躁时,也不妨试试去摘抄。这不是一种任务式的抄写,选择我们喜欢的才去抄,那么我们就会乐在其中。

即使在今天,我们不再因为缺少书籍而去摘抄文章,但是我们也应保持这种习惯,这样我们更能在数不胜数的文章中,发现美文、好句和好词。好的习惯无论什么时候都是适用的,它对我们的学习大有用处。

校园，那里有花香、有鸟语，有朝气、有活力，有辛勤、有奉献，有欢乐、有幸福；她有着我们所需要的一切。那里的一草一木，一人一事，都将永远刻在我们的心上，成为以后日子里一道美味的甜品，让我们回味无穷。

我的四季

春天的舞会

年复一年,春夏秋冬在自然的舞台上演奏着各自的生命交响曲。四季的山山水水都充满着灵性,花草树木都蕴含着感情:春露的情深绵绵,秋凉的清幽淡美,夏日的真诚热烈,冬雪的宁静安详。

让我们静心驻足在四季的舞台,感悟四季各异的美,品味春夏秋冬对心灵的触动,感悟生命的芬芳。

不过春来了，人心里有了生机，人人可以还童。还是宇宙的宏恩，本来不该辜负。

春　　至

●文/思　果

　　起初是羞羞怯怯，畏畏缩缩地，好像胆子小，做了不该做的事似的，有那么一丝绿意。冬天的寒锋稍钝，雪刚融，还有好多次要下，青草就长出来了，不耐烦等候春风。生的力量已经推它出来，什么阻挡都没有用——冷而僵硬的土盖不住，牛马的蹄踩不死。这个绿的开始真了不得，渐渐地明目张胆起来，一个周末不见的空地，忽然很葱翠了。不知哪里来的邪力附在草叶上，好像在喊叫，简直有些发怒。我早晚出外，还有寒意。门前有大块草地的人渐渐忙碌起来，大雨之后，草长得猛，有人驾了刈(yì)草机，一面手持念珠在念玫瑰经，一面割草，有人在黑夜还加紧剪除。

　　春天来了。树比较迟觉醒些。枯枝还光秃秃的，没有发芽的样子，让青草独秀。不过慢着，不久绿的幽灵也出现了。远远望去，灰赭(zhě)色里夹些青绿，你拿不稳它是不是叶子，秋冬的寒冷把大地的衣服剥光，只露出稀疏的树枝丫，单调、孤寂、瑟缩、凄凉，和土一色。我天天经过乡村，已经巴望春天回来。十二月、一月、二月，过去了。算算时候，春该上路了。等到枝头有了一片绿，就觉得大地去年脱掉的衣服里有件翠色薄纱的内衣已经重穿上身。起初枯枝的颜色虽然霸道，不准嫩芽出色，但渐渐地就屈服了。再过些时日，销声匿迹——树身上披了绿袍。

　　春的生力无穷，不但草和叶生长出来，很快，树上红色的樱花、蕾花，白色的山茱萸、苹果花，地上的郁金香、紫花地丁、雏菊，和无数我叫不出名字的花都纷纷开放。远望好像有些树上有火、有雪、地上铺了绣花毯子。就是那下贱的蒲公英，也开了美丽的黄花，在草地上镶金。白色的绒毛也给草地盖了霉。这是贫穷人家没有剪草的后果！我每每走过树底下，总给那股甜美的香味灌醉，有时不见花开，只见花谢，自恨来迟，花是不等人的。谢时就下花雨,不是骤雨,具有诗情的小雨,一瓣瓣飘然落下,落在你头上,肩上,衣服上,脚底下。池塘里早已堆了一片片,又好看,又叫人不舍得的残花。大自然的浪费真可怕。

尽管百花百色,绿才是春色。天公一支笔,在大地上涂抹,涂一次绿一分,直到夏初绿得透不过气来为止。中国的山水画不是青绿,就是赭,师法的是自然。树林越来越密,树阴越来越浓,树上的裘越厚,人身上露出的地方越多。早有人打赤膊了。走上高冈俯瞰,但见绿成一片,也分出几等深浅,有带黄的浅翠,有带黑的浓绿。附近的树上还有夹了深绛、浅紫、灰白等等的杂色,深浅相间,织成奇锦。

春天有味道,你可以闻到,不用说芬芳的群花了,就是青草也有朴实的香味,可以嗅个够。瞎子也知道春在哪里,春天可以接触到。脚下是软软的草。风吹在身上再不刺痛肌肉,恰像温柔的手抚过,你只要出了门或者打开窗户就知道季候。寻春最容易,处处都是。

谁都知道春天的音乐最中听。天不亮枝头的鸟已经像青草一般等得不耐烦了,这些小音乐家组成乐队,一齐和鸣。也有独自高歌的,旁若无人,这些免费娱人的歌手闷了一冬,现在要痛痛快快施展一下本领,给春送来降临的口信。你要早起,要到树林里,要细心听。城市中人不免错过了听鸟,也错过了赏春——城里只有雪才是最显著的季节变化,因为灰色的水泥掩盖了一切。

生的力量还有另一表现,干涸的小溪有了流水,河水涨得泛滥了岸边的树根。春雷一过,大雨下得像海在头上,像永远不会停,永远不会晴。这里的人有句俗语,"四月雨带来五月花",甚有诗意。池水渐渐有了绿色,活了。春天是一年的童年,就连气候也像少年那样不稳定,乍暖还寒,才晴又雨。

春来得又渐又骤,你天天看草,只绿了一点点,不觉得它在长。但是三五天不到公园,就不认得了,就像舞台换了布景,要不然是大自然变了戏法。绿叶遮没了许多地方,即使北方的寒流来了,也赶不走春,春不是难测的客人,不会半夜悄悄走掉,来了就要住些时。

我多年来做的是要依时上班的工作,不知多少好日子不能到露天的地方欣赏。今天家住在伊顿园旁边,日长了,每天下班,都赶着到公园去看景色,忙碌得很。这样贪婪,自觉可笑。在香港二十多年,四季如春,不觉得有春,故乡是四季分明的,和辛城差不多,不免怀想。这是忙着寻春的原因。

225

不过春来了,人心里有了生机,人人可以还童。还是宇宙的宏恩,本来不该辜负。

春天在哪里

赏析／半　诚

春天在哪里?其实春天就在我们的身边,需要我们去留心发现。

青草长出来了,忽然就变得葱翠;树叶稍嫌变化慢,可是不久就披上了绿袍;无数叫不出名字的花都开了,芬芳馥郁;鸟儿叫得欢,一片热闹欢歌;溪河水也涨了,春雷雨声气候不稳定。文章告诉我们,这些平凡的景物其实在我们身边随处可见,春天来了,它们就一点一点地发生了变化。这些都是生的力量,有着"邪力",又很"霸道",也很"无穷",它一点一滴地改变了人们身边的景物。

这种生机盎然的景物来自于生的力量,是春天的赐予,给人们的生活注入了生机,带来了欢愉。春天在哪里,春天也在我们心里。只要我们细心,学会珍惜和享受,就不会辜负这美好的春天时光。

当我们挥手告别三月的时候,那绿色的信笺上该写着永不凋谢的史诗——有你的笔迹,也有我的笔迹。

三月,绿色的信笺

●文／陈　益

一

三月是属于春天的。春水初生乳燕飞,黄蜂小尾扑花归。柳条吐露的嫩芽,枝头含苞的鲜花,还有那撒开四蹄哞哞欢叫的牛犊,都在茸茸绿草中书写暖融融的憧憬。

暖融融的朝阳就从湖水中探头了。

怯怯地睁开眼睛,世界是如此新奇,如此令人神往。沾着露珠的生命,抑遏不住地伸展肢体,丰满肌肤。滚烫的血液在充满弹性的脉管里涌动。分不清是阳光镀亮了双眸,还是春风使脸颊平添酡(tuó)红,每一个细胞里都开始洋溢蓬勃的生气……

从三月寄出的淡绿色信笺上,我能读懂青春。

二

忽而晴,忽而阴,忽而细雨霏霏,忽而云开日出。三月是一个任性的喜怒无常的孩子,不管你怎么评论。

但,正是由于她不会掩饰自己,那孩子气的率真才显得十分可爱。我们知道,有点儿忧虑愁闷,有点儿抑郁寡欢,有点儿茫然不知所措,与冬日的阴霾不开、云重雾锁完全是两回事。转瞬间便会有阳光从云隙投射,把四周都映照得亮堂堂。

三月的绿色信笺上毕竟写着惊蛰和春分两个节气。一阵雷声,几番风雨,使田野上骤然增添了许多绿意,连不知名的野花也争先恐后地吐出苞萼(è),摇动风铃。

如果说冬日的一味寒寂,夏日的一味沉郁,秋日的一味肃穆,让人想到难耐,那么三月的阴阴晴晴乍寒乍暖却充满了希望——这恰恰是从幼稚走向成熟的标志。

三

潇潇春雨,细纱似的在空中飘洒,滋润了山川莽林、田畴阡陌,溪流便悄悄地涨起了,泛亮了。

先是汩汩地流淌,继而哗然作响。当无数条细流交相汇合时,就构成波涛拍岸、浪花飞溅的动人景观。

三月的桃花汛有着诗一般的美感,也有动人魂魄的力度。

她从来不知道畏惧,不知道疲倦。就这么吮吸积蓄,欢欢快快地唱着歌，一路呼啸向前。哪怕有千阻万障，也毫不犹豫地冲越而过。远方，辉煌的目标在召唤，任何力量都无法将她羁留……

自然会磕磕碰碰，撞出几处伤痕几处血迹。但那飞溅的浪沫绝不是眼泪。

正是在冲越和飞溅中，遐想不再缥缈，灵魂逐渐丰满，三月才有了澎湃如潮的活力与生气。

四

三月风，潇潇洒洒。

又温柔多情，又偶觉风流。送来一路银珠般晶莹的细雨，送来一片金箔般橙黄的阳光。年轻的心，便在云天山水间灵动。

厚厚的棉袄卸脱了，蹦蹦跳跳时，四肢顿觉十分敏捷。那么，你想笑了，就欢畅地笑，不必蹙眉忧愁；你想哭了，就痛快地哭，不必强颜欢笑。在绿毯似的草地上翻几个跟头，又高吼几声，也用不着怕有人说你怪异、笨拙。你是一个本来的你。

唯独三月才有资格享受无拘无束的幻想。总是喜欢标新立异，总是喜欢别出心裁，在绿色的信笺上写诗、作画，或者涂上几笔谁也看不懂的色彩，都显得那么稚拙可爱。

这就是三月的潇洒。

失去潇洒的三月，是苍白的啊。

五

三月是一位最神奇的织女，她用五彩的经丝纬线编织着缤纷的理想。

烂漫春光，构成了让人无法逼视的多彩世界。你看那山茶的红艳似火，杨柳的含烟翠色，丁香的洁白素雅，迎春的金黄灿灿，还有那茸茸小草的鹅黄嫩绿，使三月里显得无比饱和，无比浩瀚，连隐现虹光的天穹也分外清丽。

她在准备着什么，等待着什么。她似乎已有点儿躁动不安。

然而，她必须继续准备，必须吸吮营养，强健体魄，开发智慧，在充实和完成的路上努力地走下去。因为理想的五彩缤纷，并不等于现实的累累硕果。如果不辛勤耕作,一切浪漫的色彩都消褪以后,剩下的或许只是一片单调的黄土。

一年之计在于春——一句箴言写在三月绿色的信笺上。

六

三月,稍纵即逝。

她短暂,是因为她太珍贵。

拥有三月的我们,却往往忘了她比黄金更贵重的价值。踏进三月的门槛,还懵懵懂懂,只顾游戏玩耍。待到三月将悄然离去,四月已在撩开帷幕,才发觉她竟是那样值得留恋值得珍惜,而那些阳光明媚的分分秒秒,我们为何糊里糊涂地忽视了呢? 是因为"只缘身在此山中"吗?

在三月里我们很忙,要做很多的事。施肥,培土,除草,用心血和汗水浇灌春花,就顾不上龃龉,顾不上叹息,也没有时间躺在床上庸倦地睡懒觉。当我们每天用充满青春气息的歌声把太阳吵醒,我们就懂得三月的可贵了。

就有可能永远拥有三月。

七

三月暖融融的阳光下,有某种说不清道不明的情愫在暗暗滋长。那是锁在抽屉里,只能属于一个人的秘密。

如隐伏的潜流,如激越的波浪,每一次细微的感受都新鲜而又好奇。尽管心里明白,这涌动的早潮,无论如何也不能泛滥。

然而,那早潮是源于热血的啊。欢声是掩饰中的流露,笑语是流露中的掩饰。于是,赶紧为自己在心头树一道理智的闸门,牢牢守住关隘。因为,悬挂在枝头的一只只青苹果,只有小心爱护将来才属于你,假如你提早将它采摘,只会尝到苦涩的滋味。

三月的绿色信笺上不写缠绵情书。

奔涌的热情该倾注在校园的花圃里,让叶瓣上的水珠映照青春的亮色。若干年以后会明白,苹果由绿转红了,才是甜美的——可得在成熟的秋季。

八

三月间春意盎然，就会有百花争妍斗奇。哪枝花儿不愿吐露芬芳呢？

但，不可能生来便国色天香，也不可能每朵花都一样艳丽。骄傲和自卑、狂放和孤寂就难以避免地出现在三月的霜露里。甚至还有扭曲和伤残，这并不奇怪。可只要是花，只要不放弃美的权利，都能在三月里绽开——花季是属于每一朵花的啊！

何况能成为栋梁之材的大树，最初只是不起眼的小苗，从不开花。

三月敞开着绿色的襟怀。它允许竞争，更提倡友谊合作，它主张统一，也赞赏个性发展。它是永远不知道满足的，永远合着快节奏的音乐，把晦暗潮湿的风雨抛在脑后，走向山长水阔的远方。

三月就有了山川的秀美。

三月就有了雷霆的激荡。

当我们挥手告别三月的时候，那绿色的信笺上该写着永不凋谢的史诗——有你的笔迹，也有我的笔迹。

写着青春的信笺

赏析／半　诚

三月是属于春天的，因为从三月里人们能读懂青春的蓬勃生气，从三月里人们能看到一种希望从幼稚走向成熟的过程。多宝贵的三月啊，它活力、潇洒，充满着理想，它可贵又时不多取，热血涌动又蕴含青涩，个性竞争又积极向上。这些都是春天生命力的特点。

三月，这样一张绿色的信笺，涂满了大自然神奇的色彩，花草树木、阳光、雨水、河流，都在这张信笺上留下了痕迹。这些痕迹都是富有生命力含义的，代表着青春激情、有理想、个性坚强、潇洒、勇敢的品格，这些品格也是我们应有的品格。

文章告诉我们，只有懂得三月的珍贵才能真正永远拥有三月。三月如此的短暂，正如人们的生命年龄一样，青春因为短暂所以才越显珍贵。

我们应该把奔涌的热情倾注在校园里,才能珍惜青春,实现青春的理想。这张绿色的信笺上写下的,其实也是人生的青春轨迹。

春天带来了生机,只有抛弃过去的一切,才能建立新的生活。这是春天最有意义的事情。

早春带来了生机

●文/[俄]列夫·托尔斯泰

春天到来了,美丽而又温和,没有春天素常的那种延迟和变幻莫测,是一个草木、动物和人类皆大欢喜的稀有的春天。这可爱的春天更鼓舞了列文,加强了他抛弃过去的一切,坚定而独立地建立他的孤独生活的决心。

春天姗姗来迟。大斋期的最后两三个星期,天气一直是晴朗而严寒的。在白天,太阳光温暖得可以溶解冰雪,但是在晚间,却甚至冷到冰点以下七度。雪面上冻结成了这么厚一层冰,以致他们可以坐着车在没有路的地方走过。复活节的时候还是满地的雪。但是突然之间,在复活节的第二天起了一阵暖和的风,乌云笼罩起来,温暖的,猛烈的雨倾泻了三天三夜。到礼拜四,风平息下来了,灰色的浓雾弥漫了大地,好像在掩蔽着自然界所起的变化的神秘一样。在雾里面,水流动着,冰块坼裂和漂浮着,混浊的、泡沫翻飞的急流奔驰着;在复活节一周后的第一天,在傍晚的时候,雾散开来了,乌云分裂成了小小的卷缩的云朵,天空晴朗了,真正的春天已经到来。在早晨,太阳灿烂地升起来,迅速地融解了盖在水面上的薄薄的冰层,温暖的空气因为从苏生的地面上升起来的蒸汽而颤动着。隔年的草又显出绿色,新嫩的草伸出细微的叶片;雪球花和红醋栗的枝芽,和黏性的桦树的嫩枝因为液汁而胀满了;一只探险的蜜蜂正绕着布满的柳树枝头的金色的花朵嗡嗡着。看不见的云雀在天鹅绒般的绿油油的田野和盖满了冰的、刈割后的田地上颤巍巍地歌唱着；田凫在那积满了塘水的洼地和沼泽上面哀鸣；鹤和鸿雁高高地飞过天空，发出春的叫喊。脱落了的毛还没有全长起来的家畜在牧场上吼叫起来了。弯腿的小羊在它们那掉了毛的咩咩地叫着的母亲身边跳跃；敏捷的小孩在盖满了赤脚印迹的干了的路上奔跑，可以听见在池旁浣 (huàn) 衣的农妇们的快活的闲谈和农民们在院子里修理犁耙的斧声。真正的春天已经到来了。

北方的春天

赏析／半　诚

如果说绿色是春天最突出的特征，那么这样的情形在北方不会太明显，北方的春天来得很神秘。文章这样描述着春天到来的情景：白天阳光温暖得可以溶解冰雪，晚上又冷到冰点以下，后来有了一场暖风，下了三天三夜的雨，然后春天就来了。

春天给大地带来了无限生机。风雨过后，在列夫·托尔斯泰先生的笔下，春天最突出的特点就是美丽又温和。太阳灿烂地升起了，地面升起了蒸汽，隔年草又显出了绿色，各种树的树枝也现出了芽，还有许多蜜蜂、飞鸟、禽畜的欢乐场面，等等，都体现了春天到来时人们的欢乐心情，体现了人们等待新生活的喜悦之情。

春天是可爱的，因为春天，"加强了他抛弃过去的一切，坚定而独立地建立他的孤独生活的决心。"春天带来了生机，只有抛弃过去的一切，才能建立新的生活。这是春天最有意义的事情。

春天总是姗姗来迟，寒冬依然漫长。然而，千真万确，春天正在一步步走近，只是很难看到它会加快步子罢了。

春 将 至

● 文/[日]井上靖

过了年，把贺年片整理完毕，就会感到春天即将来临的那种望春的心情抬起头来。

翻开年历，方知小寒是一月六日，一月二十一日为大寒。一年中，这时期寒气最为凛冽。实际上日本列岛的北侧正被厚厚的积雪覆盖着，南半部的天空也多是呈现着欲降白雪的灰色。当然也有遍洒新春的阳光，却不会持久，灰色天空即刻就会回来，寒气也相随而至，不几天即将降雪吧。

严冬季节，寒气袭人，理所当然。在这种情况中等待春天的心情，是任何人都会产生的。不光是住在无雪的东京和大阪，即便是北海道和东北一带雪国的人们，依然是没有两样的。总之，生活在全被寒流覆盖着的日本列岛的人，不管有雪，抑或是无雪的地方，只要新年一过，都会感到春日的临近，而等待着春天。

我喜爱这种等待春天的心境。住在东京的我，尽管是很少，但也能捕捉到一点儿春天的信息。今晨，从写作间走到庭院中去，只见一棵红梅和另一棵白梅的枝上长满牙签尖端般小而硬的蓓蕾。

实际上，春天总是姗姗来迟，寒冬依然漫长。然而，千真万确，春天正在一步步走近，只是很难看到它会加快步子罢了。这种春日来临的步调，恐怕是日本独有的。似乎很不准确，实际上却准确得出乎意料。

人们都把立春后的寒冷叫做余寒，实际上远远不是称为余寒的一般寒冷。这时候，既会降雪，一年中最冷的寒气也会袭来。然而，即使是这种寒气，等一到三月，便一点一点地减轻，简直是人们既有所感，又无觉察的程度。

不过，即便进了三月，春天依然没有露面。只是弄好了阳光、天色和树木的姿容，会不觉间给人以春的感觉，余寒会变成名副其实的春寒。这样，与此同时，连那些从天上降下的东西，那种降落的样子，也会多少发生些变化，那就是"春雪"、"淡雪"和"春霰"。总之，春寒会千方百计改变着态度，时而露出面孔来，时而又把身子缩了回去。

白梅是在汲水时节盛开，红梅却只乍开三分。白梅在三月末凋零殆尽，红梅却进了四月，还多是保存着凋余的疏花。在那白梅开始凋落的时分，杏花和李花就开始着花，好不容易春天才正式来到人间。

然而，三月末，或是四月初，我家的红梅繁花正盛的时节，还要再来一次寒流。那正是比良湾风浪滔滔的季节。实际上，这时节京都和大阪地方还要经受一次最后的寒流袭击。不只是京都一带，东京也是如此。

这样，与杏、李大致同时，桃树也开始着花。杏树的花期较短，刚刚看到开了花，一夜春风就会吹得落英缤纷，或是小鸟光临，霎时变成光秃秃的。李花虽不像杏花那样来去匆匆，但也是短命的。比较起来，依然是桃花生命力强，一直开到樱花换班的时节。

今年恐怕也与往年相似，一、二、三月之间，寒流会在日本列岛来来往往，梅树的蓓蕾就在这中间一点点长大吧。日本的大自然，在为春天做准备的家当，既十分复杂，又朝三暮四，但是总的来看，恐怕也还是呈现着一种严格地遵循既定规律的动向。梅、杏、李、桃、樱，都在各自等待时机，准确地出场到春天的舞台上来。

在等待中成长

赏析／半　诚

春将至，其实春未至。天气还在反复地变化着，寒气来了，下雪了，但是这种变化却预示着日本的春天将要到来了。

文章写的是春天来临之前日本种种景物的变化情景。伴随着寒冬去后，气温和景物都慢慢地发生了变化，人便在这漫长的等待之中享受着春天的心境。日本的春天来得很迟，步调也很慢，但是这些细微的变化却在"春寒"的气候之中表露得很有情致。春天来得迟，但是却来得别有一番韵味,无常的"余寒"和各种花等待时机开放都显得有点儿长久,但是作者认为最美丽最令人快乐的事情就是这一份等待的心情。

自然的变化都是遵循规律的,日本的春天也是这样。自然万物都有其各自的特点,因而只有遵循自然的规律,等待各自的时机,才能准确地找到自己的舞台,发挥所长。

在春天的和风与媚阳里,我欢笑着流出眼泪。生长的痕迹在我的眼底载歌载舞。

心　芽

● 文／张　洁

春天是生长的季节。春天也是感伤的季节。

新绿马不停蹄地连成了片,花儿同样飞速追赶着四处迷漫。

太阳丰润起来,阳光暖暖的,点上枝头,点在初春萌发的叶片上面。

娇嫩的绿色透明,顶着明亮的金光,仿佛是魔力宝石,它使人心由不得地阵阵起伏。

万物萌生,引发的是清新,是愉悦。独自走在街头,心的空间却云集了亲朋好友,我可以看到他们在春阳下的笑容,侧耳倾听,还有欢语此起彼伏。

哪一天你在路上,遇见一个独行的人顾自快乐地笑,请你千万不要惊奇,就让她浑然地沉醉,与春合为一体。

爱赋予我青草的单纯和鲜花的明净,我爱,广博的空间,我爱,与心爱的人一同轻轻走过新叶、走过重又活跃起来的生灵。目光温暖,将我们怒放的心花重叠于含笑的角角落落。

却仍旧有些人,再也看不到阳光穿透嫩叶片的景致,也听不到布谷鸟的叫声,闻不到桃花和牡丹的芳香。

当我们沐浴在春阳下时,他们静静地长眠于地下。

日日夜夜,月月年年。时光模糊了座钟的摆动,模糊了春夏秋冬。

他们中有的年长,也有的正当年盛和风华正茂,甚至是豆蔻年华。

哪一天你在路上,迎面走来一个人突然泪眼迷蒙,请你不要惊扰她,千万让她尽情地哀悼,让她的牵挂在春景春意中融化。

思念使我如草儿般娇嫩、如花朵般柔弱。我一路穿行,充满雾气的目光飘忽、执著又眷恋,轻拂过路旁的每一根草叶,每一片花瓣、每一颗小芽儿,我愿,植物滋润、大地滋润,我愿,那长眠不醒的灵魂能够安宁。

喜悦和美好跟亲爱的人分享是多么快乐!

因此在内心,为每一位家人和每一位好友安设下坐椅。因此每一块空缺都醒目都令我惊痛。

我知道生老病死是自然规律,有一天,我也会老去,决然进入另一个空间。我也知道天灾人祸在所难免,谁也不能预知自己的前路。

相遇。告别。

所有的一切我都坦然面对和迎接。

只是不做"假如有来世"的冥想。懊丧对于我来说是心灵的磨蚀,即便久久没有消失,也会因岁月的浮尘蒙罩而黯然失色,可对于逝者,那却是一份永远都得不到的慰藉。

因此,无论如何不容忍自己冷漠。

是的,我会犯错,会疏忽,会幼稚,会笨拙……林林总总的缺点,依然不影响对自己的一份要求:细心——细致而耐心地对待身边的人,尤其是值得珍视的人。

我撒落这粒种子,呵护它萌芽和生长。

于是在春天的和风与媚阳里,我欢笑着流出眼泪。

生长的痕迹在我的眼底载歌载舞。

祥和的乐音,仿佛再也不打算离开似的在耳畔不停回响——连绵成段、成章、成篇——气势雄伟地跳跃着涌向天空,又柔情似水的从头顶倾泻而下。大地缀满生机。

最坚强的种子

赏析/半　诚

春天种下一粒种子,秋天就能收获果实。

这是一篇缅怀的文字,文章读罢,深为多情的作者感动。春天来了,有欢喜也有感伤。这种感伤是一种分别的感伤,是一种对已故的人的怀念。是的,春天催生了新的希望,新的萌芽,但是美好的背后也隐含着对人生死的思考。喜悦和美好跟心爱的人在一起分享是多么的快乐,但是对于无法改变的事实,人还是要坦然面对和迎接,而最重要的还是珍惜现时所有,细致耐心地对待身边的人,尤其是值得珍视的人。天灾人祸在所难免,谁也不能预知未来,但是珍惜善待目前拥有的就肯定不会错。

春天撒下一粒种子,让它生长发芽,这粒种子是一粒坚强的种子,一颗坚强的心,它生长出来也将缀满生机,充满希望。未来收获的果实也必然丰硕。

> 今晚,偶尔邂逅荷塘,只觉胸中蓄满了荷花香气,这至少可以浸润我的心性吧?可那荷塘又欲诉什么于我呢?

荷 塘 月 色

●文/蒙玉林

夏季之夜,心绪颇乱,倚着窗坐,却没有凉风,于是不禁浮躁起来。

家人都已睡去,夜似乎也要睡去了,唯有西天宇亮晶晶的未盈残月半悬着,欲钩起夜的眼帘,要窥视这灰蒙蒙的山川草木,竹林人家,小桥流水一般。月星偏西,光泽未退,风韵犹存;便想那月是有备而来,一不小心,把影失落进了荷塘,变得银银的,明明的;那清风撩起面纱了,月便娓娓而动,碎碎的,如打破的镜,欲圆不能,欲合不能。

我的心不禁悸动起来,急急拔了被磁吸的视线,投向天宇;那才是我所需的明月啊!虽残缺,却是一派的清寒,磁场似的扩散着辉晕,俨然夜的眼,在与我对视,洞察夜的祥和。便想,我要做回朱自清:月下赏荷了!

于是掷了笔,掷去愁绪,带上葵扇,带上门,人已然做了夜的一景一物。

心自由情也便自由了。

院里一切没变。青竹是影影绰绰的,纹丝不动,在片月的轻纱缭绕下,楚楚可人,只是色泽不如了白日的明显与分明,全都簇拥重叠在一起,厚厚的,一团团,块墨一般,只能筛下几缕光线,不能明照,越发阴阴的,迷惘!南院的葡萄,叶疏,藤也细绳似的做着缠绕,只落了满地星斑,幽幽的。往院北,断垣上栽了两盆水仙,月光下面,浮影而动。

试想李太白"我歌月徘徊,我舞影零乱",邀明月作歌伴舞应是此情此景吧?

绕过幽篁,放下明月,朝南碎步细行,不出顷刻,眼前就是渴盼中的荷塘了。

荷塘不大,可谓半亩方塘,但那荷却是极多的,臃臃肿肿,显示着体态的美;高高低低,显示着曲线的美。高的支撑托起荷团,欲盛满月光那玉液;低的也掩映其中,不落伍地团团交错,全乱了方阵,似乎要塑造个无形无规律的美来。只是色一概淡如黛,没有白日的清晰色泽。于是便遐想,这仲夏的荷是美得太繁茂太淳朴了,把轮廓、体形,全造成空洞的迷宫,把荷花、荷叶造成充实的方阵,相互交融,辉映成趣,不但给人白日看不到的朦胧感,也给月夜星光似的点缀,更给人的心灵以强大的触动。

面对这荷塘,我感到了微微的醉意,疑心自己不该有如此的幸运。这一切都应是山民们的所有,他们太像荷的淳朴了,淳朴得偷偷不为人所知……

荷塘升起烟霭了,我这才留意。幽幽的烟霭在月光下如天光地气在云涌,变得扑朔迷离,是乱花渐欲迷人眼的迷离。烟笼了碧水,碧水就空幽起来;烟笼了荷花,荷花便亭立起来。好一处烟笼碧荷月笼纱的妙境。但很快又显得清新起来了,因为月光糅合着水汽横溢着扩散着洒脱着,使荷塘沐光而浴,沐气而浴,使人有伸手可触少女肌肤的滑腻感,柔柔的,嫩嫩的。一阵风起了,莲叶如无穷波浪般一波连着一波,我暗叹之余,不禁大口大口地吸着这"无价"的荷香来。于是我跛着步子,细细地品味着荷塘不同角度的美。水中的月却一味随着我移动,又像在浮动、游动,与天上的明月,要真伪难辨了;这时那水也归了平静,清风徐来,水波不动,明晃晃的俨然平面镜。而那满塘的荷就栽在了镜面,直直地竖起来,至高处的荷叶就做了一个句号的休止;细看平面又凹凸不平了,给了水色、月色、叶色、花色一个自然的姿态。

突然想起一些诗文。

孟浩然之"荷风送香气,竹露滴清响"是极清新极雅致结合了此时此景;这景致沾染烟霭水汽的空灵,变得如梦如幻,恍然间让人想起荷塘浸泡过的无邪童年,心弦被这月色拨动了。而王维之"竹喧归浣女,莲动下渔舟"又是一番情趣了,只可惜那是太遥远的江南小调,委实不能适宜这半亩方塘。渔舟自然可望而不可即了,但竹排是有的,浅搁在荷塘一隅,等待着采莲女子的到来呢。

是时,天上是明月,地上是荷塘;月落荷塘,荷塘映月,一切多么协调! 只怪我不细心观察思考,平日所做的文章常常是离题万里。今晚,偶尔邂逅荷塘,只觉胸中蓄满了荷花香气,这至少可以浸润我的心性吧? 可那荷塘又欲诉什么于我呢?

踱回家里,我恍惚意会了什么……

一池荷香润人心

赏析／半　诚

夏夜未眠,心烦躁乱,掷下笔,于是便有了荷塘的夜行。月影婆娑,半亩方塘能否排遣心事呢? 出了门,放下了愁绪,心情也自由了。这是最初的感受。

院中景物淳朴安详,明月、荷塘、荷香都显得如此迷人,陶醉着人的心神。这些平常的景物一直是被人忽视的,如果不是细心观察,就很难发现这美丽的荷塘月色,就很难相信能令人的心情豁然开朗。是荷塘淳朴的美,感染了人烦躁的心,让人心境平静,是"无价"的荷香驱散了人内心的愁闷,浸润了人的心性。

是什么令作者夏夜烦闷呢? 难道真的是荷塘欲诉于他什么? 邂逅荷塘是一场偶然,要排遣的却是人笔下写不完的心事。这自然的感悟都需要细心观察才能感受到的。欣赏了荷塘月色,其实作者的心事也就迎刃而解了:只有留心观察身边景,保持朴实的心境,才能写出好的文章啊!

夏天教我们成长，教我们率真、亲近自然，教我们克服艰难和考验。

夏　　天

●文 / 梁容若

　　夏天是长大的时期。夏本来就当大讲，方言里说："凡物之壮大而爱伟者谓之夏。"生物从小到大，本来是天天长的，不过夏天的长是跳跃地长，躐（liè）节子地长，活生生地看得见地长。您在豆棚瓜架上看绿蔓，一天可以长出几寸；您到竹子林、高粱地里听声音，在"吧吧"的声响里，一夜可以多出半节。昨天是苞蕾，今天是鲜花，明天就变成了小果实。一块白石头，几天不见，就长满了苔藓；一片黄泥土，几天不见，就变成了草坪菜畦。邻家的小猫小狗小鸡小鸭，个把月不过来，再会面儿，它已经有了它妈妈的一半大。草长树木长，山是一天一天变丰满，稻秧长，甘蔗长，地是一天一天地高起来。水长瀑布长，河也是一天一天地变深变大。俗话说："不热不长，不热不大。"跟着太阳的增加威力，温度的增加，什么都在生长。最热的时候，铁路的铁轨也涨出来，把接茬地方的缝儿几乎填满。柏油路也软绵绵的，像是高起来。一过夏天，小学生有的成了中学生，中学生有的成了大学生。升级、跳班，快点儿慢点儿，总是要长。北方农家的谚语说："六月六，看谷秀。"又说："处暑不出头，割谷喂老牛。"农作物到了该长的时候不长，或是长得太慢，就没有收成的希望。人也是一样，要赶时候，赶热天，尽量地用力地长。

　　夏天教人回到自然，从衣服里解放出来，从房屋里解放出来，从一切矫揉造作的生活环境里解放出来。海水浴、河水浴、大雨浇头，使我们领略一下天然水的感觉和滋味；睡在草地上，树阴下，河边，山坡，不论是枕着自己的胳膊，或是石头土块，总可以闻到泥土的真气息。在"汗滴禾下土"的时候，晒太阳才晒得真够，太阳有多么热，也可以理解到七成。十成的太阳味儿要到沙漠旅行里去享受。要是伸过帘栊窗纱，透过赤裸裸的胸前背后，头上脚下，风的冷热软硬才有点儿真接触。"栉风"、"乘长风"、"凌风飞"的种种比喻，才可以想象体味一下。水、土、太阳、空气是我们天天赖以生活的东西，可是不到夏天，什么都知道得不真切，什么都享受得不充分。夏天跟一切的虚伪矫揉造作开玩笑。垫肩的衣服不好穿，假乳不好戴，浓妆艳抹，一遇到流汗，就弄得十分难看。不敢光腿光脚的人，也容易被猜想腿上脚上有瘢(bān)痕，有缺点，见不得人。一个人的美丑强弱，从夏天看，从浴场看，最容易接近真相，最没有掩饰。

夏天给人们种种磨难和考验，训练人的耐性、智慧跟机敏。苍蝇、蚊虫、臭虫、蟑螂都在夏天大活跃，暴风雨、霹雳、冰雹也是夏天多。一不小心，就可以遭到非常的灾害。您要当农人，要防备几天的旱涝，会造成一年的歉收；一场小病，会教草吃了禾苗。您要做商人，要当心仓库货品的霉烂；码头火车上的淋雨，可以使您的血本一下子赔光。您要做工人，也须预备风里雨里，教您的建筑营造突然停止，大热天使您的工作效率无法估计。您要当医生，也须估计病人的"夏瘦"、"怯夏"，减少了抵抗力。气候的突变，使正在恢复的病人，遭到波折。传染病的蔓延，肠胃病的增加，也使得您更累更烦。您要当学生，暑假可不是休假的时候，正像传说里鲤鱼跳龙门一样，是过关前进的时机。升级考，升学考，转学考，就业考，一两天的成败得失，常常决定着一个人一生的命运。耐不住磨难，经不起考验的，只有碰得遍体鳞伤，血淋淋地退下来。

过分地讴歌夏天，好像有点儿不近人情。反过来，诅咒夏天，也是没有用的。夏是一年一回来到，不因为我们欢喜而放长，也不因为我们厌恶而缩短，怕也没有用，逃也逃不掉。那么还是充分地利用夏天，享受夏天，对付夏天吧！您记得诸葛孔明征南的故事吗？他选择了五月的大热天过泸水，越热越大胆，越热越硬干，越热越聪明。夏天可不是昏吃闷睡的时候。就是高吟着"手倦抛书午梦长"的诗人，也是为了睡醒好乘凉再想点什么，写点什么吧！有一句话说："六月不出门的活神仙。"那是神仙的事，不是人的事，人长腿就为了出门啊！

夏天教我们成长，教我们率真、亲近自然，教我们克服艰难和考验。

学会享受夏天

赏析／半　诚

　　夏天是一个阳光灿烂的季节，是一年一回的季节，天气闷热会令人心烦气躁，害怕或躲避夏天，还不如好好地利用夏天，享受夏天，对付夏天。文章告诉我们夏天是一个生长的季节，农作物该长不长就误了收获的季节，人也一样，赶时候就得尽量尽力地长，不要虚度光阴；夏天还教人回到自然，没有掩饰，使人从矫揉造作中解放出来，从而接近真相；从蚊叮虫咬中看，夏天还教人耐得住磨难，经得住考验。诸如此类，都充分地说明了夏天还有很多的用处，利大于弊。

　　如若不积极地去想，谁又知道夏天会给我们带来那么多的用处呢？我们躲避困难，最终被困难折磨得痛苦不堪，只有勇于面对，趋利避害，才能享受到夏天带给人们的好处——"夏天教我们成长，教我们率真、亲近自然，教我们克服艰难和考验。"

　　夏天是迷人的，也是孩子们最喜欢的季节，因为一切都在夏天里走向成熟的秋天。

多彩的夏天

●文／张怡菁

　　夏天是炎热的，火球似的太阳高高地挂在空中，它把热尽情洒向大地。树叶绿油油，鲜花红艳艳，惹人爱的瓜果墙上"爬"，地上"滚"。

　　夏天是多彩的，那美丽的衣裙，神秘的太阳镜，绿皮红瓤的西瓜，橙黄诱人的芒果,晶莹剔透的葡萄……构成了动人的色调。

夏天是轻松的,孩子们可以不去做那长长的数学题,不去摇头晃脑地背古诗,不为那做不完的作业而烦恼。

夏天是欢乐的,可以扛着渔竿去钓鱼,提着水桶去捉虾,拿着瓶子去和蟋蟀"捉迷藏",背着救生圈去游泳。

夏天是自由的,孩子们可以打开冰箱制作冰激凌,学做美味的凉拌佳肴,还可以躺在竹榻上望着星空畅想。

夏天是迷人的,也是孩子们最喜欢的季节,因为一切都在夏天里走向成熟的秋天。

属于孩子们的季节

赏析／半 诚

夏天的节目是丰富多彩的,就像调色板上很多不同的颜色,点缀着孩子们欢乐的假期。它炎热,火球般的太阳;它多彩,来自沙滩上动人的色调;它轻松,是孩子们漫长的暑假;它欢乐,趣味的游戏活动太多;它自由,支配无拘无束的时间;它迷人,将走向成熟的秋天。这些都是夏天令人雀跃、令人心动的事情。

文章告诉我们,夏天是一个独一无二的季节,它的内容也是独一无二的。游泳、钓鱼、冰激凌,在每个孩子的童年都是深刻难忘的。如此丰富多彩的活动和节目,有着夏天的颜色,代表着夏天固有的热情,是孩子们最喜欢的假期,犹如人生多彩的一笔,见证着每个孩子走向成熟的过程。

为多彩的夏天欢呼吧,因为它见证了我们美丽的童年,为多彩的夏天欢呼啊,因为它是一个真正属于孩子们的季节。

现在,碧云寺的景色却成为多彩的了。这里一片黄,那里一片赤……不像过去那样,到处都只见到青青绿绿的。

碧云寺的秋色(节选)

●文/钟敬文

这几天,碧云寺的秋意一天天浓起来了。

寺门口石桥下的水声,越来越显得清壮了。晚上风来时,树木的呼啸,自然不是近来才有的,可是,最近这种声响更加来得频繁了,而且声势是那么浩大,活像冲近堤岸的钱塘江的夜潮一样。

最显著的变化,还在那些树木叶子的颜色上。

……

在那些树木里变化最分明的,首先要算爬山虎。碧云寺里,在这个院子,在那个院子,在石山上,在墙壁上……我们都可以看见它那蔓延的枝条和桃形及笔架形的叶子。前些时,这种叶子变了颜色的,还只限于某些院子里。现在,不论这里那里的,都在急速地换上了新装。它们大都由绿变黄,变红,变丹,变赤……我们要找出它整片的绿叶已经不很容易了。

叫我最难忘情的,是罗汉堂前院子里靠北墙的那株缠绕着大槐树的爬山虎。它的年龄自然没有大槐树那么大,可是,从它粗大的根干看来,也绝不是怎样年轻了。它的枝条从槐树的老干上向上爬,到了分叉的地方,那些枝条也分头跟着枝丫爬了上去,一直爬到它们的末梢。它的叶子繁密而又肥大(有些简直大过了我们的手掌),密密地缀满了槐树的那些枝丫。平常的时候,我们没有注意到它跟槐树叶子的差别。因为彼此形态上尽管不同,颜色却是一样的。几天来,可大不同了。槐树的叶子,有一些也渐渐变成黄色,可是,全树还是绿沉沉的。而那株爬山虎的无数叶子,却由绿变黄,变赤。在树干上、树枝上非常鲜明地显出自己的艳丽来。特别是在阳光的照射下,那些深红的、浅红的、金黄的、柑黄的……叶子都闪着亮光,人们从下面向上望去,每片叶子都好像是透明的。它把大槐树也反衬得美丽可爱了。

我每天走过那里,总要抬头望望那些艳丽的叶子,停留好些时刻,才舍得走开。

像这样地明显而急速地变化着颜色的,除了爬山虎,当然还有别的树木。释迦牟尼佛殿前的两株梧桐,弥勒佛殿前的那些高耸的白果树,泉水院前院石桥边的那株黑枣树……它们全都披上黄袍了。中山纪念堂一株娑罗树的大部分叶子镶了黄边,堂阶下那株沿着老柏上升到高处的凌霄花树,它的许多叶子也都变成咖啡色的了……

碧云寺的附近,特别是右边和后面的山地上,那些柿子树和别的许多树木……我们就近望去,更是丹黄满眼了。

自然,寺内外那些高耸的老柏和松树之类,是比较保守的。尽管有很少的叶子已经变成了刀锈色,可是,它们身上那件墨绿袍子是不肯轻易褪下的。许多槐树的叶子,也改变得不踊跃。但是,不管怎样,现在,碧云寺的景色却成为多彩的了。这里一片黄,那里一片赤……不像过去那样,到处都只见到青青绿绿的。

缤纷树叶写秋天

赏析／半 诚

俗语说:"一叶知秋。"从水声状,到秋叶的颜色,以小见大,文章完整地写出了碧云寺的秋天,而写得最分明的还是寺里那些多彩的树叶的颜色。

爬山虎是碧云寺里变化最显著的树木,其叶子颜色由绿变黄,变红,变丹,变赤,阳光照耀下颜色就变成深红的、浅红的、金黄的、柑黄的。叶子颜色的变化是碧云寺树木的突出特征,不仅寺里有而且寺的附近树木也有,这一张张叶子多彩细致的描绘,仿佛给秋天增添了不少的情调,叫人难以忘情。事实上,那样一片一片急速变化着的艳丽的叶子,又有谁能忘却呢?

树木不算秋天独有的景,花草其实也均可写秋色,然而文章独写爬山虎的叶子,写叶子又独写其色,这就是作者特别的色笔。爬山虎独特鲜明的个性,是碧云寺特别的、多彩的、艳丽的秋色。

金秋，萧索却蕴涵着成熟的季节！平淡却又充满收获的时光！让我们收获金秋，让我们耕耘金秋！

橙黄橘绿话金秋

● 文/严亚兰

一叶落而知天下秋。

当活泼的绿叶欣欣然换上金黄的外衣，化做一群翩飞的蝴蝶，飞向大地母亲的怀抱时，秋姑娘轻盈地从天堂飞来了。

"晴空一鹤排云上，便引诗情到碧霄。"

是的，秋是一个洋溢着诗情画意的季节。

一两朵白云在蓝得纯净又令人心醉的天空游弋，淡淡的，悠悠的，飘逸温柔。天愈高远，云愈遥远。云愈遥远，天愈辽阔。这是秋的明澈与高爽。

偶尔飘起的雨，和着纯净的风，淅淅沥沥，在半空中欢歌。似烟似雾，如梦如幻，清亮的雨丝缀满了思念的忧伤与惆怅。道是无情却有情啊！这是秋的清丽与哀婉。

西风凋碧树，金风染红叶，是金秋特有的绚丽。黄叶苍茫，云碧天青，是一份不需要任何点缀的洒脱。这绚丽与洒脱，不禁让人心生豪壮。晓风吹起，秋叶飒飒，偶尔也让人感到秋的悲凉与沧桑。

三两只白鹭相偕，"扑棱棱"越过稻田，穿过林梢，飞入云中，白云渐渐掩住它们的鸣声鹤影，只透出一方碧蓝的天。这是秋的灵动与活泼。

"喜看稻菽千重浪，遍地英雄下夕烟。"

的确，秋更是一个收获的季节。

金风送爽，风里弥漫着淳朴的庄稼味。花生像群调皮的孩子迫不及待地钻出地面；玉米张开了嘴灿烂地笑，露出金黄温润的牙齿；豆粒儿挣脱了妈妈的怀抱；新稻淡淡的清香彰显了它的成熟。庄稼人脸上洋溢着丰收的喜悦，那是劳动后的充实与收获后的欢畅。

大自然的金秋如此丰富多彩而又硕果累累,人生的金秋也该是个收获的季节吧。

如果你播种勤奋好学,收获的一定是渊博的学识与儒雅的气质。

如果你播种的是真诚,收获的一定是广泛的爱戴与崇高的敬意。

但如果你播种的是懒散与虚伪,收获的一定是知识的贫乏与人们的唾弃。

如果你什么也不播种,收获的一定是一无所有。

丰收的生命的果实,牢记着它们历经风雨的苦涩与畅想成长的甘甜。在金秋端详生命最伟大的胜利,吟唱生命最高昂的旋律。

丰收的人生,回忆着青春的轰轰烈烈与成熟的平平淡淡,在人生的金秋无悔自己精彩的一生,笑对生活最后的分分秒秒。

生命的过程注定是由风吹雨打的激越走向风淡云清的安宁。秋接受了生命从萌生到成熟的或阴或晴,启发人们发掘生命的真谛;一切的悲哀,如果以诗情和智慧去涂抹,都将成为最深沉激动的美丽。

"一年好景君须记,最是橙黄橘绿时。"

金秋,

萧索却蕴涵着成熟的季节!

平淡却又充满收获的时光!

让我们收获金秋,让我们耕耘金秋!

收获的时光

赏析/半 诚

秋天是一个充满诗情的季节,秋天又是一个充满收获的季节。收获是秋天最大的特色。

文章写到大自然的金秋丰富多彩,虽然人的人生又各自不同,但是人生的金秋也同样有着诗情,有着收获。丰收的人生需要辛劳的耕耘和付出,需要历经艰难和甘甜的成长历练。每个人的生命都是一样的,不同的人生源于不同的选择,正如庄稼人选择了播种,有着对劳动的决心和收获的喜悦。

"种瓜得瓜,种豆得豆",种下希望的种子,收获美好的人生。文章告诉我们人生的金秋是人生的好景,需要好好把握,珍惜时光,勤劳耕耘;是人希望成熟的季节,要敢于付出,用自己的诗情和智慧去灌溉。

"一年好景君须记,最是橙黄橘绿时",一年最美好的时光我们要懂得好好把握啊,它就是这宝贵的秋天。

> 秋雨淋湿的草原也静得出奇,只有雨打草叶的窸窸窣窣之声,只有昆虫短促而喑哑的哀鸣,远处依然是墨一样的乌云和墨一样的草原,天空变得很低,很沉,也很忧伤。

秋 日 草 原 (节选)

●文/郭保林

当你饱尝了草原秋天明艳的一面,最好再阅读它凄美的另一面,那是秋雨淋湿的草原。

浓浓的秋,斜斜的雨,倘若你披一件雨衣,踏着润黄湿绿的青草,向草原深处走一走,你会发现秋雨中的草原是一幅忧郁的画,一首感伤的诗。

雨浓一阵的白,淡一阵的白,白濛濛的草原,漓漓漫漫的水雾。那草静静地接受秋雨的浸淫,叶子微微下垂,带着缠缠绵绵的忧伤和湿漉漉的凄迷;花开始凋零,花瓣窸(xī)窸窣(sū)窣落下来,带着怅然的无可奈何的叹息,而这一切又被淅淅雨声所淹没,空气凉凉的,雨丝凉凉的,鼻子里、肺里也凉凉的,草腥味雨腥味,浓得呛人,满眼一片扑朔迷离,倒是很写意。可是,被雨淋湿的草原,那些犹如纷纷黔首、芸芸黎民被秋雨任意欺凌的花和草,其苍凉、凄清,如不身临其境,谁能体验到这种悲剧韵味的美呢?

如果有一两只苍鹰在云中盘桓,天阔云低,草枯鹰疾,更添一抹边塞诗词的古意悠远的韵味。不过,鹰是很少见了,百灵鸟却到处都有,几只百灵在飘摇的雨丝中飞旋，围着湿沥沥的草原追逐，一会儿拍动着翅膀把身上的水珠弹掉，一会儿又钻进草丛，半唱半叫。是眷恋微雨的爱抚，还是哀叹秋天即将远行？

雨中看鸿雁南飞，那是秋天草原一大景观呢。你看，横风斜雨，彤云低垂，一行大雁，扶老携幼，艰难地跋涉在雨空，远望征程，迢迢万里，回首故园，云霭迷离，无奈，雁唳声声，洒下一路悲歌，一路湿湿的哀鸣。睹景生情，你怎能不想起甘州曲、凉州词、阳关三叠的悲怆和凄婉？

秋雨淋湿的草原也静得出奇，只有雨打草叶的窸窸窣窣之声，只有昆虫短促而喑哑的哀鸣，那是它们生命的绝唱，还是为草原秋天的落幕而唱的挽歌？远处依然是墨一样的乌云和墨一样的草原，天空变得很低，很沉，也很忧伤。

"悲哉秋之为令也——萧瑟兮，草木摇落而变衰。"几场寒籁过后，草原短命的秋天就寿终正寝了，怪不得岑参那老头儿说过"胡天八月即飞雪"呢，北方的第一场大雪来得那么急，那么突然，让人难措手足，而锡林郭勒大草原秋的尸骸就埋葬在这雪里了。

一幅秋雨中的图画

赏析／半　诚

秋雨中的草原是一幅怎样的图画呢？迷蒙的雨水，衰败的花草，灰色的云片。文章告诉我们，秋雨中的草原是一幅忧郁的画，一首感伤的诗。花草悲凉地浸在雨中，百灵鸟的半唱半叫好像哀叹，而鸿雁南飞的一路悲歌一路哀鸣，这些景物在偌大的草原之中，都展现了草原深秋的衰落。

秋天是充满收获的，金黄的田野令人备感欢欣。但是这些欢喜在锡林郭勒大草原就有所不同了，当秋雨洒落草原的天，伤秋就在所难免。迷蒙辽阔的草原，充满着惆怅和扑朔迷离。艳丽的夏天已然悄悄消失，人们总需面对草原悲剧的一面，而秋雨淋湿的草原，就见证了草原秋天的短暂命运。

这是一幅怎样的图画呢？俗话说悲剧也是美的一种，秋雨中的草原衰落之景，其实也很凄美、动人。

大自然赐予了春天鸟语花香,赐予了夏天欣欣向荣,赐予了冬天美丽雪景,当然不会忘记赐予秋天。她赐予了秋天神秘和美丽。

秋风·秋雨·秋叶

● 文/时　杨

童年时的我,对四季的概念比较模糊,只知道春天是暖和的,夏天是炎热的,秋天是凉爽的,冬天是寒冷的。随着岁月的流淌,人也渐渐地长大,慢慢地我爱上了春天的鸟语花香;爱上了夏天在水池里的嬉戏,冰激凌的刺激;爱上了冬天堆雪人、打雪仗、看雪景……唯独秋天,总是觉得枯燥无味,尤其是家乡的秋天,整天只看到叶子发枯发黄并一片片地凋落,无聊之余,最多也不过是引发几丝忧愁。

自从学习了英语,我便给一年中的四季起了名。春天叫"warm",夏天叫"hot",秋天叫"cool",冬天叫"cold"。也许是秋天的名比较"酷"吧,我对它有了少许好感。

上了高中,语文老师说,家乡的秋天是一年中最美丽的季节。当时我并不完全相信,总有些疑惑。但从那时起,我便开始观察秋天,感受秋天。

秋雨往往是飘荡着的,细细的,密密的。风夹杂着雨,雨跟着风,飘零着。雨轻轻地洗刷着大地上的一切,地面被洗得油亮,树叶上不断地渗出颗粒饱满的雨滴。到了黄昏时,风和雨都放慢了节奏。太阳又从云层里爬出来,将她的余晖送给大地。黄叶在柔和的阳光的映射下,透露出淡淡的微红,就像害羞的少女那美丽的脸颊。

秋风飘过的地方,树叶会发出"沙沙"的声响,风大时,黄叶就会挣脱树的束缚,随着风一起翩翩起舞,好像一只只美丽的黄蝴蝶,在风的伴奏下,载歌载舞。此时,恰好有三两个人从飘落着的黄叶中走过,这不是绝美的画面吗?可又是那样的转瞬即逝,犹如昙花一现,让我还没来得及仔细欣赏,便消失了。

我惋惜这短暂的美,更惋惜秋叶的刚烈。它如此奋力地挣扎,是为了摆脱大树的约束,但是,难道它不知道叶落终要归根吗?为了如此短暂的自由去将自己永远地埋在深深的树根下,值得吗?可我又想,也许并不在那瞬间的自由,它们是为了将自己最后的生命注入树根,好让大树在寒冷的冬天能有充足的养分。在来年的春天,树枝上又会长出新的、更茁壮的新叶,那些新叶子不正是它们当年的身影吗?想到这里,我又为秋叶感到骄傲,没想到它们竟会有"可持续发展"的思想,太让人不可思议了。或许是神秘的大自然赐予的吧。

春天的风让人昏昏欲睡;夏天的风让人感到闷热难受;冬天的风让人感到寒冷刺骨;唯有秋天的风让人感到神清气爽,既不闷热,又不寒冷,还能让人清醒不少。我简直怀疑秋风具有提神醒脑的功效,再加上凉丝丝的秋雨这再好不过的药引子,一副名贵的"天然药草"恐怕就形成了吧。

秋风与秋雨可能是这世上最完美的一对搭档。秋风吹着秋雨,秋雨伴着秋风。它们能让世上的一切反射出晶莹的光泽,反射着秋的高雅。也许它们能修剪出一幅美丽的秋的图画。看着它们的身影,我忍不住感慨到:秋风吹吹,秋雨霏霏;秋风爽爽,秋雨凉凉。

秋天的风,秋天的雨,秋天的叶。它们任何一种都不能独自显示出美丽。它们表达出的,是一种整体的美,一种和谐的美。没有风,雨不会飞,叶不会舞;没有雨,风不会湿润,叶不会害羞;没有叶,风显得单调,雨显得乏味。只有它们巧妙地结合起来,才会构成一幅美丽的画,一首精美的诗——秋。

大自然赐予了春天鸟语花香,赐予了夏天欣欣向荣,赐予了冬天美丽雪景,当然不会忘记赐予秋天。她赐予了秋天神秘和美丽。看来,大自然是不会偏爱谁的。

我也从中明白了一个道理:人的天分也是差不多的,要想超越别人,取得非凡的成就,非得能吃非凡的苦不可。

秋,让我领略到了它的美丽,又让我领悟了一些道理。

秋,真是硕果累累。

思想在秋的深处

赏析/半 诚

很多孩子感觉季节的变化都是通过触觉,春暖夏热秋凉冬冷,这些

都来自一个孩子对温度的感知。秋天的枯燥无味,活动减少,在一个孩子童年的生活里面,显得那么突出。但是随着年龄的增长,这些对秋天特别的看法会不会转变呢,文章不仅为我们解答了这个问题,还告诉我们只要善于观察,仔细欣赏,我们就会发现秋天多么的美好。

秋叶的刚烈和无私奉献,秋风、秋雨的绝妙组合,这些都需要人们细心观察和思考才能体会得到。每个季节都有很多美好的事情,大自然处处充满着美,一草一木都包含着很多的含义,秋天的神秘和美丽也就含在此当中,需要我们用心去体会,一步一步地去发现和超越。

上天给每个季节都是平等的,正如每个人的天分也一样,要找到自己独有的美,就需要自我不停的努力和超越。

秋天,我们举目远眺,满眼是金黄色的。秋日,我们满怀喜悦,随处都有景致。

秋 日 私 语

● 文 / 张怡婷

寒冷的冬天终于轰轰烈烈地与你我擦肩而过,我们又尽情享受过了色彩斑斓的春天。当我们刚刚挥挥衣袖作别夏日滚滚的"热浪"时,转而又匆匆踏入了富有诗情画意的秋日。

早晨,秋的使者悄悄地降临人间,它在白色浓雾的包围下,挥洒起手中的彩笔。丝丝的秋风一阵紧一阵,淡黄色的稻田像波浪一样,一层赶着一层,涌向远方。此情此景,不禁使我想起了"长江后浪推前浪"一类的诗句。

秋天是美丽的!我始终这么认为。虽然秋天没有冬天那样圣洁,也没有春天那样明丽,更没有夏日那般的干脆。但是,当浓雾逐渐散去时,它的美却毫无保留地展现在你我的眼前。

它是理智的、金黄的、充实的、是给人以希望的……

看那,花——秋菊!娇嫩的花瓣上还滚动着无数的"小珍珠"呢!在雾后阳光的轻柔抚摸之下,越发得晶莹剔透,惹人怜爱。秋天的花虽没有春天那样品种繁多,但是,秋菊却依然含苞待放,它们开得那么的热烈,如火如荼。它们开得多么的奔放,红的似火,粉的淡雅,还有那墨绿的,淡紫的……使人百看不厌。身边还有许多的小露珠做伴。相信,这个秋日它们是不会感到寂寞的。

漫步走过一片小树林,片片黄叶会亲吻你的脸,会轻揉你的肩,还会舞到你的脚边。片片黄叶都是一首优美的诗,吟诵着自己灿烂的一生。在秋风的伴奏下,它们欢快地跳着轻松自在的舞步。它们经历了冬的孕育,春的萌动,夏的茁壮,翩翩地从树枝上飘落下来,又开始孕育来年的嫩叶儿了。

秋日是迷人的,是富有诗意的,是令人期待的。

秋日是金色的,是忙碌收获的,是让人喜悦的。

原先层层翻滚着的黄色的波浪,此时再看,已成了一座座连绵的小"金山"。在山间来回穿梭着的无疑是农民们,他们的脸上比平日里多了几丝疲倦,因为忙着秋收。但他们的脸上却都洋溢着笑容,是发自内心的,因为今年又获大丰收。看着他们各自忙碌的身影,让我更深刻地理解了唐代诗人李绅的"谁知盘中餐,粒粒皆辛苦"的含义。

秋天,我们举目远眺,满眼是金黄色的。秋日,我们满怀喜悦,随处都有景致。秋日!它,是一首婉转的歌,是一段优美的舞,也是一幅迷人的画,更是你我之间的一席窃窃私语。

迷人的金秋

赏析／半　诚

秋日私语,秋天的悄悄话,它带给我们什么讯息呢?带来了早晨的浓雾,淡黄色的稻田,热烈的秋菊,翩翩的黄叶,秋收的农事。

这里的秋天不是悲伤的秋天,不是衰败的秋天,更不是枯燥无味的秋天。它如此的美好:秋天的稻浪一浪接一浪,给人充实和喜悦;秋菊热情似火,灿烂地打扮着凋落的山川;富有奉献精神的黄叶,孕育的未来令人赞美。这些都是秋天悄悄告诉我们的讯息,是等待中喜悦的讯息。

为什么秋天如此令人欢欣,如此令人期待?这里的秋天悄悄而来,又悄悄告诉我们很多生活的道理。满怀希望的秋天,处处都是耕耘后展现的殷实的情景,这些美好的收获都来源于人们辛勤劳动的付出。秋日私语,一席神秘的悄悄话,其实告诉人们要收获迷人金秋,就得惜时如金,努力向上。

冬没有百花争艳的烂漫,也没有莺歌燕舞的活泼,面对冬,需要的是勇往直前不懈搏击!

感 悟 冬 天

● 文/魏朝卿

冬是穿着素服的白衣天使,它优雅恬静,让你感悟到它圣洁又亲切。

初冬,绿树慢慢变成灰褐色,风也变得尖啸而寒冷刺骨,花谢果落了,只有菊花还在寒风中摇曳。沿路的树叶变得枯黄而纷纷落地,冬天便这样来了,而且愈来愈寒冷。

一棵棵光秃秃的树枝,在寒风中吹着口哨,周围是一片寒冷,一片静寂,你是否感悟到在那枯叶覆盖的大地之下又蕴藏着深厚的新的生命?树枝虽是光秃秃的,但树的根却深深地扎在土层中,汲取养料,在静寂中积蓄力量,一旦春天到来,这种新的生命力便勃发出来——先是那临岩怒放的迎春花,再是那如火似霞的桃花,然后是如燎原之火的百花次第开放。

当冰雪覆盖着大地,冬以坚冰窒息的小泉、小溪,一任飞雪铺天盖地时,大地茫茫,举目皆白。这时,别以为周围只有单调的苍白和乏味的冷寂,也不要以为万物一切都回归了自然,它们之中,还有不畏严寒的傲霜斗雪的英勇之士,梅花就是“香自苦寒来”的。为此,谁又能否认冬同样是生命旺盛的竞技场?从这里,可以丈量一个不息生命的厚度,可以洞烛一切灵物的纯度。透过冬的冰层，可以发现冬的天地最明亮。冬是幽静安宁的季节，但不是安眠，而是一种积蓄酝酿。这时，我想起古人说的一句话："夏天可畏，冬天可爱。"

冬，它浓缩了一春一夏的欢乐与热情，抒写着一串串秋的盈盈豪情，它用你对大自然殷切的期待而凝结成亮丽剔透的六角形诗帆，洒向空旷的大地，预示着来年的喜讯。

冬，深藏着春夏秋的真情实意，用多彩的笔勾勒出写意的横竖撇捺点，展示出冬的意蕴。你若嫌其苍白单调，那就得用心去感悟它。走进冬的怀抱，需要有与寒风暴雪搏击的勇气和信心，需要能忍受冬的冷酷。冬没有百花争艳的烂漫，也没有莺歌燕舞的活泼，面对冬，需要的是勇往直前不懈搏击！

我的视线注意着冬的脚步，看它怎样一步步跨过寒冬走向春。我很赞赏莎士比亚"巢燕未敢来，水仙已先至"的名言。虽手脚冻得难受，但这却是走向温暖之春的必由之路，正如美国诗人斯文本恩所说"春光追蹑残冬笑"。冬的这一"笑"，把我诱入悠适的宁静。我趁冬还在身边，好好体味一下冬的深沉，冬的宁静，冬的圣洁，冬的神韵。

冬天，只要不怕冷

赏析／半　诚

由花想到春，由阳光想到夏，由落叶想到秋，由雪想到冬。四季变化交替着，年年如是，谁会想到这些季节的背后还有更深的含义呢？文章带我们重新感受了冬天，感悟了冬天鲜为人知的含义。

冬天的树根静默在地下积蓄着力量等待春天爆发生机，梅花傲霜斗雪搏击的勇气都是冬天的可贵之处。冬的深沉是为了积蓄更多的力量，冬的宁静不是安眠而是希望的酝酿，冬的圣洁是不屈不服的高尚斗争，冬的神韵就是如此可爱让人亲切。

大雪纷飞，寒冷凛冽都不足以概括冬天的特点。要真正领悟冬的品质，需要我们真正走进冬的怀抱去感受。冬天的各种艰难和恶劣，对我们来说不应该是苦难，因为它帮助我们历练了人的坚强和忍耐，同时它也孕育了春天的希望。这些才是冬天带给我们的好处！

　　最妙的是下点小雪呀。看吧，山上的矮松越发的青黑，树尖上顶着一髻儿白花，像些小日本看护妇。

济南的冬天

●文/老　舍

　　对于一个在北平住惯的人，像我，冬天要是不刮大风，便是奇迹；济南的冬天是没有风声的。对于一个刚由伦敦回来的，像我，冬天要能看得见阳光，便是怪事；济南的冬天是响晴的。自然，在热带的地方，日光是永远那么毒，响亮的天气反有点叫人害怕。可是，在中国的冬天，而能有温晴的天气，济南真得算个宝地。

　　设若单单是有阳光，那也算不了出奇。请闭上眼想：一个老城，有山有水，全在蓝天下很暖和安适地睡着，只等春风来把他们唤醒，这是不是个理想的境界？小山把济南围了个圈儿，只有北边缺着点口儿，这一圈小山在冬天特别可爱，好像是把济南放在一个小摇篮里，它们全安静不动的低声地说：你们放心吧，这儿准保暖和。真的，济南的人们在冬天是面上含笑的。他们一看那些小山，心中便觉得有了着落，有了依靠。他们由天上看到山上，便不觉地想起：明天也许就是春天了吧？这样的温暖，今天夜里山草也许就绿起来吧？就是这点幻想不能一时实现，他们也并不着急，因为有这样慈善的冬天，干啥还希望别的呢。

　　最妙的是下点小雪呀。看吧，山上的矮松越发的青黑，树尖上顶着一髻儿白花，像些小日本看护妇。山尖全白了，给蓝天镶上一道银边。山坡上有的地方雪厚点，有的地方草色还露着，这样，一道儿白，一道儿暗黄，给山们穿上一件带水纹的花衣；看着看着，这件花衣好像被风儿吹动，叫你希望看见一点更美的山的肌肤。等到快日落的时候，微黄的阳光斜射在山腰上，那点薄雪好像忽然害了羞，微微露出点粉色。就是下小雪吧，济南是受不住大雪的，那些小山太秀气。

　　古老的济南，城内那么狭窄，城外又那么宽敞，山坡上卧着些小村庄,小村庄的房顶上卧着点雪,对,这是张小水墨画,或者是唐代的名手画的吧。

那水呢,不但不结冰,反倒在绿藻上冒着点热气。水藻真绿,把终年储蓄的绿色全拿出来了。天儿越晴,水藻越绿,就凭这些绿的精神,水也不忍得冻上;况且那长枝的垂柳还要在水里照个影儿呢。看吧,由澄清的河水慢慢往上看吧,空中,半空中,天上,自上而下全是那么清亮,那么蓝汪汪的,整个的是块空灵的蓝水晶。这块水晶里,包着红屋顶,黄草山,像地毯上的小团花的小灰色树影:这就是冬天的济南。

温 情 最 美

赏析／半 诚

这是一篇被选入中学课本的文章。之所以叫"济南的冬天"而不叫"冬天的济南",是因为济南的冬天是具有特色的。

济南的冬天没有风声,而且是响晴的。温情的天气,城里城外都显得那么可爱,小山、小雪、小村庄、小河,无一不反映出济南的冬天与众不同的特点。特别的冬天不仅没有风声,也没有大雪,有点阳光,一圈秀气的小山把济南这样一个城像放在摇篮里,河水像蓝水晶一样。这样温情的天气,这样可爱的济南,的确独具特色,无怪乎说"在中国的冬天,而能有温晴的天气,济南真得算个宝地。"

济南的冬天在老舍先生的笔下,就像人一样有灵性,活灵活现的,流露出许多可爱的特点,丝毫没有冬天的冷酷和萧索,而为我们真实地介绍了一个美好的特别的济南的冬天。

我们之于生命，不过是一个匆匆过客，但只要曾经有过梅雪争辉般的精彩，一生足矣！

情 系 冬 季

● 文/张燕妮

冬，向我们悄悄靠近。但有谁想到，在一个冷漠、沉寂的外表下，掩藏了一个天大的秘密。它仿佛是一个最最复杂的谜，在我有限的生命中，我希望自己能找到谜底，因此，便情系冬季。

——题记

梅 雪 争 辉

当雪的疯狂吞噬着一切时，偶然望见，在那毫无生机的枝头，有一些不屈的身影在闪动，在叫嚷，在反抗……那是腊梅——好个有气节的花儿！

有了梅的加盟，这场别开生面的舞会更加精彩。眼看着一个个小白点儿般的花苞渐渐长大、变鼓、裂开、绽放，溅了一树——终于，她全部的冷艳都释放了出来，一点一点，毫不保留。那小小的花瓣上分明写满了倔强，爬满了自信，更显露出一种难以掩盖的光辉，暗香随之缓缓浮动，慢慢地，弥漫着整个空间。

腊梅高洁、美丽、幽香、脱俗，更有一副傲骨，但"逊雪三分白"。雪花洁白轻盈，淘气任性又活泼可爱，却始终"输梅一段香"。梅、雪，各有千秋，就算是那桀骜不驯的风也无法评价。

梅的香，雪的白交织在一起，使其他的一切都黯然失色。今年冬天是他俩的天下，梅雪争辉图挤占了整幅冬景图的画卷，让人不禁惊叹这大自然的杰作。

雪 落 无 痕

雪越下越大，梅越开越艳，终于，他们精疲力竭。雪累了，越下越小，梅倦了，越开越少，风的兴头儿也减了不少，冬天已渐近尾声。

最后，上帝将雪花赠给大地，花仙子也将梅花送给大地。寒风到头来落得个两手空空，只得怏怏地溜了。只残留最后一缕暗香萦绕在枝头，代替梅、雪，更是代替冬天，完成交接，便在树枝的牵挂叮咛中依依作别。在他们的话别中，我听到了一个秘密：在这冰封时节的背后隐藏了一个偌大的春天！

冬天，便这样悄悄地结束了，望望那曾经绚烂的枝头，似乎意犹未尽，不禁感叹生命的短促。曾经雪落，今却无痕，生命跟他们开了怎样一个玩笑啊！

花开花落，雪降雪融，一切总是来去匆匆，如期而至，无息嫣谢，来得美丽，去得平静。这一切，像是上帝的苦心安排，但他究竟用意何在？我猜不透。但试想，倘若一切都拥有了永恒，那还有对生命短促的感叹、对短暂人生的珍惜吗？还有对逝去的美好的追忆吗？倘若机会永恒，那是否还有人拼命去寻找它，是否还有人为了不至于与它擦肩而过而努力拼搏呢？是否还有人相信"机会是给有准备的人"？如此看来，上帝的安排似乎是对的，他考虑得比谁都深刻。

兴许，我们的生命不过是从生命长河中逃出来，只为做这一次旅行的精灵，终将回到生命长河中去，因为那儿才是它们最终的归宿。我们之于生命，不过是一个匆匆过客，但只要曾经有过梅雪争辉般的精彩，一生足矣！

冬天最灿烂的花

赏析／半 诚

"墙角数枝梅，凌寒独自开。"想象孤独的梅花在寒雪中桀骜不驯的样子，我们不得不敬佩它，它的坚强，勇于搏击的品格。大雪压不倒，寒风刮不垮，小小花瓣上还写满了自信和刚强，散出阵阵幽香。在这寒冷的天气里，还有什么花能比得上它呢？

259

梅花在冬天里留下了自己灿烂的一笔,高洁、美丽、幽香、脱俗,都是它真实的品格,一副傲骨造就了它独特的魅力。大自然的杰作真是令人赞叹啊!但是,梅花短暂地在人间走过了一遭,却留下了永恒的美和震撼的精神,它用自己鲜活的生命为这个寒冷季节带来了勃勃生气,成就了其灿烂的一生,无怨无悔。

是的,来得美丽,去得平静,短暂的一生让人明白了生命的珍贵,生命就是要惜时如金,铸造精彩。因为,我们相信灿烂的人生,总会留给人们更多美好的回忆。

冬天是内敛的,不招摇,不浮躁。原野很沉静。那些桃树、李树、杏树,叶子早已不见,仿佛有些凄清。

冬　景

●文/王君夏

北风一紧,人身上就臃肿了。……

山突然瘦了,嶙峋的质感,是青黑的堆积,或者是白的黑的混合,花花搭搭的杂色,居然又是规则中的不规则了。蓝蓝的天上,忽然一片墨重的云,在硬硬的风中过来,遮蔽了近处的田野,删繁就简的寂寞的老树,路旁晕黄的野草,仿佛都黯然无光。可是,远处的山坡,一片澄明的亮,金黄金黄的一片亮色,如风行水上,不断游弋。突然间就到了眼前,亮亮的白光闪过,一切就豁然开朗了。

小河收缩了身子,却出奇的鲜亮,那些浅水里的小鱼呀什么的,就历历在目了。说不准哪一天晚上吧,就有了薄薄的一层冰,却并没有全封,只是一叠一叠,好像两个顽皮的孩童,半真半假地打架,那些水的波纹,居然成就了凝固的音乐,那些曲线,分明就是曾经跳跃的音符了。不远处,水流依然哗哗,不知是和着音乐的兴奋的舞蹈,还是喧哗骚动中的艳羡？一边是一圈圈的堆积，一边是一波波的水流，颜色的浓淡分野，偶尔的构图，像极了太极八卦，让人疑心这乾坤里是不是真有命定的偶合？可是没多久，人家的窗户上就结了厚厚一层冰花，千姿百态的美丽，是纯然的冰雪美人，冷傲是冷傲了，偏偏最最惹人。房屋的瓦面上，是白白的一层，偶尔的大雾似消未消时分，村落和原野的树枝上，是厚厚的一层：白白的、亮亮的、玉玉的、润润的、毛茸茸的，没有一丝一毫寒冷的感觉。人的心里，只升起无限的怜惜和爱意。这时候，河面全然封了冻，黎明时分，孩子们还没有来得及赶来滑冰，数只麻雀已在上边一跳一跳地走开了"个"字。而冰下，流水依然潺潺。

下雪了。起初只是圆圆的麦粒大小的"花种"，和着风，嘻嘻哈哈，忽忽悠悠下来。人家的草垛前，就多了收拾草棵和其他什么物什的婆娘，眼看看天，偶尔地抿一抿嘴唇，是清新的凉，急忙地提了篓子篮子进屋，却见男人正拾掇打扫着庭院。渐渐地，风小了许多，"花种"变成了雪花，纷纷扬扬，真的就像极了鹅毛柳絮。男人和女人，幽幽地对着雪花出了神，不知想着什么心事。突然，门吱呀一声开了，一个雪人撞进来，两人急急忙忙迎上去，原是孩子放学回来了。两人寒暖地不住问，孩子却不答，嘻嘻笑着跑到门外的雪地里，空气里留下一串清凉的口哨。

喜鹊依然早起，却发现自己孤独了很多。栖息的树干掉光了叶子。那些聒噪的声音，似乎少了。从前的邻居，现在突然消失了。对习惯于呼朋引伴的它们来说，似乎过于清冷了。但是，作为冬天的守望者，她们依然早起，在黎明中唤醒沉睡的人们：啊，喜鹊又叫了，今天真不错！

冬天是内敛的，不招摇，不浮躁。原野很沉静。那些桃树、李树、杏树，叶子早已不见，仿佛有些凄清。但如果仔细看去，那些树枝上，一个一个米粒大小的芽苞正在潜滋暗长：它们在无声地积蓄着力量，为着并不遥远的灿烂。拂开积雪之下的麦子，却见老绿包着新绿，翠生生的鲜艳，忽然就明白，即便冬天，也有地底下的潜流汩汩流淌，也有活泼泼的生命不断滋长。

温情的冬天

赏析／半　诚

这是一幅温暖愉悦的冬景图。混沌处有明亮，沉寂中有叫声，寒冷中跳动欢乐,冬天果真是内敛的,不招摇,不浮躁,但是富含着生命的色彩。

瘦瘦的山,花花搭搭的杂色,已经极不规则了,天上还飘着墨重的云,看起来便晓得沉重忧郁,然而就是在这样的环境里,山坡上一片金黄金黄的颜色又使得人的视野豁然开阔了。热闹的小河,充满着生机。河面上、冰块地下,无一不透着生气,已成为冬天最鲜动的音符。落雪了,甜蜜温暖的农家情景,场面让人感动又倍觉温馨。

是什么使得这个冬天如此温情呢?是生机,是积雪下默默滋长着的生命。它们都在冬天里暗暗地积蓄着力量,等待着春天的到来。这里的冬天没有萧索衰败之感,温暖活跃的情景流露着人们对春天热情的期待。

生命就像一棵树一样,它终将面临四季春夏秋冬,个中的变化便如人生的曲曲弯弯,充满着艰辛也充满着希望。

我 的 四 季

● 文/张 洁

生命如四季。

春天,我在这片土地上,用我细瘦的胳膊,紧扶着我锈钝的犁。深埋在泥土里的树根、石块,磕绊着我的犁头,消耗着我成倍的体力。我汗流浃背,四肢颤抖,恨不得立刻躺倒在那片刚刚开垦的泥土之上。可我懂得我没有权利逃避,在给予我生命的同时所给予我的责任。我无须问为什么,也无须遐想有没有结果。我不应白白地耗费时间,去无尽地感慨生命的艰辛,也不应该埋怨命运怎么这样不济,偏偏给了我这样一块不毛之地。我要做的是咬紧牙关,闷着脑袋,拼却全身的力气,压到我的犁头上去。我绝不企望有谁来代替,因为在这世界上,每人都有一块必得由他自己来耕种的土地。

我怀着希望播种,那希望绝不比任何一个智者的希望更为谦卑。

每天,我望着掩盖着我的种子的那片土地,想象着它将发芽、生长、开花、结果,如一个孕育着生命的母亲,期待着自己将要出生的婴儿。我知道,人要是能够期待,就能够全力以赴。

夏日,我曾因干旱,站在地头上,焦灼地盼过南来的风,吹来载着雨滴的云朵。那是怎样的望眼欲穿、望眼欲穿呐!盼着、盼着,有风吹过来了,但那阵风强了一点,把那片载着雨滴的云朵吹了过去,吹到另一片土地上。我恨过,恨我不能一下子跳到天上,死死地揪住那片云,求它给我一滴雨。

那是什么样的痴心妄想!我终于明白,这妄想如同想要拔着自己的头发离开大地。于是,我不再妄想,我只能在我赖以生存的这片土地上,寻找泉水。

没有充分的准备,便急促上路了。历经的艰辛自不必说它。要说的是找到了水源,才发现没有带上盛它的容器。仅仅是因为过于简单和过于发热的头脑,发生过多少次完全可以避免的惨痛的过失——真的,那并非不能,让人真正痛心的是在这里:并非不能。我顿足,我懊恼,我哭泣,恨不得把自己撕成碎片。有什么用呢?再重新开始吧,这样浅显的经验却需要比别人付出加倍的代价来记取。不应该怨天尤人,会有一个时辰,留给我检点自己!

我眼睁睁地看过,在无情的冰雹下,我那刚刚灌浆,远远没有长成的谷穗,在细弱的稻秆上摇摇摆摆地挣扎,却无力挣脱生养它,却又牢牢地锁住它的大地,永远没有尝试过成熟是怎么一种滋味,便夭折了。

我曾张开我的双臂,愿将我全身的皮肉,碾成一张大幕,为我的青苗遮挡狂风、暴雨、冰雹……善良过分,就会变成糊涂和愚昧。厄运只能将弱者淘汰,即使为它挡过这次灾难,它也会在另一次灾难里沉没。而强者却会留下,继续走完自己的路。

秋天,我和别人一样收获。望着我那干瘪的谷粒,心里有一种又酸又苦的欢乐。但我并不因我的谷粒比别人的干瘪便灰心或丧气。我把它们捧在手里,紧紧地贴近心窝,仿佛那是新诞生的一个自我。

富有而善良的邻人,感叹我收获的微少,我却疯人一样地大笑。在这笑声里,我知道我已成熟,我已有了一种特别的量具,它不量谷物只量感受。我的邻人不知和谷物同时收获的还有人生。我已经爱过,恨过,欢笑过,哭泣过,体味过,彻悟过……细细想来,便知晴日多于阴雨,收获多于

劳作。只要我认真地活过，无愧地付出过，人们将无权耻笑我是入不敷出的傻瓜，也不必用他的尺度衡量我值得或是不值得。

到了冬日，那生命的黄昏，难道就没有什么事情好做？只是隔着窗子，看飘落的雪花、落寞的田野，或是数点那光秃的树枝上的寒鸦？不，我还可以在炉子里加上几块木柴，使屋子更加温暖，我将冷静地检点自己：我为什么失败，我做错过什么，我欠过别人什么……（但愿只是别人欠我），那最后的日子，便会心安得多！

再没有可能纠正已经成为往事的过错。一个生命不可能再有一次四季。

未来的四季将属于另一个新的生命。

但我还是有事情好做，我将把这一切记录下来。人们无聊的时候，不妨读来解闷；怀恨我的人，也可以幸灾乐祸地骂声：活该！聪明的人也许会说这是多余，刻薄的人也许会演绎出一把利剑，将我一条条地切割。但我相信，多数人将会理解，他们将会公正地判断我曾做过的一切。

在生命的黄昏里，哀叹和寂寞的，将不会是我！

人 生 四 季

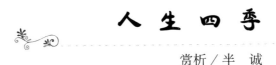

赏析／半　诚

气候分四季，不同的天气不同的生活；人生分四季，不同的生活都是考验和历练。

在这个世界上每个人都有自己的位置，每个人都有一块属于自己的土地需要耕耘，这个过程谁也没有权利去躲避。生命就像一棵树一样，它终将面临四季春夏秋冬，个中的变化便如人生的曲曲弯弯，充满着艰辛也充满着希望。不悲叹命运的不公，不低头于外界的压迫，脚踏实地地成长，在艰苦磨难中砥砺生命的品格，从此无悔一生。

什么样的生活才算真生活，什么样的人生才算真人生。"吃得苦中苦"，也是一种精彩的人生。人生四季，无论成败都是一种经历，一种刻骨铭心的人生体验，只要问心无愧，收获的也是一个成熟的自我。

虽为小城，但是美的朴素，古老而优雅的老城，从街市河川，到古刹佛寺，都透着历史厚重的美。

京 都 四 季

●文/［日］水上勉

一

别人不知如何，在我来说，京都这个地方是那么奥妙，真是具有无限的情趣。

一句话，眼下我虽定居东京，只要一想到京都，那里变化多端的种种景色便映入眼帘。比方说，今天已是三月十日了，在这个季节，京都的花背和鞍马那儿，积雪多半还未化，高石阶旁大杉树脚下仍残留着污雪。我心目中的这片景物随即变成了春光明媚的贺茂川的水面。出町上游，两岸铺着沙土的小径映照在阳光下，浮泳在淙淙流水上的赤味鸥如点点纸屑。到了下游，河滩的春景为鳞次栉比的商家后门所取代，再往下就是七条、九条，伏见中书岛，三栖的河口，观月桥了，一直延伸到淀川的新开辟的市街，以及垃圾焚烧场所在的辽阔原野。

不仅如此。在这种种景色的两侧，也就是在我眼帘的边缘上，还出现遥远的西山和近在咫尺的东山，均作墨绿色。这边残雪未消，那边呢，身穿连衣裙的姑娘正站在晒台上仰望着天空。在日本的任何地方我也不曾见过风光如此错综复杂的城市。

京都弹丸之地，旅客经常把冬、春、夏截然分开来谈，其实是分不开的——入六月，凉糖已经上市，北边的贵船地区，人们还倚着被炉取暖。这小小盆地，除非四下里仔细观察，是不可能透彻地了解季节真正的转移的。

可不是吗！连报春的樱花也是这样。平安神宫和圆山的樱花已经盛开，嵯峨那边就稍迟一些，常照皇寺里的则还含苞未放。红叶也一如樱花，地道的京都迷总是默默地一步一个脚印，尽情寻觅岁月变迁的痕迹。

今年春天，圆山和常照皇寺都挤满了游人，我无心去观赏樱花了。其实我暗自还有个打算，等人们把看花的事忘怀后，我想再去独占一棵老樱花，借以享受春光。它不在市中心，却坐落在北方山村的古刹里，地点秘而不宣。大约到了四月二十七八日，这棵四个成年人才围抱得过来的在伟岸巨树上的樱花就怒放了。

古刹坐落在高岗上。土墙下面有台阶，老树粗大的权桠扎煞开来，几乎弯到墙头，看上去恰似悬崖。走到石阶尽头，甚至可以把花托在掌心上抚弄。谢天谢地，这里杳无人迹。虽说是一座禅寺，却没人主持，不论和尚还是僧侣都不见一个，有的只是樱花。我很想带上饭团子，坐在花下，一点点地呷着装在暖壶里的酒。再说一遍，关于此刹我得保密，只能告诉你们它是在郊外，乘五十分钟汽车就到了。

五十来户村民，对这座无人主持的无名小刹里长着一棵三百来年的老樱树一事，竟然熟视无睹，时或有个老爷爷牵着小孙孙的手到这里徜徉，在花瓣纷飞中流着鼻涕。为什么没有人郑重其事地来赏花呢？那是因为古刹的地势居高临下，家家户户都能从后门眺望得到，就无需爬到坡上来。何况衬托着后山茂密的黛绿色杉树，远眺之下反倒更显出老树的秀拔。村民知道，一旦走上石阶去看，这就只不过是一棵普普通通的樱树了，没什么了不起。但从远处看来，它太标致了。这个只有一座正殿、无人主持的小刹，也显得那么孤寂高雅，一霎时让人误以为是中国四川省深山里的什么寺庙了。但是一旦樱花凋谢，它就又恢复了不值一顾的破庙的本来面目。

二

住在京都的人们有自己的风俗习惯。就拿夏天的大文字山来说吧，他们宁可从晒台上去眺望，这样就可以边惦记着厨房里熬着的黑海带和油炸豆腐，边欣赏远山，而用不着大惊小怪地到贺茂川堤坝上或特地去百货大楼开辟的观览场。市民们听任旅客去闹腾，他们自己则边熬菜边收拾佛坛，迎接新佛。为什么偏偏要在那天晚上炖黑海带和油炸豆腐呢？我曾经在庙里待过，当时每年都约摸在这一天到各个施主家去，对着佛龛念经，但从未见过佛前供着黑海带。旧式的家庭却每逢这个日子就炖黑海带。

　　说起炖菜,记得人们一向是在除夕炖完菜才去参加白术祭的。如今超级市场上连装在塑料袋里的豆子也有得卖,大概自己炖甜八宝的人家也不多了。旧式的家庭一般是从早晨起就用文火炖菜,半夜里炖完后再去参拜抵园神社,回来后,灶里炖过甜八宝的炭火还没熄灭呢,就拨开余烬来煮年糕汤。一句话,旅客们像煞有介事地到各个神社、佛阁去朝香,京都人呢,却好像把这些祭祖和厨房联系在一起。

　　到伏见稻荷神社去朝香后,归途照例要买上土偶,把它供在神龛上来代替牛。到爱宕山去朝香,就买回石桂来供灶神。各个庙里都供奉着圣天像,朝香回来的日子,就吃一种稀奇古怪的油煎豆沙包当点心。

　　我从小是在庙里度过的,对商家内部的情况只能模模糊糊地揣度。我由衷地感到,京都的人们是把节日和祭祀典礼融化到生活中自得其乐的。

　　比方说,饭勺折断了,婆婆不让马上去买新的,却吩咐说:"等末一次天神祭再买吧。"

　　木梳折断了。媳妇就想马上跑到百货店去买,婆婆却又发话了:"等白术祭那天,朝香回来在某某店买吧。"

　　京都有一家专门卖木梳的店铺,只此一家,别无分号,而且也只开那么一天。每年到了那一天,不光是朝香,还非得到那家店里去一趟才算了一心愿。木梳断了也只好对付到那一天。

　　京都人小气,实际上从这里就显示出来了。也许说不上是小气。不买便宜货,却看中了某一家专门做木梳的铺子,这种执拗劲儿真是令人钦佩。也许从江户时代起,不,说不定从老早从前的应仁年间起,这家铺子就专门做木梳或是烤年糕片生意。

　　你就怀着这样的念头去观一下好像没有什么特色的街道吧。这里有一座格子紧闭、房檐低矮的房屋。完全摸不清它是造什么,卖什么的。你姑且停下脚步,挨近门口,朝屋里望望吧。

　　要么是一个戴夹鼻眼镜的老匠人,正在那里打磨刨子,要么是一个领子上搭着手绢的老婆婆,在用炭火烘烤年糕片。招牌很不显眼,一般游客漫不经心地就走过去了。其实这些静悄悄地营着业的专门的店铺都有一些老主顾经常来上门。不论是木梳、扇子,还是冲澡用的木桶、厨房用具,乃至化妆品,都是在这些阴暗的店铺里凭着手工制造出来的,活计一般是顾客一年前就定下的。

　　我认为宁静的京都就是建立在匠人和主顾之间的这种持续不断的

关系上的。

三

近来,我不是为了欣赏京都风光,而是为了观察京都市民的生活而前去造访的。到处人山人海,风光已无从欣赏,不如把旅馆房间的窗帘拉开,每天隔着设有窗棂的大玻璃窗朝外面眺望。景色着实是绮丽无比。有的房间,窗户是长方形的,北自银阁寺,南至醍醐,整个山容犹如一幅嵌在镜框里的画。清晨霞霭蒙蒙,傍晚夕雾弥漫,东山和比睿山浮现其中。山脚下是一簇簇此起彼伏的民房,东一处西一处还矗立着西式大楼;庙甍(méng)耸起,烟雾迷离,色彩瞬息万变。在不同的时刻眺望到的景色,秀美得令人不禁叹为观止。

有一次下了骤雨。银阁寺上端,大文字上那一带,刚才在阳光照耀下,赤松看上去还是橙黄色的,烟雨中乍然变成了乳白色,犹如罩上一层玻璃纸一样,从北边而下,刷地变了颜色。骤雨一扫而过,待南边九条山一带针松浓郁的枝干染上色时,银阁寺上空已是阳光灿烂了。与其说是看画,毋宁说是在观看什么仙人世界。

傍晚小雨住了,我便踱出旅馆,进入画境,到哪儿去好呢?

这阵子我常到无人问津的某寺院去。这是一座尼姑庵,在诗仙堂附近,是世间不见的禅尼寺,里边还住着一位云游尼呢。我走进寺院,信步朝山边的墓地走去。墓地并不大,坟上长满了青苔,稀稀落落树着一排墓碣。周围孟宗竹丛生。竹丛中还挺立着一棵椿树,春天开满了血红的花,从树下走过时,红花偶尔会吧嗒一声掉在脚下。

这里有个不大不小的池子。周围是古枫,枝条悄悄地伸到池畔。秋季水面柔和如锦缎,但翠绿欲滴的五月才是池水清澈见底的时候。

我一路上读着墓碣上所刻的字。有座坟埋葬的是从遥远的异国到京都大学来专攻文学,客死他乡的青年。按照外国习惯,墓石是斜嵌在地面上的,碑文则出自武者小路实笃先生之手。鸟儿飞下来了,池畔顿时一片聒噪。夜幕降临了。

我从院心向庵主打声招呼后,才兀自离去。庵主不在时,我只好不辞而别。这个尼姑庵任凭我这个不速之客闯进来,对我保持着不即不离的态度,我就喜欢它这样。关于这座禅尼庙,我也姑隐其名。

简而言之,最近的京都之行,纯粹是孤独的散步而已。本文开头我曾说过,京都这个地方是那么奥妙,真是具有无限的情趣。独自漫步时,我就让这含有无限情趣的京都的风吹拂着自己的肌肤,像傻瓜一般徘徊着。时而撞见一对外国老夫妇,在我前面踟蹰而行,我们一前一后地走着,那对老夫妇在毫无特色的马路背阴处止住步子。这当儿,我隔着旅馆的窗户瞥见过的那种骤雨袭来了,我和那对外国人冒雨跑去,找个树阴躲避起来,但我们彼此不曾说过话。

过一会儿雨住了。这次是我领先走的,回头一看,老夫妇手牵着手也跟了来。

这对老夫妇究竟是哪国人呢?偏巧我不善于识别外国人的面孔,搞不清楚他们是德国人还是美国人,回到东京后,依然想起在那几乎连刮来的风都发绿的五月,在下着小雨的一片苍绿中遇到的那对外国人。

我随手写了这么一篇京都观感,不知读者看了作何感想?

这座古都只适于茫然地信步溜达。要是碰上了什么中意的东西,也可以不厌其烦地细细端详。这时,从地底下还会传来一种奇妙的声音。

老城的四季

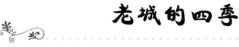

赏析/半 诚

京都的四季是分不开的,错综复杂的风光构成了京都迷人的特色。虽为小城,但是美的朴素,古老而优雅的老城,从街市河川,到古刹佛寺,都透着历史厚重的美。这是一种人文特色,有着深厚的宗教文化和恬静的民居生活习惯,给人一种博大和谐的感觉。

文章仿佛领着我们走在京都那种寺院包围的小道中间,可以看见各种具有民间特色的东西,日本的樱花以及各色各样拜佛上香的人,节日与祭祀典礼气氛渗透在生活中,安详而欢乐。分清京都的四季其实不是通过景物的变迁,而是通过京都人们的生活习惯来表现的。春天人们可以观赏樱花出外游览,夏天收拾佛坛迎新佛,秋天冬天拜访古刹,这些其实都是对京都市民生活的探访。京都的四季是奥妙的,充满着乐趣,充满着老城气息,美丽而祥和。

大自然的金秋如此丰富多彩而又硕果累累，人生的金秋也该是个收获的季节吧。

　　如果你播种勤奋好学，收获的一定是渊博的学识与儒雅的气质。

　　如果你播种的是真诚，收获的一定是广泛的爱戴与崇高的敬意。

接受大自然的感化

春天的舞会

的感化

　　万物的和谐,四季的韵律,生命的活力,构成了大自然原始、动人的美丽,给人带来无穷的新鲜感和诱惑力。万千的变换,勃勃的生机,大自然总能给我们启示和震撼。

　　去感受一下大自然吧,让我们的心灵与她近距离接触,看一看雨中摇曳的树叶,闻一闻花朵的芳香,听一听潺潺的流水,闭上眼睛感觉一下身边空气的流动……在纯真的大自然面前,让我们尽情感动。

我浑身湿淋淋的,快活地朝黄河大叫。我不再是那个忧心、压抑、患得患失的我了。人唯有创造,才有新生。

黄河,你在说什么

●文/李佩芝

一阵阵雷鸣般的怒吼声中,一团团水雾升腾。不见飞瀑,不见深渊,眼前只有黄色的巨涛铺天盖地而来,翻腾、撕咬、异常狂暴……

黄河,我不知道你为什么这样。

从秦晋交界的桥头朝下望,灰白的沙滩,突兀的怪石,错落的青石板,冷寂地袒露在夕照里。近河床中心,裂出一道四五十米宽的深谷,黄河,便在凹陷的床谷中奔流。我有些失望了,黄河怎么啦,什么时候变得这么狭隘,这么幽深,它那浩浩渺渺、水天一色的气度哪儿去了?

在兰州,在银川,在风陵渡,我曾久久地在黄河边伫立。是的,黄河具有我们民族母亲般的骄傲与宽容。它冲荡高原,挟裹泥沙,繁衍着黄帝的子孙。

漫天铺地而来,平缓的湍急,安详的吞蚀,人们已经习惯了这几千年流淌的威势。

近邻的山脉默默后退了许多,映在灰白的天际,淡淡幻出峰峦的剪影。山下亦是沙、石。河床袒露着期待,仿佛只要黄河愿意,什么时候亲近它都可以。河水却贴近陕西,我有一种占有欲的满足,黄河,是我的。

沿山路北折,远远望见一排流瀑,从山西的河滩上跌进峡谷,飞溅着一片乳白色的水雾与浪花。我以为这就是壶口。黄果树瀑布比它娟秀,我想。那儿除了落水时的银白,一切罩在葱绿青翠中。然而眼前是一片苍黄。平日见多了黄河浩荡平和的模样,这一排瀑布便引起我的兴致,然而朋友说,这不是壶口,这只不过是一条支流,一条没有腾入峡谷的寂寞的水流罢了。我觉得亲切了。这支流,不就是黄河的小儿女么?莫非它知道来了个痴迷的旅人,便飞起手臂,扬起柔曼的舞袖?

突然,前面景观大变,一团团冲天的云雾中传出雷鸣般的狂吼,雾后是一排排翻卷着土黄色巨浪的激流,而咆哮的浪涛后,黄河水铺天盖地,涌荡着整个山谷……

语言在此是苍白无力的。我不知道谁能描绘出黄河在这里吞天吐地的刹那情态。一片黄色烈焰,满河滚沸。又似在厮杀、狂搏,被不可知的力量掀腾、席卷,疯狂跌入水雾旋漫的深渊……

黄河,你自由自在,随意流淌,为什么突然在此凝集? 天地依旧这么广袤,为什么你要暴怒? 你在向人们证明你的力量,还是向上苍倾泻你的激情?

黄河,你使我困惑,使我不安……

涉过很宽一段水流,拉着朋友的手,从一块青石跳下另一块青石,再跳下一个容身一人的水洞,我奔向瀑布。

一阵狂涛卷来,一阵水雾缠绕,一阵暴雨泼过,一阵阵冲动诱惑! 我站在水中,雾中,雨里,浪里,灵魂震撼了。我听见天鼓轰鸣,看见地火喷腾,心燃烧起来,感受到一种生与死、创造与幻灭的激情。这以前定是混沌纪元,天地由此开辟,万物由此滋生。从这儿,才有日月星辰,才有春夏秋冬,有了你,有了我,有了爱与生命……

面对瀑布,我不复存在,我是一滴水,一缕雾,随黄涛而逝,去寻觅永恒。

古人云:源出昆仑衍大流,玉关九转一壶收;桃浪雨飞翻海市,三鼓鲸鳞敢负舟;鳌头未可寻常钓,除是羽仙明月钩。我昧于古诗,我品不出它的味儿。也许这是时代的隔膜。但我想,古代文人骚客站在此地竟有钓鳌的想象,我的感觉怕是太虚空了! 我总以为是漫长崎岖旅途使黄河倦乏了,是沙泥的渗浸使它烦躁;两岸不动声色的荒凉与沉寂,世人不绝于口的颂歌溢辞令它愤怒了! 它苦闷,它压抑,它要发泄,要狂吼,要惊醒它的儿女……

黄河,是这样么? 你突然凝聚,突然狂暴,突然如斧如剑劈开巨石,向地心涌去,你不羁的灵魂为什么痛苦呢?

生命的江流,日夜递嬗。在平静的水面下,有时也有失却热情的淡漠。办公室久坐着,会生出一辈子毫无意义的在纸格上爬行的烦腻。

春风拂过田野清新的气息,便想外出走走,不曾设想什么景色的温柔或辉煌。然而,大自然这般善解人意,我面对黄河瀑布,突然感悟到一股生命的激情在深心处勃发。黄河,你毕竟爱你的女儿啊!

脚下的青石板,奔泻着道道清流。这里没有挤进壶口去的平静下来的河水,它像山泉般晶莹清澈了。一个个小如茶杯,大如水瓮的圆洞,或直或斜直伸石底,在河床上奇怪地散布着。我探下手臂,猛感到一股巨大的引力,直向下拽,我忙拉住朋友的手,心怦怦跳着,我感受到水流的力量了。一个人自然是渺小的,在大自然神奇的生命力面前,一个人更微不足道。生存的意义是使生命真实,说什么是是非非,宠辱得失,也许人生有些创造犹如黄河漩在河床上的洞穴,虽不复平舒,但江流的生命不会静止……那几个漂流黄河的男子,就是大写意的生命!

你体验过生命的狂烈么?感受过撕裂心肺的爱和恨么?你可曾痛快淋漓地大叫、大笑,听到血液在周身欢唱?

小草从石隙中抽出嫩芽。岩浆在地幔奔涌。血肉之躯筑起长城。柔曼的手臂探向宇宙……

野罂粟如梦如幻开遍荒原,大戈壁托浮着不落的夕阳,一叶小舟泊在孤寂的江岸,不知谁在大森林的小木屋中亮起了温柔的灯火……

哪里没有生命?哪里没有生命的激情?

黄河,你在启示我吗?

我浑身湿淋淋的,快活地朝黄河大叫。我不再是那个忧心、压抑、患得患失的我了。人唯有创造,才有新生。不羁的灵魂在浪中、雨中、雾中、雷霆万钧中,在狂腾与暴跌中,丢掉惰怠,丢掉散漫,丢掉陈规陋习与世袭的重负,脱胎换骨了。

黄河,你还要对我说什么?

生 命 之 歌

赏析/半 诚

黄河是中华民族的母亲河,孕育着许许多多的中华儿女。它是一条自然之河,没有人的言语和动作,然而文章中黄河却告诉了我们很多的人生道理。黄河到底在说什么呢?难道一条河真的会与人说话?

在伟大的黄河之水面前,人的生命是渺小的;在黄河日夜奔流的气势面前,人的慵懒散漫显得浅薄。生存的意义使得生命真实,要证明生命的真实就必须努力去做更多有意义的事情。奔腾的河水,激流千里,不停开拓,孕育了众多的新生命,催人振奋的激情,展示着生命的意义。它告诉人们要点燃生命的能量,证明自己的力量,开创激情的人生。

人唯有创造,才有新生。谁说黄河不是在说话呢?在倾听黄河,欣赏黄河之后,黄河的生命激情感动了人心,启示了作者和读者。

昂首,问候天空,伸指弹去满天尘埃,扯云朵拭亮太阳。从今起,这万里长空,将是我镶着太阳的湛蓝桂冠。

问候天空 (节选)

● 文/简 媜

天空大大方方地蓝着,在无际的绿稻平原之上,就像夜晚灯下变化多端的蓝色晶体,总让人觉得神秘,可是还不至于深不可测到像一本有字天书。天书有的有字,有的没字,对我而言,无字天书比较好懂而且内容丰富些。读有字天书需要一等的智慧,读无字天书,则需要一等的心情。那天下午,我读的是一本全开蓝底没有封面的无字天书。踩着脚踏车,左看、右看、上看、下看,反正没有字里行间。书名叫"天空"。

蓝色令我心旷神怡,让我想笑。而远远天边堆垛的云朵,则让我向往,让我想跑。

蓝的天空与白的云,向来是大自然最活泼、亮丽的打扮,像个热爱自由的少年,当然,也十分热情。每次看到那么亮蓝的天空与洁白的云在平原之上耳语时,我的心情就倏地开朗起来。抖落凡间俗事,不再关心计较杂务总总,只是想笑、想跑、想攀登那仰之弥高的云之山峦。对我而言,我最向往的山峰,即是最高的山峰,与实际高度无关。云,即是高高的云峰,高到只能用眼睛去攀登。我向往有一天能躺在云峦那柔柔的曲线里睡一个宁静的午觉。这说来可笑,但我无法禁止自己在看到云朵时不兴起这样的念头。于是，望天的脸庞虽是充满喜悦与笑容，望云的眼神，则是永远不见答案的天问。

那天，看不见阳光，天空是带着神秘的温柔。而云，那真是诱惑。一团团的，像一头撞进太阳的怀里般，沾着粒粒金粉。天边成群的云山云海，则干脆把太阳搂入软绵绵的怀里，云端四周就多了一层薄纱似的淡金黄色的镶边。只看见太阳赤裸的脚趾在云中伸动，看不见他那张陶醉的得意脸蛋。一切变得神秘，令人愉快的神秘。

我骑车弯进路头，那样的下午只能用来唱歌，歌词里有阳光、绿叶、飞鸟，车轮碾歪碎石的声音是伴奏，风在和音。我弯进路头，眼睛一下子亮了起来。看那么宽阔的石子路直躺躺地延伸着看不见尽头，只中间打了几个小折。看蓝得水水的天，看一团白云恰好在远远的路边的一家农舍的竹丛上头，好像不小心被竹子钩住跑不掉似的。我爱这样宽阔的平野任我一个人乱闯的那种感觉，我爱心房的栅栏一下子撞破了，兴奋的触须痒遍全身的那种激情，我爱这广阔天地只属于我一人的狂想，我也爱风在耳边激动地呼啸，把我的头发梳成虬结的团线的那种痛快。一心一意，我要追赶那团云，趁她还未解掉竹钩时，一头钻进她那如棉如絮又如春日海水的胸怀里。车在颠簸，心也在颠动。恨不得有一双长臂，两手一伸一揽，收集天上所有的云朵，堆成一张弹簧床，轻轻拍一拍，纵身便依偎了进去。于是，我加快速度，决心要追赶那云，啊！云，我的故乡！

第一次，我惊觉到自己有着夸父的血统。

然而云是愈追愈远了。农舍经过了，才发现她在河的对岸平原上。想必是她伶手俐脚的，竹钩上一条云丝也没留下就溜了。不知道当初那个被追的太阳是否曾在长河平野上踏下几个慌张的脚印？也许，云本是行于天上的，不似太阳有火轮般的脚，所以不会下凡来领受我的盛情美意，不过是我的错觉罢了，只是，这错觉未免太美了点。

如果，蓝天是一本无字天书，云必是无字的注脚，而我急速的车痕翻译云的语言于路面上则是最新出版的注疏。天空以变幻的蓝色铺叙，云以干净的手法描绘，然后交给我的眼睛去印刷，我们都在叙述一个夸父的故事。那个古老却仍年轻的神话。

我读懂了这本无字天书。

从此热爱天空。无论何时何地，总献上我舒畅的笑声与问候的眼神。

后来，我的走姿变了。低着头，不理一切。凡尘太多，把我的心房占得客满。我很少再去关切天空。那时候,我几乎不再读云,曾经,我认为她是诗的放牧者;也不再殷殷探询季节的消息,曾经,我羡慕她是天庭的流浪汉。她的行囊里该有许许多多想象与美合著的故事,而我不再是爱听故事的少年。没有人能懂我望云的眼神。那时,天空是阴的。

梅雨开始,形成雨季。雨连续着,以一种无奈的落姿。日子开始有霉味。如果是一场滂沱大雨,倒还痛快,最怕的是有一搭没一搭的雨丝,像是乌云对大地不休地诉苦,无可奈何的。断断续续的雨,就如断简残编,不成句的字,不成字的笔画,组成一篇难懂的文章。诉得出的苦其实不是苦,诉不出的苦,方是真苦。云的倾诉,向来谁也不懂,大地不爱做考据。

生命的历程中,其实也有雨季。所有的豪情壮志都在一刹那间被打湿了,像湿了翅膀的鹰,沮丧地凝望阴霾的天空,想要振奋,却挣不断细细密密的网丝,想要展翅,却甩不掉羽翼上凝聚的重露。乌云至少还有大地可泄漏,不管懂不懂,泄完了,雨季也就过去了。而无处可诉的苦,日积月累地便在内心形成阴沉的气候,形成没有阳光的一方天空。最悲哀的是,明明心里延续着梅雨,脸上却必须堆积着虚伪的晴朗。生命之中,总难免有这样的季节。

等待阳光,是最折磨人的等待,却又不甘心终日梅雨。有一天,路过淡水,见平畴绿野之上,太阳在一堆泼墨似的乌云之中挣扎,时灭时显的光线,在天空中挣脱着要出来。我突然惊讶,内心深深地感动着。大自然总是无时无刻不在教我认识世界,传授给我力量新生的秘诀。天下没有永远阴霾的天空,只要让生命的太阳自内心升起。我感受到日出的惊喜。

于是,我想起夸父,觉得他与我是如此的亲近。我聆听那血液在我体内窜流的声音,并感受到有一股蛮不讲理的生命力,在我的心里呼啸着,说要霸占整个春天。

于是,昂首,问候天空,伸指弹去满天尘埃,扯云朵拭亮太阳。从今起,这万里长空,将是我镶着太阳的湛蓝桂冠。

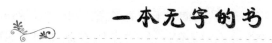

一本无字的书

赏析/半　诚

大自然无时无刻不在向人类传授着知识,教人们认识世界,向人们传授着许多生活的道理。天空是一本无字的书,蓝色的天,白色的云给以人自由和热情。文章告诉我们,天空的博大辽阔,会使人充满着壮志豪情,那里有夸父逐日的神话,那里有未来美好的生活图画。多么美丽的天空啊,蓝色如水晶一样的颜色,自由自在的云,谁能不喜欢它呢?

骑着自行车,一路追逐云朵,作者领着我们感受着天空之境,享受着美好的生活。天空给了我们一颗年轻热情的心,问候天空,如同问候我们的朋友。一本无字的书,作者却读出了那么多的感受,可见自然万物无时无刻不在向我们透露着讯息。

天空的瞬息万变犹如人生的过程,有着喜怒哀乐,有着起伏跌宕,但是生命没有永远的阴霾,内心的太阳总会升起。

人生的美丽是无穷尽的,只要你有心投靠美丽;所以有人说贫穷而能听到风声也是好的。何况,我真是一无所有的时候,我还可以在自己的居室里独对夕阳的美好。

独对夕阳美好

●文/邓　皓

从什么时候起,我便钟爱了夕阳呢?

在一幕高挂的天空里,一轮夕阳托举在云层里,恬静而美好。那光泽浓稠而不炽热,如淬了烈焰的钢。而周遭的云霞蔚为壮观,编组成一块五彩的画屏。你专注于去看那画屏时,那夕阳就分明跃坐画屏之上,像极了安详静坐的禅者。

浩然的天宇许多的时候是单调而苍白的。无数的日子太阳就一整天不肯露出脸来。所以,你去看,天没有一个时光比夕阳垂挂于蓝天时美好。哪怕日出时的那种辉煌也远远比不过夕阳隐退时的那份沉静的壮观。何况,欣赏美丽要有一份清静、怡然的心态。在观望日出和日落之间,谁会拥有更多的怡然，还用说么？

小的时候，家乡有一条河。是河却唤做沱江。我是因为沱江爱极了夕阳的。那时，我们喜欢去沱江戏耍，打水漂，捉螃蟹，几个人一块的时候，还能划船呢！尤其是秋天，河水退去汛期之后，整个的沱江静若处子。站在沱江岸边，极目远眺，弯弯曲曲的那便是一条白白的练带。你的思绪就要随着这素洁的练带飞翔开来。而黄昏的时候，我们便看到一只只白色的水鸟在亮翅斜飞，时而掠过水面画出一圈圈涟漪，无穷的自在。而这时夕阳总是倒映在清澈而静寂的沱江里。远远看去，便是一团火球在五彩的光波里沐浴。我们心里感受着这无穷的美好，却不知早在一千多年前王勃就吟诵过"落霞与孤鹜齐飞，秋水共长天一色"的佳句了。那时，小小的我只知夕阳的美丽，却无论如何不知道在夕阳里寻觅一份美好的心境的。犹如那时候生活在乡下的我，看着父母从田间劳作归来，脸上总是挂着幸福而满足的神情，我以为是他们自己心里有什么快乐了，却不知他们的快乐来自于他们踏着夕阳归来的那份心情。

待我慢慢长大，我才知道人类生命中美丽的一半来自于对自然景观的留意和欣赏。我不敢想象天空没有日月星辰的轮回会是什么模样？季节没有春夏秋冬的变迁会是怎样的萧索？树木没有春华秋实的更替会是怎样的荒凉？于是我开始留意了生活中美好的一切！而这份留意让我发现了人生原本充满着丰富的情趣！也许是作家大都喜欢孤独和宁静，我是极其喜欢在夕阳里沉思遐想的。面对一轮夕阳，端坐在阳台上，或者散步在郊野，让橘红色的光波在周身沐浴，摊开手来，握一把暖暖的夕阳，你便能找到"悠然见南山"的心境了。而正是在这种恬然的心境下，你的思绪便纷纷扬扬地散开来，那份情境沉浸而美好。你可以想象，卢梭的名著《一个孤独的散步者的遐想》或许其中最奇谲的灵感和哲思就来自于夕阳下的思考呢！

有时候，人生的一些不如意也让我的情绪低落了，而这时候最是我独对夕阳沉思的时候。那夕阳静默不语，却以她博大和壮观的内蕴扩展着我的心胸。人生难免有失意和挫折，就像这夕阳如此美好，也有消融在天际的时候。而自信的人儿不是乐观地道出了一句"夕阳今朝落下去，明朝依旧爬上来"么？我于是更加喜欢在夕阳里审读人生，去用心感触生命中的点点滴滴。久而久之，我把独对夕阳的静思看成是对人生的一种参禅。

是的，人生的美丽是无穷尽的，只要你有心投靠美丽。所以，有人说贫穷而能听到风声也是好的。何况，我真是一无所有的时候，我还可以在自己的居室里独对夕阳的美好。甚至，我可以对那轮夕阳说：你整个儿就是我的呢！而让人快慰的是：夕阳并不责备我的贪婪。

于是，一些简简单单的日子，我不惧怕贫穷的劳碌。我庆幸，我能以一颗丰盈的心小心地爱着我拥有的生活。

生活处处是鲜花

赏析／半　诚

"夕阳无限好，只是近黄昏。"夕阳就是再好，可惜已经是黄昏了，即将要消失。然而文章却告诉我们，夕阳的美好不在乎其美丽与否，而是当人在面对夕阳的时候，夕阳也会给我们很多人生的启示。人生的美丽是无穷尽的，只要你有心投靠美丽，美丽就无处不在。

伴着清净、怡然的心态，人生的美丽很多时候都在于人对自然环境的留心欣赏，在夕阳里沉思遐想，享受着自然中的孤独与宁静，会让人的心境澄澈，思绪满足。独对夕阳，夕阳沉默不语，但是它的博大和壮观却会使人胸襟宽广，它的日复一日会使人信心坚定，这些都来源于人对夕阳的思考。

独对夕阳，或许我们会有不同的感想，但是生活处处是鲜花，美丽心情总是来源于细心欣赏的人。

回首群山，好一块沉实的纸镇，我们会珍惜的，我们会在这张纸上写下属于我们的历史。

山水的圣谕

●文／佚　名

我终于独自一人了。

独自一人来面领山水的圣谕。

一片大地能昂起几座山？一座山能涌出多少棵树？一棵树里能秘藏多少只鸟？一声鸟鸣能婉转倾泄多少天机？

鸟声真是一种奇怪的音乐——鸟愈叫，山愈幽深寂静。

流云匆匆从树隙穿过——云是山的使者吧——我竟是闲于闲云的一个。

"喂！"我坐在树下，叫住云，学当年孔子，叫趋庭而过的鲤，并且愉快地问他，"你学了诗没有？"

并不渴，在十一月山间的新凉中，但每看到山泉我仍然忍不住停下来喝一口。雨后初晴的早晨，山中轰轰然全是水声，插手入寒泉，只觉自己也是一片冰心在玉壶。而人世在哪里？当我一插手之际，红尘中几人生了？几人死了？几人灭情灭欲大彻大悟了？

剪水为衣，抟山为钵，山水的衣钵可授之何人？叩山为钟鸣，抚水成琴弦，山水的清音谁是知者？山是千绕百折的璇玑图，水是逆流而读或顺流而读都美丽的回文诗，山水的诗情谁来领管？

俯视脚下的深涧，浪花翻涌，一直，我以为浪是水的一种偶然，一种偶然搅起的激情。但行到此处，我忽然发现不然，应该说水是浪的一种偶然，平流的水是浪花偶尔憩息时的宁静。

同样是岛，同样有山，不知为什么，香港的山里就没有这份云来雾往，朝烟夕岚以及千层山万重水的故国韵味。香港没有极高的山，极巨的神木。香港的景也不能说不好，只是一览无遗，坦然得令人不习惯。

对一个中国人而言，烟岚是山的呼吸，而拉拉山，此刻正在徐舒地深呼吸。

在

小的时候老师点名，我们一一举手说：

"在！"

当我来到拉拉山，山在。

当我访水，水在。

还有，万物皆在，还有，岁月也在。

转过一个弯，神木便在那里，在海拔一千八百公尺的地方，在拉拉山与塔曼山之间，以它五十四公尺的身高，面对不满五英尺四英寸的我。

他在，我在，我们彼此对望着。

想起刚才在路上我曾问司机：

"都说神木是一个教授发现的，他没有发现以前你们知道不知道？"

"哈，我们是早就知道啦，从做小孩子就知道，大家都知道的嘛！它早就在那里了！"

被发现，或不被发现，被命名，或不被命名，被一个泰雅族的山地小孩知道，或被森林系的教授知道，它反正在那里。

心情又激动又平静，激动，因为它超乎想象的巨大庄严；平静，是因为觉得它理该如此，它理该如此妥帖地拔地擎天，它理该如此是一座倒生的翡翠矿，需要用仰角去挖掘。

路旁钉着几张原木椅子，长满了苔藓，野蕨从木板裂开的瘢目间冒生出来，是谁坐在这张椅子上把它坐出一片苔痕？是那叫做"时间"的过客吗？

再往前，是更高的一株神木，叫复兴二号。

再走，仍有神木，再走，还有。这里是神木家族的聚居之处。

十一点了，秋山在此刻竟也是阳光炙人的。我躺在复兴二号下面，想起唐人的传奇，虬髯客不带一丝邪念卧看红拂女梳垂地的长发，那景象真华丽。我此刻也卧看大树在风中梳着那满头青丝，所不同的是，我也有华发绿鬓，跟巨木相向苍翠。

人行到复兴一号下面，忽然有些悲怆，这是胸腔最阔大的一棵，直立在空无凭依的小山坡上，似乎被雷击过，有些地方劈剖开来，老干枯干苍古，分叉部分却活着。

怎么会有一棵树同时包括死之深沉和生之愉悦！

坐在树根上，惊看枕月衾云的众枝柯，忽然，一滴水，棒喝似的打到头上。那枝柯间也有汉武帝所喜欢的承露盘吗？

真的，我问我自己，为什么要来看神木呢？对生计而言，神木当然不及番石榴树，而番石榴，又不及稻子麦子。

我们要稻子，要麦子，要番石榴，可是，令我们惊讶的是我们的确也想要一棵或很多棵神木。

我们要一个形象来把我们自己画给自己看，我们需要一则神话来把我们自己说给自己听：千年不移的真挚深情，阅尽风霜的泰然庄矜……

树在。山在。大地在。岁月在。我在。你还要怎样更好的世界？

适　　者

听惯了"物竞天择，适者生存"，使人不觉被绷紧了，仿佛自己正介于适者与不适者之间，又好像适于生存者的名单即将宣布了，我们连自己生存下去的权利都开始怀疑起来了。

但在山中，每一种生物都尊严地活着，巨大悠久如神木，神奇尊贵如灵芝，微小如阴暗岩石上恰似芝麻点大的菌子，美如凤尾蝶，丑如小蜥蜴，古怪如金狗毛，卑弱如匍匐结根的蔓草，以及种种不知名的万类万品，生命是如此仁慈公平，甚至连没有生命的，也和谐地存在着。土有土的高贵，石有石的尊严，倒地而死无人凭吊的树尸也纵容菌子、蕨草、藓苔和木耳爬得它一身。你不由觉得那树尸竟也是另一种大地，它因容纳异己而在那些小东西身上又青翠翠地再活了起来。

生命是有充分的余裕的。

在山中，每一种存在的都是适者。

水　　程

……船来了，但乘客只我一人，船夫定定地坐在船头等人。

我坐在船尾，负责邀和风，邀丽日，邀偶过的一片云影，以及夹岸的绿烟。

没有别人来，那船夫仍坐着。两个小时过去了。

我觉得我邀到的客人已够多了，满船都是，就付足了大伙儿的船资，促他开船。他终于答应了。

山从四面叠过来，一重一重的，简直是绿色的花瓣——不是单瓣的那一种，而是重瓣的那一种——人行水中，忽然就有了花蕊的感觉，那种柔和的，生长着的花蕊，你感到自己的尊严和芬芳，你竟觉得自己就是张横渠所说的可以"为天地立心"的那个人。

不是天地需要我们去为之立心，而是由于天地的仁慈，他俯身将我们抱起，而且刚刚好放在心坎的那个位置上。山水是花，天地是更大的花，我们遂挺然成花蕊。

回首群山,好一块沉实的纸镇,我们会珍惜的,我们会在这张纸上写下属于我们的历史。

感 悟 山 水

赏析／李林荣

山水的圣谕是什么？山水会告诉我们什么呢？在香港,作者一人独行,游山玩水,满腹疑问,如何得到山水的圣谕？文章隐秘地告诉了我们一些大自然的哲理。

山在,水在,万物皆在,还有岁月也在。这是存在的回答,肯定了我们的存在是世界的一员,我们都是生命的个体,有着不同的生命含义。适者,每一种存在都是适者,自然万物都是平等生存着的,我们都是社会中平等存在的个体,彼此相连,密不可分,有尊严也有包容,每个人都有自己生存的权利。水程,其实是一道人生轨迹,一段水的路程,犹如人的一生,留下的一段历史故事。

山水圣谕便是告诉我们,要做我们活着该干的事情、有意义的事情,珍惜人生,善待生命。

大地是我们的母亲,大地的命运,就是人类的命运,人若唾弃大地,就是唾弃自己。

西雅图宣言

●文／[美]西雅图

编者按:一八五四年十二月,美国"华盛顿特区"的白人领袖提出购买濒临太平洋的西北地区大片印第安人领地——以十五万美元买下两百万英亩土地，并承诺为当地印第安人划出一片"保留地"。土地的买卖(其实是变相的掠夺)是无法中止的，于是，当地六个印第安人部落的酋长西雅图，在布格海湾发表了这篇演说，后人称之为"葬礼演说"、"天鹅的临终之歌"，又名"西雅图宣言"。西雅图用充满智慧的语言给白人上了一堂关于"人与土地的真实关系"的教育课。这些纯金般闪亮的思想和溪水般鲜洁的语言，值得"文明"的人类再三吟咏，牢记在心，并学会从人对待土地的基本态度——这个人与自然的本真关系的角度来判断，到底谁是"野蛮人"。华盛顿州州政府以他的名字命名了这片土地。

你怎能把天空、大地的温馨买下？我们不懂。

若空气失去了新鲜，流水失去了晶莹，你还能把它买下？

我们红人，视大地每一方土地为圣洁。在我们的记忆里，在我们的生命里，每一根晶亮的松板，每一片沙滩，每一撮幽林里的气息，每一种引人自省、鸣叫的昆虫都是神圣的。树液的芳香在林中穿越，也渗透了红人亘古以来的记忆。

白人死后漫游星际之时，早忘了生他的大地。红人死后永不忘我们美丽的出生地。因为，大地是我们的母亲，母子连心，互为一体。绿意芬芳的花朵是我们的姊妹，鹿、马、大鹰都是我们的兄弟，山岩峭壁、草原上的露水，人身上、马身上所散发出的体热，都是一家子亲人。

华盛顿京城的大统领传话来说，要买我们的地。他要的不只是地。大统领说，会留下一块保护地，留给我们过安逸的日子。这么一来，大统领成了我们的父亲，我们成了他的子女。

我们会考虑你的条件，但这买卖不那么容易，因为，这地是圣洁的。

溪中、河里的晶晶流水不仅是水，是我们世代祖先的血。若卖地给你，务请牢记，这地是圣洁的，务请教导你的子子孙孙，这地是圣洁的。湖中清水里的每一种映象，都代表一种灵意，映出无数的古迹，各式的仪式，以及我们的生活方式。流水的声音不大，但它说的话，是我们祖先的声音。

河流是我们的兄弟，它解我们的渴，运送我们的独木舟，喂养我们的子女。若卖地给你，务请记得，务请教导你的子女，河流是我们的兄弟，你

285

对它，要付出爱，要周到，像爱你自己的兄弟一样。

白人不能体会我们的想法，这点，我知道。

在白人眼里，哪一块地都一样，可以趁夜打劫，各取所需，拿了就走。对白人来说，大地不是他的兄弟，大地是他的仇敌，他要一一征服。

白人可以把父亲的墓地弃之不顾。父亲的安息之地，儿女的出生之地，他可以不放在心上。在他看来，天、大地、母亲、兄弟都可以随意买下、掠夺，或像羊群或串珠一样卖出。他贪得无厌，大口大口吞食土地之后，任由大地成为片片荒漠。

我不懂。

你我的生活方式完全不同。红人的眼睛只要一看见你们的城市就觉疼痛。白人的城里没有安静，没地方可以听到春天里树叶摊开的声音，听不见昆虫振翅作乐的声音。城市的噪音羞辱我们的双耳。晚间，听不到池塘边青蛙在争论，听不见夜鸟的哀鸣。这种生活，算是活着？

我是红人，我不懂。

清风的声音轻轻扫过地面，清风的芳香，是经午后暴雨洗涤或浸过松香的，这才是红人所愿听愿闻的。

红人珍爱大气：人、兽、树木都有权分享空气，靠它呼吸。白人，似从不注意人要靠空气才能存活，像坐死多日的人，已不能辨别恶臭。若卖地给你，务请牢记，我们珍爱大气，空气养着所有的生命，它的灵力，人人有份。

风，迎着我祖父出生时的第一口气，也送走他最后一声的叹息。若卖地给你，务请将它划为圣地，使白人也能随着风尝到牧草地上加强的花香。

务请教导你的子女，让他们知道，脚下的土地，埋着我们祖先的骨骸；教你子弟尊崇大地，告诉他们，大地因我们亲族的生命而得滋润；告诉他们，红人怎样教导子女，大地是我们的母亲，大地的命运，就是人类的命运，人若唾弃大地，就是唾弃自己。

我们确知一事，大地并不属于人；人，属于大地，万物相互效力。也许，你我都是兄弟。等着看，也许，有一天白人会发现：他们所信的上帝，与我们所信的神，是同一位神。

或许，你以为可以拥有上帝，像你买一块地一样。其实你办不到，上帝，是全人类的神，上帝对人类怜恤平等，不分红白。上帝视大地为至宝，伤害大地就是亵渎大地的创造者。白人终将随风消失,说不定比其他种族失落得更快,若污秽了你的床铺,你必然会在自己的污秽中窒息。

肉身因岁月死亡,要靠着上帝给你的力量才能在世上灿烂发光,是上帝引领你活在大地上,是上帝莫名的旨意容你操纵白人。

为什么会有这种难解的命运呢?我们不懂。

我们不懂,为什么野牛都被戮杀,野马成了驯马,森林里布满了人群的异味,优美的山景,全被电线破坏、玷污。

丛林在哪里?没了!

大老鹰在哪里?不见了!

生命已到了尽头,

是偷生的开始。

热爱共同的地球

赏析／李林荣

也许,很多人对土地的感情不是那么的深厚。其实,如果我们失去了土地,就失去了自我生存的根基。经历了大城市的生活,才感到农村草木的珍贵。在灰蒙蒙的天空下,楼房的污水,车辆的废气,工地的噪声,像嗡嗡的蚊子,扰乱我们的生活,吞噬我们的健康。有多少人想到了逃离,逃离那些倍受污染的都市。在这样压抑的环境下,有谁不想呼吸一下新鲜的空气。不是每一口清澈的泉水都能找到好的归宿,掠夺只会越来越浑浊,相互谦让才会清凉流淌。

爱惜自己生长的土地,保护好自己生活的地方。像对待亲人一样对待大自然,空气才会清新,树木才会翠绿,花香才会醉人,天空才会湛蓝。热爱我们的土地,珍惜每一个空间,感恩于美丽的大自然,不忘大地的恩情。

月亮从不向我们显示生活的任何一道较坚硬的边缘。在月光中,我们变得不再那样斤斤计较,而更被我们的感情所吸引。

初升之月的魅力

●文/[美]彼得·斯坦哈特　译/曾庆强

随着每一次月亮的升起,一个古老的奥秘就会复活并显示出魔力。

我家附近有一座小山,我常常在夜间爬上去。城市的噪音变成了远远的低语。在黑暗的寂静中,我分享着蟋蟀的欢乐和鸱鸺(chī xiū)的自信。但我来观看的是月出的活剧。因为,这使我心中重新获得被城市过于慷慨地消耗掉的宁静与明澈。

从这座小山上,我已观看过多次月出。每一次月出都有其独特的情调。有又大又圆、充满信心的丰收的秋月;有羞涩、朦胧的春月;有升起在浓墨般的天空那完全的宁静中的孤独、发白的冬月;有挂在干旱的田野上,被烟雾熏染的橘色的夏月。每一次月出,就像美妙的音乐一样,拨动我的心弦,然后又抚慰我的心灵。

凝望月亮是一门古老的艺术。对于史前时代的猎人们来说,头顶上的月亮就像心跳一样准确无误。他们知道,每隔二十九天,月亮就会变得丰满圆润,光华四射,然后生病消瘦而死去,接着又再次诞生。他们知道,逐渐丰盈的月亮在一天接一天的日落之后会显得更大,在头上的位置更高。他们知道,逐渐亏缺的月亮一夜比一夜升起得晚,直到消失在日出之中。能凭经验懂得月亮的变化模式一定是一件很深奥的事。

但我们住在户内的人,却与月亮失去了联系。路灯的闪烁和污染的灰尘像面纱一样遮住了夜空。虽然,人类已经在月球上漫步,但月亮却变得不是那么熟悉了。我们之中很少有人能说出当晚的月亮将在什么时间升起。

然而,它仍然在吸引着我们的思绪。如果我们毫无预料地突然看到一轮满月,巨大金黄,挂在地平线上,我们会茫然不知所措,只能凝眸回望它那端庄的仪容。而对那些凝望者,月亮是会有所赐予的。

我懂得月亮的赐予是在一个七月的晚上,在山上。我的汽车的发动机神秘地熄了火,我给困在那里,孤身一人。太阳已经落山了,我注视着东面,在一道山脊的那一边有一团明亮的橘黄色的光亮,看上去像林中的篝火。突然间,那道山脊本身似乎猛地燃烧了起来。接着,那初升的月亮又大又红,由于夏日大气中的灰尘和水汽而变得形状怪诞,从树林中赫然升起。

就这样,由于被大地灼热的气息所歪曲,月亮看起来性格乖戾,残缺不全。附近农舍的狗都神经质地吠叫起来,似乎这种怪异的光唤醒了树林中邪恶的精灵。

但是,当月亮脱离了山脊而升起时,它聚集了越来越多的坚定性和权威感。它的面色变化着,从红色变成橘色,变成金色,再变成冷黄色。它似乎是从暗淡下来的大地中吸取着光明,因为,随着月亮的上升,下面的山峦和山谷变得越来越暗淡无光。当月亮脱离了地平线,胸脯丰满浑圆,带着象牙色的清辉独自挂在那里时,山谷已成了这幅景色中的一些深深的阴影。那些狗,意识到这依然是熟悉的月亮,停止了吠叫。突然间,我感到一种自信和一种几乎想放声大笑的欢乐。

这一幕延续了一个小时。月出是缓慢的,充满了种种微妙之处。要观赏它,我们必须渐渐置身于更古老、更耐心的时间观念之中。观赏月亮执著地逐渐升高就是在我们自己心中找到一种不寻常的宁静。我们的想象力渐渐意识到宇宙的广漠,大地的无垠,感到我们自身的存在是多么不可思议。我们感到渺小,但享有特殊的荣幸。

月亮从不向我们显示生活的任何一道较坚硬的边缘。月光下,山坡看起来如丝织银铸,海洋则显得静谧、深蓝。在月光中,我们变得不再那样斤斤计较,而更被我们的感情所吸引。

在这样的时刻,会发生一些奇迹。在那个七月之夜,我观赏了一两个小时的月亮,然后回到汽车中,转动点火器的钥匙,接着便听见发动机开动了起来,正像几小时前熄火时一样神秘。我驱车下山,肩上浴着月光,心中充满宁静。

我常常回到初升之月的身边,特别是当各种事务把悠闲和梦幻的清晰挤到我生活的一个小小的角落中去时,我更受到强烈的吸引。这种情况在秋天经常发生。于是我就到我的小山上去,等待那猎人的月亮,巨大、金黄的月亮升起在地平线上,使夜充满梦幻。

一只鸥鹣从山岭之巅猝然扑下，无声无息，但明亮如焰。一只蟋蟀在草丛中尖声吟唱。我想起诗人和音乐家，想起贝多芬的《月光奏鸣曲》，想起莎士比亚在《威尼斯商人》中创作的罗兰佐说道："月光睡眠在这岸上何等美妙！让我们在这里坐下，让音乐之声轻轻注入我们耳中。"我思索着，他们的诗句与音乐是否像蟋蟀的乐曲一样，在某种意义上正是月亮的嗓音。带着这样的思绪，我那城市生活引起的茫然迷乱融化在夜的安谧之中。

恋人们和诗人们在夜里找到更深刻的含义。我们也都会情不自禁地提出更深刻的问题——关于我们的起源、我们的命运。我们沉溺在谜之中，而不是那统治着白昼世界的没有人情味的几何。我们变成了哲学家和神秘主义者。

在月亮升起时，当我们按照天空的速度减缓我们大脑的节奏时，魔力就悄悄地笼罩了我们。我们打开感情的阀门，使我们大脑中那些在白昼里被理智锁住的部分驱动起来。越过遥远的时空，我们倾听古代猎人们的喃喃低语，看见久远以前诗人们和恋人们的幻梦重现。

享受月亮的诗意

赏析／李林荣

有空的时候，看看初升的月亮，那淡淡的素色，山峦起伏的画卷，使许多生活在城市里的人感动不已。此时此景，年少的冲动，心清如水的感觉，一点一点在月光升起的时刻慢慢复苏。也许，生活的污垢，人为的景观，忙碌的步伐，使悠闲的心渐渐被覆盖，舒适的情怀被生活的重压挤得变形。一切的一切，在社会的奢华中退让，诗意被污染成了坑坑洼洼的粗糙的五光十色的喧嚣。

独享一份心情，捕捉一份感动。在城市的边缘，在山峰的脚下，我们只要抬起头，就能看到久违的月亮，宁静的心底充满了大自然的气息。往日硬邦邦的神经，也得到了片刻的松弛。没有星星的夜晚，在路灯主宰黑夜的都市，看见月光含情脉脉地挥洒，谁不为之陶醉？谁不为之驻足呢？

人们灵魂深处潜伏着一种梦思，一经被月光点燃，便"里应外合"地着了迷，身不由己。

月光幻想曲

●文/耿林莽

月光的美是画不出的。印象派画家莫奈有名作《日出》，而非《月出》。摄影、电影和电视也不行。音乐呢？贝多芬的《月光奏鸣曲》，阿炳的《二泉映月》，都是悠悠地传出了月光之情的。但毕竟只能勾起一点儿想象，终难有置身月光的视觉与触觉的感受。

秦少游《踏莎行》词曰："雾失楼台，月渡迷津。"一个"迷"字便摄住了月光的精灵。阳光明丽、开阔，朗然现一派阳刚之气，却不免有些炙热与烦躁，月光就幽深了。遮遮掩掩，影影绰绰，宁静而悠远。进入月光，便被一种恍惚朦胧的境界所迷；这是我平日生活过的世界吗？我还是我吗？在人间，在仙境，还是在通往地狱的忘川或地下隧道行走？

阳光浴人躯体，月光荡人心魄，进入精神深处，引得离却人间烟火，如在梦里游，长久置身月光之中，人会"异化"为幽灵吗？ 这或与嫦娥有关，与她的孤独、寂寞、忧郁有关，与她的绵绵乡愁织就的悲剧氛围之网有关吧。

人们灵魂深处潜伏着一种梦思，一经被月光点燃，便"里应外合"地着了迷，身不由己，仿佛坐在一条船上，抑或摇篮中，晃荡着、颠簸着、飘飘忽忽，神志迷糊，完全被月光编织的梦境所环绕，所牵引，所左右。我害怕却又迷恋于此。对于月光，只能在想象中追逐，寄期望于一个"如梦的行者"，让他做我的替身，到月光中去飘忽、去历险、去陶醉吧。

月光是清冷的。水的青色，雪的微寒，且有颤颤的感觉隐约其间，像一角轻纱，一片叶子，或是失血的嘴唇抖动。月光的神秘性在于她似静犹动，在于她的孤独和不安，如同手指握不住的一支残烛、一叶信笺在抖索。而当她依附于什么，笼罩着什么，便与她难以分割地构成一种幽暗的初合,幻化出万千种迷离之境来了。

寻梦者走着,走着,影子孤单,徒步向前。月光在村庄的模糊的屋脊之上,在匍匐着的庄稼地里,在井栏边,在场院的草垛上,在深深的沟壑里暗暗流动。光与影此起彼伏,在河的波浪间如蛇影穿梭。没有车辆的路边,黑黝黝的大树,一个汉子在伐木。他挥起巨斧,一下,一下,披在身上的黑衣裳滑落在地,露出了壮健的肌肉、多毛的胸脯。月光给他的肤色镀上一层青铜的光辉,阴森而潮湿……

是吴刚么?伐木者的汗珠在月光里幽幽地闪烁。

寻梦者走着,走着,旷野无垠,前边有绵延的山岭逶迤。"淮南皓月冷千山,冥冥归去无人管。"他念着姜夔(kuí)的诗句,一个"冷"字该是咏月诗的千古绝唱了。那些山岭全在月光中半隐半现,冷僻而高远,且有一座古塔倾斜,立体的月光从塔顶滑下,似有丝绸碎裂的声音相伴。

寻梦者仰起脸望月,试着攀上几级塔阶。他听见深山里有犬吠月,他听见远处传来了荒鸡的啼鸣。一个平淡无奇的白昼又将来临,皎月如钩,月光在渐渐地消隐……

寻 梦 者

赏析/半　诚

月光的美是画不出来的,那就只能用心去感受了。月下漫步,作者就是一个深夜的寻梦者,他要寻什么梦呢?或是幻想什么呢?事实上不是梦也不是幻想,而是月光的美,用身心去感受月光的美。

他感觉到了月光是清冷的、孤独的,他游走在月光的风景之中,经过山野乡村,美丽多情的月光感染了他,让他有了更多美妙的幻想,而这种幻想是一种对月光美的感受。因为月光的美就像梦一样是梦幻的,像仙境一样宁静而悠远,光与影重重叠叠又显着阴森,月光下群山中若隐若现冷僻高远,这些都是月光的造化。

沿着寻梦者的游历,可见,月光的美的确是画不出来的,因为它像梦一样迷幻,不可捕捉,只能用心去感受了。

我们在它面前将不复是天地灵长、宇宙主人了，我们和地球上所有生物一样，只是渺小、脆弱的生灵。

在 海 边

●文/斯　妤(yú)

　　我是一个生在海边、长在海边的人。厦门岛四周的海水湛蓝澄碧，温婉妍丽，那近乎透明、终日涌动不息的蓝色衬着岛上西式建筑的红砖绿瓦，还有散立在海滨山坡的芭蕉、椰树、凤凰、木棉，孕育、滋养了一个又一个诗人、音乐家，也使岛上的男子汉们日追一日地慷慨热情。这是南方的海，我故乡的海，终日奔涌喧哗着阳光的海。我曾是那片海的女儿，它那湛蓝得近乎神奇的宽广怀抱，培育了我最初的温婉深情，明媚清丽。

　　然而，丧失温馨情怀仿佛有一万年之久了。这丧失是否和背井离乡，长期漂游在凛冽的北方有关？

　　现在，我面对北方这恢宏、壮阔的大海，灵魂突然一阵战栗。大连的海域是如此广袤，如此苍茫，如此灰暗滞重，阴郁沉雄。当海浪雄狮怒吼般地朝岸边席卷而来时，我感受到的不是人类的伟岸，生命的欢乐，而是宇宙的无限，自然的浩荡，造物主的神秘与威严。

　　还有时间那亘古不变的循环、流转，人类命运的瞬息万变，无以把握，空间的浩荡连绵，无始无终。这一切，透过脚下这蓄积着原始伟力的海浪朝我呼啸而来时，我心里突然涌起了无尽的乡愁！

　　我想要那温柔妖媚的湛蓝吗？我想要那奔涌喧哗的阳光吗？我想要那玲珑美丽的故乡来抚慰我、庇护我吗？

　　是的，我想要梦幻来对抗现实，我想要善良的虚假来抵御严酷的真实。我愿意抛弃清醒、明敏、透彻、重新回到懵懂无知、混沌盲目。

　　然而人类已无法回到童年。

　　在名震中外，号称"神力雕塑公园"的金石滩，造物主又一次让我哑然无语，惶惶不安。

一堵由紫色、白色、灰色条纹相杂而成、浓缩了亿万年宇宙沧桑的叠层石灰岩耸然出现在我们面前。岩石是六亿年前海洋藻类生物化石而成。巨大而斑驳的断层上，一片莽莽苍苍，凹凸嶙峋。六亿年的时光熔铸了它的苍茫，无数海底生命造就了它的丰厚。时光使生命变成了石头，生命又使时光得以凝聚。

然而生命毕竟变成了石头。

同伴们纷纷在这巨型化石前留影，因为这是著名的"天下奇石"(美国地学部主席柯劳德语)，是世所罕见、地球上不可再生的瑰丽景观。我也怯生生地走过去，在摄影师按下快门的一刹那，做出了一个怯生生的笑容。

我知道照片冲洗出来后，那巨石会更加奇崛伟岸，而我们这些人类会愈加渺小委琐。我们在它面前将不复是天地灵长、宇宙主人了，我们和地球上所有生物一样，只是渺小、脆弱的生灵。

是的，面对这无言耸立着的宇宙沧桑史，我又一次强烈地感到浮沉在漫漫时空中的人类的悲哀。"流逝的不是时间，而是一代又一代的人。"一代又一代的人流逝了，沉积下来的便只有一代又一代灵魂对战时间、建立不朽的永恒渴望。

希腊神话里有位坚定的西绪弗。诸神处罚他，让他不停地将一块巨石推上山顶，而石头由于自身的重量又滚下山去。明知无效无望，但西绪弗日复一日，迈着坚定的步伐下山，将巨石又一次推上山顶。

汽车终于驶上风光旖旎的滨海路。这条依山傍海逶迤而行的公路是近年才开通的。据说这是全国最长的滨海公路，一共蜿蜒三十里。我不知它是否真是全国最长(大连这座城市很独特，它有许多全国之最)，但它所展现给我的，确是最新鲜、最独特的。

海风刚烈而强劲地刮，仿佛把我们的面包车当成了待举的风帆，一定要把它吹灌得满满，张扬得高高的才肯住手。滔滔黄海在前，郁郁青山在后(被车抛到了身后)，大海以永不止歇的热情呼啸着，奔腾着，凌厉强悍的北方气息灌满了整条公路，弥漫在每个人心头。汽车疾驶着，树木飞掠而过。涛声时远时近，时近时远，一片坦荡无垠中，突然转出一弯苍翠，又一弯苍翠，然后"哗"的一转，一片坦坦荡荡的海滩拥着一片汹汹涌涌的海浪出现在眼前。远处近处，偶尔冒出几座红砖小楼，像是在倔强地显示人类的意志。而左侧的青山，则时坐时卧地逼视着这一切，仿佛它也不肯袖手旁观,只要稍有动静,它便会"嚯"的耸立起来,慷慨激昂地参与这个世界的事务……

盘旋在逶迤的滨海路,我更多地感觉到了人类的气息。日月闲闲,宇宙浩浩,人类除了仿效那明知虚妄仍旧坚定仍旧义无反顾的西绪弗外,又能怎么样?明知我们无论走过多么漫长的岁月,最终都指向消亡;明知生命有欢乐,更有无尽的劳作和苦难,我们也得迈着"沉重而均匀的脚步"走下去,并且尽可能地使这过程充实、辉煌,充满创造的荣耀。

从海边回到住地,我五岁的儿子突然十分严肃地问我:"妈妈,谁能活得比'时候'长?"我被他突兀而犀利的追问所震动,一时竟无言以对。如今想来,这个问题是谁也无法彻底解答的。只有当他长大成人,体味了百态人生,并且终于能够和大自然静静对视,在心里一再问自己:"时光流逝,在这过程中一直保有新鲜生命的东西是什么?"时,他才能找到属于自己的答案。

在大海面前肃然起敬

赏析／李林荣

在大海面前,我们是那么的渺小。宇宙的无限,自然的浩荡,造物主的神秘与威严使我们对生命肃然起敬。时间的流逝,大海的奔腾,演绎着一个又一个时代的经典。人生,在大自然的时空里,只是毫不起眼的角色,只是大海里的一粒小水珠。我们要想自己的人生没有白白地在历史的长河里流淌,就要珍惜自己的生活,创造瑰丽的奇迹。

当历史轮回,我们能否找到自己的位置?人的一生,是短暂的。如果我们不好好珍惜,不努力去创造自己的生活,那么,当岁月的灰尘飘起,我们只能被埋葬在深深的泥土里,消失得无影无踪。只有领悟人生的真谛,把握时代的脉搏,才能紧跟大自然的步伐,即使沧海桑田,依然在风沙的雕塑中岿然屹立。

黄昏真像一首诗，一支歌，一篇童话；像一片月明楼上传来的悠扬的笛声，一声缭绕在长空里亮喉的鹤鸣；像一切美到说不出来的东西。

黄　昏

●文/季羡林

黄昏是神秘的，只要人们能多活下去一天，在这一天的末尾，他们便有个黄昏。

但是，年滚着年，月滚着月，他们活下去，有数不清的天，也就有数不清的黄昏。我要问：有几个人觉到过黄昏的存在呢？——早晨，当残梦从枕边飞去的时候，他们醒转来，开始去走一天的路。他们走着，走着，走到正午，路陡然转了下去。仿佛只一溜，就溜到一天的末尾，当他们看到远处弥漫着白茫茫的烟，树梢上淡淡涂上了一层金黄色，一群群的暮鸦驮着日色飞回来的时候，仿佛有什么东西轻轻地压在他们的心头。他们知道，夜来了。他们渴望着静息，渴望着梦的来临。不久，薄冥的夜色糊了他们的眼，也糊了他们的心。他们在低矮的小屋里忙乱着；把黄昏关在门外，倘若有人问：你看到黄昏了没有？黄昏真美呵。

他们却茫然了。

他们怎能不茫然呢？当他们再从屋里探出头来寻找黄昏的时候，黄昏早随了白茫茫的烟的消失、树梢上金色的消失、鸦背上日色的消失而消失了。只剩下朦胧的夜，这黄昏，像一个春宵的轻梦，不知在什么时候漫了来，在他们心上一掠，又不知在什么时候走了。

黄昏走了。走到哪里去了呢？——不，我先问：黄昏从哪里来的呢？这我说不清。

又有谁说得清呢？我不能够抓住一把黄昏，问它到底。从东方么？东方是太阳出的地方。从西方么？西方不正亮着红霞么？从南方么？南方只充满了光和热，看来只有说从北方来的最适宜了。倘若我们想了开去，想到北方的极端,是北冰洋,我们可以在想象里描画出:白茫茫的天地,白茫茫的雪原和白茫茫的冰山。再往北,在白茫茫的天边上,分不清哪是天,是地,是冰,是雪,只是朦胧的一片灰白。朦胧灰白的黄昏不正应当从这里蜕化出来么?

然而,蜕化出来了,却又扩散开去。漫过了大平原、大草原,留下了一层阴影;漫过了大森林,留下了一片阴郁的黑暗;漫过了小溪,把深灰色的暮色融入淙淙的水声里,水面在阒(qù)静里透着微明;漫过了山顶,留给它们星的光和月的光;漫过了小村,留下了苍茫的暮烟……给每个墙角扯下了一片,给每个蜘蛛网网住了一把。以后,又漫过了寂寞的沙漠,来到我们的国土里。我能想象:倘若我迎着黄昏站在沙漠里,一定能看着黄昏从辽远的天边上跑了来,像……像什么呢?是不是应当像一阵灰蒙的白雾?或者像一片扩散的云影?跑了来,仍然只是留下一片阴影,又跑了去,来到我们的国土里,随了弥漫在远处的白茫茫的烟,随了树梢上的淡淡的金黄色,也随了暮鸦背上的日色,轻轻地落在人们的心头,又被人们关在门外了。

但是,在门外,它却不管人们关心不关心,寂寞地,冷落地,替他们安排好了一个幻变的又充满了诗意的童话般的世界,朦胧,微明,正像反射在镜子里的影子,它给一切东西涂上银灰的梦的色彩。牛乳色的空气仿佛真牛乳似的凝结起来,但似乎又在软软地黏黏地浓浓地流动。它带来了阒静,你听:一切静静的,像下着大雪的中夜。但是死寂么?却并不,再比现在沉默一点,也会变成坟墓般死寂。仿佛一点也不多,一点也不少,幽美的轻适的阒静软软地黏黏地浓浓地压在人们的心头,灰的天空像一张薄幕;树木、房屋、烟纹、云缕,都像一张张的剪影,静静地贴在这幕上。

这里,那里,点缀着晚霞的紫曛和小星的冷光。黄昏真像一首诗,一支歌,一篇童话;像一片月明楼上传来的悠扬的笛声,一声缭绕在长空里亮咙的鹤鸣;像陈了几十年的绍酒;像一切美到说不出来的东西。说不出来,只能去看;看之不足,只能意会;意会之不足,只能赞叹。——然而却终于给人们关在门外了。

给人们关在门外,是这样说么?我要小心,因为所谓人们,不是一切人们,也绝不会是一切人们的。我在童年的时候,就常常待在天井里等候黄昏的来临。我这样说,并不是想表明我比别人强。意思很简单,就是:别人不去,也或者是不愿意去这样做。我(自然还有别人)适逢其会地常常这样做而已。常常在夏天里,我坐在很矮的小凳上,看墙角里渐渐暗了起来,四周的白墙上也布上了一层淡淡的黑影。在幽暗里,夜来香的花香一阵阵地沁入我的心里。天空里飞着蝙蝠。檐角上的蜘蛛网,映着灰白的天空,在朦胧里,还可以数出网上的线条和黏在上面的蚊子和苍蝇的尸体。在不经意的时候蓦地再一抬头,暗灰的天空里已经嵌上闪着眼的小星了。在冬天,天井里满铺着白雪。我蜷伏在屋里。当我看到白的窗纸渐渐灰了起来,炉子里在白天里看不出颜色来的火焰渐渐红起来、亮起来的时候,我也会知道:这是黄昏了。我从风门的缝里望出去:灰白的天空,灰白的盖着雪的屋顶。半弯惨淡的凉月印在天上,虽然有点儿凄凉,但仍然掩不了黄昏的美丽。这时,常常坐在天井里等着它来临的人也不得不蜷伏在屋里。只剩了灰蒙的雪色伴了它在冷清的门外,这幻变的朦胧的世界造给谁看呢?黄昏不觉得寂寞么?

但是寂寞也延长不了多久。黄昏仍然要走的。李商隐的诗说:"夕阳无限好,只是近黄昏",诗人不正慨叹黄昏不能久留吗?它也真的不能久留,一瞬眼,这黄昏,像一个轻梦,只在人们心上一掠,留下黑暗的夜,带着它的寂寞走了。走了,真的走了。现在再让我问:黄昏走到哪里去了呢?这我不比知道它从哪里来的更清楚。我也不能抓住黄昏的尾巴,问它到底。但是,推想起来,从北方来的应该到南方去的吧。谁说不是到南方去的呢?我看到它怎样走的了。漫过了南墙;漫过了南边那座小山,那片树林;漫过了美丽的南国,一直到辽旷的非洲。非洲有耸峭的峻岭,岭上有深邃的永古苍暗的大森林。再想下去,森林里有老虎——老虎?黄昏来了,在白天里只呈露着淡绿的暗光的眼睛该亮起来了吧。像不像两盏灯呢?森林里还该有莽苍葳蕤(wēi ruí)的野草,比人高。草里有狮子,有大蚊子,有大蜘蛛,也该有蝙蝠,比平常的蝙蝠大。夕阳的余晖从树叶的稀薄处,透过了架在树枝上的蜘蛛网,漏了进来,一条条的灿烂的金光,照耀得全林子里都发着棕红色,合了草底下毒蛇吐出来的毒气,幻成五色绚烂的彩雾。也该有萤火虫吧。现在一闪一闪地亮起来了,也该有花;但似乎不应该是夜来香或晚香玉。是什么呢?是一切毒艳的恶之花。在毒气里,不正应该产生恶之花吗?这花的香慢慢融入棕红色的空气里,融入绚烂的彩雾里。搅乱成一团,滚成一团暖烘烘的热气。然而,不久这热气就给微明的夜色消融了。只剩一闪一闪的萤火虫,现在渐渐地更亮了。老虎的眼睛更像两盏灯了,在静默里瞅着暗灰的天空里才露面的星星。

然而,在这里,黄昏仍然要走的。再走到哪里去呢?这却真的没人知道了。随了淡白的疏稀的冷月的清光爬上暗沉沉的天空里去么?随了瞅着眼的小星爬上了天河么?压在蝙蝠的翅膀上钻进了屋檐么?随了西天的晕红消融在远山的后面么?这又有谁能明白地知道呢?我们知道的,只是:它走了,带了它的寂寞和美丽走了,像一丝微风,像一个春宵的轻梦。

走了,——现在,现在我再有什么可问呢?等候明天么?明天来了,又明天,又明天。当人们看到远处弥漫着白茫茫的烟,树梢上淡淡涂上了一层金黄色,一群群暮鸦驮着日色飞回来的时候,又仿佛有什么东西压在他们的心头,他们又渴望着梦的来临。把门关上了。关在门外的仍然是黄昏,当他们再伸头出来找的时候,黄昏早已走了。从北冰洋跑了来,一过路,到非洲森林里去了,再到,再到哪里,谁知道呢?然而,夜来了:漫漫的漆黑的夜,闪着星光和月光的夜,浮动着暗香的夜……只是夜,长长的夜,夜永远也不完,黄昏呢?——黄昏永远不存在于人们的心里的,只一掠,走了,像一个春宵的轻梦。

黄昏的心思

赏析／李林荣

无论是夏季的黄昏,还是冬日的残阳,在将要被黑暗吞没的时刻,它们依依不舍的情怀,它们与月光分分相争的精神,使我们为之动容。其实,当看到美丽的景色被一点一点地蚕食时,我们不必伤感,美丽并没有消失,而是从北到南一路转移,被更多的人欣赏,被更多的人感怀。大自然的色彩是永远不会消褪的,只会在另一个国度里继续灿烂。

也许,在黄昏的模糊世界里,没有人能捉摸得透它的心思。也许,只有慢慢欣赏,才能体会点点滴滴的真情。月上柳梢头,等到夜色降临,一切的美景已转换。在另一个时间的纬度里,我们苦苦等候的是日月的变幻,是月亮涌动的暗影。或许,懂得珍惜自己的青春年华,才会懂得享受每一个日落的瞬间。

我喜欢为她挡风遮雨，喜欢看她香甜地啃着我的皮肤，即使疼痛，也让我感到一种前所未有的满足。

蝴蝶与铁树

● 文/佚　名

A

我不知道春天一定会有故事，所以她来的时候，我并没有在意。

轻轻地轻轻地，她随风而来，落在了我的怀里。我一低头，看到微小丑陋的她正懒洋洋地贴着我的肌肤，弄得我好痒。我抖了抖身子，想让她滑到地上，可她却那么固执地赖着我，被我甩得摇摇晃晃也不肯离开。

啊，这个小东西。我突然对她有了一丝爱怜。

B

我的名字叫铁树，一棵矮小的不开花的树。我的身边罗列着许多兄弟姐妹，他们嘲笑我个头太矮，因此都看不起我。

我们的周围有一个清澈的湖泊，天气晴朗的时候，阳光在湖面倾洒出一片片粼粼的波光，我的兄弟姐妹们愉快地在湖面上端详着自己的倒影，一群群欢快的鸟儿与他们嬉戏，在他们的枝丫间筑巢。我静静地看着一切，所有的鸟儿都与我擦身而过。

我是多么渴望有一只小鸟靠近我，哪怕它奇丑无比，可无论我再怎么挺直腰杆也无济于事，我甚至看不见湖里自己的影子。

C

天上掉下来的是一个虫卵，我悉心照顾着这个小东西，并给她起了个名字叫轻轻。轻轻，轻轻，我每天都这样叫唤着她，她却依然躲在卵壳里不出来。我让她晒太阳,替她挡风雨,卵壳上的花纹日渐绚丽。快出来吧,轻轻。我每天低声呼唤它。

　　终于,轻轻在我的手掌上晃荡了几下,挣扎着破壳而出。我马上被吓呆了,天哪,这是什么东西? 我敢发誓从来没有见过这样令人反胃的幼虫,青黑色的身体上长着一些棘刺,软绵绵的像一条青色的鼻涕。这是什么虫哇?我失望得眼泪喷涌而出。轻轻毫不介意我对她的厌恶,乖巧地趴在我手心上,时不时伸出舌头舔掉在她面前的泪渍。偶尔她还抬起头看着我,露出一副无辜的表情,好像在求我收留她。

　　想到自己从前的遭遇,我顿时心软了,勉强地朝她挤出了一个笑容。

D

　　每个清晨,我在一阵宜人的清香里苏醒,这香味儿一直是我内心深处的刺,闻着就痛。真羡慕那些会开花结果的树,他们跟随着四季款款而行,在春天摇曳迷人的花姿,在夏天竖起漂亮的绿荫,秋天里垂挂着饱满的果实,冬天朝天伸出冷酷的枝丫。而我永远披着一成不变的沉重的叶,年复一年,任时光流逝,我与四季无关。

　　我睁开眼,看到了轻轻,她正在幸福地酣睡,蜷缩在我怀里,紧闭着眼的样子是那么可爱。我呆呆地注视着她,直到隔壁小鸟快乐的歌唱声传入耳帘。

E

　　轻轻很快就把我的身体当成了家,把我当做自己人。她每天都睡到太阳当空才肯醒来,然后在我身上爬来爬去找水喝。为了给她蓄点水,我只有早早起来,弯起一片叶子蓄满朝露。

　　轻轻很聪明,知道那些水是留给她的,喝完后就抖动着她那大号的脑袋表示谢意,有时她还会全身扭动逗我笑。我愉快地看她做这些滑稽动作,真切地感受到幸福的滋味。

　　是的,只有轻轻与我相依为命,只有轻轻才能打动我麻木已久的心灵。

F

光靠喝水已经不能喂饱轻轻的肚皮了，她正是长身体的时候，却饿得有气无力地躺着。我不知道该怎么帮助她，我的食物是阳光、泥土里的养分和水，而这些食物是养不活她的。

不如吮吸我的叶汁吧。我举起胳膊上一张饱满的叶子，在她耳边扇动。她摇摇头没有动。我又试着将叶子送到她嘴边。终于，她试探着咬了我一口。一股椎心的疼痛弥漫我的全身。她一共咬了七次，终于获得了新生。

G

轻轻在我的庇护下茁壮成长，她一次又一次地蜕皮。我喜欢为她挡风遮雨，喜欢看她香甜地啃着我的皮肤，即使疼痛，也让我感到一种前所未有的满足。我从来没有像现在这样体会到自己的价值和爱情的幸福。

这是爱情了吗? 我常常这样问自己，这样一个别人眼里丑丑的轻轻，却让我甘愿付出全部的生命。

H

轻轻在第五次蜕皮后不再进食，只是忙碌地在我的手脚间爬来爬去，好像在研究什么重大事情。我以为她生病了，摸摸她的额头，一切正常。她朝着我笑而不语，很神秘的样子。

终于她在一片干净柔韧的叶子上停了下来，然后开始吐丝。没过多久，她居然织出了一个小垫子，然后用后足钩在上面，仰头翻过身继续来回吐丝。

直到轻轻用丝将自己的腰围绕成一个蛹的时候，我才恍然明白过来，轻轻其实是一只蝴蝶。

I

我不能不为轻轻高兴，她居然是一只蝴蝶，不是一条让人恶心的小虫，所以我笑了。

与此同时,我的心里有一个声音轻轻地说,轻轻,她竟然是只蝴蝶。这个声音突然就打垮了我。蝴蝶是个花仙子,蝴蝶只为花儿起舞,蝴蝶穿梭花丛中。没有一只蝴蝶会与铁树为伴。我是一棵不开花的矮小的铁树啊。

J

轻轻飞了起来,她展开淡蓝色的翅膀,划出一道一道优美的弧线。此刻,我无法抑制地想对她说出那三个字,可是面对婀娜的轻轻,我怎能启齿?我惊羡她的美丽,但这奢华的幸福我无论如何也承受不起。她应该与最艳丽的花朵相爱,她应该拥有世界上最浪漫的爱情,而不是一棵渺小的铁树。

轻轻不分昼夜地围着我飞舞,我先是冷漠地看着她,后来干脆不再看她。她寂寞地飞着飞着,遇到大雨也不肯躲,我心如刀绞却一言不发。

雨后,全身湿透的轻轻停在当初她飘来的位置,忧伤地凝视着我。

她最后留下一句话:请等我回来。随后飘然而去。

K

来年春天,还是那个有风的早晨,睁开眼后依然没有轻轻的踪影。原来那只轻盈的蝴蝶仅仅是我刻骨铭心的一个梦,只是,梦醒了,为什么还会心痛呢?

然后我听到有人说话的声音,是一个女孩子的尖叫声,她说,喂,你们来看啊,铁树都开花了啊! 好香啊!

我惊奇地发现,我的心上正绽放着一簇硕大的淡黄色花蕾,美丽夺目,接近辉煌。啊,我开花了! 刹那间,我的眼泪夺眶而出。

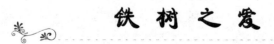

铁 树 之 爱

赏析/半 诚

一棵看似平凡的铁树,却演绎出一段美丽而又令人感动的故事,不由得让人相信,只要有爱的存在,铁树也能开花。

外表并不俊俏的铁树,当它发现掉在它身上的虫卵破壳而出的是一条丑陋的幼虫时,它失望了,但却不忍心抛弃它,而是接受它,与其相依为命,甚至用自己的叶子去哺育它。在这一段岁月里,铁树是满足的、享受的,因为它感到了自己存在的价值,也感受着一种付出的爱。可是,当它发现丑陋的小虫竟是一只美丽的蝴蝶时,它自卑了,它看不到了自己的价值,从而也收起了爱,尽管蝴蝶万般乞求,它还是不为所动,它认为此时的冷漠是另一种爱。但它却错了,错在不知道爱是最真最纯的,是不需要依附外界的条件的。蝴蝶飞走了,却留下一句:请等我回来。铁树真的是铁石心肠吗?不是的,你看,铁树也开花了!

一棵不起眼的铁树,为爱付出,无悔无怨,让人深受感动,只要心中存着一份爱,铁树也会开花。

听上一场空山鸟语,心如大山一样空旷,心中泛绿,顿觉年轻了许多。不管走到哪里,耳畔也会萦绕这刻骨铭心的鸟之绝唱!

空 山 鸟 语

●文/林红宾

我从闹市区来到这空旷的深山。那蝼蚁般熙熙攘攘的人群,那甲虫样缓缓蠕动的车辆,那氤氲着岚气般的烟云,那充斥着蚊哄似的喧嚣,统统离我远去。极目远眺,唯见青山含黛,层峦叠翠,苍穹湛蓝,飞云鼓浪。山中的一切都让我赏心悦目。我仿佛穿过岁月的隧道,进入了远古,去采风,去挖掘,去思索……

我来到一条草木葳蕤的山谷,坐在一棵状如华盖的罗汉松下,将一双脚伸进清澈无比的石潭里,立刻引来小鱼小虾前来造访。潭水悠悠,倒映楚楚,心也融融,情亦浓浓。我宛若幻化成一尊玄石,与大山密不可分了。物我交融，遐思无边，庄周梦蝶之情油然而生。此刻，我摒弃了一切人世杂念，心中不染纤尘，就如达摩面壁靠悟性来欣赏大山，来聆听山之音乐。

听啊，山风乍起，那低沉的松涛莫不是大山老人的鼾声，那潺潺的涧泉莫不是大山老人的脉跳！

这里有如搭起鸟的歌台，百鸟踊跃献艺，汇聚各种流派，呈现千种神韵，令人叹服大自然的造化神功，叹服大自然竟有如此高深的艺术造诣！我洗耳恭听这极为难得的空山鸟语，欣赏这久违的、拨人心弦使之颤动的鸟之绝唱！

喜鹊衣着典雅黑衣白领，站在高枝上喳喳喳地大声叫着，俨然一位落落大方的节目主持人；云雀是山中的民歌高手，如同一块不落的石头悬在蔚蓝色的空中振翅啼啭，歌儿悠扬婉转，娓娓动听。腊子鸟叫声优美，歌声嘹亮，传得很远，尤其那花腔，宛若有人在演奏木琴；南雀来自南国，语音颇有南方的腔调，哨起来嘟嘟噜噜的，就像有人高擎茶壶往茶杯里斟茶的声音；大尾莺只会那么一句词儿："唧唧咕儿，唧唧咕儿。"还在孤芳自赏反复吟唱；沙溜鸟"滴溜溜溜溜"地叫着，如同一枚水飘石，擦过平静如镜的湖面，溅起一串晶莹的水花儿；寿带鸟总愿站在最高的萍柳顶梢上，长尾巴一撅勾，头儿一点，"吱喽，吱喽"地叫唤，真像有人挑着一担空筲发出的声响……

节目依次上演，叫声各有千秋。

啄木鸟在拍打着手鼓助兴，山鸡在忘情地大声喝彩；画眉和山雀在发表天真活泼的议论，斑鸠则不满，与山鹁鸪在"咕咕咕，咕咕咕"地低声嘀咕。

布谷鸟在宣传独身主义："光棍好过！光棍好过！"王干哥鸟却在断崖上急切地呼唤伴侣："王干哥儿！王干哥儿！"吃杯茶鸟吐字清晰，俨如一个口吃的小堂倌在殷勤地张罗顾客："吃杯、杯、茶——吃杯、杯、茶——"黑老哇好不惊讶，像港台人那样发出由衷的赞叹："哇！哇！""哈哈哈哈，哈哈哈哈。"猫头鹰在挤眉弄眼地嘲笑……

欧吼鸟不会唱歌，只能模仿发齁(hōu)的人哮喘："齁——齁——""狼虎"是鹰的一种，长着一副凶相，只会恶抖擞地叫："狼虎！狼虎！"再不就会用坚硬的喙啄击岩石，"嗒嗒嗒，嗒嗒嗒"，仿佛戏台上的鼓佬在敲打小鼓。"抓——抓——"爪爪鸟动辄制造恐怖气氛，也不知张罗八火地抓什么。

日暮西山,百鸟唱晚,音乐会又掀高潮。

啊,你们这些善唱的精灵,我知道,你们本身就是大自然放飞的音符,大自然为你们谱写出这么多精美的曲子,又借用你们的歌喉,对我,对人类,对芸芸众生,转达他神秘而充满魅力,饱含善意的问候!

啊,听不完的鸟语,听不够的山曲! 此乃精美绝伦的山曲经典,是大自然的原声唱片,谁也无法作假。这远比那些手握话筒扭腰的摩登歌女强多了;远比那些矫揉造作有气无力的靡靡之音强多了;远比那些大红大绿的卡拉 OK 强多了; 远比那些嘭嚓嘭嚓弹棉花样的爵士音乐强多了。来这儿欣赏空山鸟语,不用花大钱买门票,不用受拥挤,不用呼吸近乎发霉的空气。这儿空气清新,阳光充沛,舞台恢弘,到处都是雅座,或在萋萋芳草上仰卧或在累累岩石上倚着,或在淙淙溪岸静坐。听上一场空山鸟语,心如大山一样空旷,心中泛绿,顿觉年轻了许多。不管走到哪里,耳畔也会萦绕这刻骨铭心的鸟之绝唱!

自 然 的 歌

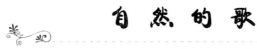

赏析／半 诚

自然是最真实的,真实才最贴近自然。不矫饰,不扭弄,向人类传达着它们的问候和善意,在山上、在枝头、在空谷,空山鸟语,就像一场自导自演的音乐会一样,鸟儿为大自然谱写着真实感人的乐章。我们也要为这雄壮的鸟语音乐会而感动,因为它不掺假,我们可以呼吸着清新的空气免费欣赏它。清晰优美的声音是大自然宝贵的礼物,它点缀了人类的生活,使人的心态年轻,让人变得愉悦轻松。

这都是自然伟大的杰作,是自然对人类最大的奉献。随着现代化建设的进程,许多地方的环境都得不到很好的保护,人类赖以生存的自然已经面临着威胁,"空山鸟语"显得多么可贵啊。它又一次呼唤我们要热爱自然,热爱这些美好的景观,保护环境,保护我们真实的财富。

没有喧哗，没有纷争，一切都显得如此的安定、平静。

田 园 诗 情

● 文/［捷克］卡·恰彼克

　　荷兰，是水之国，花之国，也是牧场之国。一条条运河之间的绿色低地上，黑白花牛、白头黑牛、白腰蓝嘴黑牛，在低头吃草。有的牛背上盖着防潮的毛毡。牛群吃草反刍，有时站立不动，仿佛正在思考什么。牛犊的模样像贵夫人，仪态端庄；老牛好似牛群的家长，无比尊严。极目远眺，四周全是碧绿的丝绒般的草原和黑白两色的花牛。这就是真正的荷兰。

　　这是真正的荷兰：碧绿色的低地镶嵌在一条条运河之间，成群的骏马，剽悍强壮，腿粗如圆柱，鬃毛随风飞扬。除了深深的野草遮掩着的运河，没有什么能够阻挡它们飞驰到乌德勒支或兹伏勒，辽阔无垠的原野似乎归它们所有，它们是这个自由王国的主人和公爵。

　　低地上还有白色的绵羊，它们在天堂般的绿色草原上，悠然自得。黑色的猪群，不停地呼噜着，像是对什么表示赞许。还有成千上万的小鸡，长毛山羊，但没有一个人影。这就是真正的荷兰。

　　只有到了傍晚，才看见有人驾着小船过来，坐上小板凳，给严肃沉默的奶牛挤奶。金色的晚霞铺在西天，远处偶尔传来汽笛声，接着又是一片寂静。在这里，谁都不叫喊吆喝，牛的脖子上的铃铛也没有响声，挤奶的人更是默默无言。

　　运河之中，装满奶桶的船只舒缓平稳地行驶，汽车火车，都装载着一罐一罐的牛奶运往城市。车驶过之后，一切又归于平静，狗不叫，圈里的牛也不发出哞哞声，马蹄更不会踢马房的挡板，真是万籁俱寂。沉睡的牲畜，无声的低地，漆黑的夜晚，只有远处的几座灯塔在闪烁着微弱的光芒。

　　这就是那真正的荷兰。

荷 兰 庄 园

赏析／半 诚

绿草如茵，牲畜成群，没有喧哗，没有纷争，一切都显得如此的安定、平静。文章中的荷兰便是这样的一个国家。

从文章中，我们不难发现一幅幅充满诗情的图画，你看，牛群吃草反刍图、骏马飞奔图、白羊黑猪图、夕阳挤奶图、运奶起航图……这一幅幅的图画就如一幕幕的电影，在我们面前展现了一个真正的荷兰。而田园的诗情更体现在这些图画上面，那么美好，那么祥和！

作者平和的文字，无不让我们感受到一种诗情，仿佛置身其中，眼前是一望无垠的草地，身旁是成群的牛羊，傍晚时分，还和挤奶人一起默默地工作，这些感受都是我们从文章中亲身体会到的，是跟随着作者神游荷兰的体验。你感受到了吗？

四目相对，忽然间感觉到当面对弱小而可爱的生命时，当面对充满灵气的大自然时，就能从对方的眸子里发现美好与和谐、温馨与宁静。

接受大自然的感化

●文／张年军

那是一个多么美妙神奇的世界。

那就是夏令营，是她常常神往的地方。

这一天，她终于站在了绿色葱茏的小树林中。蓝天、绿草、蝴蝶、飞鸟……

她兴奋地奔跑、尖叫,她忘掉了久居校园围墙内滋生出来的忧愁和烦恼,尤其是和同桌纠缠不休的大大小小的矛盾,现在想起来,似乎根本就不值得一提呢!

忽然,她看见一只花蝴蝶飞过来,她的双眸立即随着花蝴蝶飞翔的舞姿而灵动起来。

就在这时,像一个幽灵似的,她的同桌突然出现在她的眼前,和她一起追逐着花蝴蝶,欣赏着花蝴蝶的美姿。

她看见同桌那盯着花蝴蝶的一双眸子变得那么纯净,那么明亮而温柔。她的心里忽然有一种说不出来的复杂的滋味——美好与和谐,还是温馨与宁静? 好像二者兼而有之吧!

当同桌的目光渐渐地从蝴蝶身上飘离,投射到她的眼眸中来时,她的心竟然猛地搏动了一下。

四目相对,忽然间感觉到当面对弱小而可爱的生命时,当面对充满灵气的大自然时,就能从对方的眸子里发现美好与和谐、温馨与宁静,它们没有经过一丝一毫的伪饰,也没有半点的矫情,它们是在那一瞬间和大自然融为一体的。大自然还有那些弱小的生命具有弥足珍贵的谦和与忍让精神,并且潜移默化地感染着她和她的同桌的思想、脾性……

于是她们友好地笑笑,一同追逐着依然美丽翻飞的蝴蝶。

也许大自然能够化解思想的碰撞,因为我们都能够自愿地接受大自然美好灵性的感化。

忍让也是一种胸怀

赏析／半 诚

我们都向往着美好、和谐,不是吗? 就如文中的她,也向往着温馨、宁静,向往着大自然的纯洁!我们的心都是善良的,文章告诉我们,只要我们怀着一颗善良、宽容的心,世界就会变得很美好。

我们都会有忧愁烦恼的时候,当你心情烦躁,与人闹矛盾了,你会怎么办呢?你是否会像文中的她那样,接受大自然的感化?文中的她是位善良的小姑娘,大自然里的那些弱小而可爱的生命,让她产生怜悯之心,而同桌追蝶的画面又让她放下矛盾，与其共同牵手，编织着一份美好。这中间是大自然的和谐感染着她的思想。

"退一步海阔天空"，大自然的小生命尚能彼此忍让，创造一份和谐，我们又怎能不放开胸怀，化解矛盾，营造一份温馨与美好呢？

　　如果你是阳光的朋友，就会有一副红润健康的面孔和一窗明亮清朗的心境。

阳光，是一种语言

●文／雷抒雁

　　早晨，阳光以一种最明亮、最透彻的语言，和树叶攀谈。绿色的叶子，立即兴奋得颤抖，通体透亮，像是一页页黄金锻打的箔片，炫耀在枝头。而当阳光微笑着与草地上的鲜花对语，花朵便立即昂起头来，那些蜷缩在一起的忧郁的花瓣，也迅即伸展开来，像一个个恭听教诲的耳朵。

　　晴朗的日子，走在街上，你不会留意阳光。普照的阳光，有时像是在对大众演讲的平庸演说家，让人昏昏欲睡，到处是燥热的嘈杂。

　　阳光动听的声音，响在暗夜之后的日出，严寒之后的春天，以及黑夜到来前的黄昏。这些时刻，阳光会以动情的语言向你诉说重逢的喜悦，友情的温暖和哪怕是因十分短暂的离别而产生的愁绪。

　　倘若是雨后的斜阳，彩虹将尽情展示阳光语言的才华与美丽。赤、橙、黄、绿、青、蓝、紫，从远处的山根，腾空而起，瞬间飞起一道虹桥，使你的整个身心从地面立刻飞上天空。现实的郁闷，会被一种浪漫的想象所消解。阳光的语言，此刻充满禅机，让你理解天雨花、石点头，让你平凡生活的狭窄，变成一片无边无垠的开阔；让你枯寂日子的单调，变得丰富多彩。

　　可这一切，只是一种语言，你不可以将那金黄的叶子当成黄金；江河之上，那些在鳞波里晃动的金箔也非真实；你更不要去攀缘那七彩的虹桥,那是阳光的话语展示给你的不可捉摸的意境。瞬间,一切都会不复存在。可是,这一切又都不是空虚的,它们在你的心中留下切切实实的图画。在你的血管里推涌起波澜壮阔的浪潮,在你耳边轰响着长留不息的呼喊,使你不能不相信阳光的力量和它真实的存在。

和阳光对话,感受光明、温暖、向上、力量。即使不用铜号和鼙鼓,即使是喁喁私语,那声音里也没有卑琐和阴暗,没有湿淋淋的怯懦者的哀伤。

你得像一个辛勤的淘金者,从闪动在白杨翻转的叶子上的光点里把握阳光的语言节奏;你得像一个朴实的农夫,把手指插进松软的泥土里,感知阳光温暖的语言力度。如果你是阳光的朋友,就会有一副红润健康的面孔和一窗明亮清朗的心境。

阳光,是一种语言,一种可以听懂的语言。

倾听阳光的声音

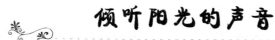

赏析／半　诚

我们每天都能看见阳光,但我们却极少留心去倾听阳光的声音,在文章里,作者告诉我们,阳光是一种可以听懂的语言,只要有一颗细腻的心,就可以听到阳光的声音。

不信你看,阳光能与绿叶攀谈,与鲜花对话,能对大众演说,能表达喜怒,能饱含禅意。我们循着作者的笔触,从大自然里发现阳光的影子,倾听阳光的声音,我们的感受也随之起着变化,温暖、向上,这是阳光给予我们的力量。

阳光的语言是能够听懂的,不信请你擦亮心灵的眼睛,竖起灵魂的耳朵,细细感受阳光下的自然、社会,你就会发现,阳光是如此的光明,它的声音又是如此的透彻、明亮。而当你听懂了,你就成了阳光的朋友,你也就拥有了健康、光明和力量。

呵，你这人世的瀑布，你是生活的象征，斗争的象征，永远不灭的象征！

瀑　布

●文／柯　蓝

从天山下来的流水，停在高高的悬岩上。它在向四处观望，寻找出路。在这没有路的地方，在这高悬的空处，流水，你要向哪里去呢？

流水没有回答。它仰起了头，挥动着手臂，用尽所有的力气向前跳起来了……

流水朝它所选定的方向冲过去，溅起了白色的浪花，散发着白色的烟雾，在山岩上发出了生命的呐喊……那闪闪的白光，那滚滚的浪花，那不散的烟雾，冲向无底深渊，震撼着万丈岩石。

呵，你这人世的瀑布，你是生活的象征，斗争的象征，永远不灭的象征！你已经流进了我的心底。

生命的力量

赏析／半　诚

"滴水石穿"的故事我们都很熟悉，我们从中看到了水的耐性与毅力，可水也有另一面，正如文中所写的瀑布，就有着一股冲劲和战斗力。从作者的字里行间，我们无不感受着一种力量，一种生命的力量！

天山的流水，当它寻不到出路的时候，它没有退缩，而是用尽生命的力量，往前！朝着目标的方向，不后退，不畏惧。它的勇气让我们震撼，让我们更加相信一句话：只要相信目标是正确的，就不要害怕困难！

流水尚能如此，我们又怎能在困难面前低头？请你也像瀑布一般吧，用你激昂的斗志击起生命的浪花，以不屈服的精神发出生命的呐喊！

一样美丽的晨昏之约

春 天 的 舞 会

每个人都有一个心灵的家园，从梦的边缘醒来，隐约听到记忆的车轮穿过夜雨，穿过清晨，或者穿过往事的声音，它默默地滋养与浸润着我们的心灵，牵动着我们敏感的神经。不经意间，将生活中美好却平凡的时刻留驻其间，在记忆里永续经典。

再回首，留在身后的是一行行深深的足迹，即便是早已涉足过人生的万水千山，那些掩映的梦，依旧令人心动。

飞在空中而且不惊动下面的人群，看一条条胡同的延伸、连接，是否就能看见了命运的构造？

故乡的胡同

●文/史铁生

北京很大，不敢说就是我的故乡。我的故乡很小，仅北京城之一角，方圆大约二里，东和北曾经是城墙，现在是二环路。其余的北京和其余的地球我都陌生。

二里方圆，上百条胡同密如罗网，我在其中活到四十岁。编辑约我写写那些胡同，以为简单，答应了，之后发现这岂非是要写我的全部生命？办不到。但我的心神便又走进那些胡同，看它们一条一条怎样延伸怎样连接，怎样枝枝杈杈地漫展，以及怎样曲曲弯弯地隐没。我才醒悟，不是我曾居于其间，是它们构成了我。密如罗网，每一条胡同都是我的一段历史、一种心绪。

四十年前，一个男孩艰难地越过一道大门槛，惊讶地四下张望，对我来说胡同就在那一刻诞生。很长很长的一条土路，两侧一座座院门排向东西，红而且安静的太阳悬挂西端。男孩看太阳，直看得眼前发黑，闭一会儿眼，然后顽固地再看太阳。因为我问过奶奶："妈妈是不是就从那太阳里回来？"

奶奶带我走出了那条胡同，可能是在另一年。奶奶带我去看病，走过一条又一条胡同，天上地上都是风、被风吹淡的阳光、被风吹得断续的鸽哨声。那家医院就是我的出生地。打完针，号啕之际，奶奶买一串糖葫芦慰劳我，指着医院的一座西洋式小楼说，她就是从那儿听见我来了，我来的那天下着罕见的大雪。

是我不断长大所以胡同不断地漫展呢，还是胡同不断地漫展所以我不断长大？可能是一回事。

有一天母亲领我拐进一条更长更窄的胡同，把我送进一个大门，一眨眼母亲不见了。我正要往门外跑时被一个老太太拉住，她很和蔼，但是我哭着使劲挣脱她。屋里跑出来一群孩子，笑闹声把我的哭喊淹没。我头一回离家在外,那一天很长,墙外磨刀人的喇叭声尤其漫漫。这幼儿园就是那老太太办的,都说她信教。

几乎每条胡同都有庙。僧人在胡同里静静地走,回到庙去沉沉地唱,那诵经声总让我看见夏夜的星光。睡梦中我还常常被一种清朗的钟声唤醒,以为是午后阳光落地的震响,多年以后我才找到它的来源。现在俄罗斯使馆的位置,曾是一座教堂,我把那钟声和它联系起来时,它已被推倒。那时,寺庙多也消失或改作他用。

我的第一个校园就是往日的寺庙,庙院里松柏森森。那儿有个可怕的孩子,他有一种至今令我惊诧不解的能力,同学们都怕他,他说他第一跟谁好谁就会受宠若惊,说他最后跟谁好谁就会忧心忡忡,说他不跟谁好了谁就像被判离群的鸟儿。因为他,我学习了阿谀和防备,看见了孤独。成年以后,我仍能处处见出他的影子。

十八岁去插队,离开故乡三年。回来双腿残废了,找不到工作,我常独自摇了轮椅一条条再去走那些胡同。它们几乎没变,只是往日都到哪儿去了很费猜解。在小巷深处两间低矮的屋顶下,我看见一群老人在工作,他们整日说笑着用油漆涂抹美丽的图画。我说我能参加吗?他们说当然。在那儿我拿到平生第一份工资。

那时我开始写作,开始恋爱。爱情削减着我的软弱,增添着我的梦想。母亲对未来的祈祷,可能比我的梦想还多,她在我们住的院子里种下一棵合欢树。可是合欢树长大了,母亲却永远离开了我,与我相爱的那个姑娘也远去他乡。痛苦在那片胡同里,纪念也不会完结。幸运又走进那片胡同——另一个可爱的姑娘来了,这一回她是爱人也是妻子,我把珍藏的以往说给她听,她说因此她也爱着那片胡同。

我单不知,像鸟儿那样飞在不高的空中俯瞰那片密如罗网的胡同,会是怎样的景象?飞在空中而且不惊动下面的人群,看一条条胡同的延伸、连接、枝枝杈杈地漫展以及曲曲弯弯地隐没,是否就能看见了命运的构造?

曲曲弯弯的人生胡同

赏析/半　诚

枝枝蔓延,曲曲弯弯,这是胡同的特色。之所以说每一段胡同都是一段历史，其实胡同见证了作者成长的经历，有着许许多多历史往事，作者对胡同有着深刻的感情。

在胡同里出生，走过胡同上幼儿园，后来又在胡同的寺庙里上学，双腿残废了在胡同里挣取工资、认识自己的爱人，胡同就是作者的人生轨迹啊！多年来史铁生身残志坚地生活着，坚持写作，在胡同中生活了四十年，当他再要写胡同的时候几乎就是写他全部的生命过程。北京的胡同有很多，但是史铁生的胡同只是城的一角，那些曲曲弯弯、密如罗网的胡同有着人的欢乐和哀愁，包含着一份珍贵的命运记忆。

人们或者会翻读这样的生命故事，但是胡同又告诉我们，一个人对故乡的热爱，对成长的依恋不论时间怎么流逝环境怎么转变，永远都是那么深情。

无论什么时候，总是根根相连，叶叶相依，互为提携，相亲相爱，结成一个绿色的集体，因此再猛再烈的风也刮不倒它。

故乡的芦苇

●文／樊发稼

长江口外，黄海之滨，有一个绿色的美丽的海岛。那就是我的故乡。二十几年在北国的大城市里工作，我常常想念我远在南方的故乡。生我养我的故乡啊，你给我留下多少梦幻般的、缤纷的记忆——

那密如蛛网的、纵横交错的清清亮亮的小河；

那灿若彩星的、叫不出名儿的各种各样芬芳的野花；

那望去像铺撒一方方碎金似的油菜花；

那朗朗秋空下熠熠耀目的、洁白如云的棉花……

然而，多年来尤其令我魂牵梦绕，永远不能忘怀的，却是故乡的芦苇。

是的，就是那些看来似乎很不起眼的、朴实无华的芦苇。一片片，一簇簇，碧生生，绿油油，迎着轻风，摇曳着修长的青玉似的秀枝，远看犹如一朵朵绿色的轻云，在地平线上飘拂着，给乡村平添几分恬静和飘逸。

几乎所有的河沟、小湖、池塘，都有绿色的芦苇掩映着。

每年，当春风刚刚吹谢雪花，故乡的芦苇就迫不及待地从还未褪尽寒意的泥土里探出尖尖的靛青色的脑袋。它长得很快。要不了多少日子，它就可以长到几尺高，快活地舒展出它那扁平的狭长的叶子。

到这时候，我和小伙伴们最喜欢摘一片芦叶，熟练地卷成小小的哨子，放在嘴边，吹出各种悦耳的乐音，孩子们被这美妙的音乐所陶醉，在亮晶晶的小河边，在碧青青的草地上，快乐地奔跑着，忘情地呼唤着……

我们还喜欢用芦叶折成绿色的芦叶船。手巧的伙伴，还会从旧火柴匣上剪下小片片，当做舵，安在小船的尾部，再用香烟匣里的锡纸做成小小的银色的帆叶。我们一个个光着小脚丫，蹲伏在河滩上，小心翼翼地各自把小船移到水面上。"开船啰！开船啰！"于是，在一片欢呼雀跃声中，绿色的"船队"便满载着我们纯真的幻想之花，顺流而去——

在那星月交辉的夏夜，我最喜欢带着弟弟到芦苇丛中抓纺织娘。纺织娘通体透明，头上长着两根细长的触须，身上裹着两片薄薄的玻璃纸似的羽翼。我们把捉到的纺织娘小心地放进小竹笼子里，怕它们饿，就塞进几朵金红色的南瓜花。然后将笼子挂在蚊帐架上，任纺织娘用好听的歌声伴我们进入甜蜜的梦乡……

啊，故乡的芦苇！因为你给过我不少童年的欢乐，所以我一直对你怀有一种特殊的亲切之感。每每想起你，我就会沉浸在童年美好的回忆之中……

随着年龄的增长，阅历的加深，我对于故乡的芦苇，又逐渐增加了一层钦佩以至崇敬——

它几乎无所不在。凡有人烟之处，就有它蓬勃的生命。

它不喜欢单个儿独处，而总是集丛而生。无论什么时候，总是根根相连，叶叶相依，互为提携，相亲相爱，结成一个绿色的集体，因此再猛再烈的风也刮不倒它。

它所求甚少。从不占用良田，不需要给它特别施什么肥。即使在十分贫瘠的土地上，也能挺干抽叶，顽强地生长。

对故乡农民来说,它是取之不尽的好材料:常用它搭瓜棚豆架,打篱笆,编苇席、苇帘子;用芦笆盖的房子,冬暖夏凉;把芦苇秆锯成一截截后,可以做织布用的纡子轴、笔套,抽烟的又可做烟嘴;它还是造纸的好原料;每年春节,给孩子做花花绿绿的马灯、八角灯,少不了要用芦苇做支架;芦篾又可做风筝、编制各种工艺品;散发着特有的清香的芦叶,可以用来包粽;雪白的芦根,又脆又甜,可以食用,还可以治病;芦花可以做枕芯,贫苦人用它做的芦花鞋,既保温又御寒;芦苇还可以当柴烧,芦灰又可做肥料……

故乡的芦苇真是一种极其普通但却有极大用途的植物。

从它身上,我们不是可以悟到某种有益的启示吗?它那种风格,那种乐于献身的精神,不是很值得我们学习吗?

想起故乡,就想起芦苇。

啊,我爱故乡,我爱故乡的芦苇!

会思想的芦苇

赏析／半　诚

为什么想念故乡的芦苇?二十几年的他乡生活没法抹去作者对故乡的怀念,想起故乡的小河、野花、油菜花、棉花……但是这种怀念最后又以故乡的芦苇最为深刻。在故乡,孩提时摘芦叶卷做小小的哨子,把芦叶做成芦叶船,夏夜里带着弟弟在芦苇丛里抓纺织娘,这些美好的童年趣事都深深地印在作者的脑海里。

随着年龄的增长,芦苇又让人明白很多道理。芦苇有蓬勃的生命,根根相连,叶叶相依,互为提携,相亲相爱,还可以在贫瘠的土地上顽强生长;芦苇还可以作为肥料,奉献自己。故乡的芦苇又是有着生命含义的芦苇,充满着人生的哲理。顽强的生命力、无私的奉献,都是我们要学习的精神品格。

有着欢乐,有着极大的用途,有着生命的隐喻,故乡的芦苇,怎能不让人想念呢?

日子如行云流水般滑过，乡亲们的单纯、质朴与热情让我真正理解了落叶归根的含义。当心中涌起一种东西叫怀念时，我明白，自己已深深地爱上了这片土地。

孩子，根在你心里

●文/枫　瑾

祖父病得很重，他拽着我的手说："孩子，替我回趟故乡，寻根去。"装着祖父的叮咛，我站在了这片土地上。

山村以最原始的方式接纳了我，平静而安详。一切都在落日的黄昏中沉寂着，如我想象般温暖。袅袅的炊烟从房梁上腾起，萦绕，盘旋，久久不肯散去。远近的犬吠声此起彼伏，显示着这里是有人家的地方。

很久以前，村里有个不成文的规矩，族人是不可以随便出村离开大山的。而当时年轻气盛的祖父却拉着祖母到山外照了张相，并带回村里。族人们把这对叛逆的人儿赶出了大山，并责令永远不许回村。五十年来，这始终牵扯着祖父的心。

我走进村里。没有都市的喧哗，没有灯红酒绿的影像，这里的夜是一片深邃的蓝，蓝得不叫人目眩，不令人迷茫，纯纯的，似乎可以引出许多神思遐想。拨开老屋的木门，跨过门槛，正如祖父曾经一遍又一遍念叨的那样，雕花的木门，古朴的桌椅，以五十年来不变的姿态呈现于我眼前。我很惊异于族人没有把这里的一切都付之一炬，或许，他们也舍不得这份精致吧。

捻开松油灯，屋里的摆设渐渐清晰起来，圆润的光环绕四周，像家的感觉。灯下，虔诚地写下一天的心情：这里很美。心里却不禁泛上阵阵忧伤，不知那些乡亲是否还固执如初。从箱底拣出祖母年轻时的衣裳，换上，我不应该和族人们有什么不同。躺在铺满稻草的屋顶上，看月华如水，倾泻四周，连空气中都浸透着一种香甜的稻草味。"枕着星光看日出"，我多少年来的企盼如今真的成为现实了啊！前人说举头望明月，低

头思故乡。我却思忆起远方病重的爷爷,泪水涟涟。这时,星月满天:

> 那片金黄中有如许的孤独
> 众多的夜晚
> 那月亮不是先人亚当
> 望见的月亮
> 在漫长的岁月里
> 守夜的人们已用古老的悲哀
> 将她填满,看她,她是你的明镜

村里依旧保留着打更的习惯,在更夫的吆喝声中,我和大地沉沉睡去。

我并没有看到日出。醒来时,屋前站着很多族人,因为他们穿着和我同样的衣裳。族人用方言朝我说了些什么,我不懂,看得出他们很焦急。我用手比画着一颗心,放在胸前,他们笑了,我也笑了,族人们终于用率真的笑接纳了我。

我是来寻根的,可是故乡的根在哪里呢?

村里有一棵老槐,在暮春中显得郁郁葱葱。日出而作日落而息的男人们收工后在树下纳着凉,他们光着膀子,我可以感觉得到那些古铜色的肌肤正一寸寸舒缓,呼吸着泥土的气息,又慢慢释放。女人们挽着发髻,忙活着做饭,或许是自己男人说的话得到大家赞同吧,她们时不时冲着他们笑,眼里写满了爱意和崇拜。然而更多的却是"伢儿——伢儿——"的呼喊声——这是我唯一能听懂的字句。我却更爱依偎在老人身边,听他们用没牙的嘴诉说斑驳的往事。我们用眼神、微笑和心交流着隔绝了半个世纪的感情。

掌灯时分,点点金黄,一切又恢复了平静……这是根了,我想。

日子如行云流水般滑过,乡亲们的单纯、质朴与热情让我真正理解了落叶归根的含义。而我,却不得不离开。当心中涌起一种东西叫怀念时,我明白,自己已深深地爱上了这片土地。把祖父五十年前的那张照片置于桌上,任它随挂钟的嘀嗒似水流年。捧着一袋故乡的泥土,我走了,如来时一般宁逸。

我终于没能见祖父最后一面,他离开我如同我离开乡亲们一样平静。把带回的泥土撒于坟前,展开祖父留下的信:孩儿,根在你心里。耳畔响起那遥远的歌声："我生在一个小山村,那里有我的父老乡亲,小米饭把我养育,风雨中教我做人……"

顿时泪流满面。

寻　　根

赏析／半　诚

　　作者为了祖父去寻根,然而根到底在哪里呢?五十年前祖父母违背村里的规矩,被赶出故乡,五十年后他们让作者回来为其寻根,却只见旧屋依然,景物祥和,村人友爱,根在哪里呢?其实根便是祖父的一桩心愿,时刻不忘的故乡以及故乡的亲人。

　　住在村子里,松油灯下感受着家的感觉,感受着异于城市的夜和星光,对村俗的所见所闻,都没法让作者找到根,因为根不是实物,看不到也摸不着。乡亲们的单纯、质朴与热情让作者真正理解了落叶归根的含义。因为作者已经深深地爱上了故乡,正是这份真实的感情才让她懂得祖父的叮咛。根在人的心里,其实是时刻不忘的一份感情。

　　祖父的良苦用心,留下信言："孩儿,根在你心里。"这是答案,也是对作者的期盼,不忘那份故乡的深情。

　　视线之内的草坡上并没有蒙古包,更没有门前飘扬的红旗和语录牌。远处那如同白蘑菇一般星星散落的蒙古包,不再是知青的。

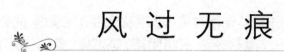

风 过 无 痕

●文／张抗抗

七月,内蒙古锡林郭勒大草原。

那是一片绿色的海洋，凉风卷起一层层起伏的草浪，从海的深处一直涌到脚面。无垠的潮汐中弥漫着牧草和野花的气息，溅湿了衣衫和眼睛。

缓缓的草坡往天的尽头绵延开去，绿草细短而密集。坡下有湖，三条银亮的小河蜿蜒注入湖内，常有大雁和天鹅飞来。若顺着坡下的小河往山里走，有一条韭菜沟，满满一沟的野韭菜。

"这里就是我们的夏季草场。"他说，"那时候，知青的蒙古包就搭在这片草地上。"

二十年过去了，重回草原一直是他悉心珍藏的梦。他在离开草原后漫长的日子里，曾无数次为我描述过上述情景。草原早已被我在想象中熟读，成为一幅幅虽远犹近的油画。

然而，视线之内的草坡上并没有蒙古包，更没有门前飘扬的红旗和语录牌。远处那如同白蘑菇一般星星散落的蒙古包，不再是知青的。

草原就这样突然变得陌生，那曾经被知青们以为是知青所有的草原。

那条韭菜沟还会在吗？年复一年，无人采摘的野韭菜已枯荣多少回？

"你看，那是我们的冬季草场。"他指着远处蓝色的山影，仍是难以抑制的兴奋。

巨大的冬季草场，却已被分割成若干片方圆几公里的小草场，承包给牧民经营。各家各户的草场四周，用铁丝网围起了规整的"草库仑"，作为彼此的地界。千年游牧的蒙古民族已在自家草场的中心，建起了定居的砖瓦房，屋子里的彩电播放着美国电视剧，陌生的孩子们嬉闹着，风力发电机正在屋后转得呼呼作响。

同行的友人笑着对一位青年牧民说："还认得我吗？那时你一年级，刚桌子那么高，我教过你，算是你的老师呢。"牧民茫然地摇头，又恍然大悟地点头。

没有知青了。当白灾黑灾都过去，草原就恢复了它原来的样子。

驱车欲往团部走，人说如今那不叫团部，是苏木，蒙语"乡"的意思。苏木一条街，挤满商店旅社饭馆，一座银色的微波发射塔冲天而立，电话直通世界任何一个地方。当年的团部门前早已换上了乡政府的牌子，院里的房屋已被翻建重盖……

"那就去六连吧。"他说。沮丧中仍抱定最后一线希望，是生活过多年的连部。

草渐渐高了,通往六连的土路,被湮没在汹涌的草浪中,唯有干涸枯瘦的车辙依稀可辨。这条当年被知青深深浅浅的脚印和牛车趄出来的土路,如今很少有人走了,除了放牧的马倌羊倌,也许根本没有人会到那个叫做六连的地方去了。

但那是知青的六连,从北京回来的六连知青,怎么能不到六连去呢?

黄褐色的土路在荒野上断断续续地延伸,从绿草中时隐时现。地平线始终遥远,蓝天下迟迟没有出现六连的踪影。它们在我熟知的画面上,是一大片赭红的砖房和黄泥土圈,被白云衬托着,从浓绿色的草地上浮升起来。

车子在草原上转了一个圈又一个圈。会不会迷路了呢?像当年刚来这里时那样。但太阳高悬,方向并没有错。何况,曾经闭着眼也能走到的。然而还是没有,六连踪迹全无。莫非六连真是沉到地底下去了吗?即使没有了六连的名称和人,也该有六连留下的房屋和圈舍什么的,那毕竟是几十个北京知青生活过十几年的地方啊。

六连终于以遗址的形状,从一片杂乱的草丛中被偶尔发现,已是夕阳西下时分。它们像是被蚀空的朽屋,终于在一个风暴的夜晚整体坍倒,大雨浇塌了土墙,草根揉碎了土块,大风吹散了土末,断裂的梁柱和破碎的砖瓦已被人捡拾殆尽,在后来没有知青的岁月中,运往别处派上了永久的用场。只留下一截截仅至脚背的黄土屋基,残垣断壁之间,尚能寻见当年方块似的知青宿舍隐约的痕迹……

还有,水井呢?锅台呢?马棚和牛粪堆呢?

唯有遥远的歌声,在荒芜中低低回荡。

再不用去寻访大漠中的古城遗址。离开草原仅仅二十年,创造过那段历史的人,就面对了自己的历史遗迹。像是在活着的时候,着手整理自己青春的遗骨残骸。

知青的六连和六连的知青,无言相对。六连就这样被留在身后。走出几步远去,那模糊的土堆便消失在草丛中,再也看不见了。回望六连,六连就像从来没有过一样。从车窗前掠过一座小山,山顶上隆起尖尖的石堆,彩色的布幡在风中翻卷。他说那是敖包,敖包是牧民心中的圣地。知青时代,敖包曾被夷平,只有在歌声中与敖包相会。

归途中经过一家蒙古包进去歇脚。案台上供奉着一尊佛像,一个佩

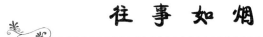

戴佛珠的老人靠墙坐在地毡上，正在专心诵经。有人告诉我们，那是一个喇嘛。

知青走了，老牧民大多故去，留在这里守望草原的，是永远的喇嘛和敖包。

风过无痕，可谁能懂得半个故乡人的悲哀！

往 事 如 烟

赏析／半　诚

七月的内蒙古锡林郭勒是一片绿色的海洋，是让人赞美的风景图画。这个时候回归曾经生活十几年的地方，应该是欣喜和急切的，他们急切地回来寻找草原的梦。可是，当作者和朋友真正走进草原的时候，一切都变了。蒙古包变了，曾经巨大的冬季草场也被分割了，人变了，团部、六连等曾经熟悉的地方都已经发生了改变，离开草原仅仅二十年，创造过那段历史的人，面对的只有历史的遗迹。

记忆藏在人的心里不变，曾经生活了十几年的地方也算半个故乡，但是现实中却已没有了故乡的影子。时间的流逝催促着事物在不断变更，记忆中的人和物都渐渐消失。斗转星移，时过境迁，带来了更多回忆的伤感。这是一个陌生的故乡，一次失望的寻访，充满着对光阴消逝的感叹，也充满着对往事苍凉的无奈。

每到秋风起兮，见到街市的青榄，总有一份说不出的情感，仿佛玲珑拨浪鼓声在耳旁萦绕，回味一番苦涩、清甜之味。

又见橄榄时

●文/［荷兰］林　湄

又到秋风秋雨时，此景此情不禁令我沉思冥想，触物感怀。

漫步于秋凉兮兮的都市，满目琳琅，洋货多于土货，人造品多过天然物，难得见到田园式的清新和超然、"秋水共长天一色"的壮景，因此觉得有所失落，有所不足……

黄昏，无意间，在寂寞的一角，见到令我驻足的、青青的鲜橄榄。

又见橄榄，又见橄榄！

往时，当我品尝之时，感到心神浪漫，啜那苦涩、清甜之味，如同领略人生的一首哲理诗——苦尽甘来，苦尽甘来。这咀嚼，这遐想，伴我走过生命悠悠长路，使我不论面临险境、艰难还是绝望，仍能披荆斩棘，对美好、光明的前程不懈地追求和憧憬……

而今，这万物丛中的一堆青青橄榄，不仅令我口里生津，也牵动我幽幽的乡愁，使我在烦嚣之世，如同回到那静谧恬美的乡间。

记得祖屋的村前屋后，种植了许多龙眼、枇杷、石榴、柚、黄皮、荔枝树。在古屋的石灰院右面，有一棵粗大而茂盛的橄榄树。向上的树枝，疏密有致的叶子，形同天然的大伞。不论是炎炎白天，还是融融月夜，树荫下，总有人休憩、下棋、闲聊……或有顽童卷一树叶吹哨，取一长竹竿捣落橄榄，将橄榄往衣襟一擦，丢往嘴里，初时皱眉咧嘴，啧啧叫苦，不一会儿就手拉手围着树干团团转，合唱："月光光，照厅堂，厅堂里，望橄榄……"

据说，这棵橄榄树是属于六伯的。他与老妻膝下犹虚，夫妇以制蜜饯橄榄为生。难怪每到晚霞满天的黄昏，那条熟悉而弯曲的小路，常常传来玲玲珑珑的拨浪鼓声，六伯佝着背，挑着一担木桶蹒跚走来。这时，孩子们一听见拨浪鼓声就蜂拥而至，围着木桶上面木盆内的蜜饯：有晶晶青色、墨墨黑色、灿灿金色、淡淡褐色，味道有咸的、甜的、酸的、又酸又甜的，还有一种外黏细盐的橄榄，含在嘴里能镇咳。孩子们只要掏出一分钱，可买两粒蜜饯，没钱的，可取家里的空瓶空铁罐来换取（换多少是根据瓶罐重量而定）。

我儿时最喜欢那又酸又甜的蜜饯橄榄，几乎是每次见到必买，然常常是边咀嚼边责怪自己贪吃。因我亲眼看见六伯六嫂将一筐筐洗过的青橄榄倒入石臼，然后穿上稻草编制的草鞋在石臼中踩踏，他弯着腰，甩动着双臂，原地不停地踏步，我常常担心他摔倒，但他总那么从容、自在，不时抹去额上的汗水。六伯告诉我，等果肉松脆，才往臼内加盐、糖、香料等。我和小朋友站在一边，嘘嘘地说："用脚踩，脏死了，以后别买呀。"这话不知说了多少遍，但还是照买照吃。直到长大后，才知道六伯用的草鞋是专门用来踩橄榄的，从不用来走路的。

印象最深的是，有一个黄昏，明明光着头，赤着上身，穿着补丁短裤，站在远处看着我们围在六伯的木桶旁选橄榄。明明用舌头舔着从鼻孔流下的两条清涕，我们笑着用手指在脸上画着羞他。这时，六伯用树枝般的手从木盆上捡了几粒蜜榄叫我们送给明明吃。不久他又挑起木桶，玲玲珑珑地摇着拨浪鼓而去，后面还跟着一大群孩子，直到小路的尽头……

三十多年过去了，六伯六婶早已作古。然而，每到秋风起兮，见到街市的青榄，总有一份说不出的情感，仿佛玲珑拨浪鼓声在耳旁萦绕，回味一番苦涩、清甜之味；目睹异乡秋景秋物，回顾几十年来品尝过人生道路中的苦、辣、酸、甜之后，似乎大彻大悟，面对青青橄榄，缕缕乡思中，又增添了一股淡淡的哀愁。

橄 榄 之 味

赏析／半　诚

品尝橄榄，先苦涩后清甜的味道会让人自然想到苦尽甘来。一个秋天的黄昏，无意中看到一堆青青的橄榄，勾起了作者无尽的乡愁和对故乡往事的追忆。想起了故乡祖屋旁边的橄榄树，想起了橄榄树的主人六伯及其制蜜饯橄榄卖橄榄的往事。三十多年以后的回忆，橄榄让作者想起了藏在内心深处的往事,对亲人的怀念和往事凋零的伤感——浮现。

回顾人生的几十年记忆,橄榄让人悟出人生的历程是苦尽甘来,咀嚼橄榄如同人生漫漫长路经历了艰难困苦,仍能披荆斩棘,坚持对未来美好、光明地不懈追求和憧憬。这种感觉是一种人生的体验,充满着对人生曲折、世事变迁的感叹。

秋风秋雨中,身在异乡,想起往事和逝去的亲人,触物伤感,沧桑的记忆又如何安抚作者一颗乡愁的心呢? 又见橄榄时,其实就是沉浸在回忆的感伤之中。

在故乡逗留的几天里,我总是一人常常站在老枣树生长过的地方久久地沉思,久久地追忆,在心里默默地祭奠着一棵树。

永远的绿荫

●文/曲　近

一踏入魂牵梦萦二十年的老宅地,我顾不上与前来迎接的乡亲们打招呼,便转着身子,在我家旧址的当院里,很仔细认真地反复搜寻。这一举动引起了二婶娘的注意:"丢了什么东西了吗? 孩子。"

"不,我在寻找老枣树。"

"早伐了。"

"哦!"我身子一震,轻叹一声,心里猛然涌出一种酸涩的怅然若失的感情。啊,二十年了,这棵老枣树一直长在我心里,谁也伐不倒。而如今,在当年立老枣树的地方,空空荡荡的,连一截树根都没有了,空留下童年的记忆。

行前,我曾高兴地对家人说:这次回老家,一定饱饱吃一顿红枣,过过枣瘾。二十年没尝枣子啥滋味了,想起来,就馋得慌。如果说,乡情是一根线,那么,老枣树就是一根桩。乡情之线就牢系在这根桩上,时时牵动着我,牵向那醒也思念梦也思念的生我养我的那一方水土。

至于老枣树的树龄几许，活着的人没有一个能说准说清，大概已有三百多年了吧。相传，明朝末年，李自成在河南征战十四载，由于死于战乱的人太多，致使元宝遗地无人拾。于是，当局强行从外地向中原移民。三百多年前的某一天，我的祖上夫妇俩，挑担背篓实在走不动了，就在一条名叫周曹河的小河边停下来，栽树造屋，开始了安家落户的生活。现在周围四个自然村千余人的傅氏后代，全是从我家那座老屋发展出去的。所以，我家便称傅姓老宅子，院子里的老枣树，就是定居奠基时所植，大概具有扎根纪念之意吧。

在我记事时，老枣树径粗两人难以合抱，树高有二十米，冠如巨大绿伞。站在几里外，便可看到那葱茏如绿云的树梢，而绿中透出点点红星，便是收获之季了。大炼钢铁时，远近的山都被剃了光头。树，不论大小，一律填入炉堂，而我家的老枣树竟然鬼使神差地逃过劫难，奇迹般地保存下来，足以说明此树在当地是有些来历且远近闻名的，所以才有人在大加砍伐的情况下动了恻隐之心，网开一面，保留了下来，这也算祖上有德吧。那时候，方圆几十里，都知道老枣树下的傅家。我曾很为家里拥有这棵古树而自豪和骄傲过，甚至在和小伙伴斗嘴争强时也说："我家有棵好大好大的老枣树，你家有吗，大红枣儿馋死你。"老枣树不但给我带来过精神上的自豪，更给我带来过物质上的实惠。我出生的村子，地处伏牛山区，人多地薄水缺，属丘陵地带，近山而不得利，靠水而不受益，只能靠天过日子，生活十分清苦。那时候，我以为世上最好吃的果子，非我家院子里老枣树所结的大红枣莫属。它们个大、瓤脆、色鲜、味甘、艳润如玛瑙，十分惹眼。一到枣熟季节，只需抬头一看，谁都无法掩饰一种馋相。那华盖般的树冠里绿中缀红，站在数里外都能看见红星闪闪欲燃。

收获时，须将几家的苇席、床单、包袱之类的东西，铺于树下，数人攀树持竿，敲击摇撼。我和伙伴们欢蹦乱跳于树下，手持葫芦瓢争将个大皮红的拾于瓢内，据为己有。有时红枣掉下来，正打在头上，也顾不了疼，每年秋天收枣时是我最快乐的日子。这时，总有左邻右舍甚至远在村头的人都来帮助收枣，大家如过节一样，很热闹开心一阵。老枣树联结了乡里乡亲之间的感情，那样的时刻，常使人向往和留恋。按祖上传下的规矩：收枣时，不论遇上同姓异姓，远亲近邻，抑或是过路者，见人赠一瓢，大家共享之。

我自己拾的那些则收拢起来，作为私房，用细绳一枚枚穿起来，挂在高高的屋檐下，一半是为了风干，一半则是为了炫耀。因为这是我童年最心爱的红玛瑙项链，冬天时拿出来，时不时套在脖子上玩耍，很心疼地吃一颗，故意吃得其味无穷，惹得家里没有枣树的小伙伴很是羡慕嫉妒，竟要拿心爱的玩物换我几枚红枣吃，我自然不能夺人所爱，只是面上大方却又心疼地摘下几枚递去，说一声："再没有了，你慢慢吃吧。"碰到雨水充沛的好年景，老枣树一年可收数百公斤上等好枣，这些枣子，或晒干，或趁鲜大部分赠送邻居或亲戚，留下少量春节时蒸枣花馍，那是过节极受欢迎的食品之一。

怎的也不曾想到，老枣树生命的辉煌期竟提前结束了。我那位眼窝浅的本家婶子，一次回家探亲返程盘缠不够时，竟然做主把老枣树卖了，据说得款七十元，近乎于变相拱手相送了。而我深知这位婶子属于我们这个家族的盈实之户，当时是否真的缺钱，只有她自己知道，不过我认为她缺少的是比钱更重要的东西。由此我对她产生出不敬之意，不就是七十元钱吗？言传一声，我给你就是了，何必要断人对故乡的念头呢？这卖的不仅仅是一棵树，而是出卖了你自己的尊严。我想，我这辈子是不会原谅你的，就因为这颗老枣树，婶子，你知道吗？在得到那七十元钱时你失去了更多。

在故乡逗留的几天里，我总是一人常常站在老枣树生长过的地方久久地沉思，久久地追忆，在心里默默地祭奠着一棵树。感谢童年那寒冷漫长的冬天它所给予我的恩泽，我是在围着泥火盆如数佛珠般地数着大红枣过日子的。啊，老枣树，你经历了数百年风风雨雨，遭受到雷电的轰击，也躲过了大炼钢铁的砍伐灾难，却未能躲过七十元钱蝇头小利的一击。

大红枣儿甜又香，我却永远不能再尝尝。

老枣树，你在哪里？

寻找老枣树

赏析／半　诚

寻找老枣树，是这次回老家最期待的事情，可是老枣树早已不在了。作者许许多多的童年记忆都与老枣树有关，这么多年离乡最牵挂的便是老枣树，可是老枣树早已不在了。

想起老枣树已有三百多年的历史，含有傅氏定居扎根的深意，无数人就是在大枣树的庇荫下快乐生活，那时，可口的枣是人们赞美的食品，可是老枣树最终却被人以七十多块钱卖掉了，蝇头小利断了作者思乡的根。

　　老枣树给作者留下了美好的童年回忆，那一片永远的绿荫牵动着作者的心，并一直藏在记忆之中。在作者远离家乡的日子里，老枣树就代表着故乡，老枣树给了人们无数的恩泽，可是结局让人感到悲哀，让人沉思。

　　每次想到故乡，都有一种浪漫的情怀，心里有一幅画面：我穿着鲜红的裙子，从山坡上唱着歌走下来，白色的羊群随着我温顺地走过草原，在草原的尽头，是那一层一层的紫色山脉。

飘　　蓬

●文/（台湾）席慕蓉

一

　　据说，在我很小的时候，本来是会说蒙古话的，虽然只是简单的字句，发音却很标准，也很流利。

　　据说，那都是外婆教我的，只要我学会一个字，她就给我吃一颗花生米。

　　据说，我那个时候，很热衷于这种游戏，整天缠在外婆身边，说一个字，就要一粒花生米。家里有客人来时，我就会笑眯眯地站出来，唱几首蒙古歌给远离家乡的叔叔伯伯听。而那些客人们听了以后，常会把我搂进他们怀里，一面笑着夸我，一面流眼泪了。

　　可是，长大了以后的我，却什么都记不起来，也什么都说不出来了。

　　每次有同乡的聚会时，白发的叔叔伯伯们在一起仍然喜欢用蒙古话来交谈，站在他们身边，我只能听出一些模糊而又亲切的音节，只能听出一种模糊而又遥远的乡愁。

而我多么希望时光能够重回,多么希望,我仍然是那个四五岁的幼儿,笑眯眯地站在他们面前。用细细的童音,为他们也为我自己,唱出一首又一首美丽的蒙古歌谣来。

可是,今天的我,只能默默地站在他们身边,默默地独自面对着我的命运。

<h2 style="text-align:center">二</h2>

当然有些事情仍然会留些印象,有些故事听了以后也从没忘记。

童年时最爱听父亲说他小时候在老家的种种,尤其喜欢听他说参加赛马的那一段。

父亲总是会在起初,很冷静很仔细地向我们描述,他怎样渴望着比赛那一天的来临,怎样怀着一颗忐忑的心骑上那匹没有鞍子的小马,怎样脸红心热地等着那一声令下,怎样拼了命往前冲刺,怎样感觉到耳旁呼啸的风声与叫喊声,怎样感觉到胯下爱马的腾跃与奔驰。说着说着,父亲就会越来越兴奋,然后不自觉地站了起来,我们这几个小的也跟着离凳而起,小小的心怦怦地跳着,小小的脸儿也跟着兴奋得又红又热,屏息等着那个最后的最精彩的结局,一定要等到父亲说出他怎样英勇地抢到第一,怎样得到丰厚的奖赏之后,我们才会开始欢呼赞叹,心满意足地放松了下来。那个晚上,总会微笑着睡去,想着自己有一个英雄一样的父亲,多么足以自豪!

长大了以后,想起这些故事,才会开始怀疑,为什么父亲小时候样样都是第一呢?天下哪里会有那样不可一世的英雄呢?

好几次想问一个究竟,每次却都话到唇边又给吞了回去。

有一次,父亲注意到了,问我是不是有话想说?我一时找不出别的话来,就撒娇地坐到他身边,要他再讲一遍小时候赛马的事给我听。

想不到父亲却这样回答我:

"多少年前的事了,有什么好提的?"

我以后就再也没有提这件事了。

<h2 style="text-align:center">三</h2>

十几年来,父亲一直在德国的大学里教蒙古语文。

春天的舞会

感动系列

331

那几年,我在布鲁塞尔学画的时候,放假了就常去慕尼黑找父亲。坐火车要沿着莱茵河岸走上好几个钟头,春天的时候看苹果花开,秋天的时候爱看那一块长满了荒草的罗累叶山岩。

有一次,父女俩在大学区附近散步,走过一大片草地,草是新割了的,我们周围散发出一股清新的香气。

父亲忽然开口说:

"这多像我们老家的香草啊!多少年没闻到过这种味道了!"说完深深地呼吸了一口。

天已近黄昏,鸟雀们在高高的树枝上聒噪着,是它们归巢的时候了,天空上满是那种金黄色的温暖霞光。

我心中却不由得袭过一阵极深的悲凉,远离家乡这么多年的父亲,却仍然珍藏着那一份对草原千里的记忆,然而,对眼前这个从来没看过故乡模样的小女儿,却也只能淡淡地提上这样一句而已。在他心里,在他心里藏着那些不肯说出来的乡愁,到底还有多少呢?

我也跟着父亲深深地呼吸了一口,这暮色里与我有着关联的草香,心中闪出了一个句子:

"那只有长城外才有的清香。"

又过了好几年,有一天晚上,在我们石门乡间的家里,在深夜的灯下,这个句子忽然又出现了。我就用这一句做开始,写了一首诗,没怎么思索,也没怎么修改,所有的句子都自然而顺畅地涌到我眼前来。

这首诗就是那一首:《出塞曲》。

四

以前,每当看到别人用"牧羊女"这三个字做笔名时,心里就常会觉得,这该是我的笔名才对。

不是吗?倘若我是生在故乡、长在故乡,此刻,我不正是一个草原上牧着羊群的女子吗?

每次想到故乡,都有一种浪漫的情怀,心里有一幅画面:我穿着鲜红的裙子,从山坡上唱着歌走下来,白色的羊群随着我温顺地走过草原,在草原的尽头,是那一层一层的紫色山脉。

而那天,终于看见那样的画面了,在一本介绍塞外风光的杂志里,就真有那样一张相片！真有那样的一个女子赶着一群羊，真有那样一片草原，真是那样远远的一层又一层绵延着的紫色山脉。

我欣喜若狂地拿着那本画给母亲看，指着那一张相片问母亲，如果我们没有离开老家，我现在是不是就是这个样子？

母亲却回答我：

"如果我们现在是在老家，也轮不到你去牧羊的。"

母亲的口气是一种温柔的申斥，似乎在责怪我对故乡的不了解，责怪我对自己家世的不了解。

我才恍然省悟，曾在库伦的深宅大院里度过童年的母亲，曾吃着一盒一盒包装精美的俄国巧克力，和友伴们在回廊上嬉戏的母亲，恐怕是并不会喜欢我这样浪漫的心思的。

但是，如果这个牧羊的女子并不是我本来该是的模样，如果我一直以为的却并不是我本来该是的命运，如果一切又得从头说起的话，我该要怎么样，才能再拼凑出一幅不一样的画面来呢？

有谁能告诉我呢？有谁能为我再重新拼凑出一个不一样的故乡来呢？

我不敢问我白发的母亲，我只好默默地站在她身边，默默地，独自面对着我的命运。

舍不得的影像

赏析／半　诚

故乡的印象逐渐变得模糊，本来会说蒙古话，长大了却什么都记不起来也说不出来了；有些故事听了不会忘记，特别是父亲赛马，可是再问父亲的时候却被拒绝了；多次无意想起故乡的草香，牧羊的浪漫，却被母亲几句话浇灭。故乡究竟是怎样的？每次想起，每次又被打碎，许多故乡影像正在"我"的脑海里慢慢隐退。

文章告诉我们，作者无时无刻不在想念她的故乡，害怕关于故乡的记忆在身边不断流逝，没人为她重述，她对着流逝的影像束手无策，默默地独自面对这样的命运。命运是什么？命运就是深爱着故乡，然而回忆又如此的苍白。命运就是看着故乡的印象渐渐在淡化。

从冰灯乐园出来，我的心中矗立的仍然是二十几年前漠北家门口的那两盏冰灯：它那寂静单纯的美对我的诱惑和滋养是永恒的。

冰　灯

● 文/迟子建

　　冰是寒冷的产物，是柔软的水为了展示自己透明心扉和细腻肌肤的一场壮丽的死亡。水死了，它诞生为冰，覆盖着北方苍茫的原野和河流。

　　我出生在漠河，那里每年有多半的时间被冰雪笼罩着，零下三四十度的气温是司空见惯的。我外婆家的木刻楞房子就在黑龙江畔，才入九月，风便把树梢经霜后变得五颜六色的树叶吹得四处飘扬，漫山漫坡落叶堆积，斑斓奇丽。然而这金黄深红的颜色没有灿烂多久，雪便从天而降，这时节林中江面都是一片白茫茫的。奔腾喧嚣的黑龙江似乎流得疲惫了，它的身上凝结了厚厚的冰层，只有极深处的水在河床里潜流着。那时候冰上就可以打爬犁，用鞭子抽陀螺玩，当然还可以跑汽车。水在变成冰后异常坚硬，它的负载能力极其惊人。这时节我们还用冰钎凿开冰层捕鱼，将银白的网撒向鱼儿穿梭的底层的水域。撞网的鱼总是络绎不绝。

　　在水源枯竭的漫漫寒冬，人们曾凿冰放到缸里融化，使之成为饮用水。而将冰做成一盏盏灯，不知是谁最先发明的。总之人在利用冰满足了物质需求之后，理所当然便有了审美的要求。我最初见到冰灯是在童年记事的时候，当然是过年的时候了。人们用韦得罗（俄语音译，意谓小水桶，一种底小肚大、横面切断呈梯形的盛水用具）装满清水，然后放到屋外的寒风中让它冻成冰，未等它全部冻实，便将其提回屋里，放到火炉上轻轻一烤，冰便不再粘连桶壁，再从正中央凿一小小的圆洞，未成冰的水在桶倾斜时汩汩而出，剩下一具腹中空空、四面冰壁环绕的躯壳，那便是冰灯了。除夕，家家户户门口的左右两侧都摆着冰灯，它们体体面面地坐在木墩上，中央插着蜡烛，漆黑的夜里，它们通身洋溢着无与伦比的宁静和光明，那是每家每户渴望春天的最明亮的眼睛了。

北方的百姓如今过年仍然沿袭着这一古老的习俗，在吃热气腾腾的团圆饺子时，屋外干冷的空气中绽放着睡莲般安详的冰灯，它的美丽和光明曾温暖了我寂寞的童年时光。

离开大兴安岭后，我来到了哈尔滨。一到冬天，这座有典型俄罗斯情调的城市便开始筹备一年一度的冰灯游园会了。人们在冰封的松花江上切割下一块块巨大的冰，然后用吊车弄到岸上，再由卡车运至兆麟公园，接下来便是来自世界各地的冰雕艺术家施展才华绝技的时候了。他们在园子里竖起了一道道晶莹剔透的冰墙，然后在各个角落雕出了狮子、老虎、雄鹰、孙悟空西天取经、天使、长城、荷花、宫殿，等等，千姿百态、栩栩如生的冰雕作品。冰雕里装饰着五颜六色的彩灯，一到夜晚，那些灯亮起来，那冰因此而变成了嫣红、杏黄、天蓝、浓翠、浅粉和深紫。来自各地的观光游客就纷纷涌向那里。

我也去看了冰灯。公园里人潮涌动，照相机的闪光灯闪烁不休，千姿百态的冰雕作品妖娆地出现在我眼前。我走上一条长长的冰墙筑成的走廊，我摘下手套，用温暖的手去抚摸冰墙，寒冷透过肌肤浸润着我的整个身心。我的心竟悚然为之一抖。我抚摸的是松花江的冰，这玲珑剔透的冰是松花江水失去呼喊后沉默的结晶。这是沦陷时那曾经被鲜血浸染的松花江的水吗？这是遭受现代工业文明污染后的松花江的水吗？这是那负载过无数苦难的岁月之舟的松花江的水吗？它是如此冰冷、凛冽而断肢解体地把那晶莹和单纯展现给观众，它那么虚荣地把河床底层淤积的泥沙和碎屑给摈弃了。它的红色是彩灯装点的结果，而不是沦陷时人民惨遭日军屠戮陈尸松花江的那种血腥之色了；它的黄色也是彩灯装点的结果，而不是连年来遭受严重污染、水患纵横的松花江浊黄的水流了。如果说松花江是多么慷慨大度地把轻盈和美浮托给了世人，不如说松花江是多么脆弱和公正；它的脆弱在于它无法拒绝世人慕美的心态；它的公正在于它只展现瞬间的美，当春风拂动大地的时候，再美的冰雕也会化成空气和水，消失在广阔的土地和茫茫的宇宙之中。

在远离人烟的地方，人们点起冰灯是为了驱散沉重的黑暗；而在人烟稠密被灯火笼罩着的城市，人们之所以不让冰灯呈现本色，而装饰起各种彩灯，是因为城市已经没有真正的黑夜可言，人们只能把美寄托给多彩的光焰。而绚丽的色彩永远抵不上一种本色，更为经久不衰。

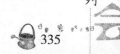

春天的舞会

感动系列

从冰灯乐园出来,我的心中矗立的仍然是二十几年前漠北家门口的那两盏冰灯:它那寂静单纯的美对我的诱惑和滋养是永恒的。

纯 洁 的 灯

赏析／半　诚

在一个孩子的记忆里,冰灯给人们带来了光明,在漆黑的夜里就像每家每户门前渴望春天的最美丽最明亮的眼睛。文章告诉我们,正是这些透明宁静的冰灯陪伴作者走过了寂寞的童年时光,大兴安岭的冰灯,纯洁宁静的美深深地刻在她的心上。

时光荏苒,当她长大后来到大城市哈尔滨的时候,冰灯多彩而绚丽地点缀了城市的美,可是它再也不像童年时只为驱散黑暗寄托希望而存在了。城市的冰灯虽然也同样美丽,可是它的美却没有了本色,没有了原来那种自然宁静的美,却成了城市灯火的装饰,人们欣赏的风景。两个地方不同的冰灯,却给了人不同的感想。城市的冰灯是一种修饰的绚丽的美,故乡的冰灯是自然的美,本色的美,却也是一种恒久的美,它的美也最纯洁。

把一株松树比做美丽的姑娘,并不是我的艺术创造,而是我们民族善良的天性和丰富的想象力的结晶。

长白山传奇(节选)

●文／关　鸿

长白山的美,是原始的粗犷的,又是秀丽的隽永的,而且,是迷人的神奇的……

美 人 松

车到长白山脚下，第一眼看到的就是美人松。

我游过黄山。黄山是松的山，松的海。除了名传天下的迎客松、送客松之外，还有无数千姿百态、难以名状的奇松怪松。游过黄山可谓阅尽了松树的家谱。而在这里，我却意外地发现了松树家族里一位不大为人所知的娇女。

美人松的树干挺拔，扶摇直上青天，凌空展开她的绿臂，远眺像个美丽的姑娘。她的细长挺拔似姑娘苗条的体态；她的斑白树纹似姑娘白皙的肌肤；她婀娜多姿的青枝绿叶，像姑娘绿色的头巾。啊，美人松，你没有自己家族固有的男性的苍劲、古朴的严肃，你却有自己独特的女性的青春、秀丽和活泼。

把一株松树比做美丽的姑娘，并不是我的艺术创造，而是我们民族善良的天性和丰富的想象力的结晶。

传说很久很久以前，长白山天池的水灌溉着万顷良田。突然有一天，一条恶龙霸占了天池，堵塞了出水口。一时间，河道干涸，良田荒芜。人们慑于恶龙的淫威，敢怒不敢言。有一位勇敢的木匠挺身而出，带上斧头跳下天池，与恶龙搏斗。他嘱咐妻子抱着水缸在山上伺候。他与恶龙斗几十回合，便上来喝一缸水。这样搏斗了三天三夜，天池里的水染红了。最后，恶龙的脑袋被砍下来，但是，勇敢的木匠却再也没有上来。他年轻的妻子一直在山头上守候着，等待着，春去冬来，风霜雷电，这位美丽的女子变成了一棵亭亭玉立的松树，与天池生死相伴。人们称她"美人松"。

与历史上其他美丽的传说一样，我们说不清楚究竟是有了美人松才有这传说，还是有了这传说才有美人松。但有一点是清楚的，曾经多少次有人连根带土挖了美人松，把她当成宝贝，想把她移植到豪华的庭院或者现代化的苗圃，甚至漂洋过海，侨居他乡，但是，这种尝试从来没有成功过。据说，因为这位美丽的姑娘还在痴心地等待着她亲爱的人，虽然已经多少个世纪过去了。

因此，到目前为止，世界上只有中国，全国就只有长白山，长白山就只有山脚下这一块，有这种珍贵的美人松。

从中原到北极圈

汽车进入自然保护区之后,导游的同志告诉我们:进入原始森林了。一条窄窄的汽车公路,劈开了密密层层的大森林。

最先跳入我们眼帘的是白桦树。童年时我多少次在图画书上看到她,她联系着许多美妙的童话。现在,童年的幻影和眼前的景色叠合在一起,更增添了白桦树的魅力!那雪白雪白的树干,那一片一片的白桦树,像一群群穿着洁白连衣裙的苗条的姑娘。汽车急驰而过,她们好像手携着手朝车窗前奔过来,围过来。我好像听到了她们的呼吸声、喧闹声、欢笑声。

与白桦树做伴的还有紫杉、春榆、山杨和胡桃楸,它们都是混交林带的居民。

随后,我们进入了针叶林带。这里是红松、云杉的领地。它们可算是森林家属里的老大哥了。个个腰圆体壮,魁梧英俊。有的高耸入云,有的要几个人合抱。它们你拥我挤地争夺着发展空间,也毫不留情地进行着你死我活的生存斗争。一棵巨树的枝干泰山压顶般盖住了旁边的小兄弟,而不屈的小树丫机智地从狭路缝隙中求生。一株老朽的松树倒下了,一条新绿却在它死尸上发芽。正是这种生气勃勃的自由竞争形成了生生不息、不可征服的生命力,组成了浩瀚壮观、遮天蔽日的林海松涛。

汽车爬坡明显地放慢了车速,我们看到了岳桦林。他也像白桦树一样,有斑白的树皮,但他不像姑娘一样挺拔,而像老翁一样矮曲。海拔越是增高,他越是难以承受严寒的气候和强风的吹袭,越是矮曲,越是稀疏,就越像饱经沧桑的老人被世态压弯了腰一样。然而,他又像烈士暮年,以他最后的生命力挣扎着,奇迹般地保持着四季常青。

当我们向山峰进发的时候,高大的乔木已经绝迹,连矮小的灌木丛都很少看见,这里常年气候低温潮湿,物理风化占优势,贫瘠的土壤就在火山熔岩块、火山沙砾层上偷生。只有现在,即每年盛夏,才能看到矮小的匍匐状的牛皮杜鹃和地皮、苔藓。这些绿色给沉寂的光秃秃的火山岩峰带来了生命的讯息。而这里生命的进程是多么短促而又缓慢啊。不过个把月,山下仍然郁郁葱葱,生机勃勃,这里却是将一切生命淹没在积雪之中的冰川世界了。

"我们到了哪里?"

"到北极圈了!"导游同志神秘地宣布。

不会吧，我们的汽车只开了两个钟头，行程不过百来里，我们爬山不到一个钟点，垂直高度不过一千米。然而，我们确确实实纵观了几千公里的自然景色，等于从中原走到了北极圈，这就是垂直景观的奇迹。

导游指着眼底一片茫茫林海说：这是地球上温带地区目前还保存着的最后一批原始森林，也是我国几十个自然保护区中最大、保护得最好的一个。可惜我们没有充裕的时间深入原始森林里去看看，否则可以看到几千万年以前地球混沌初开时的原始面貌。自然，它的科学价值远远超过游览价值。

说到科学价值，导游便滔滔不绝、手舞足蹈起来。突然他想起什么，小心翼翼地从笔记本里拿出一张复印照片，郑重其事地给我们传阅，他自豪地说："长白山的科学价值有国际意义！这是联合国发给我们的证书。"

我看到这是一份印有联合国教科文组织标志的中文证书：

证　　书

联合国教育、科学及文化组织

人和生物圈计划

　　根据人和生物计划国际协调理事会授权其主席团所作之决定，特此证明长白山为国际生物圈保留地网之组成部分。此国际网由代表世界诸类主要生态系统之保护区所组成，致力于为人类服务之自然保护和科学研究，亦系为测量人类对其环境之影响规定之标准。

一九八〇年一月十日

长白山是可以自豪的，它可以毫无愧色地屹立于世界"自然博物馆"里。历史揭到了现代，保护自然环境，保持生态平衡已经不仅是一个国家一个民族所能胜任，而是整个地球、整个人类共同关心的生命攸关的大事。闭关锁国的时代过去了，国际交流与合作的大门打开了，大自然是属于整个人类的。

导游告诉我们，他接待过几批外国学者，进行过开诚布公的学术交流。说到这些他的脸色神采飞扬。

我这才恍然，他是自然保护区的科学工作者。

他笑着点点头：我们为人类工作。

小天池传说

在去天池途中,有一条小岔道通往小天池。这是一条没有路的小路。在密林深处,有一个小小的火山口,方圆不足一里。湖面碧蓝,映着山峰林海的倒影,湖光反照,又使山峰林海染上一层透明的色彩。这里的幽静,使人觉得大自然仿佛屏住了呼吸;这里的深邃,又使人感到深不可测的神秘。

如果不是一个美丽的传说,这个普通的小湖泊不会具有那种神秘的魅力,也不会成为朝拜的圣地。

相传多少年前,小天池叫布尔湖,有三位美丽的仙女经常到这里沐浴,她们叫恩古伦、正古伦和佛库伦。有一天,飞来一只神鹊,衔着一颗红果,它把红果放在仙女佛库伦的衣服上。佛库伦洗毕穿衣,发现这颗红果,无意中吞了下去,想不到怀孕了,生了个儿子。这孩子面貌奇特,生而能言语。待他成人,仙女告诉他姓爱新觉罗,给他一只小船,便凌空离去。爱新觉罗乘船顺流而下,在一个地方登岸。那里正在内乱,三姓争夺王位。爱新觉罗便说:你们不用争,我是天女所生,奉命来平定你们的内乱。他们发现来人相貌奇特,认定为天生圣人,便迎归家里,推为国王。这便是爱新觉罗氏的祖先。

听罢传说,你再留意这四周景色,你会发现湖面对岸巨大的山石上,依稀可辨五个大字:"天女浴躬处"。

据传这是满清后裔为了纪念祖先的生龙之地,而立下的巨石碑刻。

现在,小天池已经荒芜了,但你切不可轻视这小小池水。满清历代王侯每年都要来这里朝拜。到那一天,这个狭窄的湖边车水马龙,警卫森严,香烟缭绕,鼓乐齐鸣,满朝文武,前呼后拥,恭恭敬敬,诚惶诚恐,感谢祖恩,祷求保佑。据说,慈禧太后也来朝拜过好几回。为了保护这个"圣地",清朝统治者下了禁令:老百姓不准随意进入长白山,更不准擅自砍伐。

虽然那个神话传说是愚昧可笑的,但我们倒还要感谢它。因为由此而产生的禁令长年来客观上保护了长白山的自然资源,使长白山成为我国受人为损害最小的一个原始森林地区。想不到,迷信和愚昧,在这里倒起了点进步作用。历史的复杂就是如此。

然而,迷信的防线没有挡住日本帝国主义的铁蹄,愚昧的传统也没有妨碍伪满统治者卖国,长白山遭受了蹂躏。直到解放以后,长白山到了人民手中,才建立了自然保护区。从这时起长白山才真正有了保护神,它不是仙女,而是人民;不是迷信,而是科学。

……

长白山的保护神

赏析/半　诚

迷人的长白山,是我国的自然保护区,有着很多动人的传说故事。世界珍贵的美人松,传说是一位美人为了守护天池望夫归来而变成了松树;长白山原始森林植物分布根据气候呈从中原到北极圈分布,是世界罕见的自然博物馆,有着科学价值和国际的意义;小天池传说,告诉我们天池是满清皇族保护的圣地,传说使得长白山更显神秘的魅力。长白山是人类珍贵的自然财富,可是自然财富真正的保护神是谁呢?

文章告诉我们,真正保护长白山的不是仙女,而是人民,不是迷信,而是科学。历史上所谓的长白山守护者,最终都没能阻止帝国主义铁蹄对长白山的侵犯和破坏,只有解放以后,长白山回到了人民的手中,它迷人神奇的美才真正受到保护,人民才是自然环境的真正的保护神。

玉瓣展处,中央赫然涌出一簇黄灿灿的花蕊,每一茎像一个金色的音符,整齐地排成一行一列,奏着欣悦的生之乐章。

昙花开的晚上

●文/艾　雯

今夜,微风,细雨,凉透纱窗,略有些秋意。今夜,天上没有星光,园中不闻虫鸣，是个沉静而岑寂的夜。但寂寞中我有慰藉，因盼待中的第一株昙花终将在今宵绽放。

造化施惠万物，连最微小的生命也不忽略。当恬恬第一个发现昙花有蓓蕾时，只有米粒那般大小，嵌在宽厚的叶子边缘一处齿形的缺罅里，那片叶子，还是上次被猫狗追逐时踏断了仅存的一片，一直冷落在花坛的一角，孤零零随风摇曳，不想居然也孕育了花苞。那纤细的绿色米粒，不两天就变成了花生米，由一根弯弯的嫩茎托着；再一天成了橄榄，成了……噢，我想不出什么恰当的譬喻，它几乎无时无刻不在长大换形。当我昨天把它端进屋子来时，有颗小芒果那么大了，悬宕在弯而长的茎上，无风自荡，摇摇欲坠，仿佛不胜负载。今天黄昏，眼看那一根根设在外面的花萼先已舒展，蓓蕾昂然翘扬，巍颤颤欲放还敛，我小心地安置它在桌子中央，只等待生命展露它神秘与美妙的那一刻来到。

八点钟——白天的烦嚣都已成为过去，一切静下来了。他们都在内室休息，独我和恬恬分坐花畔。她推开了她的功课，我打开的书卷，在这宁静的夜，恬淡的气氛中，对着高雅的名花，我没有看长篇累牍的论文，那太笨重了；也没有看谈情说爱的小说，那嫌庸俗了；这是一册富启发性、且蕴含人生哲理的小书。书中散溢出智慧的光辉，照耀着读者的心灵。我喜欢默诵其中一段：

> 人类灵魂的最高的幸福，是他的宁静。
> 在宁静中，你的思想情绪，在他的自身安住。
> 在宁静中，你的性灵生活，在默默地生息。
> 在宁静中，你的精神，在潜移默运，继续充实他自己。
> 在宁静中，你的人格的各部交互渗融，凝而为一，表现在自
> 己心灵的镜中，而你的心灵的镜光，能自相映射。
> ……

"妈妈，昙花开了你都不看！"恬恬一声惊喜的叫唤，唤回我神游的心。忙抬眼，只见原先抿合得紧紧的尖端，已微微启开露出一圈洁白的花瓣，圈成纽扣那么大一个圆圈，宛如娇憨的婴儿，翘起她嫩分分、香馥馥的小嘴，那样柔润，又那么逗人爱，给人有亲一亲她的欲望……

"我可不可以吻吻她？"恬恬谛视着昙花，眼睛闪闪发亮。

"不可以。"我说,"人的俗气会玷熏了它。"但是,我们还是忍不住一个一个俯下头去,把鼻尖贴近花瓣,深深地吸收它吐出来的幽香。

九点钟——轻轻地,怯怯地,几乎是肉眼看不见地,花蕾一直在不停地展开,仿佛一位睡眼惺忪的少女,那一排秀长郁密的睫毛不住闪动,突然,一阵颤抖,莹光闪闪,一朵洁白纤细的花心,盈盈探首花外,象牙刻的没有那样精致光润,白玉雕的不及那样玲珑剔透,这小小的花心宛如花儿的触角,先向这世界试探;似乎满意了这清静安谧的气氛,这不冷不热的温度,于是,围在花心四周的花瓣,又娇怯地展开些,像那嫣然的笑靥。

"黄昏了,是繁花合拢花瓣的时候了。"而在这深静的夜,昙花却正在吐蕊盛放。开在黑夜中的花,是要与月亮一比皎洁吗!

十点一刻——时间之流默默地滚去,受它灌溉的生命悄悄酝酿着美和芬芳,那一片片相叠相扣,密切偎依的花瓣,犹如蝴蝶展翅,看似怯生生娇柔无力,轻悄悄半启犹合,盈盈绽放时,整个是冰肌雪肤,粉妆玉琢,光华四射,一时连灯光也黯淡失色。玉瓣展处,中央赫然涌出一簇黄灿灿的花蕊,每一茎像一个金色的音符,整齐地排成一行一列,奏着欣悦的生之乐章。

恬恬坚持要守着花开完,但小小身心终抵敌不住一天的疲困,明澈的眸子如蚌壳般慢慢掩合,短发因头部低俯,被拂到微酡的颊旁。我轻轻地撼着她的肩敦促她说:"昙花现在刚盛开,你已看到最美的一刻,不必再等它萎谢。"

起居室内只剩下我一个人,一灯如水,独对孤芳。窗外,细雨洒落芭蕉,风卷起榕叶,似乎秋意更深。

十一点半——夜阑人静,自觉心灵莹洁无垢,思想澄清如洗。室内心中,弥漫闪耀的唯有幽香花影。玉翅般的昙花瓣现已完全展开,我凝视中,恍惚心灵与外境之间,渐渐起了阵朦胧的轻雾,身外的世界逐渐离我淡去远去,花我共处,浑不知是我投身花中,抑是花融渗入我心内——光影砉(huā)然一闪,雾渐散去,灯光掩映下,花儿却更焕发,更璀璨了。

我若有所悟,依稀记起一句不知从何处掇拾来的断句:

　　　一片花影,将引起你眼泪不能表达深思。

十二点——昙花仍然盛开着,夜更深静,也更凉心,倦意爬上我的眼

343

帘,挥拂不去,只得掩卷起立,闭上窗子,熄了灯,默默地向花儿道了"晚安",悄然退出室外,走到门口,不由得又留恋地顾盼了最后一眼,只见幽暗中依然闪耀着一团白皑皑的花影。噢,是了,它不会因为无人欣赏而减损它的美丽芬芳。

当我不识昙花以前,只知昙花总是用来形容生命的短促和事务的容易幻灭。如今我认识了它——从吐蕾、含苞以至盛开,却并不感到它生命的匆遽。所有生命不问存在时间的短长,而在它有无显示;没有显示的生命再长也不过是一片空白,而昙花在它短短的开放时间,已显示了纯净的美和生命无比的璀璨。这美和璀璨,留给人的印象,岂不是永久的吗!

今夜,梦中拥有花影幽馥,伴我到天明。

短暂的生命,永恒的美

赏析／半　诚

寂静的夜晚等待着昙花一现,焦灼而又期待。时间一点一点地过去,作者一步一步地见证了昙花开放的全过程。从可以看见蓓蕾,到一圈洁白的花瓣,到花蕾慢慢展开,作者平静地享受着与花的交流。

在宁静的夜,对着恬淡的名花,引起了人更多的深思:昙花生命短暂,生命幻灭急促,给人不少惋惜,但是昙花又是一种不在乎生命长久的花,因为昙花虽然只是短暂的一现,但没有留下空白和遗憾,短暂的美显示了纯洁和璀璨,而这种美将在人的心里存活到永久。

美丽的昙花显示了生命的魅力,不在乎生命的长久,在有限的时间里完成了生命的意义。在我们的生活中,难道不也是一种对照吗?不在乎生命的长久,而在乎是否做了生命中有意义的事情。

> 那条被主人放逐的老狗,在前村的篱畔哀鸣:是在哀叹自己的身世,还是在倾诉人类的寡情?

雪 夜

●文/[法]莫泊桑

　　黄昏时分,纷纷扬扬地下了一天的雪终于渐下渐止。沉沉夜幕下的大千世界,仿佛凝固了,一切生命都悄悄进入了梦乡。或近或远的山谷、平川、树林、村落……在雪光映照下,银装素裹,分外妖娆。这雪后初霁的夜晚,万物俱寂,了无生气。

　　突然,从远处传来一阵凄厉的叫声,冲破这寒夜的寂静。那叫声,如泣如诉,若怒若怨,听来毛骨悚然!喔,是那条被主人放逐的老狗,在前村的篱畔哀鸣:是在哀叹自己的身世,还是在倾诉人类的寡情?

　　漫无涯际的旷野平畴,在白雪的覆压下蜷缩起身子,她像连挣扎一下都不情愿的样子。那遍地的萋萋芳草,匆匆来去的游蜂浪蝶,今都藏匿得无迹可寻。只有那几棵百年老树依旧伸展着丫杈的秃枝,像是鬼影憧憧(chōng),又那么白骨森森,给雪后的夜色平添上几分悲凉、凄清。

　　茫茫太空,默然无语地注视着下界,越发显出她的莫测高深。雪层背后,月亮露出了灰白色的脸庞,把冷冷的光洒向人间,使人更感到寒气袭人。和月亮做伴的,唯有寥寥的几点寒星,致使她也不免感叹这寒夜的落寞和凄冷。看,她的眼神是那样忧伤,她的步履又是那样迟缓!

　　渐渐地,月儿终于到达她行程的终点,悄然隐没在旷野的边沿,剩下的只是一片青灰色的回光在天际荡漾。少顷,又见那神秘的鱼白色开始从东方蔓延,像撒开一幅轻柔的纱幕笼罩住整个大地。寒意更浓了,枝头的积雪都已在不知不觉间凝成了水晶般的冰凌。

　　啊,美景如画的夜晚,却是小鸟们恐怖战栗、备受煎熬的时光!它们的羽毛沾湿了,小脚冻僵了;刺骨的寒风在林间往来驰突,肆虐逞威,把它们可怜的窝巢刮得左摇右晃;困倦的双眼刚刚合上,一阵阵寒冷又把它们惊

看天的舞会

感动系列

醒。它们只得瑟缩地颤着身子，打着寒噤，忧郁地注视着漫天皆白的原野，期待那漫漫未央的长夜早到尽头，换来一个充满希望之光的黎明。

在苍凉的夜中守候

赏析／半　诚

　　雪夜应该是宁静而柔和的，但是莫泊桑笔下的雪夜却是万籁俱寂、了无生气，这是一个充满着寒冷、黑暗、恐惧、冷漠的雪夜。凄厉的狗叫似在为命运悲叹，漫无际涯的旷野显得凄清，落寞的太空默默无语，月光像纱幕笼罩着大地，小鸟的羽毛沾湿了，小脚冻僵了，雪夜中所有令人感到可怕的景物都在作者的眼中出现了。我们从中可以看到残酷、阴冷和无奈，一切都被迫压抑着、收敛着、抵抗着、忍耐着。

　　文章告诉我们，这样的雪夜凄美又可怕，美好又充满着冷漠和恐惧。所有的一切都像在等待着漫漫长夜的过去，换来一个充满希望之光的黎明。事实上，这是作者对当时法国黑暗统治的揭示，人们都在等待着黑暗社会早点过去，新的黎明社会早日来临。

　　我骑着自行车赶到乡下老屋的时候，夕阳正红。只见几十只燕子围着我们老屋的房顶，盘旋着，叽叽喳喳地叫着。

最后一窝燕子

　文／谢华良

　　仿佛是突然之间，天空就不见了燕子。人们都各忙各的，几乎没谁注意它们是哪一天飞走的。

天,湛蓝湛蓝的,高远了许多。

就在这时候,乡下老家的母亲来了电话:

"儿子……"

母亲喘气很重很急,我在电话这头听得特别真切。

我的心陡然一悬。

"娘,怎么回事,您,您慢慢说……"

"儿子……"娘说,"燕子都飞走了……"

我说:"是呀,燕子都飞走了……"

娘说:"可是,可是咱家还有一窝燕子没飞走!"

"怎么会呢?"我说着,心里稍稍轻松了一点,"……怎么会呢?"

"真的!"娘加重了语气,"我还能撒谎吗?要是不信,你就回来看看,我真担心它们飞不走,那可咋办啊?"

放了电话,我就开始考虑母亲的问题。我也不得不考虑母亲的问题了——这一晃,又有二十几天没回乡下老家了。

自从调到镇上中学上班以来,总是忙、忙、忙,本来打算三天两头回家看看母亲,又总是因为忙,一拖再拖;而母亲又说什么也不肯和我们一起到镇上来,非要让我和妻子孩子先过来租个房子住着,她自己留守在乡下老家。

上个月,她曾来我们这里看过一回,我和妻子孩子都极力向她宣传住在镇上的种种好处:这个有多方便那个又多省事什么的。可母亲只是笑笑,摇着头说:"还是让我先住在乡下老家吧……"

真应该再劝劝母亲,让她赶快下定决心到镇上来,说不定还要有什么麻烦呢,现在为一窝燕子就要惹得全家人牵肠挂肚的。

我骑着自行车赶到乡下老屋的时候,夕阳正红。只见几十只燕子围着我们老屋的房顶,盘旋着,叽叽喳喳地叫着。

我被那场面着实吓了一跳。

母亲迎了出来。

我问:"不是说只有一窝燕子没飞走吗?怎么会有这么多?"

母亲说:"可不,就差咱家这窝燕子没飞走,才招来了这么多的燕子——要是到时候它们都飞不走,那可咋办?"

我向来对燕子这类的小动物不怎么关心,它们什么时候飞来,什么时候飞走,怎么筑巢,一年能孵几窝,今年飞走了过年还真的能飞回来吗？等等，只是常听母亲絮絮叨叨地说过一些，却从来没往心里去。

可现在呢，我家房檐下这窝小燕子飞不走，老燕子就飞不走；一窝小燕子和老燕子飞不走，就有一大群关心爱护它们的燕子也飞不走；它们都飞不走，我的母亲要牵肠挂肚，我也就要跟着牵肠挂肚……

我就和母亲商量该怎么办才好。

母亲说："让你回来不就是让你给想个办法吗，要不让你回来干吗？"

我知道母亲生气了。

我不想让母亲生气。我回来就是想让母亲高兴，并且商量怎样让她过得更舒心些——比如快点接她去镇上和我们一起住。

头上的燕子仍在叽叽喳喳地叫着，不停地盘旋。我突然就想出了一个办法：把小燕子掏出来，放在屋里养着，或许能让那些大燕子果断地飞走。

母亲对我的办法不置可否，只是看了我一眼，就又抬头看那些燕子了。

看来，她真的是没有什么更好的办法了。

我就自作主张地登上了窗台，把手伸向燕窝。

突然，我头上的那群大燕子疯狂、凄厉地叫了起来，与此同时，我看见燕窝里探出三四个毛茸茸的小脑袋。

我的手举在半空，迟迟疑疑地不知怎么办才好。

母亲叫我："要不，你先下来吧……"

我举着手还在迟疑，突然——扑棱棱，扑棱棱，窝里的几只小燕子仓皇地逃了出来，歪歪斜斜地飞向天空，飞向了那群大燕子。

原来它们已经长大了，已经可以飞出窝了，可能是怕外面冷，可能是别的什么原因，才迟迟没有飞出来。

母亲舒了一口气，脸上绽开了轻松的笑，"好了好了，它们飞了——你快下来吧，"她叫着我，"一会儿它们飞累了，还要回窝里歇歇呢——明天一早它们就该启程啦！"

我从梯子上跳下来，拍拍手说："这下好了，该飞走的都飞走了，娘，你是不是也该随我们去镇上住了？"

娘警惕地盯着我，好半天才说："你又是回来做我工作的？"

"这不，您看，燕子都一窝窝地飞走了；您的儿女们，也都像小燕子似的，一窝一窝地飞出去了，怎么还能让您一个人留在老家……"

"人和燕子怎么能完全一样呢？"娘嗔怪地看了我一眼，笑了笑说，"燕子飞走了，来年还会回来，这里有它们的老窝；你们都飞走了，我在这里守着你们的老窝，你们在外面累了、烦了、腻了，就回来住一住，这有什么不好呢？"

我抬头看天。

天上那群燕子，越飞越高，越飞越远，已经分不出哪只是大燕子哪只是小燕子了。

我突然觉得母亲的话有些道理：是啊，人和燕子怎么能完全一样呢？

太阳渐渐地落下了山。

乡村的夜晚，宁静而温馨。

吃了母亲为我做的可口饭菜，躺在热乎乎的炕上，和母亲唠着嗑，不知不觉中，我就进入了梦乡。

母 子 之 爱

赏析／半　诚

母亲为什么那么担心燕子飞不走呢？秋燕南飞，冬天快要来了，天气在变冷，燕子就要飞到温暖的南方去过冬，但是老屋的燕子迟迟不见起飞，如若燕子不飞走，那么必将面临寒流的袭击。母子二人为着老屋的房檐上最后一窝燕子而着急，可见其善良且富有爱心。老燕子迟迟不飞走，其实不是依恋旧巢而是等待小燕子试飞，母子之爱，令人备受感动。

作者从镇上回来协助母亲，其实最牵挂的是母亲。母亲拒绝离开老家，其实是为了给儿子建筑一个温馨的港口，一个温暖的家，让在外的儿子困了累了可以回家歇一歇。与燕子相比，两者似乎是有区别的，但是两者又都是相似的，因为都体现了母亲对儿子深情的爱。

乡村的夜晚，宁静而安详，回到这样一个温暖的家，睡在母亲备好的热乎乎的炕上，是多么美好的事情啊！

　　我无限眷恋地看了看身后茫茫的旷野——它是一个老朋友了,然后朝小镇跑去。我隐约看见我的樱桃树了,满树的红果子!

红樱桃的召唤

●文/薛　涛

　　发现它,需要一个机会。

　　假如姥姥家不在它的另一边,也许永远发现不了它。其实它就在我家的后面。它在那里多少年了呢? 一定比我家的房子还老。可是我就是没在意它,不在意怎么能发现呢? 春天,它泛出绿意;夏天厚厚的草木;秋天铺上金黄;冬天,前所未有的空旷……它自己的事情,枯与荣,由它吧。

　　我就是没在意它。

　　也许它也根本没在意我,谁知道。

　　情况有了变化是初夏的一个星期天。是这样的,前一天妈妈说姥姥家的樱桃可能熟了,问我敢不敢一个人去。我一点儿没犹豫,说敢,不就是横穿后面的旷野吗。早上,我没跟家里人打招呼,他们在忙家务嘛。我先在旷野边上站了一会儿,下定这次旅行的决心。然后,向着太阳升起的方向出发了。家里人几次带我去过,向东穿过旷野走下去,直到把它全部甩到身后,看见一个小镇横在面前,就行了。

　　很简单的事,何必把它想得那么难呢?

　　我很快在大片野菊中找到一条小路,它不十分明确,隐隐约约地向东延伸过去。它不是一个清醒的向导,但是比自己在没膝的花草里瞎撞强多了。

　　我走下去,不时地与迎面而来的蜜蜂相撞。我还以为它们会对我不客气,抱着头准备飞奔一气,心想,这次逃不掉了,逃不掉了。还好,这里的蜜蜂比菜地里的温和多了。菜地里那群家伙至少蜇过两个伙伴了,弟弟、小斌,都吃过它们的苦头,小斌最惨,头上六个大包。还好,每次我都幸免于难。我们发誓要搞掉它们的老巢,目前在侦察中。

　　至于蝴蝶呢,你永远不必戒备它们。我用放大镜观察过至少六只蝴蝶,它们没有牙齿,全身找不到一件锋利的东西。在东行的路上遇见它们,我是非常放松的,还假装疯狂的样子袭击了一对橘黄色的小蝶。它们是令人开心的,点缀了我的行程。

我已经走进旷野深处,我想。起初太阳还贴着野菊和马齿苋的梢头呢,现在快爬到我的头顶了。

意识到迷路了是正午的时候。太阳已在头顶了,我突然发觉不能断定行走的方向了。之前我的依据是太阳,现在这个参照物失效了。而那条时隐时现的小路早就丢下我去了别处,我连是什么时候被它丢弃的都说不清楚。

我的心里马上长出无数的虫子,一起咬我骚扰我。

我赶紧停下来。我必须停下来,想想下一步怎么办。我看了看身后,来的方向同样是茫茫一片蒿草。退回去也不可能,再说,既然找不到前进的方向,那退回去的方向在哪里呢?我忙乱了一阵,只在原地转来转去。

谁都帮不上我了。举着淡蓝小花的野菊?还是车前草?我喜欢它们,它们都是些或善良或美丽的小东西。可是它们现在都帮不上我,也许它们几次给我指明了方向,可是,我不懂它们的意思啊!我们使用的不是同一种语言。可是它们沉静地举着头,看着我,大意是说,你怎么了,何必那么慌呢?先安静下来安静下来,事情不像你想象的那样糟糕。它们一定是这个意思。

我也感到太累了,索性找了一块平整的地方坐下来。

没错,我暂时不准备寻找出路了。你不是捉弄我吗?你躲在暗处,你屏住呼吸隐藏起来,然后看我的笑话。现在,我不再找你了。我不找你了,也不急躁,看你怎么办?

就这样想着,我平静地躺在平整的草床上面。

渐渐地,蓝天先浮现出来,一排大鸟正从容地游过来。它们同样在经过这片旷野啊。它们是去什么地方呢?

那些奔走的人们,那些蝴蝶和蜜蜂,还有在我耳边蠕动的蚂蚁们,为什么我搞不清楚他们究竟是去哪里呢?为什么不辞辛苦地来来去去呢?我是去姥姥家,那里有一树的红樱桃等着我。我能够说清楚我自己的行程的。可是,难道我真的是为那满树的红果子而历险的吗?我从来都不喜欢品尝它的味道,酸酸的,吃它一口很累表情的。为什么呢?为姥姥看见我以后,知道我是独自穿过旷野之后的夸奖?

一只鸟突然从左边的草丛里穿向空中,直上蓝天深处,不见了。怎么了?谁袭击了它吗,还是因为一个没来由的噩梦?

一时间虫子们都不叫了。一直抱着蓖麻细秆的蝈蝈,刚才还唱着漫长的曲子,现在呢,张大了嘴巴,闭不上了,像听故事入迷的小斌;我也一翻身坐起来,与所有的虫子和花一起关注刚刚发生的变故。我觉得,那一刻,我们的表情是一致的,惊诧、焦虑、探询……心情也是一致的。

周围沉静下来,花草的气息马上侵过来了。那是许多种叶子、许多颜色的花瓣混合在一起的气息啊!究竟是多少种味道的混合呢?你无意分辨它,它又非常的单纯,单纯得难以捕捉。

我忘记了自己的处境,因为我被旷野吸收了。是啊,本来就没有迷路嘛。我知道我在旷野中间,我知道姥姥住的镇子正在旷野尽头,红樱桃树在姥姥家的窗前;我还知道,我正在与花草和虫子们一起呼吸,一起心跳……

我怎么是迷路了呢?谁说失去了方向就是迷路呢?你滞留的地方也不错嘛!也许这正是那片花草让我先安静下来的道理,也是这片旷野想告诉我的。

我于是彻底快乐起来。然后,我睡着了。

田鼠走路永远没有个稳当样子。

太阳偏西的时候,一只田鼠从我头顶跑过,许是一只爪子踢着了石子,砰的一声,我惊醒了。翻身坐起来,还以为在梦中,以为身边的花语虫鸣、蓝天绿草是梦境里的摆设。几分钟后才完全清醒,也看见了鲜红的夕阳。有了西边的太阳,方向感又回到我的意识里来了。我站起来,朝东走去,我似乎看见那棵红樱桃在召唤我呢。

事实上只走了片刻,那个小镇就出现了。原来,我是在离它只有几百米的地方迷路的,并在那里睡了一觉。

我无限眷恋地看了看身后茫茫的旷野——它是一个老朋友了,然后朝小镇跑去。我隐约看见我的樱桃树了,满树的红果子!

走过生命的旷野

赏析/半　诚

姥姥家的樱桃熟了,一个小孩子决定独自一人去姥姥家,可他只知道经过一个旷野看见一个小镇就到了,其他一概不知。朝着太阳升起的方向进发,孩子看到了很多新鲜的事情,蜜蜂、蝴蝶、蚂蚁、蝈蝈、虫子、田鼠,等等,许多有趣的事情迷惑了孩子的眼睛,他迷路了。然而,就在这片安静的旷野上,孩子静静地倾听着,感受着大自然的一切,与其说是迷路,不如说是因祸得福,因为在孩子的眼里,田野中的一切比起姥姥的樱桃树更诱人。

穿过旷野去到小镇也许是一件很容易的事情,但是对于一个孩子来说却不那么简单,因为他是第一次单独行动。迷路后没有着急,反而在旷野上睡着了,多么可爱的孩子啊!此后,旷野成了他的老朋友,因为旷野使他懂得把迷路当做奇遇,把逆境看做顺境,这是孩子历险的最大收获。满树的红果子,其实暗示着孩子喜悦的心情和收获的欢乐。